Ein Unerfreulicher Antrag

Unvergessliche Heiratsanträge

JENNIE GOUTET

KAPITEL EINS

März 1812

Stratford Tunstall, ehemaliger Major des 94. Infanterieregiments und frisch ernannter fünfter Earl of Worthing, stapfte in einer verdreckten Uniform die Oxford Street hinunter. Ein Blick in die New Bond Street zeigte, dass sich die Straße bereits von den geschäftigen Menschenmassen gelichtet hatte. Umso besser. Es wäre unangemessen, sich in solch einem Aufzug im modischen London blicken zu lassen, doch er hatte keine andere Wahl, wenn er das Kontor erreichen wollte, ehe es schloss. Er beschleunigte seine Schritte und ging auf den Steinbau zu, in dem sich die Bank befand und wo Frühlingsblumen sich durch das schmiedeeiserne Tor rankten.

Er passierte drei Frauen, die vor einem Geschäft soeben erworbene bestickte Seide begutachteten, als sich eine mit einem erschrockenen Aufschrei aus der Gruppe löste. Zu seinem Entsetzen handelte es sich um Miss Broadmore, die Frau, die ihn vor seiner Abreise nach Spanien hatte sitzen lassen und die letzte Person, die er nach seiner Rückkehr zu sehen wünschte.

„Stratford! Sie sind wieder zu Hause. Wann sind Sie in England eingetroffen?" Sie schien innezuhalten, als sie sein Äußeres genauer betrachtete, doch schließlich streckte sie ihm eine schlanke, in Kalbsleder gehüllte Hand entgegen. Ihre Berührung war kaum spürbar, als er sich über sie beugte.

„Soeben." Stratfords Stimme war rau und er räusperte sich. „Ich habe meinen Besitz im King's Arms zurückgelassen und bin unverzüglich aufgebrochen. Ich muss noch einige Geschäfte erledigen, ehe das Kontor geschlossen wird."

„King's Arms?" Miss Broadmore runzelte verwirrt die Stirn. „Das ist mir nicht bekannt. Warum wohnen Sie nicht in Ihrem Haus in der Upper Seymour Street? Natürlich werden Sie als Earl Worthing nun ein neues Haus haben..."

Er nickte knapp. „Unser Haus wurde für die kommende Saison vermietet und ich wollte mich dem Personal am Cavendish Square nicht aufdrängen, ohne mich vorher auf dem Anwesen vorgestellt zu haben. Ich reise morgen bei Tagesanbruch ab."

„Natürlich." Miss Broadmore schien ratlos zu sein, machte aber keinerlei Anstalten, das Gespräch zu beenden.

Er nahm einen Hauch ihrer Jasminseife wahr. Es war zu lange her, dass er den Duft einer Dame edler Herkunft in der Nase gehabt hatte, statt dem Geruch ordinärer Wäscherinnen, die den Truppen folgten und nach Laugenseife stanken. Es war zu lange her, dass er in der Nähe *dieser* Frau gewesen war.

Sie schaute ihn unter ihrer Schute hinweg an und dies erinnerte ihn an einen anderen Tag, als ebenjene Augen in seine blickten, während sie ihre Verlobung gelöst hatte. Der Schmerz schloss sich wie ein Schraubstock um ihn und als empfände sie Mitleid, versteckte sich die zaghafte Spätnachmittagssonne wieder hinter den Wolken.

„Wie ich höre, sind Glückwünsche angebracht." Stratford zwang die Worte hinaus, seine Kehle fühlte sich wie zugeschnürt an. „Sie sind verlobt." *Erneut*, dachte er. Diesmal war es ein Baron und sie musste ihre Eile vor all den Jahren bereuen. Hätte Judith *ihn* geheiratet, wäre sie Countess geworden. An dem Tag, an dem sie ihm den Laufpass gegeben hatte, hatte sie ihre Geldgier hinreichend deutlich gemacht.

Miss Broadmore schaute auf ihre Füße. „Ich fürchte, Sie unterliegen einem Irrtum. Earl Garrett versandte die Bekanntmachung, nachdem er mit meinem Vater gesprochen hatte. Doch er hatte sich nicht an mich gewandt und ich fürchte, ich kann seine Wertschätzung nicht erwidern." Stratford betrachtete sie schweigend und sie fuhr in einem resignierten Ton fort. „Die letzten Wochen waren für mich sehr unangenehm. In der Öffentlichkeit werde ich von allen außer meinen engsten Freundinnen als kokett abgestempelt." Miss Broadmore warf einen Blick auf ihre beiden Begleiterinnen, die in ihrem Versuch, desinteressiert zu wirken, inzwischen jeden Zentimeter der Seide untersucht hatten. „Zu Hause muss ich mich dem Zorn meines Vaters stellen." In ihren Augen sammelten sich Tränen. „Ich nehme an, ich habe es verdient."

Stratford konnte ob dieser bedauernswerten Erklärung nicht gleichgültig bleiben, obwohl er insgeheim das Gefühl hatte, dass sie das tat. „Wir müssen froh sein, dass unsere Abmachung nie öffentlich gemacht wurde." Es kostete ihn Überwindung, dies auszusprechen, doch es wäre unhöflich, sie weiter zu bestrafen.

Es folgte ein Schweigen und Stratford sah sich außerstande, das Gespräch zu beenden. Er wollte seine Taschenuhr zücken, um zu sehen, ob noch Zeit war, aber seine Arme hingen schwer an seinen Seiten und die Worte blieben ihm in der Kehle stecken. Schließlich brach Miss Broadmore das Schweigen. „Ich möchte Ihnen mein Beileid zum Verlust Ihres Vaters aussprechen. Ich hatte gedacht, Sie hätten vielleicht die Erlaubnis erhalten, an seiner Beerdigung teilzunehmen."

„Ich hatte sie. Doch wir belagerten Ciudad Rodrigo in Spanien und Offiziere waren Mangelware. Meinem Vater wäre es lieber gewesen, dass ich diese Angelegenheit zu Ende gebracht hätte." Er räusperte sich, während er seine nächsten Worte wählte. „Mein Onkel war mit meiner Entscheidung zu bleiben, nicht einverstanden, aber ich hatte das Gefühl, dem Weg der Ehre folgen zu müssen."

„Ihr Vater war immer stolz auf Sie", versicherte sie ihm. „Ich hörte, er hat jede Bewegung auf der Halbinsel verfolgt. Und dann verpassen Sie die Anerkennung des Titels um nur fünf Tage..."

Wieder herrschte Schweigen, während Stratford die Zähne

zusammenbiss. *Der Titel! Wen kümmert schon der Titel?* Er bewegte sich, als wolle er gehen, und Miss Broadmore bemerkte die subtile Bewegung. „Werden Sie diese Saison in London sein?"

Die Straße war unnatürlich still geworden und er stellte fest, dass nicht nur keine anderen Damen zu sehen waren, abgesehen von Miss Broadmore und ihren Freundinnen, sondern dass auch nicht einmal das übliche Treiben der Herren der Straße Leben einhauchte. Stratford brachte ein knappes Lächeln zustande. „So wenig wie nur möglich. Ich habe in Worthing sehr viel zu tun und muss den Stand der Dinge in Erfahrung bringen."

„Ich glaube, Ihre Schwestern haben ihre zweite Saison?", erkundigte sie sich. Ihre Freundin gab einem wartenden Lakaien ein Zeichen, die Tür der Kutsche zu öffnen, und Miss Broadmore machte einen Schritt darauf zu.

„Meine Tante arrangiert das, ja." Stratford stand wie angewurzelt da und wusste, dass er tatsächlich nach London würde zurückkehren müssen und ihr wahrscheinlich überall begegnen würde. Er musste tun, was er konnte, um das zu vermeiden. „Guten Tag, Miss Broadmore."

Sie senkte den Kopf, als er ihren Namen förmlich aussprach, erwiderte jedoch den Gruß. „Guten Tag, Mylord. Unsere Wege werden sich zweifelsohne kreuzen, wenn Sie nach London zurückkehren."

Die rothaarige Begleiterin von Miss Broadmore rief: „Judith, meine Mutter wird nicht glücklich darüber sein, wenn ich mich zu spät für das Abendessen ankleide. So wie es aussieht, haben wir keine Zeit für den Hyde Park."

Miss Broadmore nickte, dann wandte sie sich an Stratford. „Bitte grüßen Sie Ihre Schwestern von mir." Sie machte einen Knicks, wandte sich dem wartenden Lakaien zu und ließ Stratford allein auf der Straße zurück. Der Kutscher riss die Zügel an und die Kutsche ratterte über das Kopfsteinpflaster.

Stratford zückte seine Taschenuhr, als er sich auf sein Ziel zubewegte, da er befürchtete, zu spät zu kommen. *Sie hat also noch einen anderen Mann sitzen lassen?* Doch dieses Mal hatte der Mann einen Titel und sie hatte seine Hand abgelehnt, sogar gegen den Willen ihres

Vaters. Warum? Hatte sie gelernt, dass das Glück nicht dem höchsten Adeligen des Reiches gehörte? *Bereut sie es, mich abgewiesen zu haben?* Er erinnerte sich an ihre niedergeschlagenen Augen und war versucht, zu denken, dass sie ihn vermisste.

Nein. Sie bedauerte nur, dass er den Titel erst kürzlich erlangt hatte und sie sich überstürzt zurückgezogen hatte, ehe sie den Preis gewann. *Jetzt muss sie sich mit den anderen geeigneten jungen Frauen messen, die hinter meiner Krone her sind.* Am Ende würde er sich für eine von ihnen entscheiden müssen, erinnerte er sich, doch in dieser Sache würde er hart bleiben. *Es wird nicht Judith sein. Sie muss ihre Verluste erkennen und sich anderweitig umsehen.*

An der breiten Holztür der Bank stand der junge Mr. Brooks mit dem Rücken zur Straße, während er mit dem Generalschlüssel im unnachgiebigen Schloss bohrte.

„Warten Sie!", rief Stratford, als er vom Tor aus auf den Weg trat.

„Die Bank ist geschlossen. *Oh…!*" Stratford wusste aus Erfahrung, dass Mr. Brooks es nicht schätzte, überrascht zu werden, sei es durch einen unerklärlichen Rückgang der Wechselkurse oder durch einen Kunden, der wie ein ungezügelter Hengst auf ihn zustürmte. Ein Blick auf den Besucher ließ ihn jedoch nicht mehr so mürrisch klingen.

„Mylord. Ich hatte Sie schon verzweifelt gesucht." Mr. Brooks drehte den Schlüssel im Schloss um – eine einfache Angelegenheit, wie es schien, nun, da er nicht mehr versuchte, zu einer warmen Mahlzeit zu flüchten. „Wollen Sie nicht hereinkommen, Mylord? Ich habe die Papiere vorbereitet, wir müssen sie nur noch aus dem Tresor holen." Er geleitete Stratford in das Gebäude und schloss die Tür hinter ihnen.

„Ich entschuldige mich, Sie aufgehalten zu haben. Ich bin gerade erst in London angekommen und reise gleich morgen früh zum Anwesen." Stratford folgte Mr. Brooks durch die engen Gänge in sein kleines, dunkles Büro.

„Bitte setzen Sie sich, während ich alles Nötige hole." Mr. Brooks ging in ein Nebenzimmer, wo man ihn einen Schlüssel in einem Schloss drehen und in Papieren und Gegenständen wühlen hörte. Er kehrte mit einem Stapel Papiere, einer kleinen Samtschachtel und einem Lederumschlag zurück. Er hielt ihm die Samtschachtel entgegen. „Hier ist Ihr Siegelring, wie gewünscht. Ich muss sagen, dass es mir widerstrebte, ihn für Sie aufzubewahren, obwohl Sie ihn jeden Moment hätten brauchen können. Ein Peer sollte nicht von seinem Ring getrennt sein."

„Auf der Halbinsel hatte ich keine Verwendung für ihn. Bei Ihnen war er in viel sichereren Händen." Stratford steckte sich den Ring an den Finger und spürte sein ungewohntes Gewicht. *Mein Cousin John oder sogar Nicholas sollten ihn tragen – nicht ich. Sie wurden für diese Aufgabe erzogen.* „Danke, dass Sie die Größe angepasst haben."

„Selbstverständlich. Hier ist die Summe, um die Sie gebeten haben, in Scheinen und Münzen. Natürlich können Sie die Bank jederzeit in Anspruch nehmen und wir warten auf Ihre Anweisungen für die anderen Transaktionen, die Sie in Bezug auf die Besitztümer Ihres Vaters erwähnten." Mr. Brooks faltete seine Hände auf dem Schreibtisch. „Wo werden Sie wohnen? Upper Seymour ist bereits vermietet."

„Im King's Arms", erwiderte Stratford mit einem verlegenen Grinsen.

„King's Arms..." Mr. Brooks lehnte sich fassungslos zurück. „Aber warum nicht Cavendish? Mylord, darf ich Sie daran erinnern, dass wir Männer haben, die sich für Sie um solche Dinge kümmern werden. Sie können mir das anvertrauen."

Stratford lächelte schwach und schüttelte den Kopf. „Ich bin viel zu sehr daran gewöhnt, meine Angelegenheiten selbst zu regeln."

„Sie müssen an Ihre Stellung denken", bat der Bankier.

„Ich kann es kaum vermeiden", murmelte Stratford. Er hatte eine anstrengende Reise hinter sich, die seine Gedanken nicht von den Schrecken der letzten Schlacht befreit hatte. Morgen würde er sich auf eine kürzere Reise begeben, die ihm jedoch keine Erholung bieten würde. Familienmitglieder, die sich bislang nicht für ihn interessiert hatten, würden ihn in Worthing aufsuchen und das Mündel seines Onkels würde am Tag vor der Testamentseröffnung eintreffen. *Sie muss begierig sein zu erfahren, was sie erwartet,* dachte Stratford verbittert. Es folgte eine weitere Überlegung: *Ich bin nicht in der Stimmung, Fremde zu unterhalten.*

Stratford holte tief Luft. „Ich gehe davon aus, dass ich mit der Zusammenlegung der beiden Anwesen fortfahren werde, sobald ich weiß, wie die Lage in Worthing ist. Die Verlesung des Testaments wird in einer Woche stattfinden. Einstweilen", Stratford erhob sich und stieß gegen den Leuchter zu seiner rechten Schulter, „danke ich Ihnen für Ihre Aufmerksamkeit in dieser Angelegenheit."

Mr. Brooks wies ihm den Weg und ließ den Earl vorangehen. „Darf ich im Namen von Brooks und Söhne unsere Freude darüber zum Ausdruck bringen, Sie wieder auf englischem Boden zu wissen."

Stratford nickte und verließ das Haus durch die Vordertür. Er zog seinen Mantel um sich, während er die Treppe in den Abendschatten hinabstieg. Noch drei Stufen, dann war er zum Tor hinaus und auf der fast menschenleeren Straße. Ein Sturm mitten im März ließ die hölzernen Fensterläden des Nachbarhauses klappern und er dachte an das heiße Bad und das Essen, die ihn im Gasthaus erwarteten. Wenn dies nur das Ende seiner Reise wäre und nichts weiter von ihm verlangt würde.

KAPITEL ZWEI

Eleanor Daventrys Körperhaltung war noch immer vollkommen aufrecht, als die Kutsche endlich in die kurvenreiche Straße bog, die zum Worthing Estate führte. „Tante, wir sind da."

Die ältere Dame keuchte, zuckte zusammen und setzte sich auf, als Eleanor das Fenster öffnete und sich hinauslehnte. „In der Ferne ist ein Reiter zu sehen, der auf das Anwesen zureitet. Ein Herr. Vielleicht ist es der Earl, der früher von der Halbinsel zurückkommt." Sie zog den Kopf wieder ein und schenkte ihrer Tante ein verschmitztes Lächeln. „Um herauszufinden, ob er tatsächlich steinreich ist."

„Sei nicht so vulgär, Eleanor." Mrs. Daventry presste die Lippen zusammen, doch die Ermahnung zeigte wenig Wirkung auf ihre Nichte. Ihre nächsten Worte schon. „Der frühere Earl war gut zu dir, als sich niemand sonst deiner annahm. Ich muss mich doch sehr wundern, dass du so leichtfertig über ihn oder sein Vermächtnis sprichst."

Eleanor betrachtete ihre auf dem Schoß verschränkten Hände. Es hatte keinen Sinn, mit ihrer Tante zu scherzen. „Das sollte ich nicht tun, ich weiß. Es ist nur so, dass ich meinen Vormund nicht so kannte, wie ich es mir gewünscht hätte. Ich bin mir seiner Zuwendung durchaus bewusst, doch ich kann mich des Gefühls nicht erwehren, dass ich seine Gesellschaft seinem Wohlwollen vorgezogen hätte."

Mrs. Daventrys Gesicht erbleichte bei einem weiteren Ruck in der Kutsche. „Was er für dich getan hat, ist keine Kleinigkeit. Er hat für dein Wohlergehen und deine Schulbildung gesorgt und er hat sichergestellt, dass du alles bekommst, was du für deine erste Saison brauchst, einschließlich einer Einführung. Unter seiner Schirmherrschaft musstest du nicht befürchten, gemieden zu werden." Ihre Tante rutschte unbehaglich auf dem harten Sitz herum. „In Anbetracht deiner Familiengeschichte..."

Eleanor ignorierte die unausgesprochenen Worte, die sie sehr wohl kannte. Nun, da der vierte Earl verschieden war, gab es keine solchen Garantien mehr. Sie warf ihrer Tante einen scharfen Blick zu. „Dir geht es nicht gut. Ich wünschte, wir hätten im Gasthaus angehalten. Die Reise wäre nicht so mühsam gewesen, wenn wir in kürzeren Etappen gereist wären."

Mrs. Daventry schloss die Augen und schüttelte den Kopf. „Wir wären zu spät gekommen und es wäre unschicklich, ohne Begleitung eines Herrn in einem öffentlichen Gasthaus anzuhalten. Mein eigenes Wohl ist nicht entscheidend. Aber für dich *werde* ich meine Pflicht tun, auch wenn ich darunter leide."

„Tante." In Eleanors Stimme lag nur eine Spur von Verzweiflung. „Ich kann die Schmach eines öffentlichen Gasthauses überleben. Und Ruhe hätte dir gutgetan. Aber das macht nichts. Wir können darum bitten, dass du direkt auf dein Zimmer gebracht wirst und man dir das Abendessen bringt."

„Du wirst nichts dergleichen tun. Als dein Vormund bleibe ich während des Abendessens bei dir." Ihre Tante schniefte und zupfte an den Falten ihres lila Tuchs. „Auch wenn ich bezweifle, dass ich überhaupt etwas essen kann."

Eleanor verbarg ein Lächeln und starrte über die Wiese auf die Baumgruppe in der Ferne, die bereits erste grüne Farbtupfer aufwies. „Ich kann mich kaum an diesen Ort erinnern. Ich sollte wohl dankbar sein, dass Lord Worthing mich überhaupt einmal eingeladen hat. Ich hatte vergessen, wie..." Ihre Stimme verstummte, als die Kutsche wendete und auf das Herrenhaus zufuhr, dessen Fensterreihen vom goldenen Schein der späten Nachmittagssonne erfüllt waren. Die beigefarbenen Steine, die sie einrahmten, schimmerten unter den Strahlen und der Effekt war atemberaubend.

Die Türen des Anwesens schwangen nach innen auf, ehe die Kutsche zum Stehen kam. Zwei livrierte Männer marschierten die Treppe hinunter. Einer öffnete die Kutschentür; der andere stand stramm, als Eleanor ihre behandschuhte Hand zum Aussteigen ausstreckte. Ihre Beine waren steif von der Reise und sie drehte sich um, um ihrer Tante zu helfen, erleichtert über den Empfang, den sie erhalten hatten.

Das Gefühl des Glücks war nur von kurzer Dauer. Eleanor überschritt die Schwelle, wo eine Haushälterin stand, deren Gesicht starre Konturen aufwies und deren Stimme keine Wärme vermittelte. „Ich bin Mrs. Bilks. Wenn Sie beide mit mir kommen, zeige ich Ihnen Ihre Zimmer. Wir halten hier Landstunden und servieren das Abendessen um sechs Uhr."

Ihre Tante war über den knappen Tonfall verärgert, schenkte ihm jedoch keine Beachtung, als sie der Haushälterin folgten. „Das freut mich", sagte Mrs. Daventry und schnaufte, als sie die Wendeltreppe hinaufstiegen. „Ich ziehe die Landstunden vor, doch so verbleibt uns nur eine Stunde zum Ankleiden. Gibt es eine Zofe, die uns helfen kann? Wir haben keine mitgebracht. In meinem Brief erwähnte ich, dass unsere Art zu reisen dies nicht erlaubt."

„Ich habe ein Mädchen aus dem Dorf angestellt", antwortete Mrs. Bilks. „Sie wird sich um Ihre Bedürfnisse kümmern."

Ein Mädchen aus dem Dorf. Sie würden ihr geschultes Personal für die wichtigeren Gäste aufsparen. Eleanor widerstrebte es zutiefst, eine höfliche Antwort geben zu müssen. „Ich danke Ihnen. Ihre Hilfe wird sehr willkommen sein."

Oben an der Treppe angekommen, führte Mrs. Bilks sie am Mahagonigeländer entlang in den Flügel, in dem sie untergebracht waren und Eleanor warf einen letzten Blick auf die ausdruckslosen Lakaien, die wie Statuen an der Tür verharrten. Sie verspürte einen Anflug von Mitleid mit ihnen. *Wie langweilig müssen ihre Tage sein und sie haben kaum die Möglichkeit, etwas anderes zu tun. Nicht – so überlegte sie – unähnlich meinem Leben.*

Eine Bewegung zog ihren Blick auf sich, sie wandte sich um und sah einen Herrn in einem schwarzen Umhang, der sich öffnete und eine schlammbespritzte Hose enthüllte, das Foyer betreten. Er war fast so groß wie die Lakaien, sein dichtes blondes Haar war nach hinten gebunden und gab den Blick frei auf schwere Brauen, eine kantige Nase und einen nach unten gezogenen Mund, der sich wie ein Schrägstrich durch sein Gesicht zog. Er fing ihren Blick auf und erstarrte. Als ihre Schritte unter seinem Blick ins Stocken gerieten, verzog er den Mund grüßend und verschwand zurück durch die Tür. Eleanor blickte wieder nach vorne, um Mrs. Bilks' Worten zu lauschen.

„...in den angrenzenden Zimmern. Ich werde das Küchenmädchen bitten, das Feuer zu schüren, sobald es entbehrt werden kann."

„Wären Sie so freundlich, meiner Tante Tee zu schicken?" erkundigte sich Eleanor. Mrs. Daventry runzelte die Stirn und sagte nichts. Ihr Schweigen sprach Bände darüber, wie unwohl sie sich fühlen musste.

„Das Mädchen aus dem Dorf wird jeden Moment erwartet. Wenn sie kommt, werde ich sie bitten, welchen zu bringen."

Eleanor betrat das ihr zugewiesene Zimmer, nachdem sie versprochen hatte, sofort zurückzukehren, um für das Wohlbefinden ihrer Tante zu sorgen. Das Zimmer war wahrscheinlich für ein Kindermädchen gedacht, mit gerade genug Platz auf beiden Seiten des Bettes, um darum herumzugehen, und einem Stuhl mit Spindelrückenlehne vor dem kalten Kamin. Als es kurz darauf klopfte, öffnete sie die Tür und überließ es den Lakaien, herauszufinden, wo sie ihre Truhe verstauen konnten. Am Fußende ihres Bettes würde es dann nur noch enger werden.

Im Grunde war es in Ordnung. Hatte sie nicht bereits beschlossen, sich eine Arbeit zu suchen, sobald sie den Haushalt ihrer lieben Lydia verließ? Die Bedingungen bei ihrem Arbeitgeber würden nicht besser sein als hier. Eleanor setzte sich auf die weiße Flickendecke und nahm sich einen Moment Zeit, um ruhig und tief zu atmen und das Spiel des Lichts durch die ungleichmäßigen Glasscheiben zu genießen.

Womit sollte sie ihr Geld verdienen, wenn sie nichts von der Abfindung erhielt? Ihr Vormund hatte sich in der Vergangenheit um sie gekümmert, doch er war bestenfalls ein gleichgültiger Vormund gewesen. Wer konnte schon sagen, ob er sie überhaupt bedacht hatte? Sie nahm an, dass die Bitte um ihre Anwesenheit etwas zu bedeuten hatte. Doch Mrs. Bilks war abweisend gewesen. Lag es nur daran, dass sie und ihre Tante auf der falschen Seite der Armut standen? Oder wusste der neue Earl von Eleanors Vergangenheit und missbilligte sie?

Obwohl die Antworten auf diese hypothetischen Fragen schwer fassbar waren, war Eleanor entschlossen, zu hoffen. Möglicherweise würde das Treffen mit dem Anwalt am nächsten Tag die Nachricht von Unabhängigkeit bringen. Vielleicht bekam sie einen Anteil, der es ihr ermöglichte, ein kleines Unternehmen zu gründen. *Wenn nicht, werde ich mich nach einer Anstellung in einer Schule umsehen, wo ich* nicht *schwer schuften muss.* Trotz der Hoffnung ihrer Tante auf eine Heirat und ihrer offensichtlichen Bemühungen in diese Richtung hatte Eleanor ihre eigenen Träume von einer Ehe zugunsten des erreichbaren Ziels der Unabhängigkeit zurückgestellt. Sie hatte aus erster Hand erfahren, wie selten so etwas durch Heirat zustande kam.

Als Eleanor wieder besserer Stimmung war, klopfte sie an die Tür ihrer Tante. Als sie eintrat, verriet ihr ein kurzer Blick alles. „Tante, du kannst absolut nicht hinuntergehen", protestierte sie. „Du bist zu krank."

Mrs. Daventrys Augen füllten sich mit Tränen. „Aber du *darfst* das Abendessen mit dem Earl *nicht* verpassen. Es ist sehr wichtig, dass du ihn kennenlernst, ehe die anderen Gäste eintreffen."

„Der Earl. Er *ist* es also?" Eleanor ignorierte die Dringlichkeit im Beharren ihrer Tante, denn sie ahnte, worauf die Argumentation hinauslaufen würde. Sie würde von ihrer Tante keine Unterstützung für ihre gewünschte Unabhängigkeit bekommen.

„Ja. Mrs. Bilks hat mich darüber informiert, nachdem du auf dein Zimmer gebracht wurdest. Der Nachfolger deines Vormunds ist hier und wird bei der Verlesung des Testaments anwesend sein." Sie blickte ihrer Nichte in die Augen. „Es ist unabdingbar, dass du seine Bekanntschaft machst, ehe er von anderen abgelenkt wird, die seiner Aufmerksamkeit mehr wert sind."

Eleanor stellte sich vor den Kamin und verzieh ihr aus Gewohnheit die Beleidigung. Ihre Tante war stolz darauf, die Wahrheit auszusprechen und schätzte es nicht, dass man den Stand der Dinge begreifen konnte, ohne sie *bis zum Überdruss* ausformuliert zu bekommen. „Hat dir jemand Tee gebracht?"

„Nein." Ihre Tante zupfte an den Fransen der Decke, die sie über sich gezogen hatte. „Und so kurz vor dem Abendessen werden sie es auch nicht tun."

„Ich werde darauf bestehen", sagte Eleanor. „Und ich werde mich auf die Suche nach Kopfschmerzpulver machen. Du wirst dich schon bald wieder pudelwohl fühlen." Ehe ihre Tante protestieren konnte, eilte Eleanor aus dem Zimmer und ging den Flur entlang.

Am Fuß der Treppe angekommen, sah sie sich um. Geradeaus befand sich der Haupteingang, vor dem keine Lakaien mehr standen. Zur Linken war das Zimmer, welches der Herr verlassen hatte. Dort würde sie nicht hingehen. Die Flügeltüren auf der rechten Seite des Flurs mussten den Salon beherbergen und die Küche befand sich doch sicherlich am Ende des Flurs, die Treppe hinunter?

Tatsächlich öffnete sich die Tür am Ende des Flurs zu einer Reihe abgenutzter Steinstufen, die in die Küche führten und Eleanor folgte der Stimme einer Frau, die es nicht eilig zu haben schien. Ihrer kompetenten Ausstrahlung und der weißen Schürze nach zu urteilen, war die Sprechende die Köchin, und sie verstummte, sobald Eleanor durch die Tür trat.

Der Blick der Frau schweifte zu jemandem, den Eleanor nicht sehen konnte, ehe er sich wieder auf sie richtete. „Miss, wie kann ich Ihnen helfen?"

Eleanor lächelte warm, um die Köchin zu beruhigen und ihre eigene Angst davor zu verbergen, einen Verstoß gegen die Etikette zu begehen. „Es ist so, dass ich etwas Kopfschmerzpulver benötige und ich nicht wusste, an wen ich meine Bitte richten sollte."

Erneut schaute die Köchin an ihr vorbei und in ihrem Blick lag eine gewisse Ehrerbietung, so dass Eleanor sich gezwungen sah, sich ebenfalls umzudrehen. Als sie das tat, wich ihr das Blut aus dem Gesicht. Es war der Earl.

Er hatte sich mit verschränkten Armen an die Wand gelehnt, doch nun stellte er sich aufrecht hin und verbeugte sich leicht. „Zu Diensten, Ma'am", sagte der Earl mit ruhiger Stimme. „Kümmert sich mein Personal nicht um Ihre Bedürfnisse?"

Aufgeregt konnte Eleanor sich nur wiederholen. „Ich bin auf der Suche nach Kopfschmerzpulver, Mylord. Ich habe keinen Diener mehr gesehen, seit Mrs. Bilks uns zu unseren Zimmern geführt hat."

Er musterte sie. *Auf Anzeichen von Doppelzüngigkeit, nehme ich an.* Sie seufzte innerlich. *Und nicht weniger verdiene ich. Welcher Gast wandert in einem fremden Haus umher?*

„Ich werde dafür sorgen, dass Mrs. Bilks Ihnen welches besorgt", meinte der Earl schließlich. „Gibt es sonst noch etwas, das Sie benötigen?"

Obwohl die Falten um seinen Mund seinem Gesichtsausdruck eine gewisse Strenge verliehen, nahm Eleanor in seinen Augen so etwas wie Wärme wahr, die ihr aus der Ferne nicht aufgefallen war. Sie begegnete seinem Blick direkt. „Etwas Tee, wenn Sie so freundlich wären."

Er warf der Köchin einen Blick zu, dann wandte er sich wieder ihr zu. „Wie Sie wünschen, Miss. Es wird gleich jemand kommen."

Eleanor knickste kurz und verließ den Raum, da sie die Peinlichkeit der Situation spürte. Sie stieg die Treppe so schnell hinauf, wie sie sich getraute, ohne dass man ihr vorwerfen konnte, zu rennen. Im Zimmer ihrer Tante holte eine Zofe Kleider aus der Truhe und schüttelte sie aus.

„Oh, hat sie dir Tee gebracht?" rief Eleanor aus und dachte, wie peinlich es wäre, den Earl wegen einer bereits erbrachten Leistung belästigt zu haben.

„Nein, sie ist gerade aus dem Dorf gekommen. Du, Mädchen. Hilf meiner Nichte mit ihrem Kleid und ihren Haaren. Sie muss in zwanzig Minuten zum Essen bereit sein."

Eleanor folgte der Zofe schweigend nach nebenan. Sie wusste, dass sie ihre Tante nicht würde überreden können, das Abendessen mit dem Earl ausfallen zu lassen. Das Mädchen, Betsy, wie sie erfuhr, begann, das Kleid von Eleanor hinten aufzuschnüren. Nachdem sie es abgelegt hatte, schlüpfte Eleanor in ihr Abendkleid – ein gebrauchtes Seidenkleid, braun wie ihre Haare und ihre Augen, mit elfenbeinfarbenem Spitzenbesatz. Das Mädchen schüttelte das Reisekleid aus und legte es auf das Bett. „Miss, wenn Sie nichts dagegen haben, bringe ich das nach unten und kümmere mich um den Schlamm."

„Ja, bitte. Und nun komm und schnüre mich, damit du Zeit hast, mich zu frisieren. Ich darf nicht zu spät zum Essen kommen." Sie blieb stehen, während Betsy ihr das Kleid schnürte, dann setzte sie sich vor den Frisiertisch mit dem kleinen Spiegel und sah zu, wie das Dienstmädchen lange, dünne Zöpfe um den Chignon flocht und aus ihren eher faden Haaren Locken zauberte, die neben ihre Wangen fielen. Das Ergebnis war erfreulich.

Im Zimmer ihrer Tante stellte Mrs. Bilks mit geschürzten Lippen das Teetablett ab. Eleanor stand an der Tür, als Mrs. Daventry die Haushälterin ansprach. „Ich bin nicht in der Lage, meine Nichte zum Essen zu begleiten. Bitte senden Sie dem Earl mein Bedauern, dass ich seine Bekanntschaft verspätet machen muss."

„Ja, Ma'am." Mrs. Bilks schürzte ihre Lippen noch energischer, öffnete jedoch die Nebentür und rief Betsy, um der älteren Frau zu helfen. Zu Eleanor sagte sie: „Miss, wenn Sie mit mir kommen wollen?"

Eleanor folgte der Haushälterin aus dem kerzenbeleuchteten Zimmer, dessen gemütliche Wände sie sofort vermisste. Sie freute sich nicht auf das Abendessen mit einem Mann, der nicht zu einer angenehmen Unterhaltung geneigt zu sein schien und dessen einzige Wärme irgendwo in seinen Augen verborgen lag. Ein kalter Luftzug sickerte in ihre Knochen, als sie durch den düsteren Korridor ging.

Das Dekor war ihr zuvor nicht aufgefallen, doch nun nahm sie jede imposante Statue, jedes gekreuzte Schwert und jedes stirnrunzelnde Porträt wahr, die ihr ein dramatisches Gefühl des Unheils vermittelten, das ihrem praktischen Verstand völlig zuwiderlief. Sie unterdrückte ein nervöses Kichern. *Wie ein Lamm, das zur Schlachtbank geführt wird, so gehe ich.*

Mrs. Bilks führte Eleanor in einen hell erleuchteten Salon, in dem der fünfte Earl of Worthing vor dem Kamin stand. „Mylord, darf ich Ihnen Miss Daventry vorstellen?"

Der Earl drehte sich um und verbeugte sich. „Ich glaube nicht, dass Miss Daventry einer Vorstellung bedarf. Die hat sie sich bereits selbst verschafft", sagte er mit einem Lippenzucken, das sie nicht zu deuten vermochte. „Ich hoffe, Ihre Kopfschmerzen haben nachgelassen."

Verblüfft über das Lächeln, das seine anklagenden Worte abschwächte, fehlten ihr die Worte. Mrs. Bilks fuhr mit distanzierter Stimme fort. „Mrs. Daventry ist unpässlich und kann nicht mit Ihnen zu Abend essen. Sie lässt Sie grüßen und hat mich gebeten, Miss Daventry in den Speisesaal zu begleiten."

Der Earl nickte und wies nach vorn. Sobald sie Platz genommen hatten, servierte der Lakai den ersten Gang und nahm seinen Platz an der Wand ein. Earl Worthing wandte sich ihr mit einem Lächeln zu, das nicht bis zu seinen Augen reichte. Vielleicht hatte sie die Wärme, die dort zu sehen gewesen war, falsch interpretiert. „Ich hoffe, Ihre Reise war angenehm."

„Abgesehen von der Unpässlichkeit meiner Tante war sie sehr angenehm. Ich reise nicht viel und habe die neue Landschaft sehr genossen." Eleanor holte tief Luft, um fortzufahren, wusste aber nicht, was sie als Nächstes sagen sollte. Sie blickte auf den Tafelaufsatz, ein imposantes Arrangement aus immergrünen Pflanzen und Fuchsienzweigen.

Sie hatte ihre Kaisersuppe fast verspeist, als die Stille unerträglich wurde. „Mylord, ich habe gehört, dass Sie Ihren Dienst quittiert haben. Waren Sie noch auf der Halbinsel?" Eleanor spürte, wie sich ihr Gesicht bei dieser unsinnigen Frage, auf die sie die Antwort bereits kannte, erhitzte.

Earl Worthing brauchte einen Moment, ehe er antwortete. „Meine letzte Schlacht war im Januar. Der General gab mir die Erlaubnis, mein Amt niederzulegen, und ich kehrte nach England zurück." Sie warf einen Blick auf sein Gesicht, um zu sehen, was er über die veränderten Umstände dachte, konnte jedoch nichts darin lesen.

Nach weiterem Schweigen gab er dem Lakaien ein Zeichen, seiner Tischnachbarin die Geleespeise zu bringen, und sagte dann mit gesprächigerer Stimme: „Mr. Harrison hat mich über Ihre Anwesenheit bei der morgigen Testamentseröffnung informiert. Da die Verlesung erst um vier Uhr stattfinden wird, möchten Sie vielleicht morgen früh ein Pferd satteln lassen?"

„Das wäre sehr nett von Ihnen. Ich habe nicht häufig das Vergnügen."

„Ich kann Ihnen meinen Stallknecht zur Verfügung stellen. Leider habe ich eine Besprechung mit dem Gutsverwalter, die den ganzen Vormittag dauern wird, und kann Sie nicht begleiten." Der Graf warf ihr einen Blick zu, dann setzte er sein Essen fort.

„Ich danke Ihnen", sagte Eleanor, die nicht wusste, was sie sonst sagen sollte. Sie war keine erfahrene Gesprächspartnerin und dies war erst der zweite Gang.

Als sich das Schweigen zu lange hinzog, brach Earl Worthing es. „Sie sind in Surrey ansässig, wenn ich nicht irre?"

„Die letzten zehn Jahre habe ich in der Schule gewohnt oder bei meiner Tante, Mrs. Martha Daventry, die in Camberley lebt. Mein Vormund, der ehemalige Earl of Worthing, übergab mich in ihre Obhut, als ich meine Eltern verlor." Ihre ruhige Stimme verbarg den inneren Aufruhr. „Die Freundschaft meines Vaters mit Ihrem Onkel war, wie Sie vielleicht wissen, von langer Dauer."

„Ich fürchte, ich hatte noch keine Zeit, diesen Zweig der Familiengeschichte oder die Bekanntschaften zu erfassen. Ich konnte in den zwei Monaten, ehe die Krankheit meines Onkels einen kritischen Punkt erreicht hatte, nicht nach Hause zurückkehren. Erst als mein Cousin bei Badajoz fiel, erfuhr ich von meiner Erbfolge und meinem Titel." Zum ersten Mal sah er ihr direkt in die Augen, doch er wandte den Blick wieder ab, ehe sie ihr Herzklopfen registrieren konnte, wegen dem, was sich wie ein Frontalangriff anfühlte.

„Ich ... ich verstehe. Sie sind also nicht mit dieser Erwartung aufgewachsen." Das antwortende Schweigen war so überwältigend, dass sie es nicht wagte, mit dem Besteck zu klirren und ihre Gabel auf das Tischtuch legte.

„Nein", antwortete er schließlich. „Das bin ich nicht." Er sah aus, als wollte er noch mehr sagen, doch schließlich ruhte sein Blick nur auf ihr und seine grünen Augen durchbohrten sie auf höchst unangenehme Weise.

Eleanor wollte erfragen, was ihn beschäftigte, wenn er sie so durchdringend ansah, doch stattdessen suchte sie nach einer geeigneteren Frage. „Waren Sie mit Ihrem Onkel gut bekannt?"

Sein Stirnrunzeln war zurückgekehrt. „Ich traf ihn nur einmal, als ich dreizehn war. Er dachte nicht, dass er mir etwas vererben würde, wissen Sie, und daher war ich seiner Aufmerksamkeit nicht würdig." Earl Worthing drehte den Stiel des Glases in seinen Fingern, während sein Fleisch kalt wurde.

Oh. Ihr Mund formte das Wort. Ihre persönlichen Fragen waren unverschämt gewesen. Sie hätte sich besser an das Wetter halten sollen.

Endlich schien sich der Earl an die Mahlzeit vor ihm zu erinnern und er hob seine Gabel auf, so dass Eleanor aufgefordert war, es ihm gleich zu tun. Er kaute nachdenklich auf seinem Rindfleisch und starrte auf die smaragdgrünen Vorhänge, die den Blick vom Speisesaal auf den sich verdunkelnden Himmel versperrten.

Eleanor aß mechanisch und versuchte nicht, weiter Konversation zu betreiben, ehe Earl Worthing schließlich aufstand und das Ende der Mahlzeit ankündigte. Dann wandte er sich ihr zu und als sie ihren Blick zu ihm hob, hielt er ihren Blick fest und seine Miene wurde weicher. „Miss Daventry, morgen wird unser Haus voller Gäste sein, doch ich habe mit Mrs. Bilks gesprochen, um sicherzustellen, dass immer jemand da sein wird, der sich um Ihr Wohlergehen kümmert. Wenn Sie etwas wünschen, brauchen Sie nur danach zu fragen."

Eleanor verspürte angesichts dieser unerwarteten Freundlichkeit das Verlangen, Tränen zurückzublinzeln, und neigte den Kopf. „Ich danke Ihnen, Mylord", sagte sie und folgte der Haushälterin in den Flur. Die Kerze drohte in dem kühlen, zugigen Flur zu verlöschen, doch die Tür zum Speisesaal blieb offen und ließ Licht in den Korridor fallen. Sie spürte den Blick des Earls, bis sie sich abwandten und die Treppe hinaufgingen.

KAPITEL DREI

Stratford ging an der Seite seines Gutsverwalters, beide führten ihre Pferde, als sie sich der Ortschaft Munroe näherten. Das Schweigen zwischen ihnen war auf der einen Seite grüblerisch und auf der anderen Seite respektvoll.

Bilder von seiner Rückkehr durchzogen Stratfords Gedanken. Er hatte ein ganzes Jahr Zeit gehabt, sich an den Tod seiner Mutter zu gewöhnen, ehe er in den Krieg zog, und obgleich er erwartet hatte, dass seine Heimkehr seltsam sein würde, wenn auch sein Vater ihn nicht willkommen hieß, erfüllte die Realität des doppelten Verlustes jeden Winkel seines Lebens. Die Last der neuen Verantwortung war nahezu lähmend. Wäre nur sein Vater noch am Leben gewesen, um den Titel zuerst zu erben und Stratford Zeit zu geben, sich an die veränderten Vermögensverhältnisse zu gewöhnen, dann wäre der Übergang möglicherweise leichter gewesen. Zudem hatte er mit der gestrigen Post einen Brief von seiner Schwester erhalten, der ihn daran erinnerte, dass es nun allein ihm oblag, sich um die Familie zu kümmern.

Er befürchtete, dass auch Miss Daventry zu dieser Bürde gehören würde. Als Mündel des ehemaligen Earls würde sie sicherlich einen kleinen Anteil zum Leben erhalten. Es sei denn, man würde ihm ihre

Vormundschaft aufzwingen. *War so etwas möglich?* Abgesehen davon, dass sie ohne Begleitung durch sein Haus wanderte, schien sie ein schüchternes, schutzbedürftiges kleines Ding zu sein, und er hoffte, dass ihre Tante im Allgemeinen aufmerksamer war, als sie es gestern Abend gewesen war. Er war gewiss nicht daran interessiert, diese Rolle zu übernehmen, denn er hatte mehr als genug Sorgen.

Trotz seines Unbehagens über seine mögliche Rolle in Miss Daventrys Zukunft war Stratford schon bei ihrer ersten Begegnung in der Küche das angenehme Profil aufgefallen, das sie zeigte, als sie mit der Köchin sprach. Als sie sich nach dem Abendessen eine gute Nacht wünschten, hatte sie aufgeschaut und ihm in die Augen gesehen und da war etwas in ihrem Blick gewesen. Er hatte ihre Unterhaltung für gewöhnlich genug gehalten, doch als er sich ihr am Ende des Abends zuwandte, sah er ein Verständnis in ihren Augen, das seine Aufmerksamkeit fesselte. Er bedauerte, ihr während des Essens nicht mehr Aufmerksamkeit geschenkt zu haben. Was war ihm noch entgangen?

Was ihn jedoch beim Abendessen beschäftigt hatte, war die zufällige Begegnung mit Judith auf dem Weg zur Bank. Was für ein Zufall. Dieses unglückliche Zusammentreffen hatte Judith den Mut gegeben, sich wieder bei ihm zu melden, denn die gestrige Post brachte auch eine Einladung aus dem Hause Broadmore, wenn auch nur für eine Feier, die sie in London veranstalteten, und sie enthielt keine anderen persönlichen Worte als die, ihn wieder willkommen zu heißen. Er war jedoch nicht bereit, diese Geste zu erwidern und *sie* wieder in sein Leben einzuladen.

Sie hatten ihre Verlobung noch nicht bekannt gegeben, als sie behauptete, ihre Meinung geändert zu haben, was ihn in seinem Entschluss bestärkt hatte, auf die Halbinsel zu gehen. Es hatte keinen Skandal gegeben; man hatte sie nur verdächtigt, ein *tendre* zueinander zu hegen, doch auch wenn sein Herz bei ihrem Anblick in London letzte Woche einen Sprung gemacht hatte, so zwangen ihn die eindringlichen Worte ihrer Ablehnung, sein Herz zu verhärten.

Ich war zu voreilig mit meinem Versprechen ... nicht mehr als eine Verliebtheit ... ich möchte nicht, dass meine Kinder sich mit Handel befassen müssen. Vor allem der letzte Satz schmerzte ihn, denn er offenbarte gleichzeitig ein schweres Vorurteil gegen seine Mutter, welches er nicht hatte bemerken wollen, und sein eigenes Unvermögen, die Oberflächlichkeit des schönen Geschlechts zu erkennen. Er war gründlich hereingelegt worden.

Was ihn ärgerte, war, wie schwer es war, Judiths lächelnde Begrüßung, ihre Hand, die auf seiner lag, mit diesen harten Worten von vor drei Jahren in Einklang zu bringen. Es war, als ob ihr Gespräch in ihren Gedanken aus der Geschichte gelöscht worden war. *Für jemanden, der inmitten von Frauen aufgewachsen ist*, dachte er grimmig, *weiß ich nichts über sie.*

Der Gutsverwalter – ein Mr. Grund – deutete auf die Wiese zu ihrer Linken. „Die Pächter, die hier wohnen, bewirtschaften dieses Stück Land. Es ist das lukrativste der Worthing-Besitztümer, wegen des Baches dort drüben, der es speist. Es gehörte nicht zum Erbe, doch das sollte nichts heißen, denn es war der wichtigste Kauf Ihres Großonkels in den Tagen seiner Expansion. Er betrachtete den Erwerb als seinen größten Coup." Mr. Grund beugte sich vor. „Sie haben doch nichts gegen meine Vertraulichkeit, Mylord? Ich glaube, Sie wollten jedes Detail wissen, das mir einfällt." Stratford nickte.

„Sehen Sie hier..." Mr. Grund nahm einen Erdklumpen und zerbröselte ihn zwischen seinen Fingern. „Das ist der reichhaltigste Boden, den ich in diesem Teil der Grafschaft gesehen habe. Allein dieser Teil des Landes bringt dreitausend Pfund pro Jahr ein."

Stratford stieß einen leisen Pfiff aus und sagte: „Das sind in der Tat gute Neuigkeiten. Das Anwesen ist in einem besseren Zustand, als man mich hat glauben lassen wollen." Er blickte zum Horizont und erfreute sich an den blassen Sonnenstrahlen, die sich so sehr von dem grellen Licht der Halbinsel unterschieden, mit dem er zu leben gelernt hatte. Sein Pferd scharrte ungeduldig mit den Hufen und sein Atem dampfte in der Frühlingsluft. „Was hielten die Pächter von dem ehemaligen Earl?"

„Oh..." Mr. Grund strich sich über das Kinn. „Sie mochten ihn. Sie haben ihn geachtet und alle Zeichen der Trauer beachtet, als er diese Welt verließ."

Stratford berührte abwesend seine eigene schwarze Armbinde, die in doppelter Funktion diente, obgleich die sechs Monate fast abgelaufen waren. „Und was halten sie von dem neuen Earl?" Er blickte den Verwalter aus den Augenwinkeln an, wobei er den Anflug eines Lächelns zeigte.

Mr. Grund beäugte ihn abschätzend. „Sie sind voller Vertrauen in die Gnade des neuen Earls und hoffen, dass seine Kinder schon bald das Haus segnen werden."

Stratford lachte unfreiwillig. „So weit ist es also schon, was?" Er schüttelte den Kopf, doch sein Stirnrunzeln kehrte zurück, ebenso wie das unfreiwillige Bild blonder Locken und eines Lächelns, dem er nicht traute. „Es gibt derzeit keine zukünftige Lady Worthing, doch ich habe nicht die Absicht, wie mein Vorgänger Junggeselle zu bleiben. Eine weitere Angelegenheit, derer ich mich in meiner neuen Rolle annehmen muss."

Der Gutsverwalter runzelte die Stirn, ließ die Bemerkung aber unkommentiert. „Nun, Mylord, wenn Sie mit mir nach Osten reiten, zeige ich Ihnen den Teil des Anwesens, der am meisten Arbeit benötigt. Ich glaube, die Krankheit des ehemaligen Earl hatte ihn schon eher geschwächt, als er sich anmerken ließ, da er sich nicht mehr um diesen weniger sichtbaren Teil des Anwesens kümmerte."

Stratford schwang sich in den Sattel und verbrachte die nächsten anderthalb Stunden damit, sich in Gedanken zu notieren, wie er die Reparaturen priorisieren würde. Er und Mr. Grund verabredeten daher, sich in zwei Tagen zu treffen.

Als er zurückkehrte, schlugen die Hufe des Pferdes einen beruhigenden Takt und Stratford begann sich zum ersten Mal, seit er englischen Boden betreten hatte, zu entspannen. Der Titel mochte neu für ihn sein, doch er war bereits damit vertraut, wie man ein Anwesen zu Geld macht. Und dieses hier war sehr vielversprechend. Wenn er nun noch die nötige Gnade im Umgang mit seinen Pächtern aufbringen könnte, damit sie sich gut verstehen würden...

„Ho, Tunstall!" Eine Stimme von hinten ließ ihn aufrecht im Sattel aufspringen. Der Earl wandte sich auf seinem Pferd um und blickte den Weg hinunter, um ein vertrautes Gesicht zu sehen.

„Amesbury", antwortete Stratford und seine Augen leuchteten vor

Überraschung auf. Obwohl John Amesbury kaum mehr als ein Bekannter war, war er Teil seines Freundeskreises in der Schule gewesen und hatte in den kurzen Jahren, ehe Stratford in den Krieg gezogen war, zu den jungen Männern in London gehört. Er war auch der erste alte Bekannte, den Stratford nach seiner Rückkehr traf. „Was führt dich in diese Gegend?"

Amesbury ritt nebenher, lehnte sich von seinem Pferd und streckte die Hand aus. *„Zum Teufel.* Du heißt jetzt *Worthing.* Alte Gewohnheiten lassen sich nur schwer ablegen. Ich hörte soeben, dass du angekommen bist und bin gekommen, um dich zu sehen. Einige hatten gewettet, dass du dein Amt niederlegst, sobald du deinen Titel hattest."

„Bei den Kämpfen, die wir nach Ciudad Rodrigo hatten, wollte ich das nicht. Sie konnten mich schlecht entbehren, doch schließlich gab der General selbst den Befehl. Er war vor dessen Tod eng mit dem alten Earl befreundet. Er hat mir sein Beileid ausgesprochen, als mein Cousin Nicholas fiel. Aber du, *hier*! Ist das der Teil von Sussex, aus dem du kommst?"

„Ich bin dein Nachbar. Mein Grundstück grenzt im Südwesten an deins. Als ich aufwuchs, habe ich mit deinen Cousins allerlei Unfug getrieben und wir waren hinter derselben Miss Hamilton – jetzt Mrs. Cranford – her und haben verloren. Offensichtlich."

„Davon hast du kein Wort erwähnt, als wir zusammen in Cambridge waren." Stratford zügelte sein Pferd, um mit Amesbury Schritt zu halten.

„Ehrlich gesagt, ich hatte vergessen, dass ihr überhaupt miteinander verwandt seid. Du stammst nicht aus der gleichen Gegend und deine Cousins haben nie ein Wort über dich verloren."

„Wir standen uns nicht besonders nahe. Wir teilten nur das Blut." Stratford warf einen nachdenklichen Blick auf seinen Nachbarn. „Mein Vater heiratete eine Bürgerliche und das war es dann."

Amesbury winkte nachlässig ab. „Die Leute nehmen es zu genau. Es ist der richtige Weg, wenn man Geld braucht und das junge Ding, das in die Gesellschaft eingeführt wird, recht prall gefüllte Taschen hat. *Und* solange sie nicht schielt." Amesbury fuhr fort. „Übrigens, ich muss dir sagen, dass Miss Broadmore heiraten wird. Vielleicht hast du es noch nicht gehört, da du weg warst. Es hieß, ihr beide hättet einst daran gedacht, eine Verbindung einzugehen."

„Sie wird nicht heiraten", erwiderte Earl Worthing kurz.

„Es stand in der Zeitung. Ich habe die Anzeige selbst gesehen", protestierte Amesbury. „Du hast doch nicht immer noch Interesse an ihr! Mit deinem Titel kannst du nun etwas Besseres haben."

„Ich habe kein Interesse an ihr", versicherte Stratford und seine unbewusste Versteifung trieb das Pferd an. „Ich hatte eine zufällige Begegnung mit Miss Broadmore in London, und sie selbst teilte mir mit, dass sie gerade die Verlobung gelöst hat. Sie sagte, sie würden nicht zusammenpassen."

Amesbury beäugte ihn scharfsinnig. „Sie hat ihn also verlassen. Schade, dass die Sache nicht schon vor vier Jahren in Gang kam. Ich habe eine Wette verloren..." Er verstummte, als ihm klar wurde, mit wem er sprach und fuhr dann schwach fort: „Ich wünsche dir Glück."

„Oh, bitte." Stratfords Stimme war trocken. „Spar dir deine Glückwünsche. Du liegst falsch." In dem Bemühen, ihn abzulenken, sprach er, ohne nachzudenken und ohne wirklichen Enthusiasmus. „Ich fahre zur Postkutsche, um dafür zu sorgen, dass der Anwalt gebührend empfangen wird, und dann essen wir um ein Uhr zu Mittag. Möchtest du dich uns anschließen?"

„Du musst dich von der Vorstellung verabschieden, die Leute selbst zu empfangen, nun, da du Earl bist. Das ist einfach nicht üblich, Tunstall – Worthing, meine ich. Die Leute erwarten einen Mann von Bedeutung, nicht einen, der tut, was jeder Lakai tun kann."

„Es ist mir gleich, was sie erwarten. Am Ende werden sie mich bekommen. Ich habe James gesagt, er soll mich dort treffen, damit wir Mr. Harrison begrüßen und dann nach Worthing fahren können. Die Testamentseröffnung findet erst um vier Uhr statt, also passt ein Mittagessen um ein Uhr. Du müsstest dir deine allzu bunten Geschichten verkneifen, denn wir werden das Essen mit einigen meiner Onkel einnehmen – was ist? Warum lachst du?"

Amesbury schüttelte den Kopf. „Versuchst du, deine Einladung zurückzuziehen?"

„Natürlich nicht." Stratford wies auf eine Abzweigung auf der rechten Seite. „Hier entlang."

ALS ELEANOR von ihrem morgendlichen Ausritt zurückkehrte, fand sie das Haus in einem lebhafteren Zustand vor als am Abend zuvor. Sie entdeckte drei Kutschen, die vor der runden Steintreppe Passagiere ausluden, und hielt inne, um das anschließende Treiben zu beobachten. Ein Herr, der in einen gefütterten Mantel von auffälligem Gelb gekleidet war, rief stark akzentuiert: „Du da! Nimm Lady Keyes' Handkoffer. Du musst zuerst diese beiden Truhen ausräumen. Pass auf, was du tust, Mann."

Eleanor verbarg ein Lächeln, wandte sich um und ritt zu den Ställen, wo ihr der Stallknecht beim Absteigen behilflich war. Im schummrigen Innenraum des hinteren Teils, mit dem Rücken zu ihr, neckte der eher schäbig gekleidete Earl einen Herrn, dessen Rückgrat so steif war wie sein Kragen. „Wie ich sehe, traust du noch immer niemandem außer deinem eigenen Stallknecht..."

„Oder mir selbst", warf der Freund des Earls ein.

„...oder dir selbst, was ein lächerlicher Gedanke ist. Nimmst du mit Thunder noch immer an Rennen teil?"

„Er ist jetzt im Ruhestand. Eine Schande. Er hat mir einen ordentlichen Gewinn eingebracht. Ich hatte große Hoffnungen in Salamander gesetzt, – du hast sie noch nicht gesehen – doch sie fohlt gerade und wird nicht mehr an Rennen teilnehmen." Der Herr schnippte mit der Gerte gegen den Stall und drehte sich um, als Eleanors Pferd das Licht blockierte, das in den Stall fiel. Er warf dem Earl einen überraschten Blick zu.

Earl Worthing trat vor, als er sah, dass sein Stallknecht hinter Eleanor herging. „Jesse, Mr. Harrison wird nach unserem Treffen nach Salisbury zurückkehren und du musst die Kutsche ab sechs Uhr bereithalten." Jesse nickte und führte das Pferd in den ersten Stall zu seiner Linken.

Der Earl warf ihr einen Blick zu und sagte: „Mr. Amesbury,

erlaube mir, dir Miss Daventry vorzustellen. Sie war das Mündel meines Onkels und ist hier, um an dem Treffen mit dem Anwalt teilzunehmen. Miss Daventry, das ist Mr. Amesbury." Sie machte einen, wie sie hoffte, anmutigen Knicks, während er sich korrekt verbeugte.

„Es ist mir ein Vergnügen." Mr. Amesbury sprach mit gelangweilter Stimme, doch seinen Augen entging nichts, als der Stallknecht Eleanors Reittier abtrocknete. „Sie hat kurze Hinterbeine, weißt du."

„Ich weiß", sagte Lord Worthing. „Sie gehörte meinem Onkel."

Eleanors Augenbrauen zogen sich zusammen – *was?* –, als der Earl sie ansprach. „Jesse wird sich um das Pferd kümmern. Wir essen um ein Uhr zu Mittag."

Somit entlassen nickte Eleanor und drehte sich hocherhobenen Hauptes auf dem Absatz um. Sie bahnte sich ihren Weg am Stallknecht vorbei über den Stallboden und hatte den sonnenüberfluteten Ausgang erreicht, ehe ihr auffiel, dass sie über das Pferd gesprochen hatten. *Pferde* hatten Hinterbeine. Mädchen hatten keine. Sie lächelte schwach über ihre eigene Dummheit und machte sich bereit, weiterzugehen, doch die nächste Bemerkung ließ sie innehalten.

„Ein kleines Ding, nicht wahr?" – Worte, von denen sie wusste, dass sie sie nicht hören sollte.

Die Wut kehrte zurück, und dieses Mal zu Recht. *Ja, Mr. Amesbury,* dachte sie und nahm ihren Weg zum Haus wieder auf. *Ich weiß, ich bin ein recht kleines Ding. Ganz und gar nicht nach Ihrem Geschmack. Zum Glück bin ich nicht darauf aus, mir einen Ehemann zu suchen, sonst wäre ich ganz und gar verloren.* Sie atmete die frische Luft ein und blinzelte gegen das Brennen in ihren Augen an.

Der kurze Grasstreifen hinter den Ställen führte zu dem steinernen Weg und der kreisförmigen Auffahrt, die leer war, nun, da alle Neuankömmlinge im Haus waren. Das Herrenhaus sah aus wie am Tag zuvor. *Trotz all seiner Schönheit und seiner ansprechenden Gestaltung scheint dieser Ort einem das Leben auszusaugen.* Eleanor ging zielstrebig die Steintreppe hinauf und blinzelte in die Dunkelheit, die sie umhüllte, sobald die Lakaien ihr Einlass gewährten. Sie ging direkt auf das Zimmer ihrer Tante zu und klopfte an die Tür.

„Du siehst gut aus, Tante." Eleanor beugte sich vor und gab ihr pflichtbewusst einen Kuss. „Ich wollte dich nicht stören, ehe ich heute Morgen mit dem Pferd ausritt. Würdest du Betsy entbehren, wenn du mit der Toilette fertig bist? Earl Worthing sagte mir, wir speisen um eins zu Mittag.“

Mrs. Daventry betrachtete ihre Nichte im Spiegel. „Setz dich, meine Liebe. Wie ich höre, werden wir recht zahlreich sein. Wie war dein Abendessen mit dem Earl?“

Eleanor setzte sich auf die Stuhlkante und schüttelte kläglich den Kopf. „Quälend. Er konnte eine Unterhaltung nicht ertragen. Ich weiß, ich bin noch keine neunzehn und, und … vielleicht nicht sehr ansehnlich, doch hätte er sich mehr wie ein Gentleman verhalten, hätte ich es nicht bemerkt.“

Mrs. Daventry runzelte die Stirn. „Vielleicht wächst du ihm mit der Zeit ans Herz. Es ist gut möglich, dass die Jahre auf der Halbinsel ihn beeinflusst haben. Ich weiß, dass Soldaten an Melancholie leiden können.“

Eleanor schüttelte den Kopf. „Er schien sich mit dem Freund, der uns zu Mittag Gesellschaft leisten wird, wohlzufühlen. Weißt du, wer alles hier ist? Ich habe nicht weniger als drei Kutschen gesehen, als ich von dem Ausritt zurückkehrte.“

Ihre Tante zuckte mit den Schultern, als Betsy ihr eine goldene Kette um den Hals legte. „Wäre das alles, Ma‘am?“, fragte das Mädchen.

„Ja, du kannst dich meiner Nichte annehmen.“ Mrs. Daventry runzelte die Stirn. „Eleanor, du ziehst am besten den blauen Musselin an. Das Braun, das du so oft zu tragen pflegst, tut nichts für deinen Teint.“

„Ja, Tante.“ Eleanor stieß einen leisen Seufzer aus und sah, wie Betsy sie mitleidig anblickte. Das Dienstmädchen machte einen Knicks. „Miss, wenn Sie so freundlich wären? Ich werde etwas heißes Wasser holen gehen.“

„Danke, Betsy.“ Als sich die Tür leise hinter ihr schloss, trat Eleanor zu ihrer Tante und stellte sich vor sie. „Wie schnell können wir gehen, nachdem das Testament verlesen wurde?“

„Meine Liebe, das hängt weitgehend davon ab, was im Testament steht." Mrs. Daventry drehte sich auf ihrem Stuhl um. „Und davon, wie es vollstreckt werden soll. *Und davon*, wie gut der Earl zu dir steht. Auf jeden Fall war es nett von deinem Vormund, seine Absicht kundzutun, für deine Saison vorzusorgen. Zumindest musst du dich nicht schämen, dich Lady Ingram vorzustellen."

„Wie gut er zu mir steht?" sagte Eleanor. „Ich hoffe, dass du keine Pläne schmiedest, denn ich versichere dir, dass alle Bemühungen, die du oder ich anstellen könnten, verschwendet sind. Er hat keinerlei Interesse an mir."

Ihre Tante machte ein trauriges Gesicht. „Wie schade. Nun", sie streichelte eine ihrer Locken, „vielleicht wird einer der anderen Herren welches haben." Sie fing Eleanors finsteren Blick auf, ehe er weggezaubert werden konnte. „Pass auf, meine Liebe, sonst bekommst du noch Falten."

„Ja, Ma'am", antwortete Eleanor und drehte sich zum Fenster, damit ihre Tante nicht auch noch ihre hängenden Schultern kommentierte.

Das Mittagessen verlief nur wenig erträglicher als das Abendessen am Abend zuvor, denn Eleanor saß zwischen Mr. Amesbury und Sir Ambrose Keyes. Mr. Amesbury, der entschieden hatte, dass es ihr an Aussehen, Titel und Mitgift fehlte, gab sich keine Mühe, zu gefallen, sondern erfüllte seine Aufgabe peinlich genau. Als alle anderen Themen erschöpft waren, fuhr er mit der kampfesmutigen Entschlossenheit eines geübten Gesprächspartners fort. „Miss Daventry, wie ich vom Earl erfahren habe, erlag Ihr Vater einer Krankheit, die er sich in der Schlacht zugezogen hatte, als Sie noch sehr jung waren."

„Ja. Ich war fast sechs, als er starb."

„Und Ihre Mutter?" Mr. Amesbury war mit seinem Steak beschäftigt und bemerkte nicht, wie sie sich anspannte.

„Meine Mutter gab alle Ansprüche auf mütterliche Zuneigung auf, als sie wieder heiratete. Ihr Mann ist ein französischer Count und sie zogen 1802 auf das Festland." Eleanors Stimme war fest und sie führte ihr Glas unbeirrt zum Mund, trotz des alarmierten Blicks, den ihre Tante ihr von der anderen Seite des Tisches zuwarf. Sie fuhr fort, als hätte sie es nicht gesehen. „Der ehemalige Earl Worthing war ein guter Freund meines Vaters und nahm mich freundlicherweise als sein Mündel auf."

Ehe Mr. Amesbury etwas erwidern konnte, wurde Eleanor aufgefordert, Sir Ambroses herablassenden Reden über die Themen, die ihn interessierten, zu lauschen. Sie war dankbar für den Aufschub und die wenige Zeit, die verblieb, um sich mit Mr. Amesbury zu unterhalten, dessen starrer Blick auf seinen Teller ihr verriet, dass er sich nicht verpflichtet fühlte, das Gespräch fortzusetzen.

STRATFORD ERFUHR Amesburys Ansichten über Miss Daventry erst, als das Essen beendet war und Amesbury bereit war, zu gehen. Er kündigte an, dass er sich unverzüglich auf den Weg machen würde, anstatt sich den Damen im Salon anzuschließen, da er nicht in eine Familienvereinigung dringen wollte. Stratford begleitete ihn zu den Ställen, wo Amesbury ihn zur Rede stellte.

„Ich muss sagen, alter Freund. Ich bin überrascht, dass du Miss Daventry hier wohnen lässt. Ihre Familie ist zutiefst suspekt." Amesburys Mund verzog sich vor Empörung. „Ich danke nicht dafür, dass du sie neben mir platziert hast."

„Was zum Teufel meinst du?" Miss Daventry hatte zwar wenig zu erzählen gehabt, als er mit ihr zu Abend aß, doch sie hatte nichts gesagt, was man als anstößig bezeichnen könnte. Stratford runzelte die Stirn, als ihm aufging, dass der Misserfolg ihres gemeinsamen Abendessens vielleicht nicht allein ihr zuzuschreiben war. *Ich verhielt mich nicht so, wie es sich für einen Herren gehört. Ich war nicht in der Stimmung, mit jemandem zu speisen, schon gar nicht mit einer mir völlig fremden jungen Dame...*

„Weißt du das nicht?" antwortete Amesbury. „Ihre Mutter hat ihre Tochter verlassen und ist mit einem Franzosen durchgebrannt und sie leben jetzt auf dem Festland. Ob sie bereits Witwe war, weiß nur der Teufel. Warum dein Onkel das Mädchen anerkannt hat, ist mir ein Rätsel, doch ich rate dir, mein Lieber, lass sie ihren Anteil am Erbe bekommen – was auch immer das sein mag – und schick sie fort. Dass zwischen euch eine Verbindung besteht, ist kaum bekannt und vielleicht ist es noch nicht zu spät, wenn du ihr ihren Anteil direkt gibst, sobald du dazu in der Lage bist."

„Jemandem, dessen Bedeutung so groß ist wie meine, kann durch eine Verbindung, die ich einzugehen wünsche, sicher nicht geschadet werden". Stratfords Stimme war sanft, doch hätte sein Nachbar einen Blick auf sein Gesicht geworfen, hätte er gesehen, wie sich seine Lippen verzogen.

Amesbury entging die Ironie. „Nein, nein, du siehst das ganz falsch. Man kann nie vorsichtig genug sein..." Er konnte seinen Gedanken nicht zu Ende führen, denn der Stallknecht kam mit seinem Pferd nach vorne. „Ah, du hast ihn also gesattelt? Ich werde die Riemen selbst überprüfen. Nein, du siehst doch, dass sie hier zu eng sind, nicht wahr?"

Stratfords Gedanken wanderten zum zweiten Mal an diesem Tag zu Miss Daventry. Es schien, dass es für das Mündel seines Onkels nicht leicht sein würde, eine passende Partie zu finden und im Gegensatz zu Amesbury lag es nicht in seiner Natur, ein Objekt des schlechten Rufs – oder des Mitleids, da sie nicht dafür verantwortlich war – zu verstoßen. Er hoffte für sie, dass sie etwas erhalten würde, um ihren Lebensunterhalt zu bestreiten, damit sie nicht von der Gesellschaft – insbesondere nicht von ihm – abhängig war.

„Ich reise am Freitag nach London." Amesbury, der nun aufgesessen war, war bereit, aufzubrechen. „Komm heute Abend zum Billard spielen zu mir. Ich habe im Keller meines Vaters einen exzellenten Brandy gefunden. Ich habe mich zu lange an diesem verfluchten Ort herumgetrieben und brauche etwas Abwechslung."

Stratford lächelte in sich hinein, denn er hatte in nur zwei Stunden herausgefunden, dass Amesburys Anwesen keineswegs ein „verfluchter Ort" für ihn war, sondern sein ganzer Stolz. „Ich kann mich meinen Pflichten als Gastgeber beim Abendessen nicht entziehen", antwortete er.

„Komm danach. Dagegen kann niemand etwas sagen." Als er sah, dass Stratford den Kopf zu schütteln begann, sagte er: „Komm, und ich erzähle dir, was wirklich mit Mack und dem Schwein geschehen ist, als sie zum Preiskampf gingen.“

Stratford lachte über die unerwartete Erinnerung. Die Jahre verschwanden und er war wieder in der Schule, wo es keine Enttäuschungen in der Liebe gab, keinen verfluchten Krieg, keinen Titel und kein Anwesen, das es zu verteidigen galt. „Mackery trieb immer besonders amüsant sein Unwesen. Ich dachte, du hättest Stillschweigen geschworen. Das Wort eines Ehrenmannes und all das.“

„Er selbst hat die Geschichte im White‘s ausgeplaudert. Es war das Stadtgespräch. Doch du warst nicht da.“ Amesburys Pferd wieherte ungeduldig und er griff nach den Zügeln. „Ich kann also mit deinem Erscheinen rechnen?“

„Ich komme, sobald ich kann.“ Stratford winkte und Amesbury ritt davon.

KAPITEL VIER

Die Verlesung des Testaments fand um vier Uhr in der Bibliothek statt. Die Stühle waren im Halbkreis in zwei Reihen angeordnet, mit einem Gang in der Mitte. Stratford saß in der ersten Reihe mit Mrs. Hester Tunstall, der Schwägerin des ehemaligen Earl, die bei ihrem ersten Treffen seit zwanzig Jahren freundlicher zu ihm gewesen war, als er erwartet hatte. Ihre beiden Söhne wären für die Grafschaft bestimmt gewesen, wären sie nicht vorzeitig im Krieg gefallen, doch es gab keine Spur von Verbitterung in ihrer Unterhaltung oder ihrem Tonfall.

Hinter ihnen, in der letzten Reihe, nahmen der Verwalter des alten Earl und seine Frau Platz und rutschten unbehaglich auf ihren Stühlen herum. Stratford wusste, wenn ihre Anwesenheit gewünscht wurde, bedeutete das, dass sie etwas erhalten würden. Er freute sich für sie, war jedoch darauf vorbereitet gewesen, den Respekt seines Onkels für sie zum Ausdruck zu bringen.

Auf der anderen Seite des Ganges saßen zwei weitere Tanten, Schwestern des ehemaligen Earl, die er beide nur einmal gesehen hatte. Tante Lucretia und ihr Mann, Sir Ambrose, saßen schräg, um sich mit Tante Gertrude hinter ihnen zu unterhalten, die von ihrem Mann und ihren drei Töchtern flankiert wurde. In der letzten Reihe saßen vier Personen, die Stratford erst wenige Minuten vor Betreten des Salons kennen gelernt hatte. Er vermutete, dass es sich um entfernte Verwandte oder Empfänger der Großzügigkeit des Earls handelte.

Miss Daventry und ihre Tante nahmen die beiden Plätze direkt hinter Stratford ein, und er verspürte den starken Drang, sich umzudrehen und zu sehen, was Miss Daventrys Gesicht verriet. Was versprach sie sich von dem Vermächtnis? Stratford wurde das beunruhigende Gefühl nicht los, er würde am Ende mit ihr als Schützling dastehen. Welche verarmte Frau würde nicht jede Verbindung zur besseren Gesellschaft nutzen, die sich ihr bot? Er konnte sie kaum abweisen, da sie in seinem Haus zu Gast war.

Gleichzeitig konnte er nicht anders, als sich von den geheimen Einblicken in das, was er für ihr wahres Wesen hielt, faszinieren zu lassen. Ein Mädchen, das sich nicht scheute, auf der Suche nach Kopfschmerzpulver und Tee durch ein fremdes Haus zu wandern. Das Versäumnis seines Personals, sich um Miss Daventrys Bedürfnisse zu kümmern, hatte ihm nicht zur Ehre gereicht und er war gezwungen gewesen, Mrs. Bilks zur Rede zu stellen.

Auch hatte sich Miss Daventry bereit erklärt, mit ihm, einem fremden Mann, zu Abend zu essen, wobei nur die Lakaien anwesend waren, und sie hatte keinerlei Unbehagen über seinen Mangel an Herzlichkeit gezeigt. Stratford war entschlossen, ihr bei ihrem nächsten Gespräch alle gebotene Höflichkeit zu erweisen, um diesen Abend wiedergutzumachen. Und gerade heute Morgen hatte sie einem Ausritt zugestimmt, bei dem nur ein Stallknecht anwesend gewesen war, wobei Jesse sagte, sie habe sich gut geschlagen – kein geringes Kompliment von ihm. Insgesamt erwies sich Miss Daventry als ziemlich unerschrocken.

Gerade als der Anwalt die Versammlung zur Ordnung rief, öffnete sich die Tür und ein junger Mann in einer rosa-aquamarin gestreiften Weste trat ein. „Sie müssen meine Verspätung entschuldigen", verkündete er. „Ich hatte beinahe einen Zusammenstoß mit einem unfähigen Postkutschenfahrer und musste anhalten, um meine Fahrer zu beruhigen..."

„Kommen Sie herein, kommen Sie herein", ärgerte sich Sir Ambrose. „Lassen Sie uns nicht noch mehr von der Zeit dieses guten Mannes verschwenden."

Der Anwalt blickte von seinen Unterlagen auf und wies dem Herrn den verbliebenen Platz zu. „Meine Damen und Herren, wir beginnen nun mit der Verlesung des letzten Willens und Testaments von Everard Miles Sherborne Gerard Tunstall, vierter Earl of Worthing. Wir beginnen mit dem Grundbesitz, der dem fünften Earl of Worthing hinterlassenen wurde und der genauestens beschrieben ist, wie Sie hier auf dieser Karte sehen."

Der Anwalt fuhr mit dem Finger das Dokument entlang, bis er die gesuchten Koordinaten gefunden hatte, und begann mit der Absteckung. „Dies ist die Grenze des südöstlichen Teils des Anwesens, das in der Nähe von Amesbury liegt. Der vererbte Teil umfasst weder diesen Bach hier noch das angrenzende Ackerland. Der östliche Teil des Territoriums umfasst diesen Waldabschnitt und die darin befindliche Jagdhütte."

Mr. Harrison fuhr damit fort, das Ausmaß des Besitzes zu demonstrieren, der in die Hände des fünften Earl fallen würde, ehe er die vorgesehenen Einzelheiten der Vererbung beendete und mit der Liste der Vermächtnisse begann. Eine allgemeine Unruhe im Raum begleitete diese Veränderung, Sir Ambrose beugte sich vor, um seiner Frau etwas zuzuflüstern, und Gertruds Mann tätschelte ihre Hand.

Hester Tunstall, die Witwe des Bruders des vierten Earls, erhielt die Wohnung in Bath, die der frühere Earl unabhängig vom Anwesen erworben hatte. Lady Keyes, die Schwester des Verstorbenen, erhielt den Teil der Bibliothek, den sie für ihren Mann erbeten hatte, und sein Neffe Philip einen goldenen Anhänger für Taschenuhren, den der dritte Earl hinterlassen hatte.

Gertrude Halsey, die zweite Schwester des Verstorbenen, erhielt die Standuhr und noch das Ersatzporzellan vom Cavendish Square, denn, „wie der Earl festhielt"– der Anwalt schaute über seine Brille, um zu zitieren – „du hast mich ewig damit belästigt."

Der junge Mann im rosafarbenen Mantel – so fand Stratford heraus – war Richard Crenshaw, ein weiteres Mündel des Grafen.

Zusätzlich zu seinem kleinen Unterhalt von 500 Pfund pro Jahr sollte er die wertvolle Stute in den Ställen erhalten, doch „er muss sie nun, da er volljährig ist, selbst unterbringen."

Endlich kam der Anwalt zu Miss Daventry. Stratfords Herzschlag beschleunigte sich und er beugte sich vor. „Für Miss Eleanor Camilla Daventry hat der vierte Earl of Worthing eine Summe von dreihundert Pfund für ihre Londoner Saison hinterlassen, was ausreichen sollte, um eine Aussteuer, ihre Einführung in die Gesellschaft, ihre Hand und so weiter zu sichern." *Gut*, dachte der Earl. *Das sollte sie auf den Weg bringen. Ich frage mich, wo ihre Tante untergebracht ist...*

„Der Earl hat Miss Daventry auch eine Mitgift von fünfzig Morgen nicht zugehörigen Landes am südöstlichen Rand des Anwesens vermacht, das an den Bach nach Amesbury grenzt, bekannt als die Ortschaft Munroe und dessen Umgebung..."

Der Rest der Worte ging unter, als Stratford sich in seinem Stuhl herumdrehte. Miss Daventry war so ruhig, als würde sie kaum noch atmen. Er drehte sich rechtzeitig zurück, um zu hören, wie der Anwalt den krönenden Abschluss machte. „...von denen das Einkommen – abgesehen von der Summe, die für die Londoner Saison vorgesehen ist – ihr bei der Heirat zufallen wird."

Stratfords Gedanken rasten wie wild. Er hatte den lukrativsten Teil seines Anwesens an ein Mädchen verloren, das keinen Nutzen daraus ziehen würde. Zumindest nicht, bis sie heiratete und dann würde das Land direkt in die Hände ihres Mannes übergehen. Miss Daventry war also nicht besser dran als vorher, abgesehen davon, dass sie von jedem Mitgiftjäger diesseits von London verfolgt werden würde. Er knirschte mit den Zähnen. *Welch ein Unsinn.*

Der Anwalt stapelte seine Papiere fein säuberlich und steckte sie in die steife Ledertasche. Er nahm seine Brille ab und nickte dem Earl zu. Stratford, der wie angewurzelt auf seinem Stuhl saß, spürte, dass alle Augen auf Miss Daventry gerichtet waren, als das Gesprächsgewirr im Raum zunahm. Insbesondere Crenshaw starrte sie auf höchst abstoßende Weise an. Schließlich erhob sich der Earl und drehte sich um, als Mrs. Daventry mit einem siegesfrohen Lächeln an Miss Daventrys Arm zog. *Natürlich würde sie selbstgefällig sein*, dachte er wütend. *Was für ein Coup ihr da gelungen ist.* Dann ließ ein Blick auf Miss Daventrys betroffenes Gesicht Stratford innehalten.

Die Daventrys hatten den Raum noch nicht verlassen, als Sir Ambrose schon seine Hand auf Stratfords Arm legte. „Es ist völlig absurd. Ein junges Mädchen solcher Herkunft erbt einen derart großen Anteil des Anwesens. Kannst du nicht dagegen vorgehen?"

Stratford blickte von der Hand auf seinem Arm in das gerötete Gesicht seines entfernten Verwandten, seine Stimme war eisig. „Ich werde natürlich tun, was getan werden muss."

Daraufhin zog Sir Ambrose seinen Arm zurück. „Gut, gut", murmelte er.

Stratford wandte sich ab. Ehrlich gesagt, was *konnte* er tun? Er würde sich erkundigen, doch diese Testamente konnten im Allgemeinen nicht angefochten werden. Er musste das Beste daraus machen und hoffen, keine weiteren geheuchelten Bemerkungen von gierigen oder übermäßig mitfühlenden Verwandten zu hören zu bekommen. Diese Leute mochten Verwandte sein, doch ehe er erbte, hatten sie ihm nichts zu sagen gehabt. Wie er solche Zuwendung verabscheute. Jetzt würde er ein Abendessen und einen Abend voller fader Unterhaltung überstehen müssen. *Was ich brauche*, dachte der Earl, *ist ein starkes Getränk.*

Doch das bekam er nicht. In der kurzen Zeit vor dem Abendessen kam eine Delegation von Sympathisanten, um die Dummheit seines Onkels zu beklagen. Und wenn er dachte, Miss Daventry und ihre Tante würden nicht zum Essen erscheinen, hatte er sich getäuscht. Mrs. Daventry zeigte entweder gute Erziehung oder einen völligen Mangel an Empfindsamkeit, indem sie so tat, als sei alles in Ordnung. Er vermutete das Letztere.

Das Gleiche konnte man von Miss Daventry nicht behaupten, die blass und still war. Wenigstens prahlte sie nicht mit ihrem Erfolg. Er wollte wissen, was sie dachte, was sie vorhatte, nun, da sie dieses Erbe hatte. Hatte sie ein Auge auf ihn geworfen? Er sollte sich einfach fernhalten, doch je weniger sie sprach, desto neugieriger wurde er.

Erst nach dem Abendessen im Salon gelang es ihm, mit ihr allein zu sprechen. Ihre Tante, die Koyes und Gertrudes Ehemann waren mit Whist spielen beschäftigt, und er vermutete, dass nur ein Spiel um Punkte den Baronet dazu bringen konnte, sich mit Mrs. Daventry abzugeben. Crenshaw machte sich auf den Weg, nachdem er etwas von einem Preiskampf gemurmelt hatte, der keine drei Meilen entfernt stattfand, und sowohl Gertrude als auch Hester hatten sich auf Kopfschmerzen berufen.

Auf der Sofakante saß Miss Daventry mit einem Buch in der Hand.

Stratford näherte sich und als Miss Daventry ihr Gesicht zu ihm hob, fiel ihm erneut der intelligente Blick in ihren Augen auf, die, wie er jetzt sah, hellbraun waren und goldene Flecken aufwiesen. Er griff zu ihr hinüber und drehte den Einband ihres Buches um, auf dem der Titel stand.

„*Die Waldromanze*", las er. „Sie mögen also Schauerliteratur?"

„Das kann ich nicht sagen. Es ist mein erstes Buch dieses Genres. Ich habe es in Ihrer Bibliothek gefunden." Miss Daventry legte ihren Finger auf die Stelle, die sie gelesen hatte, und schenkte ihm ihre volle Aufmerksamkeit.

„Hoffentlich aus dem Teil der Bibliothek, der an meine Tante gehen wird. Darf ich mich setzen?"

Sobald er neben ihr saß, fiel es ihm schwerer, etwas zu sagen. Er legte seine Hand auf ein Knie und sah sie an. „Ihre Mutter ist auf dem Festland."

Miss Daventry nickte. „Soweit ich weiß. Ich habe nichts mehr von ihr gehört, seit sie fort ist, und ich war damals erst sieben Jahre alt."

„Wahrscheinlich wurde die Kommunikation durch den Krieg unterbrochen." Stratford warf ihr einen prüfenden Blick zu.

„Vielleicht." Sie erwiderte seinen Blick und er bemerkte das Aufflackern eines reumütigen Lächelns. „Doch ich würde nicht darauf wetten. Soweit ich mich erinnere, hat sie nicht ein einziges Mal mütterliche Zuneigung gezeigt." Miss Daventry schien von diesem Eingeständnis nicht irritiert zu sein.

„Dann hat Sie also Ihre Tante aufgezogen?" Er blickte zu der fraglichen Dame, konnte aber in ihr nicht den Urheber eines so ausgeglichenen Charakters finden, wie ihn Miss Daventry zu besitzen schien.

„Meine Tante war sehr aufmerksam, doch es war mein ehemaliges Kindermädchen, der das Lob gebührt. Oder die Schuld." Sie lachte und der musikalische Klang hob seine Mundwinkel an, die vom Nichtgebrauch eingerostet waren. „Prisca ließ sich von dem verstorbenen Earl nicht einschüchtern und überredete ihn, mir den Besuch der Akademie von Miss Spencer zu gestatten, die vom Rektor wärmstens empfohlen wurde. Und so kam ich in den Genuss einer richtigen Ausbildung."

Dies war die längste Rede, die sie bisher gehalten hatte, und er wollte mehr. „Sie hatten Glück mit Ihren Beschützern", sagte er. „Nicht viele Kindermädchen wären bereit, ein Gespräch mit einem Earl zu wagen, um einen Vorteil für ihre Schützlinge zu erlangen."

„Ich hatte großes Glück", stimmte sie zu. „Und Prisca war kein gewöhnliches Kindermädchen. Sie schenkte allen die gleiche Aufmerksamkeit, sei es ein Duke oder ein Schornsteinfeger." Miss Daventrys Lippen zuckten amüsiert. „Allerdings habe ich mich manchmal gefragt, ob sie durch ihr Gespräch mit dem Earl nur versucht hat, sich der Verantwortung für mich zu entledigen."

„O ja. Einer mit Sicherheit lästigen", neckte er sie. Ihr Lächeln darauf vertiefte die vollkommenen Grübchen in jeder Wange und verwandelte ihren sittsamen Blick in einen verschmitzten.

Stratfords eigenes Lächeln hielt an. „Wo wohnt Ihre Tante, wenn sie in London ist?"

„Meine Tante mietet eine Wohnung am Bedford Square, wenn sie in der Stadt ist." Die Worte hingen zwischen ihnen, ehe sich Stille über beide legte. Stratford richtete seinen Blick auf die vierköpfige Gruppe, die am anderen Ende des Raumes Karten spielte und ein Gefühl der Vorahnung machte sich in seiner Brust breit. Eine gemietete Unterkunft am Bedford Square verhieß nichts Gutes für Miss Daventrys Londoner Saison. Sicherlich würde sie etwas von ihm erwarten und zwar mehr, als er zu bieten imstande war. *Was mische ich mich auch in Angelegenheiten, die mich nichts angehen?*

Stratford war es unangenehm, das Thema weiter zu verfolgen. Er war sich bewusst, dass er das Gespräch übereilt beendete und wünschte ihr eine gute Nacht. Er spürte ihren Blick auf sich, als er die

Runde machte und mit jedem der Gäste sprach, während er sich einredete, dass sie unter der Obhut ihrer Tante wahrscheinlich gut in die Gesellschaft eingeführt werden würde, nun, da sie so etwas wie ein Erbe hatte.

Dennoch verfluchte er die Torheit seines Onkels. Dieses Stück Land würde für niemanden außer ihn selbst etwas wert sein oder – nun, da er so darüber nachdachte – für Amesbury, der ebenfalls an das Grundstück grenzte. In der Obhut ihrer törichten Tante würde Miss Daventry vermutlich irgendeinen Dummkopf heiraten, der sich mit den Einkünften aus dem Land begnügen würde, obgleich es das Potenzial für so viel mehr bot. *Wer auch immer es ist, er wird ein verdammtes Glück haben. Sie werden ein Einkommen aus einem Stück Land erhalten, das ihnen nichts bedeutet. Und*, wie Stratford sich widerwillig eingestehen musste, *sie werden ein hübsches Sümmchen abbekommen. Ah, ich bin zu lange fort gewesen.*

Spät in der Nacht in Amesburys Haus, weit weg von den neugierigen Augen seiner Verwandten, bekam Stratford endlich das Getränk, auf das er gewartet hatte. Es dauerte nicht lange, bis der ausgezeichnete Brandy seine Wirkung entfaltete. *Ich bin weich geworden*, dachte Stratford, als er zwei weitere Fingerbreit von der Spirituose annahm ... oder vier. Das flackernde Feuer hatte nach seinem zügigen Ritt durch die Kälte eine erstaunlich wohltuende Wirkung und wäre da nicht die Verärgerung darüber gewesen, dass der beste Teil des nicht zum Erbe gehörigen Grundstücks jemand anderem vermacht worden war, hätte er sich recht zufrieden gefühlt. Er brauchte das Einkommen nicht, rief er sich in Erinnerung. *Ich verabscheue es nur, zu sehen, wie einer Unschuldigen von Mitgiftjägern nachgestellt wird.*

„Komm, alter Knabe, trink aus. Du bist richtiggehend deprimiert", sagte Amesbury. „Warum allerdings, weiß niemand. Du bist gerade Erbe des größten Anwesens in West Sussex geworden, mit einem Titel obendrein! Wäre ich an deiner Stelle, könnte mich nichts vom Feiern abhalten."

Stratford runzelte die Stirn, seinen Blick auf das Feuer gerichtet.

„Das Land, das von der Ortschaft Munroe bis zur Landstraße an den Bailey Stream grenzt, wurde Miss Daventry vermacht."

„Was?" Amesbury stand auf und stieß die Karaffe zu Boden, wo sie zerbrach. „Das ist unmöglich!"

„Vorsicht", sagte Stratford mit teilnahmsloser Stimme. „Der Brandy fließt zum Feuer."

„*Verdammt!*" Amesbury zuckte zusammen und ließ sein Taschentuch fallen, um den Strom aufzuhalten. „Ich habe nur noch vier von diesen Flaschen." Er läutete und die Tür zur Bibliothek sprang auf. „Hol jemanden, der das hier sauber macht und bring mir eine neue Flasche."

Als ein zweiter Lakai die Scherben beseitigt hatte und die neue Flasche Brandy entkorkt war, setzte Amesbury sich. „Beginne noch einmal von vorne", verlangte er.

„Mein Onkel, der vierte Earl of Worthing", verkündete Stratford mit zusammengebissenem Kiefer, „sah sich dazu veranlasst, den ertragreichsten Teil des unabhängigen Grundstücks einem mittellosen Mädchen zu vermachen, das nichts mit unserer Familie zu tun hat." Er trank einen großen Schluck. Als das Feuer seine Kehle hinabgeronnen war und er wieder zu sprechen vermochte, fügte er hinzu: „Ich weiß nicht, warum, doch ich werde es herausfinden. Vielleicht ist sie keine Daventry." Sobald ihm die Worte über die Lippen kamen, bereute er sie. Das war ihrer nicht würdig. Oder seiner.

„Es muss ein Schlupfloch geben. Das ist Wahnsinn. Wie lange ist das Grundstück schon an dein Anwesen gebunden?" Amesbury vergaß sich solchermaßen, dass er das Glas seines Freundes bis zum Rand mit der kostbaren Flüssigkeit füllte.

„Es gibt nie Schlupflöcher. Und es ist an ihre Mitgift gebunden. Der Mann, der sie heiratet, wird es bekommen." Worthing trank das ganze Glas in einem Zug aus. „Ah", sagte er, als er die Tränen weggeblinzelt hatte. „Wenn ich nicht achtgebe, kann es sein, dass ich es mit dem Trinken übertreibe."

„Unsinn", erwiderte Amesbury abwesend. Er stand wieder auf und ging zum Feuer hinüber, dann schritt er zu seinem Platz zurück, nahm das Glas und schwenkte den Inhalt nachdenklich. „An ihre

Mitgift gebunden, sagst du? Heirate sie! Und hol dir das Land zurück. Sie sieht nicht schlecht aus und bei ihrer Familiengeschichte wird sie sich dir zu Füßen werfen."

Stratford schüttelte den Kopf und versuchte, sich von den Dämpfen zu befreien, die wohl sein Gehör beeinträchtigten. „Du sagst mir, ich soll sie heiraten. Du, der wollte, dass ich sie wegen ihrer fragwürdigen Vergangenheit sofort nach der Testamentseröffnung fortschicke. Ein Mädchen, frisch aus der Schule?"

„Nun, diese Erbschaft lässt natürlich alles in einem neuen Licht erscheinen. Es scheint, dass sie nicht ohne Mitgift ist, und das macht sie zu einer angenehmeren Wahl." Amesbury murmelte: „Ich würde sie heiraten..."

„Was?", schnappte Worthing.

„Ich sagte: ‚Ich würde sie heiraten.' Warum sollte ich jemand anderen mit dem Erbe entwischen lassen, wenn es nur denen dient, die mit dem Land verbunden sind. Es sei denn, du wolltest sie..."

„Ich werde einer jungen Dame, die unter meinem Schutz steht, wenn auch nur vorübergehend, nicht aus solch habsüchtigen Gründen einen Antrag machen. Sie wird sich einen anderen Verehrer suchen müssen."

„Oh, das wird sie." Amesbury ging zum Billardtisch hinüber und verteilte die schweren Elfenbeinkugeln über das Filztuch. „Ich wette, ihre Tanzkarte wird voll sein, die Taugenichtse werden mit den Schwindlern wetteifern und sie wird noch vor dem Sommer einen Heiratsantrag von einem Kerl bekommen, der bis über beide Ohren verschuldet ist. Es gibt keinen Grund, warum wir nicht zuerst unser Glück versuchen sollten. Los. Ich lasse dir den ersten Versuch."

Stratford stand auf und spürte, wie sich die Welt um ihn drehte. Wenn er sich einige Zeit auf das Spiel konzentrieren könnte, würde er einen klaren Kopf bekommen und am Morgen nicht so erschöpft sein. Sein Freund schenkte ihm jedoch noch mehr Brandy ein und er war verpflichtet, einen Schluck zu trinken. Er schaute das Glas verwirrt an. Die Flüssigkeit schimmerte in den schönsten Bernsteintönen. Nicht ... unähnlich Miss Daventrys Augen.

Er nahm einen weiteren Schluck, ergriffen von dem ausgezeichneten Geschmack, der Erinnerung daran, dass viele Jahre vergangen waren, seit er keine Schlachten zu schlagen und nichts weiter zu tun gehabt hatte, als Vergnügungen nachzugehen, und der nagenden Irritation, dass in der Tat jeder Herr, ob jung oder alt, der sein Vermögen durchgebracht hatte, Miss Daventry nachstellen würde. Stratford lehnte sich an den Billardtisch, den Queue in der Hand, und vergaß für einen Augenblick, was er damit eigentlich tun sollte.

Ihr blasses Gesicht und ihre sanften bernsteinfarbenen Augen flackerten vor ihm auf, und er hatte den seltsamen Eindruck, dass diese intelligenten Augen ihn anflehten, etwas zu tun, um sie zu beschützen. Er schüttelte den Kopf.

Ich habe schon genug Sorgen, auch ohne die Bürde einer Frau, die ich kaum kenne. Doch auch während er das Ende seines Queues mit Kreide einrieb und zielte, blieb der Gedanke bestehen.

KAPITEL FÜNF

Der Schlaf wollte nicht kommen. Eleanor zündete eine Kerze auf ihrem Nachttisch an und trug sie zur Uhr an der Wand. Fünf Uhr. Nun, sie konnte sich weiter hin und her wälzen und sich sorgen oder sie konnte spazieren gehen und versuchen, so ihren Kopf freizubekommen.

Sie zog sich Wollstrümpfe und ein schweres Tageskleid an, putzte sich rasch die Zähne und band sich die Haare zusammen. Mit einer Pelisse über dem Arm glitt sie leise in den Flur, wo alles still und dunkel war. Sie fuhr mit den Fingern an der Wand entlang, um sich zu orientieren, und schlich auf Zehenspitzen an den schattenhaften Rahmen von unerkennbaren Vorfahren vorbei, die ihr den Weg wiesen, und erinnerte sich daran, dass diese längst verstorben waren. Sie war ganz allein.

Die schwarzen Umrisse der Bäume zeichneten sich in der Ferne jenseits der hohen Glastüren zur Terrasse ab und sie zögerte am Eingang zur Bibliothek, ehe sie sich auf den Weg zu ihnen machte. Wenigstens waren die Vorhänge nicht zugezogen und sie konnte sehen, was draußen war, ehe sie die Klinke hinunterdrückte. Beinahe hätte sie jedoch wieder kehrtgemacht. Wer wusste schon, was diese Bäume verbargen, welche Gefahren dort lauerten. *Nein, so feige bin ich nicht*, dachte sie, ungeduldig mit sich selbst. *Da ist nichts.* Der rosarote Himmel, der die Morgendämmerung ankündigte, würde nicht lange auf sich warten lassen.

Mit wenigen Schritten hatte sie das Haus hinter sich gelassen, dessen Fassade kalt und abweisend wirkte, und bewegte sich über die Wiese, die Arme schwingend, um Angst und Kälte zu vertreiben. Der Weg zum Waldrand war länger, als er schien – länger, als er ihr erschienen war, als sie zu Pferd über die Wiese geritten war. Als sie sich der anderen Seite näherte, hatte sich der Himmel aufgehellt und gab den Blick auf eine Steinmauer frei, an deren Rand eine Bank stand. Der vollkommene Ort zum Nachdenken.

Sobald sie Platz genommen hatte, konnte Eleanor nicht umhin, sich mit dem Problem zu beschäftigen, das ihr am meisten im Kopf herumging. *Was* würde sie nach der Londoner Saison tun? Es schien eine gleichermaßen dringliche wie schwer fassbare Angelegenheit zu sein. In einem Punkte war sie sich jedoch sicher. Sie würde in dieser Saison sicher nicht heiraten. Sie konnte keinen Antrag annehmen, wenn sie so jung war und von ihrem eigenen Herzen ebenso wenig wusste wie von den Männern. Diejenigen, die ihre Londoner Saison hatten, strebten hoch hinaus. Sie strebten nach einem Titel. Sie ... nun, sie hoffte auf tiefere Gefühle, als eine Vernunftehe sie bieten konnte.

Das Abendessen gestern Abend war ein Streifzug durch akutes Unbehagen gewesen, als ihre Tante ihre Zufriedenheit über Eleanors Erfolg zur Schau gestellt hatte. Natürlich sah es niemand sonst als Erfolg an. Eher als Diebstahl. Einmal hatte sie Lord Worthing dabei ertappt, wie er sie anstarrte, doch als sich ihre Blicke trafen, unterbrach er den Blickkontakt zuerst und wandte sich ab. Dann kam er in den Salon und zeigte noch mehr von der Wärme und dem Humor, die sie in ihm vermutete, bis er sie abrupt verließ, nachdem sie ihm die mehr als bescheidene Anschrift ihrer Tante in London verraten hatte. Eleanor seufzte. Er hätte sich nicht die Mühe machen müssen, sich mit ihr zu unterhalten, wenn er sie für derart unter seiner Würde hielt.

Obgleich sie hoffte, dass ihre Saison in London angenehm verlaufen würde, machte sie sich keine falschen Hoffnungen. Im

Haus der Ingrams, wo Eleanor während der Saison wohnen würde, wäre es erforderlich, sich mit allen Verehrern zu unterhalten, die Lady Ingram zu ihren Gunsten vorschlug. Wenn keiner den Anforderungen genügte – und das würde sicherlich der Fall sein, vor allem, nachdem sie Mr. Amesburys Reaktion gesehen hatte –, könnte sie sich eine Anstellung suchen, eine Notwendigkeit, da ihr jede Art von nutzbringendem Erbe verwehrt worden war. *Und was wird mit dem Land geschehen, wenn ich nicht heirate? Das werde ich erfragen müssen.*

„Was sehe ich denn da…"

Aus ihrer Träumerei aufgeschreckt, setzte sich Eleanor kerzengerade auf, als sie die schleppende, spöttische Stimme hörte, die eindeutig sie ansprach. Ihr Nacken kribbelte vor Angst, während ihr Blick hin und her huschte.

„Ein Paradiesvogel? Hier in England", fuhr die Stimme fort.

Der Rand der Wiese hatte begonnen, Gestalt anzunehmen, und die massige Form, die sie für einen Busch gehalten hatte, bewegte sich. Sie nahm einen tiefen Atemzug und blies ihn in einer Wolke aus, ehe sie sich dazu entschloss, der Sache nachzugehen.

Das Rätsel löste sich, als sie näherkam und den Herrn entdeckte, der auf einer anderen Steinbank ausgestreckt lag. Sie erkannte das Gesicht, die Gestalt, die wohlgeformten Schultern, doch die kühle Gelassenheit war verschwunden. Er war unbeholfen, zerzaust, ganz anders. „Mylord", grüßte sie und konnte sich die Ironie in ihrer Stimme nicht verkneifen.

Er grunzte, blickte zu ihr auf und ließ den Kopf wieder sinken. „*Kein* Paradiesvogel." Er schüttelte sich vor leisem Lachen. „Eine Junghenne."

Als Eleanor nichts erwiderte, öffnete er ein Auge und starrte sie an, bis er sie deutlich sehen konnte. „Miss Daventry", lallte er. „Was machen Sie so spät in der Nacht hier draußen? Das gehört sich nicht."

Plötzlich war jegliche Einschüchterung, die sie zuvor in seiner Gegenwart empfunden hatte, verschwunden, und sie hob ihr Kinn. „Es ist nicht spät in der Nacht, Mylord, sondern früh am Morgen."

Earl Worthing setzte sich langsam auf und öffnete beide Augen.

„Morgen, sagen Sie? Ja, ich nehme an, es könnte Morgen sein." Seine Stimme klang belegt, doch verständlich.

„Die beiden gehen ineinander über, nehme ich an, wenn man zu tief ins Glas geschaut hat", gab Eleanor trocken zurück.

Er winkte ab. „Ich bin lediglich ein wenig angetrunken." Dann sah er sie mit zusammengekniffenen Augen an und fragte: „Was wissen Sie schon davon, zu tief ins Glas zu schauen?"

Sie schniefte. „Der Stallknecht in Camberley erzählt mir mancherlei, damit ich nicht ganz so grün bin."

„Nicht so grün, was? Grün bleiben Sie trotzdem, bis Sie … nun, egal." Lord Worthing legte eine Hand an seinen Kopf. „Also, Miss Daventry. Was werden Sie als Nächstes tun?" Er warf ihr einen Blick aus verhangenen Augen zu. „Nun, da Ihr Erbe davon abhängt, einen Ehemann zu finden?"

Eleanor spürte, wie sich ihr Rücken versteifte. „*Nicht*, dass es Sie etwas anginge, doch ich habe nicht vor zu heiraten. Erbschaft hin oder her, ich werde mich nicht zur Verfügung stellen, damit irgendein Herr, der mir gleichgültig ist, sich die Taschen füllen kann."

Der Earl schien darüber nachzudenken. Dann, ob aus Vergesslichkeit oder Hartnäckigkeit, fragte er erneut. „Was werden Sie also tun?"

Der Wind wurde ihr aus den Segeln genommen. Es gab keine einfache Antwort. „Ich werde meine Saison in London verbringen. Und während ich dort bin, werde ich nach Möglichkeiten Ausschau halten, um Gouvernante zu werden oder an einer Mädchenschule zu unterrichten." Sie starrte auf das Ufer des schwarzen Teiches zwischen der Wiese und dem Anwesen und band ein Gewicht an ihren Traum, sich zu verlieben und eine eigene Familie zu gründen. *Platsch.* Sie ließ den heimlichen Wunsch fallen und sah zu, wie er auf den Grund sank.

„Warum nicht heiraten?" Da war wieder dieser sardonische Zug um seine Lippen. Wie hatte sie nur jemals glauben können, dass dieser Mann warmherzig sein könnte? „Vorausgesetzt natürlich, Sie können sich von den anderen flatterhaften Debütantinnen abheben, die sich um einen Heiratsantrag reißen."

„Ich werde nicht…" Sie grübelte einen Moment, ehe sie antwortete.

„Ich glaube nicht, dass ich so jung heiraten werde, wenn ich überhaupt heirate." *Und Sie bestätigen nur die Richtigkeit meiner Einwände. Was erwartet mich in der Ehe anderes als ein betrunkener Flegel, der meint, er könne mich beschimpfen, wann immer es ihm beliebt? Danke, nein.*

Lord Worthing schnaubte. „Alle jungen Frauen wollen heiraten. Sie werden Ihre Meinung noch früh genug ändern." Er trat gegen die Erde zu seinen Füßen, verfehlte den Grasbüschel und verlor dabei das Gleichgewicht. „Und Sie werden einen Kandidaten gegen den anderen ausspielen, bis Sie den Trottel gefunden haben, der am besten zu Ihnen passt." Er schloss die Augen, als litte er Schmerzen.

Eleanor wandte sich ruckartig ab. „Mylord, ich wünsche Ihnen einen schönen Tag. Ich muss mich wieder in mein Zimmer begeben."

Mit unerwarteter Gewandtheit ergriff er ihren Arm und zog sie neben sich auf die Bank. „Nein, bleiben Sie." Er salutierte beschwipst mit der Hand. „Manche Männer mögen braune Haare."

Was sollte das denn bedeuten? Eleanor entzog ihm ihren Arm und starrte ihn wütend an. „Mylord?", sagte sie, hin- und hergerissen zwischen Verwirrung und Zorn.

Er blinzelte, als käme er zu sich. Und obgleich sie gehen wollte, ließ sein plötzlicher, direkter Blick sie nicht los. „Miss Daventry, ich habe Ihnen einen Vorschlag zu unterbreiten und bitte Sie, mir ein paar Minuten Ihrer Zeit zu schenken." Nun schlug ihr das Herz bis zum Halse. Sein Lallen war verschwunden. Er wirkte völlig konzentriert.

Earl Worthing rutschte auf seinem Platz hin und her, wandte sich von ihr ab, um Luft zu holen und, wie sie befürchtete, um eine Welle der Übelkeit zu bekämpfen. „Auch ich muss die Londoner Saison absolvieren, doch im Gegensatz zu Ihnen trage ich eine große Verantwortung. Ich muss eine Frau finden." Er stützte sich auf die Ellbogen und schüttelte den Kopf. „Was für eine Made wohl in den Kopf meines Onkels eingedrungen ist, das nicht zugehörige Grundstück auf diese Weise in das Testament zu setzen. Er muss gewusst haben, dass es nur für einen Worthing von Nutzen ist. Und ich schätze es nicht, wenn man mir die Hand zur Heirat zwingt." Eleanor tippte abwartend mit dem Fuß.

Mit einem Seitenblick fuhr er fort. „Ich schlage Folgendes vor. Heiraten Sie mich, Miss Daventry. Sie sind jung genug, um sich als Peeress ausbilden zu lassen, und werden wahrscheinlich keine fordernde Ehefrau sein, was genau das ist, was ich wählen sollte. Im Gegenzug werde ich ein anspruchsloser Ehemann sein. Dann bekommen Sie einen Titel, und ich bekomme das Land, das mit dem Anwesen hätte kommen sollen. Ich kann mir vorstellen, dass beide Seiten davon profitieren werden."

Nachdem er sein Herz auf solche Weise entblößt hatte, löste Earl Worthing seine schlaffe Krawatte, und Eleanor befürchtete, dass er sich seiner Übelkeit tatsächlich hingeben würde. Er bemerkte ihre Besorgnis – oder ihren Ekel – nicht, sondern fuhr blindlings fort. „Es wird uns beiden eine Saison ersparen, die wahrscheinlich weder angenehm sein noch befriedigend enden wird."

Eleanor sprang auf und bebte vor Wut. Wie konnte er es wagen, sie auf diese Weise zu beleidigen? Dass er ihr nicht einmal die geringste Höflichkeit eines Herrn entgegenbrachte? *Oho*, und er dachte, sie könnte in Versuchung geraten, seinen Antrag anzunehmen? Nicht, wenn ihr Leben davon abhinge! Sie kämpfte um die Beherrschung ihrer Gefühle und suchte nach der geeigneten Erwiderung, wobei sie die Fäuste an den Seiten ballte.

„Nun, Miss Daventry? Was wird es sein?"

Eleanor hob ihren Blick zu den Fenstern des Herrenhauses, in denen sich nun die rosafarbenen Töne des Sonnenaufgangs spiegelten. Er mochte sich nicht wie ein Gentleman verhalten, dennoch konnte sie sich wie eine Dame benehmen.

Der edle Gedanke erstarb schnell, als der Earl eine ungeduldige Geste machte und ihre Sinne mit dem überwältigenden Geruch von Spirituosen überfiel. *Gib dir keine Mühe, damenhaft zu sein*, dachte sie. *Er wird sich ohnehin nicht an dieses Gespräch erinnern.* Mit süßlicher Stimme antwortete sie: „Ich bin sicher, Mylord, dass ich genau die Art von anspruchsloser Ehefrau bin, die Ihnen gefallen würde"– sie trat einen Schritt zurück, diesmal vorsichtig, damit er nicht wieder ihren Arm ergriff – „doch es tut mir leid, Sie enttäuschen zu müssen. Meine Antwort lautet ,Nein'."

Lord Worthings Stimme war rau. „Miss Daventry, mit welcher Begründung weisen Sie mich zurück?"

„Mit der Begründung, dass ich Sie nicht liebe, Mylord", Eleanor errötete ob der Verletzlichkeit ihrer Worte, drehte sich ihm aber zu ihm um, „und dass Sie offensichtlich keinerlei Liebe für mich empfinden."

„Man heiratet nicht aus Liebe! Sie haben kein großes Vermögen, keine Schönheit, keine Aussichten, abgesehen von diesem Stück Land, das nur für mich von Nutzen ist. Es ist unverzeihlich rührselig von Ihnen"– er spie das Wort aus – „mich aus einem solch belanglosem Grund abzuweisen."

„Und doch, Mylord, bleibe ich standhaft." Sie verschränkte die Arme in ihrer Pelisse und sah Lord Worthing mit zusammengekniffenen Augen an. „Wenn Liebe in einer Ehe schon nicht möglich ist, so sollte ich doch zumindest Respekt verlangen. Sie haben mir mit Ihrem Antrag gezeigt, dass dies nicht möglich ist."

„Sie sind unvernünftig", rief er, nun vor Anstrengung schwankend.

„Es scheint, dass wir uns in einem Punkt einig sind, Mylord." Sie wandte sich zum Gehen. „Keiner von uns beiden will zur Heirat gezwungen werden."

Eleanor ging davon, ihr dunkelbrauner Rock schwer von der Feuchtigkeit des gefrorenen Grases. „Sie sind nicht nur *ein wenig ange-trunken*", murmelte sie und ihre Worte wurden von der Brise zurück-getragen.

„Sie, Sir, sind völlig hinüber!"

KAPITEL SECHS

Josiah Benchly schritt durch den Raum und riss die Vorhänge an ihrer Eisenstange entlang, so dass das helle Sonnenlicht auf Stratfords Gesicht fiel. Es war offensichtlich, dass der Kammerdiener mit seinem Herrn unzufrieden war und dass er es zu zeigen wagte, verriet, dass er schon in Stratfords Diensten gestanden hatte, ehe der Earl das Mannesalter erreicht hatte. Der Rasierschaum wurde kräftig gemischt und die Bürste knallte laut gegen den Mantel.

Als der Diener einen Stiefel aufhob, sagte Stratford: „Genug. Benchly, ich beschwöre dich. Nimm Rücksicht auf meinen Kopf. Wie viel Uhr ist es? Muss ich mich für das Mittagessen eilen?"

Benchly ließ die Bürste locker an seine Seite fallen. „Mittagessen, Mylord? Die Damen werden sich in Kürze zum Tee hinsetzen. Billings hat Mr. Grund gebeten, die Gesellschaft an Ihrer Stelle über das Gelände zu führen. Wir haben Ihre Gäste wissen lassen, dass Sie mit einer Migräne darniederliegen."

Stratford stöhnte. Er setzte sich rasch auf, doch sein Magen rebellierte und zwang ihn, sich wieder hinzulegen. „Das ist eine Frauenbeschwerde. Hättest du nicht einfallsreicher sein können?" Als Benchly nicht antwortete, setzte sich Stratford erneut auf, diesmal etwas vorsichtiger. „Du sagtest, es sei Zeit für den Nachmittagstee? Dafür ist die Sonne zu hell. Es kann nicht viel später als Mittag sein."

„Ich glaube, Sie haben sich noch nicht an das Herrenhaus gewöhnt, Mylord", antwortete Benchly. „Mir wurde gesagt, dass die Sonne von den Fenstern auf der Seite des Anwesens, die hervorsteht, reflektiert wird und es hat den Anschein, als stünde sie über uns. Doch ich versichere Ihnen, es ist drei Uhr. Und nun, Mylord", beschwichtigte der Kammerdiener, „wenn Sie sich jetzt ins Bad begeben, werde ich dafür sorgen, dass Sie wieder präsentabel sind."

„Verflucht", bellte Stratford. „Ich bin kein Weichling. Mach einfach."

Als Stratford sah, dass sein Kammerdiener schniefend schwieg, stand er auf und gab ein Geräusch von sich, welches eine Mischung aus Stöhnen und Lachen war. „Ich bin ein Monster, Josiah. Ich weiß nicht, wie du es mit mir aushältst."

„Nun, Sie sind nicht Sie selbst, wenn ich mir die Bemerkung erlauben darf." Benchly nahm die Seife auf und legte sie auf den Ständer neben der Kupferwanne. Seine Gesichtszüge wirkten weniger eisig.

„Ja, nun, ich weiß nicht, was in mich gefahren ist, mich zu betrinken wie ein gewöhnlicher Milchbart." Es war drei Uhr, und seine Gäste mussten bald von ihrem Rundgang zurückkehren. Es würde zu kalt und feucht sein, um lange draußen zu bleiben. Er musste...

Feucht! Woher wusste er, dass es feucht war? Nachdem er den größten Teil der Nacht damit verbracht hatte, Amesburys Brandy zu trinken, hatte er die restlichen Stunden im Freien verbracht, und, ja ... wen hatte er dort getroffen? Eine Vision schwebte vor seinen Augen, ein frisches Gesicht, das ihn vor dem grauen Himmel anblickte. *Miss Daventry.*

Er atmete scharf ein, und dieses Mal revoltierte sein Verstand ebenso wie sein Magen. Er hatte dem Mädchen einen *Antrag gemacht*! Und das, wenn er sich richtig erinnerte, auf die beleidigendste Art und Weise, die man sich vorstellen konnte. Er war kein feinfühliges Wesen, doch das war selbst für ihn stumpf gewesen. Was um alles in der Welt war nur in ihn gefahren, etwas Derartiges zu tun?

Mitleid, vermutlich. Kein Wunder, dass sie ihm den Laufpass gegeben hatte. Stratford ließ sich in das Wasser sinken, das so kochend heiß war, wie er es gerade noch ertragen konnte. Sein Magen krampfte sich zusammen und beinahe hätte er sich dessen Inhalt in der Schüssel entledigt, die der Kammerdiener für eben diesen Zweck bereitgestellt hatte, hielt sich jedoch zurück. Stattdessen ergriff er schweigend den Schwamm, den Blick auf den kupfernen Rand der tiefen Wanne gerichtet. Seine Hand, die den Schwamm hielt, sank auf sein Bein und blieb dort liegen. Er war entsetzt.

Seine eigenen Worte kamen ihm wieder in den Sinn. *Sie werden wahrscheinlich keine fordernde Ehefrau sein und ich werde im Gegenzug ein anspruchsloser Ehemann sein ...* Das allein wäre nicht so schlimm gewesen, doch dann, als sie ihn abgewiesen hatte: *Sie haben kein großes Vermögen, keine Schönheit, keine Aussichten.*

Warum hatte sie ihn noch gleich abgewiesen? Ach ja. Wegen der Liebe. *Und vielleicht wegen meiner Redensweise,* dachte Stratford ironisch. Er gab Seife auf den Schwamm und begann sich zu waschen, doch der Mandelduft half seinem schlechten Gewissen nicht. Er tauchte unter Wasser und ließ zu, dass die heiße Flüssigkeit seine Trommelfelle füllte und alles andere verdrängte.

Das Letzte, woran er sich nach seinem abendlichen Rausch mit einiger Klarheit erinnerte, nachdem sein verwirrter Verstand sich mit Miss Daventrys Notlage auseinandergesetzt hatte, war, wie wenig er Judith in London sehen wollte – wie sehr sie ihn noch immer versuchte und wie sehr er alles tun würde, um ihrem Zauber zu widerstehen. Der Brandy hatte die beiden Situationen durcheinandergebracht, bis die eine zu einem Mittel wurde, der anderen zu entkommen. Welch ein Fiasko.

Je mehr er darüber nachdachte, desto schlimmer wurde es. Er würde sich entschuldigen müssen. So viel war klar. Drei Jahre auf der Halbinsel hatten offensichtlich ausgereicht, um seine Manieren zu verderben. Wenn er sich noch Hoffnungen machen wollte, als Ehrenmann zu gelten, musste er die Situation jetzt bereinigen. Niemand durfte sich Miss Daventry gegenüber so verhalten, wie er es getan hatte, und weiterhin diese Bezeichnung verdienen.

„Benchly!" Auf sein Wort hin kam sein Kammerdiener mit einem weichen Handtuch herein und reichte es seinem Herrn, der sich hingestellt und das Wasser über den Wannenrand hatte laufen lassen. Stratford nahm das Handtuch und vergrub sein Gesicht darin. Entschuldigungen fielen ihm nicht leicht, doch er war kein Mann, der sich vor seiner Pflicht drückte. Er musste seinen Fehler eingestehen und sich ihm so rasch wie möglich stellen.

Die Gruppe, die die Führung unternommen hatte, betrat gerade den Saal, als Stratford die Treppe hinunterkam. Die Gäste, die mit den Füßen stampften und ihre Umhänge ablegten, drehten sich alle gleichzeitig um, als er ins Blickfeld kam.

„Ich bitte um Verzeihung, dass ich mich nicht früher zu Ihnen gesellt habe. Ich hatte...", er suchte in der Menge nach Miss Daventrys Gesicht und fing ihren Blick auf, „...Kopfschmerzen." Er konnte im Augenblick nicht mit Miss Daventry sprechen. Es würde zu viel Gerede verursachen, wenn er sie aus der Gruppe holte. Zudem wäre es einfacher, wenn er etwas im Magen hätte.

Stratford zog sich in die Bibliothek zurück und versuchte, die Energie aufzubringen, um nach etwas Essbarem zu klingeln, obgleich er sich nicht sicher war, ob es helfen würde. Er öffnete sein Hauptbuch und ließ die Zahlen vor seinen Augen schwimmen, bis er sich schließlich umdrehte und aus dem Fenster starrte, um die pochenden Kopfschmerzen und die Wellen der Übelkeit zu vertreiben. *O Gott, ich verdiene meine Strafe.*

Eleanor beobachtete, wie der Earl die Bibliothek betrat und drehte sich zum Fenster, damit niemand ihre Verwirrung bemerkte. Wie unangenehm es war, ihn wiederzusehen. Schlimmer als sie befürchtet hatte. Was hatte sie erwartet? Eine Entschuldigung? Dass er zerknirscht aussah? *Es scheint, als müsste allein ich unter der Verlegenheit leiden.*

Als der Butler ihre Tante auf einen Brief aufmerksam machte, den sie erhalten hatte, war Eleanor endlich bereit, ihr Gesicht zu zeigen. „Von wem ist er, Tante?" Eleanor ging zu ihr und vermutete, er könnte von der Schwester ihrer Tante sein. Vielleicht würde Mrs. Renly sie einladen, bei ihr zu bleiben. Nun, da das Testament verlesen worden war, hielt sie nichts mehr davon ab, das Haus zu verlassen, und sie hatte keine Lust, noch eine weitere Nacht in diesem Haus zu verbringen.

„Er ist von Matilda." Mrs. Daventry bemerkte den Butler, der noch immer dastand, und drehte den Brief um. „Ah, er ist nicht frankiert worden." Sie griff in ihr Täschchen und holte zwei kleine Münzen heraus. „Ich danke Ihnen."

Schweigend folgte Eleanor ihrer Tante die Treppe hinauf und in ihr Zimmer, wo sie zum Fenster hinüberging. Du liebe Güte! Das waren Schneeflocken, die da fielen, und das um diese Jahreszeit. Ihre Tante hatte nicht zu Unrecht darauf bestanden, dass sie alle zurückkamen, weil es kälter wurde.

Es würde nur eine leichte Pulverschicht sein, beschloss sie, als sie die Flocken fallen sah. Nicht genug, um sie hier bei Earl Worthing zu halten. Er hatte heute Nachmittag nur teilweise erholt gewirkt. Sauber, aufrecht und frisch rasiert, doch er sah fast so aus, als ob er Schmerzen hätte. Vielleicht bereute er es tatsächlich. Oder besser noch, vielleicht hatte er den ganzen Vorfall vergessen. Das wäre ein glücklicher Umstand. Da sie weder seine Untergebene war, die er mit Gewalt erobern konnte, noch jemand, den er ernsthaft zu erobern versuchen würde, wenn er nüchtern war, war es besser, er hatte die ganze Angelegenheit vergessen, als dass er sie in Verlegenheit brächte, indem er sie zur Sprache brachte.

Sie haben kein großes Vermögen, keine Schönheit und keine Aussichten. Sie hatte also kein Vermögen? Sie würde wetten, er hätte ihr keinen Antrag gemacht, wenn sie nicht das Stück Land geerbt hätte. Er hatte versucht, es herunterzuspielen, doch sie wusste, es war kein geringes Erbe. Heute Morgen hatte der Gerichtsvollzieher sie auf Anweisung des Anwalts zur Besichtigung mitgenommen und sie war verblüfft, als sie erfuhr, wie viel sie nun wert war. Ein kleines Vermögen, das sie leider nie ganz besitzen würde.

Eleanor hatte nie gesehen, wie eine auf Liebe gründende Ehe aussah. Sie hatte weder ein Vorbild dafür, noch würde irgendjemand in ihrem Bekanntenkreis es für ein lohnenswertes Ziel halten, aus Liebe zu heiraten. Dennoch wusste sie von ganzem Herzen, dass das Einzige, was sie dazu bewegen konnte, in den Stand der Ehe zu treten, Liebe wäre, der Umstand dass sie einen Mann liebte und von ihm geliebt wurde. Unter diesen Bedingungen gab es wenig Hoffnung auf eine Heirat, doch sie konnte Earl Worthing zeigen, dass selbst ein Mädchen, das nicht besonders schön war, einen würdigeren Antrag als den seinen erhalten konnte.

Ihre Tante faltete das cremefarbene Papier zusammen und Eleanor wandte sich ihr zu. „Sind wir zu ihr eingeladen? Wann können wir gehen? Hat sie vor, diese Saison nach London zu kommen?"

„Nicht so viele Fragen, Eleanor." Mrs. Daventry legte den Brief auf den Frisiertisch. „Wir sind eingeladen, doch ich fürchte, es wird kein angenehmer Aufenthalt sein. Meine Schwester ist krank. Sie scheint sehr krank zu sein, denn ich habe sie noch nie einen so kurzen Brief schreiben sehen. Ich mache mir Sorgen und denke, wir sollten schon morgen abreisen, so sich ein Transportmittel finden lässt."

„Selbstverständlich", meinte Eleanor. Sie drückte ihre Hände zusammen. „Lass uns früh aufbrechen. Ich werde meine Sachen packen. Oder möchtest du, dass ich mit einem Lakaien spreche, um eine Kutsche zu mieten?"

Mrs. Daventry hob einen Finger. „Zuerst muss ich mit dem Earl sprechen. Er wird dafür sorgen, dass Vorkehrungen getroffen werden." Ihre Tante seufzte. „Es ist wirklich schade, dass du nicht mehr Zeit mit ihm verbringen kannst, er dir einen Heiratsantrag macht und du die Saison mit einem Ehevertrag in der Hand genießen kannst. Doch ich nehme an, es lässt sich nicht ändern." Sie seufzte erneut, als wollte sie sagen, dass, wenn Eleanor nur getan hätte, was geboten gewesen wäre, dies vielleicht hätte geschehen können.

„Das ist sehr schade", antwortete Eleanor. Sie ging in ihr Zimmer und war erleichtert, dass ihre Tante den Aufruhr in ihren Gedanken nicht hatte sehen können. *Gut so!* Sie würde bald von der Quelle ihrer Verlegenheit befreit sein. Wenn sie Earl Worthing heute Abend beim Abendessen aus dem Weg gehen konnte, brauchte sie nur seine unwahrscheinliche Anwesenheit beim Frühstück zu riskieren und dann zu versuchen, ihn zu meiden, falls er nach London kommen sollte. Er schien von dieser Vorstellung nicht angetan zu sein und Männer hatten mehr Macht, ihre Zukunft zu lenken. In jedem Fall würden Lord Worthing und sie sich nicht in denselben Kreisen bewegen.

DIE ZEIT DRÄNGTE. Als Stratford von ihrer Tante erfuhr, dass Miss Daventry am morgigen Tag abreisen würde, wusste er, dass er sie nicht gehen lassen konnte, ehe er seinen Teil gesagt hatte. Er schuldete ihr eine Entschuldigung und wenn er sie einmal ausgesprochen hatte, konnte er sie ein für alle Mal vergessen. Stratford kleidete sich sorgfältig an und probte so lange, bis die Entschuldigung glatt und aufrichtig wirkte.

Das Glück war nicht auf seiner Seite. Beim Abendessen saß Stratford neben Mrs. Daventry statt neben ihrer Nichte und verbrachte die Mahlzeit damit, ihr zu erklären, dass es keinen Grund zur Sorge gebe. Er hatte ein Transportmittel nach Reading gefunden, die Straßen waren in gutem Zustand und er hatte Miss Daventrys Nachsendeauftrag an den Anwalt weitergegeben. Sie würden gut versorgt sein.

Stratford erhob sich vom Tisch und hoffte, Miss Daventry endlich im Salon in die Enge treiben zu können, doch stattdessen verlor er ein Katz-und-Maus-Spiel. Miss Daventry war in ein Gespräch mit diesem Gecken, Crenshaw, vertieft, der leider nicht angekündigt hatte, wann *er* sich aufmachen würde. Sie unterhielt sich mit ihm, ehe sie sich dem jungen Keyes zuwandte, der einen Tag nach der Testamentseröffnung endlich aufgetaucht war und seinen Vater zu einem Anfall von apoplektischem Ausmaß provoziert hatte.

„Philip, da bist du ja endlich“, rief Stratford, in der Hoffnung, dass er, indem er sich mit seinem Cousin unterhielt, einen Weg finden würde, Miss Daventry allein zu erwischen.

Miss Daventry schenkte Keyes ein Lächeln. „Sie beide werden natürlich viel zu besprechen haben." Dann wandte sie sich von Stratford ab.

Seine Tante Hester nutzte diesen Moment, um Miss Daventry zum Klavierspielen zu überreden. Wenn Stratford gehofft hatte, nach ihrem (hübschen, wie er fand) Spiel eine Chance bei ihr zu haben, war er zur Enttäuschung verdammt. Keyes hatte ihn immer noch in der Zange, als die Damen der Gruppe gute Nacht sagten.

Stratford knirschte vor Frustration mit den Zähnen. Am nächsten Tag hatte er für den frühen Morgen einen Termin mit dem Gerichtsvollzieher vereinbart, um zu besprechen, wie die Produktion ohne Zugang zu dem Bach, der an der Ortschaft Munroe vorbeifloss, geregelt werden sollte, und er würde nicht anwesend sein, um sie zu verabschieden.

Verflixt noch einmal. Er konnte sich nicht dazu durchringen, diese Entschuldigung schriftlich zu formulieren. Er würde sie in London treffen müssen.

KAPITEL SIEBEN

Eleanor registrierte kaum, dass die Reise zum Haus von Mrs. Renly zu Ende war, obgleich die letzte Meile über unebene Straßen geführt hatte. Was für einen Unterschied Earl Worthings gut gefederte Kutsche gemacht hatte. Sie hatte gar nicht bemerkt, dass er ihnen seine eigene lieh, bis sie am ersten Posthaus anhielten und ein Sonnenstrahl das Wappen beleuchtete, als sie wieder einsteigen wollte. *Das war nett von ihm*, dachte sie widerwillig.

Die Haushälterin war aus der Tür, ehe die Kutsche zum Stehen kam. „Mrs. Renly erwartet Sie, Ma'am. Wenn Sie mir folgen wollen, werde ich dafür sorgen, dass Foster Ihre Koffer hereinbringt."

Im abgedunkelten Wohnzimmer lag Mrs. Matilda Renly, die Augen geschlossen, das Gesicht umrahmt von einer Spitzenkappe. „O Tilly, ist es wirklich so schlimm?" schimpfte Mrs. Daventry, doch sie zog die Brauen zusammen, denn so wenig Eleanors Tante den meisten gegenüber empfand, so viel Zuneigung empfand sie für ihre Schwester.

„Offenbar nicht", antwortete Mrs. Renly schwach, doch herb. „Ich war dem Tode nahe, als der Brief verschickt wurde, doch meine robuste Konstitution – so mein Arzt – hat mir eine unerwartete Genesung ermöglicht. Doch ich bin froh über deine Gesellschaft", sagte sie, als ihre Schwester sich zu ihr herunterbeugte und ihr einen Kuss auf die Wange drückte. „Eleanor, du hast dich zu einer passablen jungen Frau entwickelt. Hoffen wir, dass deine Intelligenz überlebt hat."

„Laut der Schulleiterin habe ich viel Unsinn im Kopf", antwortete Eleanor mit einem gewinnenden Lächeln, „doch sie meint, ich hätte genug Verstand, um zu *wissen*, dass es Unsinn ist."

„Das wird schon." Mrs. Renly bemühte sich, sich aufzusetzen, gab aber bald den Kampf auf und ließ sich zurück in die Kissen fallen. „Jede kleine Anstrengung erschöpft mich. Wie lange werdet ihr bleiben?"

Mrs. Daventry zog einen Stuhl mit Spindellehne neben das Bett ihrer Schwester und setzte sich. „Solange du mich brauchst. Leider waren wir nicht lange genug in Worthing, damit der Earl sein Interesse bekunden konnte. Doch Eleanor ist eingeladen worden, die Saison in Lady Ingrams Haushalt zu verbringen und wird nächste Woche dort erwartet. Vielleicht wird sie in London *bleiben*. Da ich nicht als Anstandsdame gebraucht werde, stehe ich dir voll und ganz zur Verfügung, Tilly."

Mrs. Renly blickte Eleanor an. „Woher kennst du Lady Ingram, meine Liebe?"

Eleanor trat an das Bett heran und stützte ihre Hände auf den runden Pfosten. „Ihre Tochter Lydia war in der Schule meine engste Freundin."

„Es ist nett von ihrer Mutter, ein junges Mädchen ohne Perspektive zu unterstützen und sie in der gleichen Saison wie ihre eigene Tochter in die Gesellschaft einzuführen." Mrs. Renly suchte den Blick ihrer Schwester. „Ungewöhnlich."

„Oh, das weißt du ja noch nicht", erwiderte Mrs. Daventry zufrieden. „Eleanor hat jetzt eine Mitgift. Ihr Vormund war großzügig und hat ihr ein ganzes Stück Land vermacht, das ihr ein Einkommen von dreitausend Pfund pro Jahr einbringen wird."

„Nun, das ändert alles." Mrs. Renly schaute Eleanor scharfsinnig an. „Doch das wusste Lady Ingram nicht, als sie dich einlud."

Da Eleanor nicht die Absicht hatte, sich darüber auszulassen, warum Lydia sie zu einem Liebling ihrer Mutter gemacht hatte, schwieg sie. Doch davon zu sprechen, weckte die Erinnerung an die Nacht, in der sie Lydia vor all den Jahren zu Hilfe gekommen war. Lydia war jung, leicht zu beeindrucken und vom Tod ihres Vaters erschüttert gewesen. Sie war kurz davor gewesen, mit ihrem Lateinlehrer durchzubrennen, wenn Eleanor nicht eingegriffen hätte.

Hätte Eleanor es nur tun können, ohne ihren eigenen Ruf zu riskieren, doch sie hatte das Pech, bei ihrer Rückkehr während der Nachtruhe von Harriet Price erwischt zu werden – ausgerechnet der Person, die sich daran erfreute, sie wegen ihres mangelnden Vermögens zu quälen, und die nicht aufhörte, sie daran zu erinnern, dass sie nicht zu ihrer Gruppe gehörte. Wie eine unglückliche Episode Harriets Unfreundlichkeit in etwas Schlimmeres verwandeln konnte – in kaum verhüllte Andeutungen, dass es nur des richtigen Augenblicks bedurfte, damit sie Eleanor öffentlich des Tadels aussetzte...

Eleanor schüttelte den Kopf. Sie war froh gewesen, ihre Schulzeit hinter sich zu lassen und mit etwas Glück würde Harriet nicht an der Saison in London teilnehmen. Doch das war vielleicht zu viel der Hoffnung.

Das Gespräch war in eine lebhafte Diskussion darüber übergegangen, ob die beiden Schwestern für die Saison nach Bath ziehen sollten, wobei Mrs. Daventry die Vorzüge des Ortes aufzählte und Mrs. Renly jeden einzelnen davon zerschlug. Schließlich wurden Pläne für Bath geschmiedet und Briefe verschickt, um sich nach einer geeigneten Unterkunft zu erkundigen. Mrs. Renly, die in Rekordzeit wieder zu Kräften gekommen war, trieb die Hausmädchen zu einer wilden Packorgie an. Einmal beschlossen, verschwendete Mrs. Renly keine Zeit.

Die Woche verging, und Eleanor wurde von der häuslichen Betriebsamkeit mitgerissen, bis schließlich ihre Koffer in die Kutsche verladen wurden und sie sich neben einer Zofe niederließ, die sie zu den Ingrams begleitete, danach würde sie die Familie in London besuchen. Mrs. Daventry rief ihr in letzter Minute Anweisungen zu, wie Eleanor sie in Bath erreichen konnte, und erinnerte sie daran, um Himmels willen nicht zu vergessen, ihre Verehrer anzulächeln, wenn sie nicht als alte Jungfer enden wollte, denn ihr Lächeln wäre neben einer passablen Figur wirklich ihr einziges Attribut. „Du hast den Earl regelrecht finster angeschaut, da ist es ist kein Wunder, dass er nicht versucht hat, eure Bekanntschaft zu vertiefen."

„Also, ich muss schon sagen", murmelte Eleanor und winkte mit ihrem Taschentuch, während die Kutsche anfuhr, „der Wirbelwind von Partys und Bällen, von dem Lydia mir erzählt hat, wird nach dieser Woche recht erholsam sein."

MAJOR THOMAS FITZWILLIAM VOM 11. Regiment of Foot starrte auf den Messingklopfer in Form einer Sphinx. Er griff in seine Brusttasche und betastete das starre Siegel auf dem Filzpapier, das er bei sich trug. Das Papier fühlte sich zwar unschuldig an, doch die Botschaft darin durfte nicht in die falschen Hände geraten und sie war ihm anvertraut worden. Die Tür öffnete sich. Der Butler warf einen Blick auf seine Uniform und öffnete die Tür weiter.

„Ich möchte mit Earl Ingram sprechen", sagte der Major. „Hier ist meine Karte. Er wird mich nicht erwarten, doch ich habe eine an ihn gerichtete Korrespondenz dabei."

Der Butler ließ ihn eintreten und ging, nachdem er ihn gebeten hatte zu warten, durch die erste Tür auf der rechten Seite und überließ den Major sich selbst. Die Tapete war aus dunkelgrünem Damast und die schwarze Büste eines Familienmitglieds, die auf einem Sockel im Flur stand, beherrschte den schummrigen Korridor. *Ingram ist nicht verheiratet*, dachte er. Das war nicht die moderne Einrichtung einer Ehefrau.

Am Ende des Flurs sah er Farbe aufblitzen, als jemand einen Raum verließ. Es folgte das Profil einer jungen Frau mit verführerischen Zügen, die ihn im Dunkel des Flurs nicht wahrnahm. „Mama", sagte sie, „wenn ich am Hof vorgestellt werden soll, dann mit Eleanor. Wir fördern sie diese Saison und ich werde nicht ohne sie hingehen."

Er konnte die gedämpfte, wütende Erwiderung nicht hören, ehe sie fortfuhr. „Außerdem kannst du ihr überall Zutritt verschaffen, wo du willst. Ich werde nicht zulassen, dass sie wie eine Mittellose behandelt wird."

Eine ältere Frau folgte der jüngeren in den Flur. „Lydia, stell meine Geduld nicht auf die Probe. Das Mädchen mag nun eine Mitgift haben, doch ihr wurde auch ohne das Hofkleid kaum genug für die Saison hinterlassen und ich werde deinen Bruder nicht in die Lage bringen, hundert Pfund dafür auszugeben. Zudem, was ihre Mutter angeht..."

„Du selbst hast gesagt, dass ihre Mutter keinerlei Beachtung verdient, wenn sie ein Erbe erhält. Ich wüsste nicht, warum das bei Carlton House anders sein sollte", erwiderte das Mädchen, wobei ihr Fuß ein Stakkato auf dem Holzboden spielte.

„Mein liebes Mädchen, stell dir vor, Prinzessin Charlotte würde Einspruch erheben. Wir würden alle aus dem Königshaus vertrieben werden. Ich war durchaus bereit, dir mit dieser Einladung entgegenzukommen, aber glaube nicht eine Minute lang, dass du in allem deinen Willen durchsetzen kannst. Du wirst an jeder Versammlung der feinen Gesellschaft teilnehmen, und deine Freundin wird teilnehmen, wo sie kann. Und", drohte ihre Mutter, „ich erwarte, dass du den ersten passenden Heiratsantrag annimmst." Dem Major war es peinlich, in eine häusliche Szene eingedrungen zu sein und er war dankbar, dass seine Anwesenheit hinter der Treppe verborgen war.

„Ich werde heiraten, wann und wen ich will, Mama", schoss das Mädchen zurück. „Mit meinem Erbe kann ich mein eigenes Unternehmen gründen, wenn es dazu kommen sollte, und Freddy wird mich auch dabei unterstützen. Du weißt, dass das wahr ist. Ich bin kein kleines Mädchen mehr, das springt, wenn du es befiehlst."

„Eigensinniges Kind", schnappte ihre Mutter. Der Rest ging unter, als die dunkelhaarige Schönheit den hinteren Raum betrat, ihre Mutter ihr folgte und die Tür hinter ihnen schloss. Major Fitzwilliam schüttelte den Kopf, ein widerwilliges Lächeln in seinem Gesicht. *Eine formidable Gegnerin*, dachte er.

Der Butler kehrte zurück und bedeutete Major Fitzwilliam, ihm in das erste Zimmer auf der rechten Seite zu folgen. Dort saß Earl Ingram hinter einem imposanten Eichenschreibtisch und schrieb wütend auf ein Blatt Papier, wobei ihm eine schwarze Haarlocke ins Gesicht fiel. *Der Bruder der jungen Dame.*

Earl Ingram setzte seine Schreibfeder ab, als der Major eintrat. „Guten Tag, Major." Er stand auf, groß und in Zivilkleidung. „Sie sind weit gereist, wie ich annehme. Sie überbringen Nachrichten aus Spanien?"

„Das ist korrekt", antwortete Major Fitzwilliam. „Ich habe einen Brief aus Badajoz, den ich nur Ihnen überreichen sollte." Er zog den Umschlag aus seinem Mantel.

„Dann immer her damit." Lord Ingram streckte die Hand aus und brach das Siegel mit einer schnellen Bewegung des Federmessers. Er hob das Papier in das Sonnenlicht, das durch das Fenster fiel, und betrachtete den Inhalt. Dann setzte er sich an seinen Schreibtisch und las das Schreiben noch einmal langsamer, die Augen zusammengekniffen.

„Generalmajor Le Marchant hat Sie geschickt", bemerkte er.

„Ja." Major Fitzwilliam sagte nichts weiter.

Lord Ingram betrachtete den Major eine Minute lang und ließ dann den Brief auf den Schreibtisch fallen. „Wie viel wissen Sie über den Inhalt?", fragte er.

„Ich wurde in alle Einzelheiten eingeweiht", antwortete Major Fitzwilliam. „Ich habe Earl Wellingtons Anweisungen an den Generalmajor weitergeleitet und darauf gewartet, dass er diese Bitte formuliert. Der General möchte, dass jeder Offizier einen detaillierten Bericht über den Nachschub und die Truppen erhält, die er in den nächsten drei Monaten erwarten kann. Er hat nicht immer die Erfahrung gemacht, dass seine Forderungen in zufriedenstellender Weise erfüllt werden." Mit dem Anflug eines Lächelns fügte der Major hinzu: „Er sagte, ich könne diese Information weitergeben. Le Marchant möchte, dass über eine Botenkette regelmäßig Berichte über die Fortschritte gesendet werden. Ein Reiter wird Sie jeden Freitag um sieben Uhr morgens südlich des Hyde Parks treffen, um Ihre Nachricht entgegenzunehmen. Die erste wird in zwei Wochen erwartet. Le Marchant zog es vor, die Einzelheiten des Treffens aus der Korrespondenz herauszuhalten." Major Fitzwilliam verschränkte die Hände hinter dem Rücken.

Lord Ingram tippte auf die Ecke des gefalteten Papiers auf dem Schreibtisch. „Er sagte, er wolle den durchgesickerten Informationen über den Truppeneinsatzplan auf den Grund gehen."

Major Fitzwilliam nickte. „Es werden Anstrengungen unternommen, den Verräter an der Front zu enttarnen, doch es gibt Hinweise darauf, dass es mindestens einen Verräter hier im Hauptquartier gibt. Ich denke, er hielt es für effektiver, mich als Außenseiter einzuschleusen."

Lord Ingram runzelte die Stirn. „Bei allem Respekt vor dem Generalmajor, er nimmt viel auf sich. Ich bin mir nicht sicher, ob die Herren im Hauptquartier sein Hilfsangebot gutheißen werden."

„Sie haben natürlich recht", erwiderte Major Fitzwilliam. „Und er selbst hat fast wörtlich die gleichen Bedenken geäußert. Ich denke, hier kommen Sie ins Spiel. Er sagte, er kannte Ihren Vater, und ich glaube, er traut Ihnen zu, die Sache mit Diplomatie zu regeln."

Lord Ingram stützte die Ellbogen auf seinen Schreibtisch, verschränkte die Finger und schien in Gedanken versunken. Schließlich blickte er mit einem Lächeln auf. „Er hat meinen Vater tatsächlich gekannt."

Er lehnte sich in seinem Stuhl zurück und fuhr fort. „Wir sind uns der undichten Stelle im Hauptquartier bewusst. Ich stimme zu, dass es zweckmäßiger ist, die Truppenstationierung über Ihren Reiter zu senden als über unsere traditionellen Kanäle, wenn wir darauf hoffen wollen, dass der Feind nicht erfährt, wo unsere Truppen sich sammeln. Ich nehme an, Le Marchant will, dass Sie in die Untersuchung miteinbezogen werden?"

Major Fitzwilliam nickte. „Ich soll Sie bei allem unterstützen, was nötig ist, sei es bei der Überwachung oder der Kommunikation, mit besonderem Augenmerk auf die Soldaten, die gerade nach England zurückgekehrt sind oder kurz vor der Abreise stehen. Ich selbst werde nicht vor Juli auf die Halbinsel zurückkehren."

„Und währenddessen haben Sie Befehl, an jeder Feier, jedem Ball und jeder Soirée teilzunehmen, nicht wahr?" Die Mundwinkel von Earl Ingram zuckten.

„Ich sehe, Sie sind mit der Arbeitsweise des Generals vertraut", antwortete Major Fitzwilliam mit einem Lächeln. „Ja. Ich soll überall sein und Ihnen mitteilen, was ich sehe. Mir wurde auch..."– er blickte auf seine Hände und wischte einen Krümel von seinem Handschuh – „...befohlen, mich zu amüsieren und nicht so ernst zu sein."

Lord Ingram warf den Kopf zurück und lachte. „Das klingt wie der Beau. Sie müssen wissen, wie die Dinge in Wellys innerem Kreis ablaufen. Oder zumindest wissen Sie es nun, wenn Sie es vorher nicht wussten. Er würde keinen Inkompetenten oder Schwachkopf befördern. Sie werden das schon hinkriegen."

Als sich die Heiterkeit in seinen Augen gelegt hatte, fuhr Earl Ingram fort. „Haben Sie irgendwelche Kontakte in London?"

„Ich bin mit Jonathan Braxsen gekommen, der sich von einer kleinen Verletzung erholt, die ihm eine Auszeit eingebracht hat."

„Ich kenne ihn", sagte Lord Ingram. „Wir waren zusammen in der Schule und haben in den Ferien Zeit zusammen bei der Jagd verbracht. Das ist gut. Dann haben Sie jemanden, mit dem Sie in die Gesellschaft eintreten können." Er zog ein Blatt Papier hervor und nahm seinen Stift zur Hand. „Ich werde Ihren Namen dem White's und den anderen Clubs vorschlagen und Sie bei Lady Sefton für das Almack's erwähnen. Und Sie können diesen Brief im Jackson's in der New Bond Street vorlegen, wenn Sie ein paar Schläge austeilen wollen." Er beendete sein Schreiben und streute etwas Sand darüber. „Haben Sie genug für Zimmer und Bankgeschäfte?"

Major Fitzwilliam richtete sich steif auf. „Sie brauchen sich nicht zu bemühen, Mylord. Ich habe alles, was ich brauche."

Lord Ingram warf ihm einen verschmitzten Blick zu und ein Lächeln lauerte. „Kommen Sie mir nicht so. Ich möchte mich nicht aufdrängen, Major, doch wir werden eng zusammenarbeiten und ich möchte sicherstellen, dass Sie sich wohlfühlen." Er fügte in mildem Ton hinzu: „Und nennen Sie mich Ingram. Wenn wir zusammenarbeiten, werde ich bald genug von ,Mylord' haben."

Major Fitzwilliam spürte, wie seine Ohren brannten. „Ja, natürlich,

My… I… Ingram. Ich danke Ihnen für Ihre Hilfe. Und bitte. Nennen Sie mich Fitz."

Ingram begegnete seinem Blick und nickte ihm zu. „In Ordnung, Fitz. Hier nehmen Sie diesen Brief. Wo wohnen Sie?"

„Im Steven's in der Bond Street."

„Ausgezeichnet. Ich erwarte, Sie bald auf einer dieser Zusammenkünfte, Bälle oder Soiréen zu sehen." Er zwinkerte und winkte nach vorne. „Kommen Sie, Hartsmith wird Sie hinausbegleiten."

Wenn der Major erwartet hatte, auf dem Weg nach draußen noch einen Blick auf die dunkelhaarige Schönheit zu erhaschen, wurde er enttäuscht. Er steckte den Brief in seine Manteltasche, trat ins Sonnenlicht und atmete den Duft der Hyazinthen ein, die in den kleinen Erdflecken durch den Boden stachen. Ingram war ihm viel sympathischer gewesen, als er erwartet hatte.

KAPITEL ACHT

Als Eleanor in den Salon ihrer Gastgeberin geführt wurde, hätte sie vor Erleichterung, dass ihre Reise zu Ende war, aufgeseufzt, wäre sie nicht so nervös gewesen, Lady Ingram zu begegnen. Lydia, deren glänzendes schwarzes Haar in offenen Locken nach hinten fiel, was eine neue Mode sein musste, warf ihre Stickerei beiseite und lief ihr entgegen, um sie zu umarmen. „Ich warte schon ewig auf dich! Die Saison konnte nicht wirklich beginnen, ehe du da warst." Sie nahm Eleanor bei beiden Händen, trat zurück und musterte sie von der Haube bis zu den Zehen. „Und anscheinend kann die Saison nicht beginnen, ehe wir einkaufen gehen."

„Lydia, gönne Eleanor eine Erfrischung, ehe du mit der Planung der Garderobe beginnst." Lady Ingram, die selbst ihre Tochter, die Eleanor für groß gehalten hatte, überragte, stand auf und gab dem Lakaien ein ruhiges Zeichen. „Läutest du nach Tee, James?" Sie durchquerte den Raum und musterte Eleanor mit ihren dunkelblauen Augen. „Willkommen", sagte Lady Ingram. „Ich hoffe, Sie hatten eine angenehme Reise."

„Sie war sehr bequem, danke, Mylady." Eleanor verbeugte sich mit einem Knicks. „Meine Tante bestand darauf, dass ich auch ihren Dank übermittle. Sie findet es überaus freundlich von Ihnen, mich zu fördern, obgleich wir nicht verwandt sind, und bedauert, dass die Begleitung ihrer kranken Schwester nach Bath es ihr nicht erlaubt hat, Ihre Bekanntschaft zu machen."

Lady Ingram winkte ab. „Ja, nun, ich habe ihre Briefe erhalten und grüße sie herzlich. Bitte, denken Sie nicht weiter darüber nach. Wir sind Ihnen sehr dankbar für Ihre Freundschaft mit Lydia in den letzten vier Jahren." Sie warf einen nachsichtigen Blick auf ihre Tochter. „Wie Sie wissen, hat der Tod ihres Vaters sie tief getroffen und um ihr Gemüt stand es nicht zum Besten. Sie hat davon gesprochen, wie wertvoll Ihre Freundschaft in diesen Jahren war."

In diesem Moment brachte der Lakai das Tablett herein, und Lady Ingram gab Eleanor ein Zeichen, sich zu setzen, während sie ihr eine Tasse Tee einschenkte. Lydia nahm Modetafeln in die Hand und begann, sie durchzusehen. „Eleanor, ich habe hier genau das richtige Kleid für dich gesehen. Ich werde es finden. Danke, nein, Mama. Ich möchte gerade keinen Tee trinken."

„Ihre Tante hat mir in ihrem letzten Brief mitgeteilt, dass Sie gerade eine Erbschaft erhalten haben", sagte Lady Ingram mit einer hochgezogenen Augenbraue. „Ich erwarte, dass unser Haus von Mitgiftjägern überrannt wird, wenn ich euch beide vorstelle. Ich werde alle Hände voll zu tun haben, sie zu verjagen." Sie lachte ohne Heiterkeit.

Eleanor nippte an ihrem Tee, während sie ihre Gedanken sammelte, doch das Thema musste von Beginn an angesprochen werden. „Hat meine Tante Ihnen auch von meiner Mutter erzählt?"

„Ich war mir Ihrer etwas ungewöhnlichen Situation bewusst", erwiderte Lady Ingram. „Ich habe darauf bestanden, alles zu erfahren, was es zu wissen gibt, ehe ich Sie zu uns einlud. Es stimmt"– sie setzte ihre Tasse mit einem eleganten Klirren auf der Untertasse ab – „ein Durchbrennen befleckt die ganze Familie. Doch in Ihrem Fall hat sich Ihr ehemaliger Vormund dazu durchgerungen, Sie aufzunehmen und seine Milde hat Ihnen den Weg so gut geebnet, dass Ihnen nicht einmal der Eintritt ins Almack's verwehrt wird. Er war ein sehr gütiger Wohltäter. Obwohl ich zugeben muss, dass Sie diesen Eintritt auch durch meinen Einfluss erhalten haben. Lady Sefton ist eine gute Freundin."

„Ich stehe in der Schuld meines Vormunds. Und ich danke Ihnen wirklich sehr", versicherte Eleanor.

„Ihr Erbe ist die Krönung, meine Liebe. Die Gesellschaft weist die Tochter eines Adligen, die eine Mitgift hat, nicht leichtfertig zurück. Wenn möglich, werden sie über die weniger angenehmen Details hinwegsehen." Lady Ingram gab dem Lakaien ein Zeichen, das Teetablett zu entfernen.

Eleanor kaute auf ihrer Lippe herum, als sie die Bedeutung begriff. Sie war begehrenswert, weil sie eine Mitgift hatte. Diese spezielle Wahrheit tat weh. „Ich bin zwar dankbar, dass ich ein Erbe habe, doch ich muss klarstellen, dass es keine Unabhängigkeit bedeutet. Das Erbe ist auf seltsame Weise gebunden und ich muss erst heiraten, ehe ich es anrühren kann."

Lady Ingram zuckte mit den Schultern. „Nun, das ist nichts Ungewöhnliches. Sie werden eine geeignete Partie finden – eine viel Bessere, als ich es mir erhofft hatte, als ich Sie zu uns einlud – und Sie werden von Ihrem eigenen Einkommen ebenso profitieren wie von seinem."

„Ich hätte gerne die Wahl gehabt..." begann Eleanor.

„Frauen haben in der Regel keine Wahl", meinte Lady Ingram, „außer der, sich zu beweisen und den erstbesten Kandidaten zu heiraten, der in Frage kommt." Sie nahm Eleanor kritisch in Augenschein. „Mit dem Geld, das Ihr Vormund für Sie beiseitegelegt hat, werden Sie sich sehr gut machen. Ihre Figur ist gut. Die Frisur können wir ändern. Aber Sie dürfen kein Flaschengrün tragen; Sie haben nicht den richtigen Teint dafür. Lydia wird Ihnen bei der Wahl der Farben helfen."

„Eleanor! Denk dir nur..." Lydia hielt eine Modetafel hoch. „Diese Straußenfedern sind im kräftigsten Rosa gefärbt, das man sich vorstellen kann. Was bin ich froh, dass das nicht mehr *à la mode* ist! Doch komm, ich habe die Seiten gefunden, die ich dir zeigen möchte.

Wir können morgen früh zur Modistin gehen, dann hast du vor Mrs. Jenkins' Soirée wenigstens ein Kleid."

Eleanor stellte ihre Teetasse auf den Tisch. „Entschuldigen Sie mich, Ma'am, während ich mir ansehe, wovon Lydia behauptet, dass ich es haben muss." Ihr Versuch der Unbeschwertheit misslang und Lady Ingram entließ sie mit einem Nicken. Eleanor spürte ihren wertenden Blick, während sie zum Sofa hinüberging. In Lydias Mutter würde sie keine Verbündete haben.

Lady Ingram ging nach dem Tee unter dem Vorwand, sie müsse mit dem Koch sprechen und Lydia und Eleanor waren nicht lange allein, ehe die Tür erneut geöffnet wurde.

„Bist du beschäftigt? Lydia, wer ist das?" Ein gutaussehender Herr, eine männliche Version von Lydia, der sich mit leichter Anmut bewegte, kam auf die beiden Damen auf dem Sofa zu. Eleanor erhob sich.

„O Freddy, du weißt ganz genau, dass das Eleanor Daventry ist, die die ganze Saison bei uns bleiben wird. Ich habe schon unzählige Male von ihr gesprochen. Eleanor, das ist mein Bruder, Ingram."

„Miss Daventry. Aber natürlich." Lord Ingram verbeugte sich tief vor Eleanor, während er weiterhin mit seiner Schwester sprach. „Und ich habe deinem Plan zugestimmt, Miss Daventry einzuladen, weil ich wusste, dass du mich mit deinem Geschwätz nicht in Ruhe lassen würdest, wenn du sonst niemanden hättest, mit dem du dich unterhalten könnest."

Eleanor konnte sich ein Grinsen nicht verkneifen, als Earl Ingram ihr zublinzelte. Er wirkte viel mehr wie seine Schwester als wie seine Mutter. „Guten Tag, Mylord", sagte sie. „Ich freue mich, Ihre Bekanntschaft zu machen. Sie müssen wissen, was für eine hohe Meinung Ihre Schwester von Ihnen hat. Sie hat mir in der Schule ständig Geschichten von Ihnen erzählt."

„Sie dürfen nichts davon glauben", erwiderte er prompt. „Sie neigt zu Übertreibungen. Lydia...", er wandte sich Eleanor zu, „verzeihen Sie mir, dass ich über Familienangelegenheiten spreche, doch ich denke, wir müssen einige Formalitäten übergehen, wenn Sie drei Monate hier wohnen wollen, meinen Sie nicht auch?" Als Eleanor nickte, fuhr er fort. „Gib mir deine Rechnungen und vergiss keine, die du in irgendeiner Schublade versteckt hast. Es geht doch nicht an, dass man vom Hutmacher abgemahnt und abgewiesen wird, nicht wahr? Ich bin auf dem Weg zum Kontor und werde mir dein Vierteljahresgeld auszahlen lassen."

„Oh, es wird Zeit, dass du daran denkst. Ich habe keinen roten Heller mehr." Lydias Röcke raschelten, als sie durch den Raum ging. „Ich bin in zwei Minuten zurück, Eleanor."

„Bitte setzen Sie sich, Miss Daventry", sagte Lord Ingram, als sie allein waren. Er nahm auf einem ägyptischen Stuhl Platz und schenkte ihr ein Lächeln. „Sie sind nicht zum ersten Mal in London, nehme ich an?"

„Nur wenn man einen Besuch mitzählt, als ich zwei war", antwortete sie. „Ich möchte mir alle Sehenswürdigkeiten ansehen, wenn Lydia mich tagsüber entbehren kann."

„Erfrischend", sagte Ingram mit einem anerkennenden Lächeln. „Ich bin froh, dass Sie nicht versucht sind, sich zu langweilen."

„Langweile! In London?" Sie schüttelte den Kopf.

„Immerhin kennen Sie Lydia gut genug, um nicht zu erwarten, dass sie Sie begleiten wird. Ich wage zu behaupten, dass Sie jeden Abend mit Plänen überhäuft werden und Ihre Nachtschokolade bald morgens zu sich nehmen werden."

„Ich bin unermüdlich", entgegnete Eleanor und zog die Mundwinkel hoch.

Lydia kam mit einer Handvoll Papiere zurück ins Zimmer. „Hier sind sie, Fred." Sie beugte sich hinunter, gab ihm einen Kuss auf die Wange und legte ihm die Zettel in den Schoß, so dass die Hälfte der Papiere auf den Boden rutschte. Earl Ingram verdrehte die Augen und beugte sich vor, um sie aufzuheben, dann stand er auf.

„Ich wünsche euch beiden einen guten Tag. Stratford ist wieder in der Stadt, wie du weißt, und ich habe ihn seit seinem letzten Urlaub nicht mehr gesehen. Ich bin auf dem Weg zu seinem neuen Haus."

„Oh, Stratford", sagte Lydia. „Bestelle doch Anna und Phoebe meine Grüße, wenn du sie siehst, ja?" Sie drehte sich wieder zu Eleanor um und vergessen war ihr Bruder. „Auf dem Weg zur Schneiderin können wir in einem Geschäft in New Bond vorbeischauen, das die schönsten Falbeln im Schaufenster hat. Wollen wir das tun?“

Eleanor nickte, als sie sah, wie Earl Ingram durch die Tür verschwand und aus ihren Wangen wich alle Farbe. *Stratford. Hier. Und befreundet mit den Ingrams?* Sie hatte so wenig über ihren Vormund gesprochen, dass sie sicher war, Lydia hatte die Verbindung nicht hergestellt. Doch hätte Lady Ingram es nicht erwähnt, wenn sie Mrs. Daventrys Brief gelesen hatte?

Könnte es in London zwei Männer mit diesem Namen geben?

LORD INGRAM PFIFF, als er zum Cavendish Square schritt. Trotz der Aufforderung sich zu melden, welche er an diesem Tag vom Hauptquartier erhalten hatte, war er nicht immun dagegen, dass sich die Sonne nach einem scheinbar endlosen Winter zeigte. Auch war er froh, dass sein ältester Freund es von der Halbinsel zurückgeschafft hatte. Stratfords Schwestern brauchten ihn nach dem Verlust ihres Vaters und, nun ja, *es gibt niemanden, dem ich mehr vertraue*, dachte er.

Der Klopfer war an der Worthing-Residenz angebracht, und Ingram konnte durch die Fenster Anzeichen dafür erkennen, dass das Haus zum Leben erweckt wurde – weiße Lichtblitze, als die Tücher von den Möbeln entfernt wurden, ein Dienstmädchen, das sich aus dem Fenster lehnte, um die Fensterläden im dritten Stock abzustauben. Stratfords Butler teilte ihm mit, dass der Earl zum Boxen ins Jackson‘s gegangen sei, und Ingram lenkte seine Schritte in diese Richtung.

Stratford hatte gerade sein Hemd zugeknöpft, als Ingram die Umkleidekabine bei Jackson betrat und lässig grüßte. „Gerade fertig geworden, was? Keine der üblichen blauen Flecken, die man nach der Mühe sieht?“

Stratford lachte. „Ingram! Es ist schön, dich zu sehen.“ Sie schüttelten sich herzlich die Hände. „Danke für die Erinnerung, alter Freund, doch das geschah nur einmal.“ Er wählte eine Krawatte von einem wartenden Diener und wandte sich dem Spiegel zu.

Ingram antwortete mit einem Grinsen. „Wozu sollten alte Freunde gut sein, wenn nicht, um einen daran zu erinnern, woher man kommt?" Während Stratford sich der ernsten Angelegenheit des Bindens eines *Trône d'amour* widmete, sah er sich in der leeren Umkleidekabine um. Die Saison war noch nicht in vollem Gange. „Noch ein Halstuch und du bist bereit. Ich hätte gedacht, du hättest auf der Halbinsel dein Gespür verloren."

„Die Bedingungen mögen manchmal rau gewesen sein, doch ein Offizier muss wie ein Gentleman aussehen. Ich hörte, du warst mit Wellington in Lissabon. Wann bist du zurückgekehrt?" Stratford glitt in seinen enganliegenden Mantel und verzichtete auf die Hilfe des vorspringenden Dieners.

„Ich war dort, doch nur kurz", antwortete Ingram. „Ich trug die Pläne für den Bau von Torres Vedras bei mir, verließ jedoch die Stadt, sobald der Bau begann." Ingram wartete, bis der Diener sich in die Vorhalle zurückzog. „Es gab einige merkwürdige Vorgänge. Wir stießen auf einen Zug von Boneys Männern und man könnte fast sagen, sie wussten, wohin wir unterwegs waren."

Stratford sah Ingram im Spiegel in die Augen, ehe er sich umdrehte. „Das überrascht mich nicht. Wir gerieten bei Talavera ebenfalls schwer unter Beschuss und Donkin befahl uns den Rückzug. Anson wurde von der Schuld freigesprochen, obgleich nie geklärt wurde, welcher Nachrichtendienst ihn zum Rückzug veranlasst hatte, der uns ungeschützt zurückließ. Kein uns freundlich gesinnter, wage ich zu behaupten."

Ingram grunzte unverbindlich und fragte: „Wohin gehst du nun? Ich begleite dich."

„Zurück zum neuen Haus. Meine Schwestern werden in einer Stunde erwartet, doch ich musste einfach fort. Ich konnte keine weiteren Fragen über den Haushalt mehr ertragen."

„Das will ich meinen", erwiderte Ingram. „In Ordnung, ich komme mit dir. Diese Richtung ist so gut wie jede andere." Sie traten hinaus und der Himmel hatte sich in der kurzen Zeit, in der er im Jackson's gewesen war, zugezogen. Sie gingen schweigend die Straße entlang, den wenigen Fußgängern ausweichend. Ingram wartete, bis sie um die Ecke gebogen waren und niemand mehr zu sehen war. „Ich brauche deine Hilfe in einer Sache."

„Das habe ich mir schon gedacht", meinte Stratford. „Du bist nur still, wenn du darüber nachdenkst, wie du mich am besten um einen Gefallen bitten kannst. Und das bedeutet normalerweise Ärger."

Ingram lächelte und schüttelte den Kopf, sagte jedoch noch immer nichts. Stratford warf ihm einen Seitenblick zu. „So ernst ist es also? Erzähl es mir. Wenn es in meiner Macht steht, zu helfen, werde ich es tun."

„Ich weiß, dass du das tun wirst", sagte Ingram, doch sie gingen noch eine Weile schweigend weiter, ehe er schließlich sprach. „Du hast einen Spion in deinem Regiment aufgestöbert und einen weiteren im Zweiundsechzigsten."

„Du weißt also davon?" Stratford war nur geringfügig überrascht. Er wusste, dass sein Freund zumindest teilweise mit dem Kriegsnachrichtendienst verbunden war. „Es war allerdings reines Glück. Ich stieß auf einen Verräter, der sich mit den Franzosen in der Nähe unseres Lagers in Almeida traf. Er konnte mich zwischen den Bäumen nicht sehen, und der Bach verhinderte, dass ich gehört wurde. Ich dachte mir, dass die Chancen schlecht für mich standen, also wartete ich damit ihn zu konfrontieren. Als ich ihm folgte, führte er mich direkt zu seinem Komplizen in meinem Regiment. Das war wirklich ein Glücksfall."

„Hmm. Dennoch brauchte es einen gewissen Instinkt, um zu wissen, wie man ihn überführt." Ingram drehte sich um, als eine Kutsche die fast leere Straße entlang ratterte. „Es ist nicht überraschend, *dass* es auf dem Feldzug Spione gibt, doch noch beunruhigender ist, dass es eine neue undichte Stelle im Hauptquartier gibt. Wahrscheinlich handelt es sich um jemanden von höherem Rang, da die unteren Mitarbeiter keinen Zugang zu Informationen über die Truppenbewegungen haben. Wo sie hingeschickt werden, wann, wie viele." Er hielt inne und sah Stratford an. „Ich wurde damit beauftragt, das aufzudecken."

„Ein Verräter unter Gentleman", sinnierte Stratford. „Ich verstehe deine Sorge. Warum mich da hineinziehen?"

„Ich denke, das sollte offensichtlich sein." Ingram warf seinem Freund einen schiefen Blick zu, dann warnte er: „Dieses Gespräch bleibt unter uns."

Stratford erwiderte: „Findest du, dass ich mich in den letzten drei Jahren derart verändert habe?"

„Nein, deshalb brauche ich dich ja. Die Sache ist die, dass ich wegen der neuen undichten Stelle nicht überall gleichzeitig sein kann und ich muss sicher sein, wem ich vertrauen kann. Kurz gesagt, ich brauche deine Hilfe."

„Die bekommst du. Doch wobei genau?" fragte Stratford.

„Wir haben es mit jemandem zu tun, der einen Grund zum Spionieren hat. Verbitterung gegenüber der Armee, Sympathie für die Franzosen, Verschuldung ... alles, was einen dazu bringen könnte, seine Loyalität zu hinterfragen. Es wird ein Offizier sein, der Zugang zu allen gesellschaftlichen Funktionen hat. Ich brauche dir nicht zu sagen, welch katastrophale Folgen es haben wird, wenn der Verräter Informationen über Truppenbewegungen erhält, vor allem im Hinblick auf die Vorgänge in Amerika. Wir riskieren, unter die Räder zu kommen."

Stratford nickte. „Irgendwelche Spuren?"

„Wir haben drei, die gekauft sein könnten", führte Ingram aus, „doch nur zwei stichhaltige. Lord François de Delacroix – er verzichtet mittlerweile auf das ‚de' –, Robert Conolly und Giles Cooke. Alle drei haben ihre Ressourcen ausgeschöpft, falls sich ihr Glück nicht bald wendet."

„Giles Cooke ist keine Überraschung", antwortete Stratford. „Ich denke, jedem in London muss das bekannt sein, ausgenommen vielleicht seiner Gattin."

„Ja", meinte Ingram, „und er hat keine Verbindung zum Militär. Doch Lord Delacroix und Conolly schon ... Zumindest ist Conolly beurlaubt und Delacroix verkehrt mit Personen aus dem Militär. Ich lasse sie beschatten. Major Fitzwilliam – ich werde euch bekanntmachen – kümmert sich darum, doch du wirst besser dafür geeignet sein, um Informationen aus Gesprächen zu ziehen. Bei mir hüten die Leute ihre Zunge, da sie wissen, dass ich aus dem Hauptquartier bin, doch bei dir werden sie unvorsichtig sein, da du dein Offizierspatent verkauft hast. Sie werden annehmen, dass du keine besondere militärische Loyalität hast."

„Dann kennen sie mich nicht", antwortete Stratford mit grimmiger Miene.

„Das tun sie nicht. Das hilft der Sache. Und ist ein weiterer Grund, warum ich dich gefragt habe. Und Stratford…" Ingram klopfte ihm auf die Schulter. „Ich bin froh, dass du zurück bist."

„Das sehe ich. Kaum ein ‚Hallo', und schon schickst du mich arbeiten", gab Stratford zurück.

„Nichts weniger wünschst du dir. Du kannst Müßiggang nicht ertragen", entgegnete Ingram.

„Müßiggang! Den Luxus des Müßiggangs werde ich mir in den nächsten Jahren nicht erlauben können, prophezeie ich." Sie waren vor Stratfords Anwesen angekommen. „Komm mit hinein und trink etwas. Phoebe und Anna werden jeden Augenblick hier sein."

„Du musst ihnen meine Grüße ausrichten", antwortete Ingram. „Ich muss gehen. Oh, und Lydia lässt euch auch alle herzlich grüßen."

„Lydia ist also von der Schule nach Hause gekommen. Dann wird sie doch bald in die Gesellschaft eingeführt, oder?" fragte Stratford.

„Dieses Jahr. Ich habe in den letzten sechs Monaten von nichts anderem gehört. Zum Glück hat sie eine Freundin, die bei ihr wohnt, so dass sie *ihr* das Ohr vollsäuseln kann, wie hinreißend sie in jedem Kleid aussieht, das sie sich hat schneidern lassen. Eine Miss Eleanor Daventry wird die Saison bei uns verbringen."

Stratford wandte sich mit scharfen Worten an seinen Freund. „Miss Daventry? Woher kennst du sie?"

Ingram hielt inne, seine Aufmerksamkeit erregt. „Sie ist eine Klassenkameradin von Lydia aus der Schule. Du kennst sie?"

Stratford nickte kurz. „Nur eine flüchtige Bekanntschaft. Sie war das Mündel meines Onkels und verbrachte für die Testamentseröffnung drei Tage in Worthing." Er warf einen Blick zur Haustür und dann wieder zu Ingram, sich sichtlich unwohl fühlend. Mit einem gezwungenen Lachen sagte er: „Ich muss hineingehen und mich weiteren Fragen stellen, wo dieses Blumenarrangement oder jener Stuhl hingehört. Ich kann Phoebes Ankunft kaum erwarten."

„Nun, dann lasse ich dich mal allein." Sie schüttelten einander die Hand und Ingram beobachtete, wie Stratford das Haus betrat, wobei seine Gedanken auch nach dem Schließen der Tür noch beschäftigt waren. *Nur eine flüchtige Bekanntschaft, hm?*

KAPITEL NEUN

„Stratford! Wir sind da." Die Schritte einer jungen Dame, die die Steintreppe hinaufeilte, hallten durch die Räume. „Es ist prächtiger als unser letztes Haus und hat eine bessere Lage, doch es fühlt sich nicht ganz nach Zuhause an. Wie dem auch sei, du wirst deinen Krönungsball hier abhalten können. Wir werden so vornehm sein."

„Anna, mach langsam, meine Liebe. Du rennst herum und schreist wie ein *Backfisch* und noch dazu kein besonders vornehmer. Was werden deine Verehrer denken?" Die liebevolle, doch träge Stimme der Tante hatte nicht die Kraft, ihre Nichte zu bremsen und bei Annas atemloser Prüfung des kaskadenförmigen Treppenhauses stimmte die Tante ein: „Stratford, würdest du den Lakaien rufen, damit er uns Tee bringt? Wir haben eine sehr anstrengende Reise durch die Stadt hinter uns." Sie hielt ihm ihre weiche, pralle Wange zum Kuss hin.

Phoebe, neunzehn Jahre alt und ein Abbild ihrer Schwester, doch anmutiger als Stratford sie in Erinnerung hatte, kam ihr zu Hilfe. „Willst du dich nicht setzen, Tante Shae? Ich glaube, das Morgenzimmer ist hier entlang."

Stratford öffnete die Tür und winkte sie herein. „Ist es. James, bring das Teetablett für meine Tante und meine Schwestern." Er wandte sich an Phoebe: „Sind eure Kleider endlich fertig? Wenn ich es nicht besser wüsste, würde ich fast glauben, dass ihr versucht habt, dem Besuch in Worthing zu entgehen."

„Nur Anna", antwortete der sittsamere Zwilling. „Ich war bereits ganz ungeduldig, das Anwesen zu sehen, doch sie hatte immer wieder etwas an ihren Kleidern auszusetzen."

Anna streckte ihr die Zunge heraus. *Offenbar,* dachte Stratford, *hat Anna noch nicht bemerkt, dass auch sie schon neunzehn Jahre alt ist.* „Es war nicht der richtige Zeitpunkt, um sich aufs Land zurückzuziehen", warf Anna ein. „Es dauert ewig, sich auf die Saison vorzubereiten und wir hatten Glück, dass wir bei den Jervils bleiben konnten, bis das Haus fertig war." Sie ging durch den Raum, während ihre Tante und ihre Schwester sich einen Sitzplatz suchten. „Wer ist der Herr auf diesem Bild? Er sieht missbilligend aus und muss daher verschwinden."

„Das ist der dritte Earl und ich hatte vor, das Gemälde zu ersetzen, doch vielleicht wird er bleiben. Du brauchst jemand Missbilligendes, der dich im Zaum hält, und das erspart mir die Mühe. Ah, danke, James." Stratford deutete auf den Tisch, der seiner Schwester am nächsten stand. „Tante, sobald du deinen Tee getrunken hast, werde ich dir das Haus zeigen." Sein Blick wanderte zu den rubinroten Filztapeten. „Wir werden renovieren müssen, doch das überlassen wir am besten der Countess."

„Der Countess!" Anna lächelte ihn mit falscher Unschuld an. „Wer ist sie? Wirst du auch in die Gesellschaft eingeführt?"

„Kümmere dich um deine eigenen Angelegenheiten", gab Stratford milde zurück. „Du hast genug zu tun. Zum Beispiel zu lernen, deine Zunge im Zaum zu halten." Alles, was er als Antwort bekam, war ein Grinsen.

„Stratford, du hast in meinen Briefen nicht eine einzige Frage zu dem Ball beantwortet, den wir geben sollen." Phoebe schenkte ihrer Tante eine Tasse Tee ein und reichte sie ihr. „Wir wollen ihn früh genug in der Saison veranstalten, dass die Leute nicht bereits eine Unmenge von Einladungen zur Auswahl haben, aber nicht so früh, dass noch niemand da ist."

„Ich nehme an, dass wir das besprechen müssen, aber belästigt mich bitte nur mit Entscheidungen zu den Ausgaben“, antwortete Stratford. „Den Rest müsst ihr ohne meine Hilfe regeln.“

Anna drehte sich um. „Darf ich den Ballsaal sehen? Wo ist er?“

„Trink erst deinen Tee, Anna“, sagte Stratford, als er die Tasse von seiner Schwester entgegennahm. Anna verdrehte angesichts seines herablassenden Tons die Augen, kam jedoch der Aufforderung nach.

Phoebe schenkte erst ihrer Schwester und dann sich selbst eine Tasse Tee ein und rührte jeweils einen Löffel Zucker hinein. „Was gibt es Neues über das Anwesen? Du hast uns in deinem Brief nichts von der Testamentseröffnung erzählt, sondern nur, dass du am Dienstag in der Stadt sein wirst.“

„Nach eurer scharfen Ermahnung, dass meine Anwesenheit umgehend erforderlich sei, um euch zu jeder gesellschaftlichen Zusammenkunft zu begleiten, habe ich mich auf das Wesentliche beschränkt.“ Stratford lehnte sich an den Kaminsims.

„Man könnte fast meinen, du kennst deine Pflichten nicht, Stratford.“ Die Worte seiner jüngeren Schwester waren mit Humor gespickt, doch ihre blauen Augen durchdrangen ihn unangenehm. „Tante Shae kann uns beaufsichtigen, aber wir brauchen eine männliche Präsenz. Hast du in deinen drei Jahren im Ausland alles vergessen?“

Stratford verlagerte das Gewicht auf den anderen Fuß. „Ich kann nicht vergessen, was ich nie wusste. Ich bin … die Abwesenheit unseres Vaters noch nicht gewohnt.“ Er hielt plötzlich inne und schwenkte den Tee in seiner Tasse.

Phoebes Augen schimmerten. „Wir sind froh, dass du zu Hause bist, Stratford.“ Nach einer Pause sagte sie: „Erzähl uns von Worthing.“

„Ja, verfällt das Anwesen?“ Anna blätterte in *La Belle Assemblée* und ließ ihren Tee kalt werden. „Tante, ich habe dir doch gesagt, wir hätten den Deckstoff mit weißen Rosenknospen wählen sollen. Schau nur, wie schön er auf dem Seidenstoff aus Damaskus aussieht.“

Phoebe wartete, während ihr Bruder an seinem Tee nippte. „Es gab keine Überraschungen“, gab er zu. „Nun, bis auf eine. Das Mündel des früheren Earl wird das vielversprechendste Stück Land erben und ich werde gezwungen sein, meine eigenen Mittel einzusetzen, um Teilen von Worthing wieder zu altem Glanz zu verhelfen."

Phoebe legte die Stirn in Falten. „Gehörte nicht das gesamte Grundstück dazu?"

„Alles außer diesem und einigen Gütern, die den Schwestern des alten Earls vermacht wurden." Er griff nach dem Schürhaken und stocherte an einem der Holzscheite herum, das zu nah an den Rost gefallen war.

„Was wird der junge Mann mit dem Land machen? Ist er bereit, es dir zu verkaufen?" Phoebe schaute ihre Schwester an, um zu sehen, ob sie zuhörte, doch Anna war immer noch in die Zeitschrift vertieft.

„Es war eine Miss Eleanor Daventry, die das Grundstück geerbt hat." Stratford konnte sich einen Blick nicht verkneifen, um zu sehen, wie seine Schwestern diese überraschende Nachricht aufnahmen.

„Eine Miss Eleanor Daventry! Aber sie gehört doch gar nicht zur Familie." Annas Blick flog zu ihrer Schwester, dann zu Stratford. Sie hatte zugehört. „Wer ist sie? Warum war sie sein Mündel?"

„Ich kenne die Einzelheiten nicht, doch ich glaube, ihr Vater und unser Onkel waren Freunde. Sie brauchte eine Mitgift, aber warum sie dieses Stück Land bekommen hat, ist mir schleierhaft." Stratford steckte den eisernen Schürhaken mit unnötiger Gewalt zurück in den Ring. „Möchtet ihr euch das Haus ansehen?"

Phoebe half ihrer Tante auf die Beine, während Anna sich an ihren Bruder heranschlich. „Du musst sie nur heiraten, Stratford. Damit sind alle Probleme gelöst und du kannst den Besitz unserer Familie behalten." Sie ging auf Zehenspitzen, um ihm mit einem verschmitzten Lächeln, für sein Empfinden zu scharfsinnig, ins Gesicht zu blicken. Er wandte sich ab, ehe sie seine Gedanken erraten konnte.

„Ist sie denn eine unscheinbare Dame?" rief Anna ihm nach, als er abrupt ging. Ihre Tante und ihre Zwillingsschwester folgten Stratford durch die Tür, doch Anna blieb wie angewurzelt stehen. „Das ist es also? Sie hat ein Mondgesicht?"

„Sie ist annehmbar", sagte Stratford über die Schulter, wohl wissend, dass sein Gesicht jetzt ernsthaft gerötet war – und auch wissend, dass er ein Lügner war. *Es wird seltsam wirken, wenn ich ihnen nicht sage, dass sie bei Lydia wohnt.* Mit einer Überheblichkeit, die er nicht empfand, fügte er hinzu: „Du wirst sie früh genug kennenlernen. Sie ist eine alte Schulfreundin von Lydia und wohnt während der Saison im Haus der Ingrams."

„Tut sie das?", fragte Anna mit versteinerter Miene.

Stratford wusste, dass es unmöglich war, Annas Fragen über längere Zeit auszuweichen, wenn sie *diesen Gesichtsausdruck* hatte. Sobald sie das Haus besichtigt hatten, machte er einen strategischen Rückzug und teilte den Damen mit, er beabsichtigte das White's aufzusuchen.

„Ich werde die Liste mit den Fragen zum Ball bis morgen haben", rief Phoebe.

„Ich werde auch welche haben", fügte Anna mit einem verschmitzten Blick hinzu.

LYDIA BAND sich ihre Haube unter dem Kinn fest und zog dann an Eleanors Arm, wodurch deren Bänder durcheinandergerieten. „Ich habe Nachricht von Madame Baillot erhalten, und sie erwarten uns um zwei. Ich kann es kaum erwarten, dich in etwas Passenderes zu kleiden. Wenn ich noch einen weiteren Tag ein solch eintöniges Kleid sehen muss, bin ich versucht, ihm meine Schere zuzuführen."

Eleanor gluckste und entzog ihr ihren Arm, um ihre Schute neu zu binden. „Es gibt keinen Grund zur Eile. Ich werde meine Kleider nicht vor einer Woche haben, also sehe ich keinen Grund, herumzurennen…" sie ahmte die Stimme ihrer ehemaligen Lehrerin nach, „wie ein Wildfang."

Lydia schmunzelte. „Ich bin ganz sicher, dass es ein Kleid gibt, das jemand bestellt und dann nicht gekauft hat, und wir heute mit einem neuen Kleid für dich aus dem Laden gehen werden. Dann können wir beide morgen Abend zu Mrs. Jenkins' Soirée gehen."

„Möglicherweise", erwiderte Eleanor, die noch nicht bereit war, sich dem Ganzen zu stellen.

Lydia hatte recht. Madame Baillot hatte ein Kleid in der perfekten Größe für *Mademoiselle*, ein vergessener Artikel in einer großen Aussteuer für eine Dame, die bereits nach Norfolk umgezogen war. Obgleich das Kleid geeignet war, wählte Lydia mit ihrem guten Geschmack Stoffe aus, die sie über Eleanor drapieren konnte und die in ihrer übrigen Garderobe besser zur Geltung kommen würden. Das goldene Apollo-*Crêpe* hätte Eleanor selbst nicht gewählt, doch die Verwandlung, als sie vor dem Spiegel stand, war ermutigend.

„Ich wusste es. Eleanor, diese Farbe ist perfekt für dich." Lydia umarmte Eleanor von hinten und ging dann hinüber, um weitere Stoffballen in Lavendelfarben zu begutachten. „Wir brauchen auf jeden Fall eins in Flieder für die Zeit nach dem Debütantinnenball. Und natürlich eins in Elfenbein."

Madame Baillot unterstützte Lydias geplante Ausgaben mit gemurmelter Zustimmung, während sie Eleanor von Kopf bis Fuß untersuchte. „Wir nehmen etwas Länge von unten weg, und wir bringen es Ihnen 'eute Nachmittag." An Lydia gewandt fügte sie hinzu: „*Oui, je suis d'accord.* Miss Maxwell wird die Maße für das Reitkostüm, das Tageskleid und das Promenadenkleid nehmen..."

„Ich denke, für den Anfang zwei Promenadenkleider", sagte Lydia. „Wo ist der Stoff für die Abendkleider? Ich habe einige Modetafeln mit Ideen..."

Eleanor, verwirrt, ließ Lydia freie Hand dabei, die Anzahl der Kleider zu bestimmen, die sie brauchen würde, und unterbrach sie nur, um einzuwerfen, dass sie das rosafarbene nicht nehmen würde – (*vous avez raison, mademoiselle, diese Farbe würde niescht gehen*) – und erlaubte Miss Maxwell die Kordel um ihre Taille, ihre Arme und ihren Busen zu legen und die Maße aufzuschreiben.

Nach zwei Stunden fühlte sich der erste Schritt nach draußen nach Freiheit an, und Eleanor wollte lachen. „Ich hatte Angst, dass ich unter dem Stoff begraben würde und man mich drei Tage lang nicht fände."

„Nun, das war nur, weil du so viele gebraucht hast", sagte Lydia.

Sie hielt am Straßenrand an, um dem Kutscher mitzuteilen: „Wir müssen nur noch einmal anhalten, bevor wir nach Hause fahren, aber wir können von dort aus zur Kutsche laufen. Wir brauchen nur eine Minute."

„Hast du noch nicht genug?" Eleanor stöhnte, als Lydia sie vorwärts zog.

„Nein. Ich habe dir versprochen, dass wir an dem Geschäft in New Bond vorbeikommen und das werden wir auch. Wenn wir morgen früh kommen, wird es wahrscheinlich ein großes Gedränge geben und du wirst Accessoires für dein neues Kleid brauchen. Ich habe *genau* die richtigen Handschuhe mit Perlenknöpfen gesehen..." Sie hielt inne, zog Eleanor an sich und flüsterte: „Siehst du die Frau dort? Die mit den blonden Haaren?"

Eleanor konnte sie nicht übersehen. Sie war ganz im Zeichen der Mode gekleidet, mit einem drapierten weißen Kleid aus Musselin und einem blassblauen Spenzer, der der Farbe ihrer Augen entsprach. Sie lachte über die Bemerkung eines Herrn – ein junger Gentleman wie er im Buche stand – und zeigte ihre perfekten Zähne, die in perlweißen Reihen standen. *Neben einer solchen Frau muss ich immer altbacken wirken*, dachte Eleanor düster.

„*Das*", verriet Lydia, „ist eine von Londons schrecklichen Frauen, die Männer sitzen lassen, Judith Broadmore. Sie hat unseren Freund Stratford abserviert, obwohl niemand außerhalb der Familie wusste, dass sie eine Abmachung hatten. Ich bin sicher, das war der Grund, warum er das Geschäft seines Vaters verließ und zum Regiment ging."

Eleanor spürte einen seltsamen Schmerz in ihrer Brust. Sie wusste, auf wen sich Lydia bezog, konnte sich aber nicht dazu durchringen, Lydia an die Verbindung zu erinnern. Sonst würde sie seinen Namen aussprechen müssen. Stattdessen fragte sie: „Würde sie das nicht ruinieren?"

„Du vergisst, dass niemand davon wusste. Stratford war ein Gentleman und hielt ihre Abmachung auf ihren Wunsch hin geheim. Dann änderte sie ihre Meinung, weil er keinen Titel hatte. Zumindest erzählte Anna mir das. Ich wette, Judith bereut ihre Eile nun. Er hat eine Grafschaft geerbt." Lydia hob eine Augenbraue bei diesem erlesenen Stück Klatsch und Tratsch.

Eleanor hatte nur Zeit zu denken: *Sie erinnert sich nicht daran, dass ich ihn kennengelernt habe*, ehe Lydia weiter plapperte. „Wenn du mich fragst, wird sie ihr Glück noch einmal bei ihm versuchen, da sie auf ihre frühere Verbundenheit setzt. Er verzehrte sich beinahe vor Liebe nach ihr. Und sieh sie dir nun an. Sie ist regelrecht sitzengeblieben! Ich fürchte, unser Stratford ist gerade nett genug, um wieder hereingelegt zu werden."

Oh. Eleanors Mund formte das Wort, doch sie hatte keine Gelegenheit zu antworten, ehe ein unscheinbarer, knochiger Herr mit rosa Weste und gelangweilter Miene sich vor Lydia verbeugte. „Miss Ingram", sagte er. „Sie sehen sehr erwachsen aus."

„Mr. Braxsen", rief Lydia aus, vergessen waren ihre geflüsterten Enthüllungen. „Ich habe Sie seit Jahren nicht mehr gesehen. Hielt mein Bruder Sie nicht für geeignet für meine Gesellschaft oder gibt es einen anderen Grund für Ihre Abwesenheit?"

„Nur ein Weggang nach Spanien würde mich von Ihrem Charme fernhalten", erwiderte Mr. Braxsen, mehr geübt im Flirten als aufrichtig. „Ich war die letzten zwei Jahre mit dem Regiment im Krieg."

„Nun, in diesem Fall hoffe ich, dass wir mehr von Ihnen sehen werden, während Sie in der Stadt sind." Eleanor hörte die Aufrichtigkeit in Lydias leichter Antwort. Der verstorbene Lord Ingram war ein Generalmajor gewesen, und Lydia respektierte alle, die im Wehrdienst waren.

„Ich kann mir vorstellen, dass Sie in dieser Saison keine Party verpassen werden", sagte Mr. Braxsen, „nun, da Sie in die Gesellschaft eingetreten sind."

„Was das angeht, bin ich es noch nicht ganz. Ich möchte Sie mit Miss Eleanor Daventry bekannt machen, die bei mir wohnen wird. In einer Woche werden wir gemeinsam unser Debüt geben und ich werde dafür sorgen, dass Sie eine Einladung erhalten. Doch auch wenn wir noch nicht offiziell eingeführt sind, werden wir morgen Abend an der Zusammenkunft bei Mrs. Jenkins teilnehmen. Werden wir Sie dort sehen?"

„Wenn Sie mir den ersten Tanz versprechen, komme ich", erwiderte Mr. Braxsen. Hinter ihm stieg ein rothaariger, militärischer Herr, dessen markante Gesichtszüge nicht gerade schön waren, doch den Wunsch weckten, zweimal hinzusehen, die Stufen des imposanten Steingebäudes hinunter. Er sah überrascht aus, Mr. Braxsen dort zu sehen. Nach dem ersten Schreck starrte er jedoch nicht Mr. Braxsen, sondern Lydia an. Eleanor fragte sich, ob Lydia ihn kannte, doch ihre Freundin schien sich seines Blickes nicht bewusst zu sein.

Nachdem der Tanz versprochen war, wandte sich Mr. Braxsen dem anderen Herrn zu, und Eleanor legte ihren Arm um Lydia. Zu Earl Worthings – *Stratfords* – Herzensbrecherin hatte sich inzwischen ein weiterer Verehrer gesellt und Eleanor war wie gebannt von ihrem Lächeln.

„Wir werden also zu Mrs. Jenkins gehen?" fragte Eleanor, doch sie wartete nicht auf Lydias Antwort. Sie war damit beschäftigt, an einen Earl zu denken, der diese Frau einst so sehr geliebt hatte (*immer noch liebte?*), dass er mit ihr verlobt gewesen war. Dann hatte er Eleanor einen Heiratsantrag gemacht, doch *nicht* aus Liebe. Und obgleich man seinen Antrag nicht wirklich als Heiratsantrag bezeichnen konnte, hieß es doch, dass Earl Worthing zweimal abgewiesen worden war.

STRATFORD GING ZÜGIG auf den Club zu und grüßte einen überraschten Bekannten auf seinem Weg, blieb jedoch nicht stehen. Sobald seine Anwesenheit bekannt wurde, rief sein Erscheinen im White's eine nicht geringe Reaktion hervor. Es bedurfte nur der Begrüßung eines schlaksigen Kerls mit widerspenstigem Haar, der sich „Finch" nannte, und eines anderen farbenfrohen Herrn, der auf den Namen „Gerry" hörte, damit alle mit Händeschütteln und Schulterklopfen auf ihn zukamen.

Er schüttelte Gerrys Hand, gratulierte ihm zu seiner Heirat und fragte ihn, wie er die Halbinsel verlassen habe. Es dauerte nicht lange, bis sie auf die Geschichte zu sprechen kamen, die sie zusammengebracht hatte. ihr erfolgreiches Manöver gegen die französische Armee bei Bussaco. Sie lachten über Massénas Verwirrung, als die Hills Brigade über den Kamm kam und, wie Gerry sich die Augen wischend sagte, „entdeckte, dass es auf der anderen Seite mehr von uns gab!" Nach dieser Schlacht trennten sich die Wege ihrer Brigaden und es war das letzte Mal gewesen, dass sie sich gesehen hatten.

„Ich habe gehört, du hast ein hübsches Anwesen geerbt. Jetzt werden wir deine Anwesenheit im White's nicht nur dulden, sondern sogar begrüßen." Gerrys zynische Worte wurden durch die Belustigung in seinem Gesicht Lügen gestraft.

„Wenn die Leute im White's derart wankelmütig sind, gehe ich lieber ins Brooke's." Es war ein alter Scherz. Niemand konnte erklären, warum Stratford vom Adelsstand akzeptiert worden war, obgleich sein Vater keinen Titel besessen hatte und die Familie seiner Mutter im Handel tätig war, doch seit seinen frühen Tagen in Eton und dann in Cambridge mochte ihn jeder, und niemand widersprach der Einladung. Er war sich sicher, dass seine langjährige Freundschaft mit Ingram der Sache dienlich gewesen war, doch wenn er geglaubt hätte, dass seine freundliche Aufnahme von den Adligen irgendetwas für die, die wichtig waren, ändern würde, hätte er seine Zuneigung woanders hingelenkt.

In diesem Moment entdeckte ihn Mr. Braxsen und kam mit spöttischer Miene auf ihn zu. „Ist das Earl Worthing? Wenn man bedenkt, dass ich einst hoffte, Ihnen im Militär den Rang abzulaufen. Ich hatte ja keine Ahnung, dass Sie für einen Adelstitel in Frage kommen."

Sein Ton war spielerisch, doch Stratford spürte, dass etwas Wahres an seinen Worten war. „Da ein Onkel und zwei Cousins vor mir zu der Ehre gekommen wären, war die Möglichkeit für mich zu weit entfernt, um darüber zu sprechen. Und Sie? Haben Sie Ihr Offizierspatent verkauft?"

„Ich bin auf Urlaub", antwortete Braxsen. Er drehte seinen Kopf in Richtung eines lachenden, tadellos gekleideten Korinthers, der sich mit nur schwachem Akzent unterhielt. „Sehen Sie mal, dort drüben", sagte er höhnisch. „Wie hat sich einer von Boneys Männern hier hereingeschlichen?"

„Oh, ich nehme an, er kam neunundachtzig mit seiner Familie

hierher." Stratford betastete seine Taschenuhr und ließ den Blick über die Menge schweifen.

„Stört es Sie denn nicht? Ich für meinen Teil kann es nicht ertragen, sie hier zu sehen", meinte Braxsen.

Die dunklen Lederwände und die Klänge des Clubs verblassten, als Stratford sich an seine erste Begegnung mit dem Feind erinnerte. Ein weißgesichtiger Junge, der nicht älter als siebzehn gewesen sein konnte, hatte allein in einem Kuhstall gezittert, seine Hosen nass vor Angst. Der Junge hatte die Arme gehoben, um sein Gesicht vor dem Sonnenlicht zu schützen, das durch die Lücken in der Holzlatte fiel.

„*Vas-y. Caches-toi. On sera parti avant l'aube*", hatte Stratford ihm gesagt. Versteck dich. Bei Sonnenaufgang werden wir weg sein. Auf dem Schlachtfeld waren die Franzosen in ihrer Gesamtheit der Feind. Als Einzelpersonen bluteten sie ebenso rot wie er selbst.

„Nein." antwortete Stratford Braxsen entschieden. „Sie sind Schachfiguren unter Boney und Murat. Wenn er…" Stratford ruckte mit dem Kopf in Richtung des Franzosen, „im White's akzeptiert wird, muss seine Loyalität untadelig sein."

„Worthing", rief Amesbury von seinem Tisch aus und unterbrach damit ein Gespräch, das Stratford nur zu gerne beenden wollte. „Du bist schon früh hier." Stratford nickte Braxsen zum Abschied zu und nahm neben Amesbury Platz.

„Das bin ich in der Tat. Es ist die zweite Saison meiner Schwestern und so gern ich auch auf dem Anwesen geblieben wäre, so bin ich doch dafür verantwortlich, das Haus zu öffnen und ihren Ball zu veranstalten."

Amesbury nickte und es folgte ein kurzes Schweigen, ehe er Luft holte. „Sieh an." Er machte eine Pause, um einen Schluck zu nehmen, und lehnte sich mit einstudierter Nonchalance zurück. „Hast du Miss Daventry schon in London gesehen?"

„Nein, ich bin gerade erst angekommen. Warum fragst du?" Stratford schaute aus dem Fenster, als ein plötzlicher Regenschauer die Menschen draußen Deckung suchen ließ.

„Sieh an", wiederholte Amesbury abwesend. Es gab eine weitere Pause, in der er mit dem Rand seiner Lorgnette auf den Tisch klopfte.

„Ich wünschte, ich würde es sehen", sagte Stratford. Amesbury warf ihm einen verwirrten Blick zu, woraufhin er ihn aufklärte: *„Sehen, worauf du hinauswillst, meine ich."*

Amesbury holte tief Luft und erwiderte: „Ich dachte, ich könnte mein Glück bei Miss Daventry versuchen."

Stratfords Brauen schossen in die Höhe. „Ich dachte, dir missfällt ihre Herkunft und so ziemlich alles andere an ihr. Es fiel dir schwer, beim Mittagessen neben ihr zu sitzen."

„Ja, aber ich habe nachgedacht." In Fahrt kommend, füllte sein Freund ihm das Glas wieder auf. „Ihre Abstammung kann nicht so fragwürdig sein, wenn dein Onkel sich bereit erklärt hat, ihr Vormund zu sein. Und dass sie die Ortschaft Munroe besitzt, wäre eine Bereicherung für meinen Besitz. Wenn ich ihr meine Glaubwürdigkeit leihen würde, würde man sie sicher akzeptieren." Stratford spürte, wie ihm die Galle hochkam.

Amesbury fuhr fort: „Es sei denn natürlich, du..." Er verstummte, als er Stratford fragend ansah.

„Nein, nein, natürlich nicht", erklärte Stratford. „Du warst es doch, der mich daran erinnerte, dass ich bei der Wahl einer Countess nicht vorsichtig genug sein kann."

Amesbury entging der sarkastische Tonfall. „Da hast du recht. Ich hingegen muss nicht nach mehr als der Tochter eines Gentlemans mit einer guten Mitgift Ausschau halten." Amesbury richtete das Halstuch um seinen dünnen Hals.

„In einer Woche kannst du dein Glück bei ihr versuchen", informierte Stratford ihn knapp. „Ich weiß von Ingram, dass sie auf Lady Ingrams Ball vorgestellt wird, wenn Lydia in die Gesellschaft eingeführt wird."

„Miss Lydia Ingram. Sie wäre die passende Frau für einen Earl", sinnierte Amesbury.

„Lydia ist ein Schlingel", sagte Stratford rundheraus. „Sie wird jemanden heiraten, den sie um den Finger wickeln kann." Er verschwendete keinen weiteren Gedanken an Ingrams kleine Schwester und dachte an die braunäugige Frau, die in ihrem Haus wohnte.

Amesbury starrte mit leerem Blick vor sich hin und plante anscheinend bereits seinen Angriff auf Lydia oder Miss Daventry oder irgendeine, die ihn haben wollte. Stratford sah sich im Club um, um zu sehen, welches andere lang vermisste Gesicht ihn ablenken könnte. Er fühlte sich nicht ganz wohl in seiner Haut.

KAPITEL ZEHN

Eleanor hatte nicht erwartet, dass ihre erste *Soirée* ein Erfolg werden würde und war daher auch nicht enttäuscht. Lady Ingram hatte nichts dagegen einzuwenden, dass die Mädchen an einer kleinen Versammlung – einer recht privaten Angelegenheit – mit nicht mehr als fünfzehn Paaren teilnahmen, die im Ballsaal von Mrs. Jenkins tanzten, und meinte, so könnten sie für ihren eigenen Debütantinnenball in einer Woche üben.

Ihr erster Blick in den Raum bestätigte ihren Verdacht, dass selbst eine intime Londoner Zusammenkunft eine einschüchternde Angelegenheit war. Mrs. Jenkins hatte die Zahl derer, die die Einladung annehmen würden, stark unterschätzt. Es waren fast siebzig Personen anwesend, wobei die jüngere Generation am Erfrischungstisch ihr Lager aufschlug und die Erwachsenen näher am Feuer. Die Wärme war willkommen, wenn man aus der Kälte kam, doch schon bald würde der Raum stickig werden.

Eleanor erwiderte Lydias aufmunterndes Lächeln, straffte ihre Schultern und folgte ihr in den Raum. Es gab keine formelle Ankündigung und niemand bemerkte sie, obgleich sie mehr als ein paar Augenpaare entdeckte, die auf ihre Freundin gerichtet waren – die Männer interessiert und die Mädchen neidisch. Eleanor zupfte an ihren Handschuhen und bemühte sich, ihre Miene neutral zu halten. *Zumindest sind die Zahlen ausgeglichen, so dass ich nicht befürchten muss, dass es mir an Partnern mangeln wird.*

Lydia beugte sich vor und flüsterte. „Ich kenne einige der Herren hier bereits seit ich meine ersten Zähne verloren habe. Siehst du den schneidigen Herrn dort im dunkelblauen Mantel?" Eleanor nickte. „Das ist Lord Carlton und er liebäugelt mit der Politik, abgesehen davon, dass er ein Earl ist. Er hat sein erstes Jahr nach Oxford damit verbracht, seine Mutter auf ihrem Landsitz zu pflegen. Nun, da er in London ist, werden es alle auf ihn abgesehen haben, aber *ich* werde ihn dir vorstellen, denn er ist mit meiner Cousine befreundet. Er ist sehr hübsch anzusehen, nicht wahr?"

„Das ist er in der Tat, aber zu jung, um auf der Suche nach einer Frau zu sein, meinst du nicht?" Eleanor wusste, dass Lord Carlton sie mit Lydia in der Nähe unmöglich bemerken konnte. Sie beobachtete, wie er die Runde machte. Er schien alle zu kennen und den älteren Frauen besondere Aufmerksamkeit zu schenken, während er um die Frauen seines Alters einen großen Bogen machte.

Lydia zuckte mit den Schultern. „Das mag sein. Aber wenn du dir seine Aufmerksamkeit sicherst, könntest du stolz darauf sein."

Eleanor versuchte zu lächeln, doch ihre klammen Hände verrieten ihre Nervosität. Sie war dankbar für die Handschuhe. Diesen Augenblick wählte Mr. Braxsen, um sich zu nähern, seinen Begleiter mit kupferfarbenem Haar aus dem Militär im Schlepptau. „Miss Ingram", sagte Mr. Braxsen, „darf ich Sie um Ihre Hand für den ersten Tanz bitten? Sie hatten ihn mir versprochen, erinnern Sie sich?"

„Gewiss, Mr. Braxsen. Ein Glück, dass ich mein Wort halte. Ich hätte diesen Tanz schon mehrmals vergeben können."

„Eine Frau, die ihr Wort hält. Das ist doch mal was." Mr. Braxsen nahm die Tanzkarte, die Lydia von ihrem Handgelenk schob.

Lydias Stirnrunzeln verschwand so schnell wie es gekommen war, und sie ergriff Eleanors Ellbogen. „Eleanor, du erinnerst dich an Mr. Braxsen und das ist..." Sie neigte ihr Gesicht wie ein neugieriger Vogel seinem Freund zu. *Kein Wunder, dass die Männer sie lieben.*

„Verzeihung", sagte Mr. Braxsen, „das ist Major Fitzwilliam. Fitz –

erlauben Sie mir, Ihnen Miss Lydia Ingram und ihre Begleiterin, Miss Daventry, vorzustellen.“

Als sie sich vorgestellt hatten, löste Major Fitzwilliam seinen Blick von Lydia und verbeugte sich vor Eleanor. „Haben Sie den zweiten Tanz bereits vergeben? Ich bin für den ersten Tanz nicht frei, würde aber sehr gerne mit Ihnen tanzen, wenn Sie möchten.“

Eleanor schenkte dem Major ein freundliches Lächeln und reichte ihm ihre Karte. „Die Musiker wärmen sich schon auf und meine Tanzkarte ist noch leer. Sie sehen also, Sie bewahren mich vor einer vollkommenen Demütigung.“

Er schrieb seinen Namen auf und gab sie zurück, wobei sich Falten in seinem kantigen Kiefer bildeten. „Ich stehe zu Ihren Diensten, Miss Daventry.“ Er wandte sich Lydia zu und fixierte sie mit seinem Blick. „Miss Ingram, haben Sie einen Tanz für mich?“

Lydia hatte den Raum abgesucht und wollte Eleanor gerade etwas ins Ohr flüstern, doch der offene Blick, der ihr zugewandt war, hielt sie davon ab. „Es wäre mir eine Freude, Major Fitzwilliam. Und sei es nur, um meine Pflicht zu erfüllen und die Männer zu ermutigen, die dem König dienen.“

Major Fitzwilliam entgegnete: „Und wenn es nicht nur aus Pflichtgefühl geschähe, könnten wir armen Soldaten zu hoffen wagen.“ In seinem Blick lag eine spielerische Intensität, die Eleanor insgeheim als unwiderstehlich empfand. Dieser Mann hatte vielleicht keinen Titel, doch an Charme mangelte es ihm nicht. Wenn er ihn bei Lydia, einer abgebrühten Flirterin, einsetzte, könnte vielleicht selbst sie nicht immun sein.

Dann lachte Lydia, ein helles, klingendes Geräusch. „Sie sollen Ihren Tanz bekommen, Major.“ Sie begutachtete ihn genauer. „Und das nicht nur aus Pflichtgefühl.“

Der Major verbeugte sich und Mr. Braxsen klopfte ihm auf die Schulter, als die beiden Männer weggingen. „Sie versuchen, mir den Rang abzulaufen, Fitz.“

„Lydia“, murmelte Eleanor mit leiser Stimme, „es scheint, als hättest du zumindest bei einem Gefallen gefunden. Sieht Major Fitzwilliam in seiner Uniform nicht ausgezeichnet aus? Er muss auf Urlaub sein."

Lydia blickte ihm nach. „Rot steht ihm nicht", war alles, was sie sagte. Ihr verweilender Blick verriet sie.

Um ihre Nervosität zu überspielen, fächelte sich Eleanor Luft zu und murmelte: „Es sieht so aus, als ob ich nicht gezwungen wäre, *den ganzen* Abend am Rand der Tanzfläche zu sitzen."

„Du Schaf." Lydia stupste sie in die Seite, dann beugte sie sich vor und flüsterte: „Sieh mal. Stratford Tunstall ist auf dem Weg zu uns. Habe ich dir erzählt, dass er sitzen gelassen wurde? Aber jetzt ist er ein Earl..."

Er war hier. Eleanor wollte sie unterbrechen, doch Lydia fuhr eilig fort. „Er ist ein alter Freund der Familie aus der Zeit, als er noch einfacher Sohn eines Gentlemans und der Tochter eines Kaufmanns war. Selbst meine Mutter mag ihn, obgleich sie seiner Mutter natürlich keine Einladung aussprechen konnte."

Während Lydia sprach, schritt Lord Worthing auf sie zu, sein Blick hielt Eleanor unverwandt fest. Ihr Herz schlug unruhig und sie fand kaum die Kraft, zu antworten. „Lydia, erinnerst du dich nicht, dass mein Vormund der vorige Earl of Worthing war? Ich war in Worthing bei der Testamentseröffnung. Wir sind uns natürlich schon begegnet. Eine Vorstellung ist unnötig." *Und auch unerwünscht.*

„Nein, wirklich! *Ich* bin ein Schaf, dass ich *das* vergessen habe. Aber du hast nicht oft von deinem Vormund gesprochen, daher habe ich den Zusammenhang nicht erkannt. Trotzdem, wie dumm von mir."

Nachdem er ein Wort mit der Gastgeberin gewechselt hatte, trat der Earl wieder vor, ein Stirnrunzeln im Gesicht. „Er sieht nicht sehr erfreut aus, uns zu sehen", meinte Eleanor.

„Oh, so ist Stratford", flüsterte Lydia. „Er ist so ernst. Wahrscheinlich findet er, mein Kleid sei zu tief ausgeschnitten." Ehe Eleanor etwas erwidern konnte, war der Earl auch schon bei ihnen.

„Lydia." Er beugte sich über Miss Ingrams Hand. „Ich sehe, du bist mit Miss Daventry bekannt." Sein Blick blieb an Eleanor haften und sie zwang sich, ihn zu erwidern.

„Das bin ich in der Tat, Mylord", sagte Lydia. „Wie freundlich von Ihnen, uns mit Ihrer Anwesenheit zu beehren, nun, da Sie ein Earl sind."

Earl Worthing unterbrach sie mit einem Blick. „Sei nicht so vorlaut, Lydia."

Lydia verdrehte die Augen. „Das war nicht vorlaut, Stratford. Das war ein Scherz, etwas wovon du vergessen hast, wie man es macht. Nun gut. Eleanor verbringt die Londoner Saison mit mir."

„Guten Abend, Miss Daventry." Earl Worthing verbeugte sich. „Darf ich mich nach der kranken Schwester Ihrer Tante erkundigen?"

„Ich danke Ihnen. Sie ist auf dem Weg der Besserung. Sie haben ein Haus in Bath bezogen, damit sie sich vollständig erholen kann. Ich bin Lady Ingram dankbar, dass sie mich diese Saison fördert." *Ich schweife ab wie ein Dummkopf!* Eleanor versuchte, ihre wirren Gedanken zu ordnen, als der Earl nach dem ersten scharfen Blick überall hinzuschauen schien, nur nicht zu ihr.

„Sie können niemand Besseres als Lady Ingram finden, um überall Zugang zu bekommen, wo Sie hinwollen." Lord Worthing drehte sich um und nickte einem Bekannten zu. Es herrschte Schweigen, bis die ersten Töne einer Geige den Raum durchdrangen. „Würdet ihr beide mir die Ehre eines Tanzes erweisen?" Er streckte seine Hand nach Lydias Tanzkarte aus.

„Ja, natürlich." Lydia reichte ihm die Karte, die noch immer an ihrem Handgelenk hing, und blickte über seinen Kopf, während er sich vorbeugte, um seinen Namen in eine der wenigen verbleibenden Zeilen zu schreiben. „Schau, Eleanor. Da ist der Duke of Marlborough. Oh! Und Mr. Braxsen kommt, um seinen Tanz einzufordern."

Eleanors Augen waren auf Earl Worthings dunkelblonde Locken gerichtet, als er sich über Lydias Karte beugte. Das gab ihr Zeit, ihre flatternden Nerven zu beruhigen und zu begreifen, dass er nur ein Mann war, der ungeachtet seines Antrags, nicht mehr Bedeutung als andere hatte, auch wenn sein starker Kiefer und seine breiten Schultern angenehm anzusehen waren. Earl Worthing richtete sich auf und trat zur Seite, um einem Diener, der sich näherte, die Möglichkeit zu geben, ein Tablett mit verschiedenen Getränken zu präsentieren. Eleanor schüttelte den Kopf, doch der Earl nahm ein Glas entgegen.

Bei seiner Wahl weiteten sich Eleanors Augen vor Überraschung und ein Lächeln kräuselte ihren Lippen. „Limonade, Lord Worthing?"

Sie glaubte, ein leichtes Erröten wahrgenommen zu haben. „Ich bin durstig", gab er zurück. Er trank es in einem Zug aus und stellte das Glas dann auf das Tablett zurück. „Miss Daventry, Ihre Karte?" Ihr stockte der Atem, als sich ihre Blicke erneut trafen. *Er ist nur ein Mann wie jeder andere auch.* Sie hielt ihm ihre Karte hin und sah weg, als er seinen Namen für die Quadrille eintrug. Das würde eine bessere Gelegenheit zum Reden bieten als die ersten beiden Tänze, die beide Reels waren.

Es gab nur einen weiteren Namen auf Miss Daventrys Tanzkarte, stellte Stratford fest, als er seine Aufmerksamkeit darauf richtete und nicht auf ihr hastig abgewandtes Gesicht. Ihr Profil war ansprechend, mit einem markanten Kinn, das zu der kecken Nase passte, und einer Strähne hellbraunen Haars neben ihrer Wange. Bei nur einem Namen brauchte er nicht zu befürchten, dass sie von Mitgiftjägern verfolgt werden würde. Er ließ Miss Daventrys Karte los, die von ihrem Handgelenk baumelte.

„Worthing!" Lord Carlton kam an seine Seite, ein junger Herr, der während der Schulferien regelmäßig nach London gekommen war. „Als ich Sie im Tatt's sah, erwähnten Sie nicht, dass sie kommen würden."

Stratford hustete und warf einen verstohlenen Blick auf den Mann, der zwar sympathisch war, doch noch nie einen Funken Diskretion besessen hatte. „Da hatte ich mich noch nicht entschlossen zu kommen, doch ich wollte heute Abend mit einigen Leuten sprechen." Er warf Miss Daventry einen hoffnungsvollen Blick zu, doch sie beobachtete angestrengt die Tanzpaare. Es war nicht leicht nach so vielen Wochen, doch die Ehre verlangte eine Entschuldigung von ihm und der versprochene Tanz war seine beste Chance.

Lord Carlton legte in natürlicher Art seine Hand auf sein Herz und verbeugte sich vor den Damen. „Miss Ingram, erfüllen Sie mir meinen Herzenswunsch und machen Sie mich mit Ihrer Freundin bekannt?"

Lydia, flirtend wie eh und je, schnaubte leicht. „Beachte ihn nicht, Eleanor. Lord Carlton hat meinen Cousin während ihrer Jahre in Cambridge in allerlei Unfug verwickelt, wie ich hörte. Es scheint, dass er endlich anständig geworden ist. Nun gut, Lord Carlton, ich stelle Ihnen meine beste Freundin vor, Miss Daventry."

Lord Carltons Augen weiteten sich in spöttischem Affront. „Sie beleidigen mich, Miss Ingram. Das ist zwei volle Jahre her und gehört nun der Vergangenheit an." Er nickte Mr. Braxsen zu, der gekommen war, um Lydias Hand zum Tanz einzufordern, und sagte dann: „Miss Daventry, würden Sie mir die Ehre erweisen, mir heute Abend einen Tanz zu gewähren?"

„Natürlich, Lord Carlton." Miss Daventrys Stimme war sanft, als sie ihm ihre Tanzkarte reichte. Stratford war von Carltons Interesse überrascht und musterte Miss Daventry. Vielleicht lag es daran, dass sie so zierlich war, dass man sie beschützen wollte, oder daran, dass sie Blicken offen begegnete, ohne schüchtern zu wirken.

Stratford runzelte die Stirn. Vielleicht hatte er sie zu früh als sicher vor Mitgiftjägern eingeschätzt. Wenn Carlton, der ihr Geld nicht brauchte, sich für sie interessierte, war nicht abzusehen, wie viele andere noch kommen würden. Durch diesen Mann würde sie schon bald in aller Munde sein.

Carlton fuhr mit seiner Eroberung fort, als gäbe es Stratford gar nicht, und neigte ihr seinen Kopf zu. „Miss Daventry, der nächste Tanz ist ein Reel und niemand hat sich dafür eingetragen. Ich hoffe, Sie sind nicht schockiert, aber ich habe diesen Tanz ebenso für mich beansprucht wie den letzten der Feier."

Sie antwortete mit einem Lächeln, ihre Augen tanzten, und Stratford war wie verzaubert. Er hatte nicht gewusst, dass ihr Gesicht so leuchten konnte. „Danke, dass Sie mir die Schmach erspart haben, diesen ersten Tanz auszusitzen, Lord Carlton." Die Musiker begannen mit dem Auftakt und Miss Daventry legte ihre Hand auf Carltons

Arm, um sich den anderen Paaren im Set anzuschließen, so dass Stratford den Blicken von mehr als einer hoffnungsvollen Mutter ausgesetzt war, deren Tochter keinen Partner hatte.

Als Stratford schließlich seinen Tanz mit Miss Daventry einfordern konnte, verlor er fast den Mut. Nur der unbedingte Wille, ein Unrecht wiedergutzumachen, ließ ihn weitermachen. Sie nahmen ihre Plätze ein und während sie darauf warteten, dass die Musik einsetzte, beugte er sich hinunter, denn er wusste, dass das laute Stimmengewirr seine Worte unhörbar machen würde. „Miss Daventry, bitte erlauben Sie mir, mich für meinen Heiratsantrag zu entschuldigen."

Ein Lächeln wurde unterdrückt, ehe er es sehen konnte – dessen war er sich sicher. Warum sollte sie Humor in Worten finden, die ihm so schwerfielen? Dann, nach einer Minute des Nachdenkens, *Ah. Ich habe mich für meinen Antrag entschuldigt, nicht für die Art und Weise, wie ich ihn vorgebracht habe.*

Der Tanz hatte begonnen, und während sie einander umkreisten, die Hände umschlungen, antwortete sie: „Das brauchen Sie nicht, Mylord. Da ich davon ausgehe, dass es nicht wieder vorkommt, können wir beide so tun, als wäre es überhaupt nicht geschehen."

Sie wechselten die Partner und als der Tanz sie wieder zusammenbrachte, redete Stratford sich tiefer hinein, in der Hoffnung, Miss Daventrys Stirnrunzeln zu vertreiben. „Ich habe nicht die Angewohnheit, einer Dame nahezu auf den ersten Blick einen Antrag zu machen. Meine einzige andere Erfahrung mit Heiratsanträgen machte ich nach zwei Jahren Bekanntschaft." Er hielt inne. „Auch dies ging natürlich nicht gut aus." Sein ganzer Körper fühlte sich heiß an vor Verlegenheit, ein regelmäßiges Muster in ihrer Nähe, wie es schien. Das hatte er nicht sagen wollen.

„Haben Sie ihr einen Antrag gemacht, als Sie betrunken waren, Mylord?" Ein Schock durchfuhr ihn, als der Tanz sie wieder trennte. Er ergriff die Hand einer anderen jungen Dame in der Runde und fragte sich, was hinter diesem Ton steckte. Miss Daventry war kaum mehr als ein Schulmädchen – *so alt wie seine Schwestern* – doch ihre Worte peitschten sein bereits angeschlagenes Gewissen.

Die Musik brachte sie wieder zusammen und er rüttelte an seinem Ehrgefühl. „Ich bedaure aufrichtig, Ihnen auf so unwürdige Weise einen Antrag gemacht zu haben. Wie Sie schon sagten, es wird nicht wieder vorkommen."

Der Tanz trennte sie erneut. *Unmöglich, sich auf diese Weise zu unterhalten. Was hatte ihn dazu getrieben, es zu versuchen?* Er war sich seiner eigenen Partnerin kaum bewusst, als er Miss Daventry bei einer angeregten Unterhaltung beobachtete. *Warum war sie in seiner Gegenwart so schweigsam?* Als sie nach der Promenade wieder zusammenkamen, waren ihre Worte gedämpft. „Ich danke Ihnen für Ihre Entschuldigung. Natürlich wird es das nicht. Wir brauchen nichts weiter zu sagen."

Er sah in ihre nach unten gerichteten Augen und etwas zwang ihn, darauf zu bestehen. „Verzeihen Sie, Miss Daventry, aber ... verzeihen Sie mir mein unhöfliches Verhalten? Es ist mir sehr wichtig."

Die Musik hatte aufgehört und sie nahm ihre plötzlich zitternde Hand von seinem Arm. „Mylord..." Ihre heisere Stimme war in der Menge nur schwer zu verstehen. Er beugte sich vor und spürte die Wärme ihres Gesichts, ihren Atem, der seine Wange kitzelte, das unerwartete Verlangen, seinen Arm um ihre Taille zu legen. Wenn die Luft zwischen ihnen rein war, würden sie vielleicht wieder miteinander tanzen. Eine Saison in London könnte unter Umständen tatsächlich angenehm werden.

Sie schien mit sich selbst zu ringen und biss sich schließlich auf die Lippe, ehe sie ihren Blick zu dem seinen hob. „Vielleicht ist das nicht besonders christlich von mir, aber ich möchte erst Ihre Reue sehen, ehe ich Ihnen eine Antwort gebe."

Das Glitzern in ihren Augen entlockte ihm ein erschrockenes Lachen. „War die Limonade nicht Reue genug?", fragte er, wobei ein Lächeln seine Lippen umspielte. Dann wurde er ernst. „Ich sehe, ich muss mir Ihre gute Meinung verdienen." Die tanzenden Paare räumten die Tanzfläche, um Platz für neue zu machen, und er nahm ihren Arm, sich ihrer Nähe bewusst.

In diesem Augenblick wurden die Stimmen lauter und er blickte auf. Eine Vision von Schönheit hatte den Raum betreten, in blassem

Grün, gekrönt mit goldenen Locken und einem zarten Diadem aus Smaragden. Judith Broadmore. Also war auch sie zu dieser *intimen* Zusammenkunft eingeladen worden. Stratford würde dieser Bezeichnung im Zusammenhang mit einer Londoner Feier nicht mehr trauen. Er wäre nicht gekommen, nicht einmal, um sich zu entschuldigen, hätte er gewusst, dass er Judith so nahe sein würde.

Miss Daventry musterte ihn mit einer Falte zwischen den Brauen. Er musste etwas sagen. „Ich fürchte, ich muss gehen. Ich bin mit einem Freund zum Abendessen verabredet und bin bereits zu spät."

Andere Paare kamen für die nächste Runde zusammen. Lydia stand zum Glück noch immer am Rande der Tanzfläche und klopfte mit ihrem Fächer auf den Ärmel eines Herrn. „Ich bringe Sie zu Lydia", sagte er.

Bei Miss Broadmores Auftritt verspürte Eleanor einen Stich im Herzen. In einem Tageskleid war Miss Broadmore so schön, dass sie die Blicke auf sich zog, doch in einem Abendkleid war sie geradezu umwerfend. Noch nie hatte sich Eleanor so sehr über ihre eigenen Kurven, ihre kleine Statur und ihr schlichtes braunes Haar geärgert.

Der Tanz war vorbei und der kurze Blick, den sie hinter Lord Worthings Fassade geworfen hatte, kam ihr nun ausgedacht vor. Sie waren wieder an Lydias Seite und als er sich zum Gehen wandte, war sein Gesicht eine Maske.

„Na, wenn das Stratford mal nicht ähnlichsieht", ärgerte sich Lydia. „Nicht einmal eine ordentliche Verabschiedung."

Eleanors Blick folgte Lord Worthing, als er der Gastgeberin eine gute Nacht wünschte und ging, ohne sich umzudrehen. Er sprach nicht mit Miss Broadmore, als er an ihr vorbeiging, aber Eleanor sah sein Profil, als er die Frau anschaute. Sie war sich sicher, dass der Blick, den er dieser Venus zuwarf, voller Sehnsucht war.

Auch Miss Broadmore beobachtete, wie er ging. Dann folgte sie ihm mit schwingenden Hüften.

KAPITEL ELF

„Lord Worthing, warten Sie."

Stratford hatte seinen Mantel geholt und befand sich auf den Stufen zur Straße, als er sich umdrehte und sah, wie Judith ihm nacheilte. Er verspürte keine Lust, dieses Gespräch zu führen, doch es war besser, es gleich zu Beginn der Saison zu tun, damit es keine Unklarheiten zwischen ihnen beiden gab.

„Miss Broadmore." Er ging die letzten drei Schritte zur Straße und wartete, bis sie ihn erreicht hatte, ehe er sich kurz vor ihr verbeugte.

Sie schien atemlos zu sein, als sie knickste und er fragte sich, ob sie nervös war. Er hatte sie noch nie anders als völlig selbstsicher erlebt, doch vielleicht schwand ein Teil des Selbstbewusstseins einer jungen, schönen Frau nach ein paar Saisons ohne erfolgreiche Partien.

Dieser verirrte Gedanke verschwand, als Judith Stratford anlächelte und ihre Hand unter seinen Arm schob. Nein, es schien, dass ihr Selbstvertrauen immer noch unerschütterlich war. Ihre Berührung war schmerzhaft, sowohl wegen der Erinnerungen, die sie hervorrief, als auch wegen seiner Gewissheit, dass sie nicht diejenige war, die er am Arm haben wollte.

„Ich freue mich, dass Sie zu Beginn der Saison nicht nur in London eingetroffen sind, sondern sich auch gut amüsieren. Ich hatte keine solch großen Hoffnungen in Sie gesetzt." Judith drückte ihm spielerisch den Arm, während sie sprach und Stratford antwortete nicht sogleich. Zu wissen, was man zu sagen hatte, machte es nicht leichter, die Worte herauszubekommen.

„Haben Sie denn keine Ihrer geistreichen Erwiderungen?" Judith atmete tief ein und schaute in die Sterne. „Wissen Sie noch, als wir auf dem Rückweg vom Hyde Park im Regen standen? Es war genau um diese Jahreszeit. Wir haben beim Bäcker angehalten, und Sie haben mir eine Erdbeertarte gekauft, die ich essen konnte, während es draußen schüttete." Sie blickte ihn an, ein kokettes Lächeln im Gesicht. „Das war der Tag, an dem Sie mir einen Heiratsantrag machten."

Stratford zog ihren Arm aus dem seinen und drehte sich zu ihr um. „Miss Broadmore, es ist besser, wenn wir dies vor Beginn der Saison klarstellen, damit es keine Unstimmigkeiten gibt." Nach einem kurzen Zögern kam er auf den Punkt. „Jede Hoffnung für uns ist vorbei."

Judiths Lippen verzogen sich zu einem Lächeln. „Wie typisch für Sie, gleich zur Sache zu kommen, Stratford. Sie hätten mich einfach wie eine alte Freundin behandeln können, um mir die Peinlichkeit einer Konfrontation zu ersparen."

Die Freundschaft, die wir vielleicht einmal hatten, ist längst vorbei. Judith war noch immer verlockend, doch das war ein Grund mehr, Grenzen für jedwede Erwartungen zu setzen. Er wusste, dass das Offenhalten von Möglichkeiten mit ihr, den Weg zu mehr Herzschmerz ebnete – *seinem.* Stratford schüttelte den Kopf. „Nichts liegt mir ferner, als Sie in Verlegenheit bringen zu wollen, aber Sie müssen wissen, wie die Dinge stehen."

Judith schien darauf zu warten, dass er noch mehr sagte, doch alles andere wäre nur eine Wiederholung des Themas. Er verbeugte sich kurz und wandte sich zum Gehen. „Ich wünsche Ihnen eine gute Nacht."

IM SALON STAND eine bescheidene Auswahl an Blumen, die Verehrer seit Mrs. Jenkins' Feier täglich schickten. Eleanor und Lydia hatten kaum Zeit gehabt, sich für die morgendlichen Besucher zu setzen, als Mr. Braxsen und Major Fitzwilliam angekündigt wurden. Eleanor flüsterte Lydia mit einem schelmischen Lächeln zu: „Sie sind in aller Frühe hier, obwohl sie dich heute Abend auf deinem Ball sehen werden. Ich glaube, sie wollen die anderen mit einem Frontalangriff ausstechen."

„Es sei denn, sie sind deinetwegen hier", antwortete Lydia ohne Überzeugung, aber auch ohne Bosheit. „Und es ist *unser* Debütantinnenball."

Eleanor zuckte kurz mit den Schultern, schenkte ihrer Freundin aber ein Lächeln, das noch breiter wurde, als sich die Tür öffnete und Major Fitzwilliam zielstrebig auf Lydia zuging.

„Mr. Braxsen, Major Fitzwilliam." Lydia reichte beiden die Hand. „Ich hoffe, wir sehen Sie beide heute Abend auf unserem Ball?"

„Wir sind gekommen, um zu sehen, ob wir Ihnen bei den Vorbereitungen helfen können." Major Fitzwilliam manövrierte sich neben sie auf das Sofa und zeigte mehr Aufmerksamkeit als bisher in ihrer Gegenwart. Oder mehr Entschlossenheit.

Lydia, die der Zuwendung des Majors gegenüber nicht gleichgültig blieb, setzte sich aufrechter hin. „Ich glaube, es ist für alles gesorgt. Wir haben das Glück, dass Frederick hier ist, um mit Mama die Einzelheiten zu überwachen." Nach einer kleinen Pause tätschelte Lydia ihren Handschuh. „Natürlich hat er mehr zu tun als gewöhnlich."

Mr. Braxsen nahm auf dem Stuhl neben Eleanor Platz und sagte gedehnt: „Ja, ich habe beobachtet, wie Ihr Bruder im Brooke's Wetten auf Milfords Stute gegen die von Dalton abgeschlossen hat. Wie ich sehe, hat er sich ganz dem Erfolg Ihres Balls verschrieben."

Eleanor unterdrückte ein Kichern und betrachtete Mr. Braxsens Gesicht, wobei sie sich fragte, was ihn zu seinem Besuch bewogen hatte. Es war klar, dass er keine ausgeprägte Vorliebe für Lydia hatte, doch er wirkte nicht großzügig genug, nur zu aufzutauchen, weil sein Freund verliebt war.

„Und werden Sie heute Abend kommen, Mr. Braxsen?" fragte Eleanor, auf Freundlichkeit bedacht.

„Zweifellos", war seine Antwort. Er spielte mit dem Anhänger, der an seiner Weste befestigt war, während Lydia und der Major ihre Köpfe zusammensteckten, in ein Gespräch vertieft, das wenig Raum für andere Personen ließ. Eleanor faltete die Hände in ihrem Schoß und wartete, doch Mr. Braxsen begnügte sich damit, sich schweigend im Raum umzusehen.

Sie seufzte. Gab es denn in London keinen Mann, der in der Lage war, Konversation zu betreiben? Lydia eroberte jeden Gentleman, den sie traf. Bei Eleanor wirkten die Männer gelangweilt. *Als wäre ich nicht der Mühe wert.*

Doch, einen gab es. Bei all seinen Fehlern ignorierte Lord Worthing sie zumindest nicht.

Lydias Zofe streifte Eleanors Kleid über ihre ausgestreckten Arme. Das blassgoldene Unterkleid wäre unter dem weißen Deckstoff unsichtbar gewesen, wären da nicht die goldenen Rosenknospen gewesen, die den durchscheinenden Stoff in Dutzenden von winzigen Raffungen durchbrachen. Die goldene Seide bildete das Mieder des Kleides, und ein weißes Gaze-Fichu verhüllte das Ganze ein wenig mehr. *Aber nicht genug*, dachte Eleanor. Sie fühlte sich entblößt.

Doch obgleich sie wusste, dass sie neben Lydia verblassen würde, war sie mit ihrem Äußeren recht zufrieden. Sie steckte sich die goldenen Diamantohrhänger, die ihre Mutter bei ihrem eiligen Aufbruch zurückgelassen hatte, in die Ohren und die Zofe legte ihr die winzige Perlenkette mit dem passenden Goldanhänger um den Hals.

Wie erwartet überstrahlte Lydias Schönheit die ihrer Freundin, als sie in blassem Rosa und mit Blumen im Haar den Salon betrat. Ihre Wangen leuchteten von Natur aus rosig, im Gegensatz zu Eleanors eher fahlem Teint, und ihr Haar war fast schwarz, was Eleanors mausgraues Braun immer in den Schatten stellen würde. *Ich bin froh, dass Lydia so gut aussieht*, sagte sich Eleanor in dem Wunsch, großzügig zu sein.

Lord Ingram, tadellos gekleidet in ein schwarzes Jackett und mit schneeweißer Krawatte, löste sich von seiner Mutter am Kamin und ging auf sie zu, begrüßte seine Schwester mit einem Kuss auf die Wange und beugte sich dann über Eleanors Hand. „Brünette sind in diesem Jahr in Mode und wie ich sehe, wird unser Haushalt mit zwei solchen Schönheiten wie diesen der Mittelpunkt der feinen Gesellschaft sein." Trotz seines Lächelns hatte Lord Ingram eine winzige Falte zwischen den Augen und Eleanor fragte sich, ob es vielleicht der Stress des Gastgeberseins sein könnte. Abgesehen von dem kurzen Gespräch, das sie bei ihrer Ankunft geführt hatten, hatte sie ihn seitdem nur im Vorbeigehen gesehen.

Lydia schob ihre Unterlippe vor. „Wie kannst du so etwas sagen? Du weißt doch, dass Mary Wexby ganz London mit ihren flachsfarbenen Haaren verzaubert, bis niemand mehr Augen für jemand anderen hat."

„Umso besser, wenn du dich davon abhebst, meine Liebe", sagte Lord Ingram aufrichtig. *Was für ein Glück, eine Familie zu haben.*

Lydia schnappte nach Luft. „Ich hätte fast mein Sträußchen vergessen." Sie eilte zum Beistelltisch hinüber, wo das kleine Gesteck wartete.

„Möchtest du einen Sherry, Mama, ehe wir uns in der Halle aufstellen?" Lord Ingram war entschlossen, alles richtig zu machen, wie es schien, nun, da er anwesend war.

Lady Ingram nahm ein kleines Glas Sherry entgegen. „Esst lieber Kuchen zu eurem Cordial, Mädchen. Wir werden stundenlang Gäste begrüßen, und ich möchte nicht, dass ihr in Ohnmacht fallt."

Die Dame des Hauses hatte die Wahrheit gesagt. Nachdem sie über zwei Stunden lang die Gäste in der Halle vor der Eingangstür begrüßt hatte, musste sich Eleanor zu einem Lächeln zwingen. Wenigstens stand sie in der Nähe des Eingangs, wo mehr frische Luft in die stickige Residenz strömte, in der in allen Kaminen knisternde Feuer loderten. Sie atmete die frische Luft ein und spürte ein Nervenflattern. Lord Worthing war nicht aufgetaucht, und sie war sicher gewesen, dass er es tun würde, da er der Familie eng verbunden war. Eleanor wusste nicht genau, warum sie sich seine Anwesenheit wünschte, und konnte nur vermuten, dass es daran lag, dass sie so wenige Leute kannte. Sie wollte sich nicht eingestehen, dass alles interessanter erschien, wenn er in der Nähe war.

„Mr. Amesbury, Mr. Ashton", verkündete der Lakai. Er schien nicht müde zu werden, jeden Namen genüsslich anzukündigen.

Lydia knickste, als Mr. Amesbury sich über ihre Hand beugte und die Luft darüber küsste. „Wie geht es Ihnen? Mr. Amesbury, darf ich Ihnen meine Freundin vorstellen..."

„Wir sind uns bereits begegnet", sagte er. „Miss Daventry, ich bedaure, dass wir beim Abendessen nicht mehr Zeit hatten, uns zu unterhalten."

Welche Frechheit! Sie hatten reichlich Gelegenheit dazu gehabt. Er war damals einfach zu abgestoßen von Eleanors Abstammung gewesen, um sich wie ein Gentleman zu verhalten. Sie ahnte, was der Grund für diese Veränderung war. „Guten Abend, Mr. Amesbury."

Ohne auf ihre mangelnde Begeisterung zu achten, neigte Mr. Amesbury seinen Kopf in Richtung der Karte an ihrem Handgelenk. „Erlauben Sie mir, einen Tanz zu beanspruchen."

„Ich glaube, meine Karte ist voll, Sir..." Sie konnte nicht zu Ende sprechen, ehe er ihr die Tanzkarte vom Handgelenk nahm und sie studierte.

„Nein, sehen Sie nur. Es ist noch ein Tanz übrig, auch wenn es nur ein Reel ist. Ich wage nicht, Sie um Ihre Hand für einen der Walzer zu bitten, denn ich bin sicher, Lady Ingram würde es nicht erlauben." *Dem Himmel sei Dank.* Er schrieb seinen Namen in das letzte Feld.

„Sie ehren mich, Sir." Die Worte waren gerade erst über ihre Lippen gekommen, als der Lakai verkündete: „Lord Worthing".

Gegen ihren Willen machte Eleanors Herz einen Sprung. *Ich muss lernen, weniger durchschaubar zu sein,* dachte sie. Es wäre demütigend, wenn Lord Worthing ihre Freude über seine Ankunft erahnen würde, ein Gefühl, das ihrer Würde nicht zur Ehre gereichte.

„Mylady, Sie stellen alle hier in den Schatten" – Worte, die zu glatt für Lord Worthing erschienen, doch es war er, der sich über Lady Ingrams Hand beugte und dann nach Ingrams Hand griff, um sie zu schütteln. „Frederick. Prächtige Aufmachung."

„Stratford", sagte Lady Ingram mit deutlicher Missbilligung in der

Stimme, „wir hatten Sie schon aufgegeben. Wie ungewöhnlich, dass Sie so spät zu einer Feier kommen." Im Nu änderte sich ihre Haltung. „Ah, ich sehe, Sie sind nicht ganz allein mit Ihrem Fehlverhalten. Mr. Brummel, da sind Sie ja endlich."

„Wie Sie sehen." Mr. Brummel warf einen Blick auf Lydia. „Und vielleicht bleibe ich auch." Der exquisit gekleidete Herr wurde von einem kleinen Gefolge von Korinthern flankiert, die ebenfalls adrett gekleidet waren, jedoch nicht an seine prächtige Eleganz heranreichten. Die vier Männer gaben sich gelangweilt und blickten zum Beau, der auf ein inneres Zeichen reagierte. Mit einer kaum merklichen Verbeugung vor Lydia verschwanden sie im Salon, ohne Eleanor zu beachten.

Lady Ingram folgte ihnen mit den Augen, die Lippen geschürzt. „Die bedauerlichsten Manieren, ich weiß. Doch die Anwesenheit von Mr. Brummel sorgt dafür, dass euer Ball ein Erfolg wird, Mädchen."

Eleanor hob eine Augenbraue. „*Er* ist der berühmte Beau Brummel? Ich hatte jemand Beeindruckenderes erwartet."

Der Earl hörte ihre Worte und lachte mit funkelnden Augen. „Lassen Sie ihn das nicht hören, Miss Daventry. Sie würden aus der Stadt gejagt." Eleanor spürte, wie sich ihre Mundwinkel hoben, als sein Lachen sie wie eine Liebkosung wärmte. *Das* war jemand, der sie nicht langweilig fand.

Sodann wandte Lord Worthing sich mit einem reumütigen Lächeln an Lydia. „Ich habe leider weniger Ansehen als er und musste ihn vorgehen lassen. Es tut mir leid, Lydia."

Sie wollte nichts davon hören. „Stratford. Wir haben dich schon vor Stunden erwartet."

Er ignorierte ihre Schelte und gab ihr einen züchtigen Kuss auf die Wange. „Phoebe bittet mich, dir für deine Antwort auf ihren Brief zu danken. Sie und Anna liegen immer noch mit einer Erkältung im Bett und bedauern sehr, diesen Abend verpassen zu müssen."

Alle Anzeichen von Gereiztheit verschwanden und Lydias Gesicht zeigte Besorgnis. „Wichtiger ist, dass deine Schwestern nächste Woche für ihrem Ball *en forme* sind. Wenn es ihnen vorher gut genug geht, um Besuch zu empfangen, werde ich vorbeikommen." Lord Worthing nickte und schob sich vor Eleanor.

„Miss Daventry, Sie sehen reizend aus." Sein Blick verweilte auf ihrem entblößten Dekolleté und schoss dann zu ihrem Gesicht.

Eleanor atmete ein, hatte jedoch Mühe, die Luft in ihre Lungen zu bekommen. „Lord Worthing", erwiderte sie mit ruhiger Stimme, doch ihre zitternden Lippen verrieten sie.

Er löste seinen Blick von dem ihren, als die Türen zum Herrenhaus geschlossen wurden und Lady Ingram ihre Haltung entspannte. „Ich glaube, wir können jetzt zu unseren Gästen gehen. Frederick, du wirst Lydia begleiten." Ihre scharfen Augen musterten den Earl. „Stratford, Ihre Ankunft kommt zur rechten Zeit. Sie können Miss Daventry in den Saal begleiten."

Als die Gesellschaft den Ballsaal betrat, kam Aufregung auf. Eleanor, die eine solche Aufmerksamkeit nicht gewohnt war, bemerkte erst, dass sie den Arm des Grafen umklammerte, als er ihr beruhigend die Hand tätschelte. Sie zwang sich zur Entspannung. Glücklicherweise waren alle Augen auf Lydia gerichtet, als ihre Freundin am Arm ihres Bruders die Treppe hinunterschritt.

Lord Worthing beugte sich vor, um zu sprechen, und Eleanor spürte die Wärme seiner Wange an der ihren. „Es ist nur natürlich, dass ich Sie in den Ballsaal begleite", sagte er. „Meine Freundschaft mit der Familie Ingram besteht schon seit langem. Wir waren Nachbarn, ehe ich Worthing erbte."

Eleanor nickte. Nun gab es nur noch ein paar neugierige Blicke in ihre Richtung, während sich die Leute im Raum auf den ersten Tanz vorbereiteten. „Ich mag es nicht, wenn man mir viel Aufmerksamkeit schenkt", sagte sie.

„Was Sie bei Ihrem eigenen Debütantinnenball kaum zu vermeiden gehofft haben konnten."

Sie lächelte spröde. „Dennoch."

„Lady Ingram hatte recht, was Ihrer beider Erfolg angeht. Ich beglückwünsche Sie. Aber sagen Sie mir, Ihre Vertrautheit mit der Familie Ingram macht mich neugierig. Wie haben Sie Lydia kennengelernt?"

„Wir haben uns in der Schule angefreundet. Schlicht und ergreifend", sagte Eleanor.

„Schlicht und ergreifend. Und doch sind Sie sich nicht sehr ähnlich. Bei Ihnen beiden würde man nicht erwarten, dass sich Zuneigung entwickelt." Lord Worthing führte sie zur Seite, um andere Gäste passieren zu lassen. „Lydia kümmert sich nur um Firlefanz und Eroberungen und Sie scheinen von ernsterer Natur zu sein." Er hielt inne und fügte hinzu: „Wenn Sie erlauben."

„So gut Sie Lydia auch kennen, glaube ich, dass Sie sie in dieser Sache falsch einschätzen", meinte Eleanor. Ihre Lippen wurden schmaler. „Wenn Sie erlauben."

„Vielleicht. Dass Lydia Sie einladen wollte, ist eine Sache, doch dass ihre Mutter es erlaubte, ist eine ganz andere. Tatsächlich ist es ein Rätsel. Der verstorbene Lord Ingram war ein großzügiger Mann, doch Lady Ingram schließt nur langsam Bekanntschaften, und noch länger dauert es, bis sie jemanden in ihr Haus einlädt." Er zog die Brauen zusammen und versuchte, die Puzzleteile zusammenzufügen. „Ich vermute, sie war der Meinung, Sie stellten keine wirkliche Bedrohung für Lydias Aussichten dar."

Eleanor zuckte zusammen, Lord Worthing schaute sie an und sein erschrockener Blick verriet zu spät die unbeabsichtigte Beleidigung und das darauffolgende Bedauern. Ehe einer der beiden etwas sagen konnte, stand Frederick Ingram vor Eleanor. „Miss Daventry, ich glaube, diese Ehre gebührt mir."

Eleanor, immer noch betäubt von dem Schlag, versuchte, ihre rasenden Gedanken zu ordnen. *Also, Mylord. Sie möchten mich an meinen Mangel an Vermögen, Schönheit und Aussichten erinnern. Das ist wohl kaum Reue.* Sie legte ihre Hand auf Lord Ingrams Arm und entließ Lord Worthing mit kühler Stimme. „Ich danke Ihnen, dass Sie mich auf den Ball geleitet haben."

Ehe sie und Lord Ingram sich entfernten, hatte Eleanor die Freude, Lord Worthing sprachlos zu sehen.

KAPITEL ZWÖLF

Lord Ingram war ein versierter Tanzpartner und ließ sich die Ablenkung, die er als Gastgeber des Balls empfinden musste, nicht anmerken. Die Leichtigkeit, mit der er Eleanor in ein Gespräch verwickelte und sie sogar zum Lachen brachte, ließ sie die beleidigenden Worte von Lord Worthing vergessen. Ihr nächster Partner, Mr. Weatherby, konnte sich diesen Luxus nicht leisten, da er zu nervös war, um überhaupt ein Gespräch zu führen.

Mr. Weatherby, dessen gebräunte Wangen und apfelförmiges Gesicht von einem Kranz aus blondem Haar gekrönt wurden, verbeugte sich vor ihr und schluckte, als sie ihre Hand auf seinen Arm legte. Schweigend nahmen sie einen Platz in der Aufstellung ein und warteten auf den Beginn der Musik. *Wo ist Lord Worthing nun?* überlegte sie. Nirgends zu sehen, dafür starrte Mr. Amesbury sie an, als wäre sie ein Beutetier. *Nicht verwunderlich, dass er und der Earl Freunde sind*, dachte sie boshaft.

Eleanor zwang sich, sich auf ihren schweigsamen Partner zu konzentrieren und schenkte ihm ein ermutigendes Lächeln, welches er erwiderte. Das war ein vielversprechender Anfang. „Mr. Weatherby, wie gut Sie tanzen", lobte sie.

„Danke", erwiderte er und sagte nichts weiter. *Wie konnte Lord*

Worthing mich nur so beleidigen, indem er mich auf unvorteilhafte Weise mit Lydia verglich? Sicherlich kann er nicht so begriffsstutzig sein, es aus Versehen getan zu haben. Doch er sah reumütig aus... Sie und ihr Partner wandten sich dem Orchester zu und setzten ihren Tanz schweigend fort. Wenn doch Mr. Weatherby nur Konversation betreiben würde, dann könnte sie sich leichter auf den Tanz konzentrieren und nicht auf einen frustrierenden Herrn, der gerade außer Sichtweite war.

Sie unternahm einen weiteren Versuch. „Lydia erzählte mir, dass Sie gerade Ihr Studium in Edinburgh abgeschlossen haben. Werden Sie in London bleiben?"

„Wenn mein Vater es erlaubt. Er möchte, dass ich die Verwaltung des Anwesens lerne, und ich musste ihn um wenigstens eine Saison in London bitten." Mr. Weatherby drehte sich beinahe in die falsche Richtung, fing sich aber, ehe er Schaden anrichten konnte.

Dort war Lord Worthing. Er tanzte nicht, sondern unterhielt sich mit Lord Ingram. Wie angenehm für ihn. Sie weigerte sich, ihm noch weiter Beachtung zu schenken. Eleanor wandte sich an ihren Partner und sagte: „Wie ich höre, ist eine Londoner Saison *de rigeur*, insbesondere, da es keine Grand Tours auf den Kontinent mehr gibt. Es ist nur natürlich, dass Sie sich das wünschen." Sie gingen zur Seite, damit die nächste Gruppe ihre Figur tanzen konnte.

„Ich bin auf dem Gut aufgewachsen und habe meinen Vater und seinen Gutsverwalter begleitet, seit ich laufen konnte. In Edinburgh habe ich neue Anbaumethoden und Geschäftspraktiken gelernt, die ich niemals werde einsetzen dürfen, solange mein Vater das Sagen hat." Er zuckte mit den Schultern. „*Ich* denke, mein größtes Bedürfnis ist es, ein wenig Stadtluft zu schnuppern." Seine Ohren wurden rot und er fügte hinzu: „Irgendwie ist es mir nicht unangenehm, *Ihnen* das zu sagen."

Sie erwärmte sich für ihn. „*Ganz gleich* was Sie mir sagen, es muss Ihnen nicht unangenehm sein. Ich gestehe, dass ich mit Ihrem Wunsch sympathisiere. Ich versuche, so zu tun, als wäre dies alles ganz natürlich für mich, doch in Wahrheit habe ich ein ziemlich zurückgezogenes Leben geführt. Dies hier", sie deutete mit ihrer freien Hand auf die Menschenmenge, „ist ganz anders als das, was ich gewohnt bin."

„Miss Daventry", sagte er, an Selbstvertrauen gewinnend, „ich hätte nie gedacht, dass Sie nicht in London geboren und aufgewachsen sind."

Sie lehnte sich zurück, um ihn mit großen Augen anzusehen. „Das ist eine eiskalte Lüge und das wissen Sie, Mr. Weatherby", entgegnete sie und lachte über sein antwortendes Grinsen.

Als der Tanz endete, war Mr. Weatherby völlig entspannt, ja sogar redselig. Sie war froh, mit ihm getanzt zu haben und nicht mit einem unhöflichen und unergründlichen Earl. Mit seinen Abschiedsworten brachte Mr. Weatherby sein eigenes Vergnügen zum Ausdruck. „Nun, da ich von Miss Daventry aufgebaut wurde, brauche ich keine Angst mehr zu haben, mich einschüchternderen Partnerinnen zu präsentieren."

„In der Tat nicht!", antwortete sie. „Ich denke, jede anwesende Dame würde sich freuen, von Ihnen aufgefordert zu werden."

Eleanors Tanzkarte war voll, was Lord Worthings Stichelei ein wenig die Schärfe nahm. Neben Mr. Amesbury, der seinen Tanz einforderte und eine gestelzte, flüchtige Konversation führte, wurde sie von Mr. Braxsen aufgefordert, der humorvoll sein konnte, wenn er denn wollte; von Lord Carlton, einem absolut liebenswürdigen Herrn, der mit jeder seiner Partnerinnen zufrieden schien; und sogar von Major Fitzwilliam, von dem sie vermutete, dass er den Tanz als Vorwand nutzte, um sich nach Lydia zu erkundigen.

Sie blickte in seine offenen, lächelnden braunen Augen und verglich sie mit Lord Worthings grünen Augen, die immer von Irritation oder – wenn sie ehrlich war – von Sorge überschattet zu sein schienen. Als Major Fitzwilliam sie in die Promenade führte, folgte sie seinem Blick hinüber zu Lydia, die sich mit einem elegant gekleideten Herrn am anderen Ende des Raumes befand.

„Finden Sie nicht auch, dass Miss Ingram heute Abend vollkommen aussieht?" Eleanor schaute ihn mit einem verschmitzten Lächeln an. „Sie hätte kein entzückenderes Bild für ihren Debütantinnenball abgeben können."

„Miss Daventry." Die Schritte des Majors gerieten beinahe ins Stocken und er schüttelte mit einem reumütigen Lächeln den Kopf. „Ich fürchte, Sie haben meinen abschweifenden Blick bemerkt – was höchst ungerecht ist. *Sie* geben ein Bild des Entzückens ab und darf ich Sie daran erinnern, dass dies auch Ihr Debütantinnenball ist."

„Es war sehr nett von den Ingrams, mich in diese Saison miteinzubeziehen, doch es lag nie in meiner Absicht, Aufmerksamkeit auf mich zu ziehen." Sie fügte schlicht hinzu: „Lydia ist meine liebste Freundin."

„Sie kann sich glücklich schätzen, Sie zu haben." Major Fitzwilliam schien einen Augenblick lang mit sich zu ringen. „Miss Daventry, dürfte ich ... wäre es zu verwegen, wenn ich..." Mit gerunzelter Stirn brach er ab.

Eleanor füllte die Pause. „Sie können sich mir getrost anvertrauen, Major Fitzwilliam, wenn es das ist, was Sie möchten."

Er ließ erleichtert die Schultern sinken. „Ich würde nur gerne wissen, ob Miss Ingrams Herz bereits vergeben ist und vielleicht auch, was sie mag."

Eleanor erinnerte sich daran, wie die Augen ihrer Freundin gefunkelt hatten, als sie im Salon mit dem Major schäkerte und hatte sich ihre eigene Meinung gebildet, welche es ihr jedoch nicht zu teilen zustand. „Miss Ingram hat mir nichts von einer vorigen Bindung anvertraut. Sie tanzt gern, ist eine ausgezeichnete Reiterin und liebt Erdbeereis und weiße Pfingstrosen."

Major Fitzwilliams ernste Antwort wurde durch sein Augenzwinkern Lügen gestraft. „Ihre geheimen Informationen haben mir meinen nächsten strategischen Zug verraten. Ich fürchte, ich kann mich zu Pferd nicht besonders gut in Szene setzen – nicht an der Seite einer stürmischen Reiterin –, aber Tanzen, Pfingstrosen und Eis, das kann ich arrangieren. Ich habe Glück, meine Informationen von jemandem zu bekommen, der ihr so nahesteht."

Sie nickte und dachte, dass dies ihr zweitschönster Tanz gewesen war. Wenn die anderen doch nur auch so erfreulich sein könnten.

Eleanor erhaschte flüchtige Blicke auf Lord Worthing. Hier unterhielt er sich mit Lydia und Lady Ingram. Dort ging er mit Major Fitzwilliam in den Kartenraum. Dann wieder tanzte er mit einer hübschen Debütantin und warf Eleanor nicht einmal einen Blick zu, als er an ihr vorbeitanzte. Eleanor stürzte sich in den Abend – sie schwelgte in dem neuen Gefühl, im Rampenlicht zu stehen, tanzte die lebhaften Reels mit Hingabe und lachte mit jedem Mal heller – alles aus einer Verzweiflung heraus, die sie sich selbst nicht erklären konnte.

Lord Worthing blieb fast so lange auf dem Ball wie die Gastgeber, und obgleich er nicht wissen konnte, dass Eleanors Tanzkarte voll war, blieb er die meiste Zeit des Abends am Rande der Tanzfläche. Eleanor, unbekümmert und spritzig, tanzte bis in die frühen Morgenstunden und wurde nicht ein einziges Mal von dem Earl aufgefordert.

EINE WOCHE später veranstaltete Lord Worthing seinen Krönungsball, der anscheinend als Ball für seine Schwestern getarnt war. „Stratford wird keine Aufmerksamkeit auf sich ziehen", erklärte Lydia.

Eleanor war natürlich eingeladen, da sie die Familie Ingram begleitete. Es war ihr erster offizieller Auftritt seit dem Debütantinnenball und sie war erleichtert, an einer Veranstaltung teilzunehmen, bei der sie nicht im Mittelpunkt stehen würde. Lydia sah es so, dass sie das Rampenlicht mit Freunden aus ihrer Kindheit teilte, denn es war unvorstellbar, dass sie völlig im Hintergrund verschwinden sollte.

Als die Gruppe aus der Kälte hereinkam, stand Lord Worthing an der Spitze der Empfangsreihe. Er bewegte sich, als sie ins Blickfeld kam, und sein Blick suchte den ihren, doch sie konnte seine Gedanken nicht erahnen. Eleanor stand abseits, als die beiden Parteien sich wie alte Bekannte begrüßten.

Als Eleanor vor Lord Worthing stand, sah er so aus, als wollte er die anhaltend unangenehme Situation ansprechen. Stattdessen deutete er zu seiner Rechten und sagte: „Darf ich Ihnen meine Tante, Mrs. Shae, und meine beiden Schwestern, die Misses Phoebe und Anna Tunstall, vorstellen."

Mrs. Shae quittierte Eleanors Knicks mit einem freundlichen

Nicken, ehe sie sich wieder der Tür zuwandte, offenbar müde und bereit, diesen Teil des Abends hinter sich zu bringen. Danach blickte Eleanor in zwei neugierige, identische Gesichter mit glatten, blonden Haaren, Augen, so blau, dass sie an Violett grenzten, beide lächelnd – die eine sittsam, die andere schelmisch. Sie bemerkte, dass Lord Worthing den Austausch beobachtete.

Einer der Zwillinge sprach: „Stratford erwähnte, dass wir Nachbarn werden. Sie erbten einen Teil unseres Grundstücks." Eleanor konnte keine Boshaftigkeit ausmachen, obgleich die Worte selbst schneidend klangen. Was mussten sie von den Umständen ihres Erbes halten?

Sie wusste nicht, wie sie auf die Frage antworten sollte und nickte nur. Nach einem Gesprächsthema suchend, fragte sie: „Würden Sie mir bitte noch einmal verraten, wer von Ihnen Miss Anna Tunstall und wer Miss Phoebe ist?" Zumindest heute Abend trug eine ein weißes Kleid mit blauen Akzenten und die andere ein weißes Kleid mit roten Akzenten.

Diejenige, die gesprochen hatte, antwortete zuerst. „Ich bin Phoebe." Sie deutete zu der anderen mit roten Akzenten. „Und das ist Anna."

Eleanor lächelte. „Nun werde ich es mir merken. Es freut mich, Ihre Bekanntschaft zu machen." Sie riskierte einen weiteren Blick auf Lord Worthing und wollte weitergehen, doch er hielt sie mit einer Hand zurück.

„Miss Daventry..." Er unterbrach sich, als er sah, dass Annas Aufmerksamkeit auf ihn gerichtet war, und Eleanor fragte sich, was er wohl sagen wollte. Sie war sich recht sicher, es war nicht das, was als Nächstes kam. „Ich fürchte, ich bin heute Abend mit den Gastgeberpflichten beschäftigt und kann mich nicht um Ihr persönliches Wohlbefinden kümmern, doch es ist mein aufrichtiger Wunsch, dass Sie sich amüsieren."

Eleanor nickte und folgte den Ingrams die Treppe hinunter in den Ballsaal. Das bedeutete, dass Lord Worthing sie heute Abend nicht zum Tanzen auffordern würde. Plötzlich fühlte sich die Aussicht auf den Abend schal an. Es war unverständlich, dass sie sich für ihn interessierte, nachdem er ihr einen katastrophalen Antrag gemacht hatte und keinen Fettnapf ausließ. Und doch wurde sie das Gefühl nicht los, dass es tief in seinem Inneren etwas gab, das dies ausglich, ja sogar etwas, das sympathisch war.

Dann erinnerte sie sich an seine Worte. *Ich vermute, Lady Ingram war der Meinung, Sie stellten keine wirkliche Bedrohung für Lydias Aussichten dar.*

Lord Ingram, der aussah, als wäre er lieber woanders, begleitete seine Mutter an den Rand der Tanzfläche und ließ Eleanor und Lydia in der Nähe der tanzenden Paare zurück. Major Fitzwilliam ließ nicht lange auf sich warten, bis er an ihrer Seite erschien. „Guten Abend, Miss Ingram, Miss Daventry. Ich bin gekommen, um Sie zum Tanz aufzufordern und Sie um Ihre Begleitung für einen Ausritt im Hyde Park am Dienstag zu bitten."

Eleanor wunderte sich darüber, dass Major Fitzwilliam sich zum Reiten entschlossen hatte, obgleich er meinte, es würde ihm nicht zum Vorteil gereichen, doch sie murmelte die Antwort, dass sie frei sei. Sie warf einen fragenden Blick auf Lydia, die den Ballsaal absuchte und das Herz wurde ihr für den Major schwer. Es bedurfte eines Wunders, damit sein Wunsch erfüllt werden würde. Lydia war zu sehr an die Verehrung von Männern gewöhnt, die besser aussahen und höhere Titel hatten als er. Ob Lady Ingram eine solche Verbindung dulden würde, konnte Eleanor nicht sagen, obgleich die Vertrautheit im Umgang zwischen dem Major und Lord Ingram darauf hindeutete, dass sie gemeinsam gekämpft hatten. Vielleicht würde er in dieser Ecke einen Verfechter finden.

Gerade als Eleanor dachte, dass Lydia die Frage nicht beantworten würde, wandte sie sich an den Major. „Welches Fahrzeug fahren Sie, Major Fitzwilliam?"

„Einen gewöhnlichen Phaeton", antwortete er. „Doch ich schlage vor, wir reiten. Soll ich Sie um elf Uhr abholen?" Major Fitzwilliam verschränkte die Hände hinter dem Rücken, seine Augen leuchteten, und Eleanor lächelte vor sich hin. Zumindest war bei ihm kein Zweifel an ihrer Antwort aufgekommen.

„Aber Major Fitzwilliam, um diese Zeit wird uns im Hyde Park niemand sehen." Lydia hob erstaunt den Blick zu ihm.

„Ich möchte auch nicht gesehen werden", erwiderte er prompt. „Ich möchte nur Sie sehen." Er nickte Eleanor freundlich zu. „Und Miss Daventry natürlich auch."

„Sie sind kühn, Major", gab Lydia nicht ohne ein gewisses Maß an Bewunderung zurück. „Ist es Ihre Gewohnheit, junge Damen auf diese Weise zu belagern?"

„Das kann ich nicht sagen. Es ist das erste Mal, dass ich in Versuchung komme. Aber mein Urlaub ist im Juni zu Ende, und jetzt ist nicht die Zeit, sich zurückzuziehen. Nun, was sagen Sie?" Sein Lächeln galt beiden Frauen und Eleanor verbarg das ihre. Lydia müsste aus härterem Holz geschnitzt sein, um zu widerstehen.

Hinter Lydia ging Lord Worthing im Gefolge seiner Schwestern und seiner Tante die Treppe hinunter. Er fing ihren Blick auf, ehe sie ihn abwenden konnte, hielt ihn fest und sein Mund bildete den Ansatz eines Lächelns. Er hob die Hand, als wolle er winken, hielt jedoch inne, als er Lord Carlton auf sie zukommen sah.

„Miss Daventry, Sie sehen..." Lord Carlton folgte ihrem Blick zu Lord Worthing, unterbrach sich dann, bis sie ihn löste. Ihre Gedanken waren indes nicht so gehorsam. *Ich wünschte, es wäre Lord Worthing, der mich zum Tanzen auffordert, obwohl ich lieber sterben würde, als es zuzugeben, welch nervenaufreibender Mann.*

„...reizend aus", führte Lord Carlton zu Ende und bestand auf ihre Aufmerksamkeit, seine behandschuhte Hand an ihrer zupfend, als ihr Blick zur Treppe zurückwanderte.

Dann ließ er sie los, trat zurück und meinte mit amüsiertem Blick: „Haben Sie Erbarmen mit uns geringeren Herren, Miss Daventry. Wir können nicht alle die Gewandtheit von Lord Worthing haben."

„Unsinn", erwiderte Eleanor, wobei der Schock, entdeckt worden zu sein ihren Verstand schärfte. „Ich für meinen Teil bevorzuge Männer, die liebenswürdigere Unterhaltungen führen."

Nachdem Lord Carlton seinen Tanz in Anspruch genommen hatte, saß Eleanor am Rande der Tanzfläche und fächelte ihrem Hals Luft zu. Fast sofort bahnte sich Lord Worthing einen Weg durch die

Menge, hielt eben lange genug inne, um einen Gruß zu erwidern, und trat an Eleanors Stuhl.

„Miss Daventry, darf ich mich zu Ihnen setzen?", fragte er.

Als sie nickte, nahm er seinen Platz ein. Er griff nach seinem Anhänger aus Rubin und Gold, ließ ihn von einer Hand zur anderen wandern und schien nicht zu wissen, wie er fortfahren sollte. Eleanor biss sich auf die Lippe und betrachtete die Menge der tanzenden Paare.

„Ich wollte vorhin sagen ... das heißt, in Anwesenheit meiner Schwestern, konnte ich nicht..." Die Worte brachen aus ihm hervor. „Ich habe meine Worte nicht bedacht, ehe ich bei den Ingrams sprach. Es tut mir leid."

Eleanor hatte zwar ein wenig Mitleid mit ihm, sah sich jedoch außerstande einer Erwiderung zu widerstehen. „Vielleicht sollten wir von jetzt an mit den Entschuldigungen aufhören. *Sie* verpflichten sich, Ihre Worte sorgfältiger zu wählen, und ich..." Sie wandte sich ihm zu, ein Lächeln umspielte ihre Lippen, „ich werde mich bemühen, sie zu ignorieren. Auf diese Weise werden wir beide in vollkommener Nachsicht leben."

Lord Worthings überraschter Blick wich einem leisen Lachen. „Das habe ich verdient, Miss Daventry." Er griff nach ihrer behandschuhten Hand, seine Miene war ernst. „Dennoch hege ich die Hoffnung, Worte sprechen zu lernen, die es wert sind, von Ihnen beachtet zu werden."

Er stand auf und wandte sich dem Kartenraum zu. Eleanor konnte ihr Herz in der Brust schlagen hören.

KAPITEL DREIZEHN

Am frühen Morgen des nächsten Tages traf sich Stratford mit Ingram in Jackson's Salon. Sie waren sich im Kampf ebenbürtig und Stratford verspürte das Bedürfnis, seinen Körper zu fordern, um seinen Geist zu befreien. Trotz des leichten Geplänkels mit Miss Daventry nach seiner Entschuldigung gestern Abend wusste er, dass er ihr vom ersten Moment an nicht gerecht geworden war und der Gedanke daran ließ ihn mit einer Unruhe zurück, die er nicht abschütteln konnte. Lag es daran, dass er sich so untypisch verhielt, wann immer sie in der Nähe war?

Zugegeben, seine Bekanntschaft mit ihr hatte unschuldig begonnen. Sie hatten gemeinsam ein wenig anregendes Abendessen eingenommen, gefolgt von zwei kurzen Treffen, bei denen sie sich in nichts von anderen Frauen unterschied – bis er es für nötig befunden hatte, neunundzwanzig Jahre beständigen Charakters über Bord zu werfen und sich zum Narren zu machen, indem er ihr einen Heiratsantrag machte. Betrunken.

Ingram zog seine Manschetten durch die Ärmel seines Mantels. „Ich gebe zu, Stratford. Du hast in den letzten drei Jahren nichts verlernt. Du hast mich fast erledigt."

„Ein großes Lob, in der Tat." Stratford war zu müde, um mehr zu sagen.

„White's?", fragte Ingram, als sie den Boxsalon verließen, und Stratford nickte und wandte sich gen Süden.

„Und, was hältst du von Fitzwilliam? Hat Le Marchant uns jemanden geschickt, der uns bei unseren Bemühungen helfen kann?" fragte Ingram, obgleich Stratford wusste, dass er sich seine Meinung bereits gebildet hatte.

„Er ist nicht spielsüchtig, soviel habe ich herausgefunden", erwiderte Stratford.

„Nein, das ist er nicht. Ich habe ihn gebeten, den Spielen im Watier's beizuwohnen, doch bislang konnte er nichts vorweisen."

Stratford dachte darüber nach. „Ich denke, man kann ihm vertrauen. Er scheint ein Mann mit gesundem Menschenverstand zu sein und ist ein sympathischer Bursche."

„Ich bin froh, das zu hören. Setze ihn ein, wenn du willst. Ich denke, um den Verräter zu entlarven, bedarf es unserer vereinter Anstrengungen", sagte Ingram. „Braxsen hat sich bereits mit ihm angefreundet und wenn bekannt wird, dass du und ich ihn auch angenommen haben, wird ihm das die richtigen Türen öffnen. Er ist scharfsinnig genug, damit die richtigen Spuren zu verfolgen."

„Er scheint ein Favorit von Lydia und Miss Daventry zu werden." Stratford tippte in einstudierter Lässigkeit mit seinem Stock. „Wie kommt Miss Daventry in deinem Haushalt zurecht? Ich bin überrascht, dass deine Mutter sie willkommen hieß."

„Meine Mutter glaubte wohl, eine wohltätige Tat vollbringen zu können, ohne Lydias Erfolg zu gefährden oder mein Herz zu riskieren." Ingram lächelte ironisch.

Ganz genau! „Das habe ich auch gedacht", meinte Stratford. Er konnte sich nicht so sehr geirrt haben, wenn Ingram dasselbe dachte. Und doch hatte eine gewisse Schärfe in Miss Daventrys neckischer Antwort auf seine Entschuldigung gelegen und er hatte das Gefühl, viel tun zu müssen, um sich in ihren Augen zu rehabilitieren.

„Nur nach dem äußeren Erscheinungsbild zu urteilen, besitzt Miss Daventry keine große Schönheit, abgesehen von einem einnehmenden Lächeln und einer schlanken Figur“, bemerkte Ingram. „Männer haben sich schon in weniger verliebt.“

Stratford persönlich fand, ihre Schönheit lag in einem Paar beredter Augen, doch er erwiderte nichts, sondern erkundigte sich nur: „Sie kommt also gut zurecht? Sie und deine Schwester, meine ich … widerstehen sie der Müdigkeit, die eine Saison mit sich bringt?“

„Oh, sie sind noch jung. Miss Daventry übertrifft gar meine Schwester an Ausdauer, doch ich glaube nicht, dass sie wirklich Freude an der Gesellschaft hat. Ich glaube, sie möchte lediglich Lydia unterstützen.“

„Ist das so?“

„Sie wäre eine formidable Frau für Fitzwilliam“, fügte Ingram hinzu und kehrte zu ihrem früheren Thema zurück: „Wir sind nicht die Einzigen, die eine gute Meinung von Fitz haben, weißt du. Der Beau hat ihn Le Marchant empfohlen.“

Stratford runzelte die Stirn. „Wellington hat nur Männer aus den besten Familien im Stab. Ich gestehe, ich bin überrascht, dass er Major Fitzwilliam eingestellt hat.“

„Er ist kein Peer, wenn du das meinst. Er ist zwar ein Gentleman, von beiden Seiten seiner Eltern, doch ohne Titel, den er erben kann. Er gehört nicht zum Personal, um genau zu sein. Nicht zu Wellingtons. Vielleicht gehört er zu meinem.“ Ingram ließ ein Lächeln aufblitzen. „Le Marchant hat mir nur gesagt, ich solle ihn in der Nähe halten und ihn bei Bedarf einsetzen, und dass wir unseren nächsten Schritt klarer sehen werden, wenn er im Sommer zurückkehrt.“

Stratford war versucht zu fragen, in welcher Angelegenheit, doch er wusste, es wäre eine Unverschämtheit, da nicht nur ein Freund vor ihm stand, sondern ein aufstrebender Funktionär im Hauptquartier. Er wechselte das Gesprächsthema. „Major Fitzwilliam ist nicht an Miss Daventry interessiert. Er hat ein Auge auf Lydia geworfen.“

Ingram lachte. „So sagte er mir, zu seiner Ehre, doch sie wird ihn nie nehmen. Selbst wenn, ist sie nicht die richtige Frau für ihn. Sie kann es nicht ertragen, wenn man sie ihrer kleinen Freuden beraubt, und selbst wenn er, wie ich glaube, Karriere macht, ist sie nicht dafür gemacht, dem Regiment zu folgen.“

Stratford nickte. „Das verstehe ich."

„Aber Miss Daventry", beharrte Ingram, „scheut vor nichts zurück. Wie ich schon sagte, sie würde Fitz eine formidable Ehegattin sein."

Stratford tippte sich zur Begrüßung eines Bekannten auf der Straße an den Hut und nachdem er sich vergewissert hatte, dass sie wieder allein waren, sagte er: „Ich sehe, dein Herz ist unberührt. Deine Mutter hat recht behalten."

„Mein Herz ist unversehrt, was Miss Daventry betrifft." Ingram lächelte reumütig. „Vielleicht wäre es das nicht, wenn es mir nicht vor einigen Jahren genommen worden wäre."

In seinen kurzen Briefen an Stratford hatte Ingram mehr als einmal eine Miss Georgiana Audley erwähnt, und er nahm an, sie war es, die Anspruch auf Ingrams Herz erhoben hatte. Stratford hob die Augenbrauen, wusste es aber besser, als Fragen zu stellen, die ihm nur eine Abfuhr einbringen würden.

Ingram übergab seinen Gehstock dem Diener vom White's und sagte: „Ich hatte gedacht, wir würden dich in der letzten Woche häufiger in Grosvenor sehen, doch ich nehme an, deine Schwestern halten dich auf Trab. Es sei denn, es liegt daran, dass du und Lydia wieder miteinander im Clinch liegt..."

Stratford schüttelte den Kopf. Daran lag es nicht. „Ich fürchtete, Miss Daventry beleidigt zu haben. Ich machte den Fehler, neulich auf dem Ball laut zu denken. Ich sagte, Lady Ingram würde sie nicht als Bedrohung für den Erfolg deiner Schwester sehen...", und als er den schockierten Blick seines Freundes sah, fügte er hinzu: „derselbe Gedanke, den du vor einer Minute geäußert hast, wenn ich dich daran erinnern darf."

Ingram starrte eine ganze Weile, dann begann er zu lachen. „Ja, aber ich bin nicht ein solcher Narr, dass ich es ihr sagen würde. Ich nehme an, alle Damen in meinem Bekanntenkreis wissen inzwischen Bescheid. Unsere Freundschaft ist beendet, Stratford. Ich bin erstaunt, dass Lydia sich noch nicht auf mich gestürzt und mir befohlen hat, dich zur Rede zur stellen."

Stratford erstarrte. „Ich habe mich entschuldigt. Obwohl..." er hielt unbehaglich inne, „sie sagte, sie würde sich bemühen, meine Worte in Zukunft zu ignorieren. Das war ein Scherz, wohlgemerkt."

„Ein Scherz, sagst du? Mein lieber Freund, du siehst mich zweifeln. Nach solch einem Schlag?"

Stratford, wohl wissend dass die Dienerschaft zuhörte und, wie er befürchtete, heimlich über ihn lachte, schwieg, bis sie an einem Tisch Platz genommen hatten. „Vielleicht sollte ich ein paar Blumen schicken, um meine Aufrichtigkeit zu zeigen..."

„Das ist das Mindeste", stimmte Ingram zu und versuchte, so schien es, keine Miene zu verziehen.

Stratford nahm die Karaffe, die man ihnen gebracht hatte, und schenkte jedem von ihnen ein Glas ein. Er trank und senkte dann sein Glas mit einem Stirnrunzeln. „Du weißt, ich fühle mich in der Gegenwart von Damen nicht wohl."

„Mit Ausnahme deiner Schwestern und meiner. Das werde ich Miss Broadmore nie verzeihen. Nun, ich hoffe, du bist nicht zu sehr in Miss Daventrys einnehmendes Lächeln und ihre schlanke Figur verliebt, denn meiner Meinung nach hast du nach solch einem Fehltritt keine Hoffnung mehr." Ingram stellte sein Glas ab und beugte sich mit einem lauernden Lächeln vor. „Stratford?"

„Was?" Es kam schärfer heraus als beabsichtigt.

„Du siehst krank aus."

Stratford starrte die vollkommene Nase seines Freundes an und wünschte sich, sie könnten eine weiter Runde mit Handschuhen drehen. Oder ohne. „Ich werde Blumen schicken", sagte er.

Vielleicht verbargen Miss Daventrys beiläufige Worte eine tiefere Verletzung. Stratford beschloss, dass er die Dinge nicht so stehen lassen konnte und sich in aller Form entschuldigen sollte. Er durfte sie nicht daran zweifeln lassen, dass er sie aufrichtig schätzte, zumal die beiden Haushalte einander so nahestanden. Außerdem bedeutete ihr Erbe unweigerlich, dass sie einander nicht lange entkommen konnten. Zumindest würden er und Miss Daventry – und vermutlich auch der tölpelhafte Ehemann, den sie bald finden würde – immer Nachbarn sein.

„Blumen", sagte Ingram. „Sehr gut."

EIN VEREHRER GING, der nächste kam mit Blumen und Komplimenten für die strahlende Lydia, während Eleanor ein Gähnen unterdrückte. Sie wäre überrascht gewesen zu erfahren, dass einige von ihnen wegen ihr und der, wie sie sagten, „angenehmen Unterhaltung mit Miss Daventry" kamen.

Der Einzige, den Eleanor verdächtigte, eine Bindung zu ihr aufzubauen, war Lord Carlton und, erstaunlicherweise, Mr. Amesbury, obgleich sie sicher war, dass sein plötzliches Interesse mit dem Land zusammenhing, das sie geerbt hatte und das an seine Besitztümer grenzte. Sein Interesse zählte natürlich nicht. Ihre Abneigung gegen eine Vernunftehe, zumal eine aus solch unverhohlen finanziellen Gründen, trieb sie dazu, ihm aus dem Weg zu gehen, wann immer es möglich war.

Lord Carlton jedoch war in Betracht zu ziehen. Er hatte sie bei der allerersten Gelegenheit zum Tanz aufgefordert, was allerdings mehr mit seiner wohlwollenden Natur zu tun gehabt haben mochte als mit einem plötzlichen *tendre,* das er für sie empfand.

Als sie sich das zweite Mal begegnet waren, begleitete er seine jüngere Schwester zum Pantheon-Basar, und Eleanor war im Stillen beeindruckt, dass er nicht versucht hatte, seine Anwesenheit in einem solch weiblichen und gewöhnlichen Ambiente zu entschuldigen, während er sie einander vorstellte. Auf Eleanors Debütantinnenball hatte er um zwei Tänze mit ihr gebeten und Lydia geschickt versichert, er würde es nicht wagen, Miss Ingram für mehr als einen Tanz aus der Schar ihrer Bewunderer zu reißen. Er verhielt sich so, wie es sich gehörte, führte Konversation mit Eleanor und bot an, ihr eine Limonade zu holen, ehe er sie zu Lady Ingram zurückbrachte.

Erst als sich ihre Wege im Hyde Park gekreuzt hatten, hatte sie zu ahnen begonnen, dass er mehr empfinden könnte. Mit dem hastigen Versprechen zurückzukehren, hatte Lydia einen Bekannten herangewinkt, während Eleanor sich entschloss, weiterzugehen und den Blick auf die ländliche Umgebung zu richten.

„Miss Daventry", hatte Lord Carlton gerufen. „Ich hoffte, Sie hier zu treffen. Und Miss Ingram ist in ein Gespräch mit den Billinghams vertieft. Ausgezeichnet. Ich werde Sie für mich allein haben. Sind Sie auf dem Weg zum See?"

„Ja. Es ist ein Nachmittag, der dazu einlädt, ihn zu genießen." Eleanor hatte ihn angelächelt und ihre Augen mit ihrer Hand beschattet. Es war ein frischer Tag gewesen und sie hatte sich umgedreht, um sich von der Sonne wärmen zu lassen, während der Wind die Strähnen ihres Haares an ihren Wangen tanzen ließ.

„Das ist es in der Tat. Und ich könnte noch hinzufügen, dass die Blumen im Vergleich zu Ihrer Schönheit verblassen, doch ich vermute, dass Sie kein Interesse an Schmeicheleien haben." Lord Carlton hatte ihr einen Blick von der Seite zugeworfen.

Eleanor hatte gelacht. „Bin ich so durchschaubar? Nein, Mylord, ich verabscheue sie. Sie dienen nur dazu, den Redner für seine Eloquenz zu belohnen oder die Zuhörerin für Eigenschaften, von denen sie bereits überzeugt ist, sie zu besitzen."

Lord Carltons Augenbraue hatte sich in mildem Protest gehoben. „Ich werde eine Dame nicht durch unerwünschte Aufmerksamkeit in Verlegenheit bringen, noch werde ich jemandem widersprechen, der die Wahrheit ausspricht. Auch wenn die Wahrheit nicht subjektiv ist. Sie ist einfach nur wahr."

Sie hatte geseufzt. „Wie wortgewandt. Zieht es Sie in die Politik, Lord Carlton?"

„Würden Sie sich für einen Mann in der Politik interessieren?" Sein Lächeln war verschwunden, als er das Stirnrunzeln sah, das seine Worte hervorriefen. „Jetzt habe ich Sie mehr geneckt, als angemessen ist. Sie müssen mir verzeihen, Miss Daventry."

„Gerne. Wenn wir unser Gespräch nur auf etwas Harmloses beschränken würden. Zum Beispiel das Wetter."

„Ob die Köchin in der Saison Erdbeeren für ihre Torten finden wird." Er hatte mit der Hand eine Schar Enten, die ihren Weg kreuzten, fortgewedelt.

Eleanor war der neuen Richtung, die das Gespräch eingeschlagen hatte, bereitwillig gefolgt. „Wie viele dieser Milchmägde tatsächlich von Milchhöfen sind." Sie deutete auf die Frauen, die für ein paar

Münzen frische Milch von der kleinen Kuhherde auf der Wiese verteilten.

„Das ist in der Tat ein Thema für tiefgründige Gedanken." Lord Carlton hatte seiner Schwester, die am Seeufer stand und den Schwänen Brotkrumen zuwarf, zugewinkt, und der unangenehme Moment war beiseitegeschoben worden.

Zu Hause hatte Eleanor über ihre Unterhaltung nachgedacht und sich gefragt, ob Lord Carlton seine Fragen mit Bedacht gestellt hatte und ob sie seine Aufmerksamkeit erwidern konnte. Wenn sie an ihre Gespräche mit Lord Worthing dachte, die so viele Emotionen hervorriefen, war sie überzeugt, dass die gleichmäßige, angenehme Aufmerksamkeit von Lord Carlton das war, wonach sie sich sehnte. Zu anderen Zeiten, wenn sie sich an die Entschuldigungen des Grafen erinnerte, an sein Lachen und seine bewusste Aufmerksamkeit, an die Art und Weise, wie sie sich seiner bewusst war, sobald er einen Raum betrat, war sie sich sicher, etwas derart Wohlgefälliges wie ihre Gefühle für Lord Carlton nicht akzeptieren zu können.

Als der Butler jedoch nach einem Strom von Verehrern für Lydia Lord Carltons Ankunft in der Ingram-Residenz ankündigte, war Eleanor froh, ihn zu sehen. Es war eine nette Abwechslung, dass jemand ihretwegen kam, und sicherlich verdiente Lord Carlton eine Chance. Sie erwiderte sein Lächeln, als er zu Lydia ging, um sie zu begrüßen. Ehe er sich über Eleanors Hand beugen konnte, war der Butler zurückgekehrt und kündigte Mr. Amesbury an. Der Brauch verlangte, dass Lord Carlton erst Platz nahm, nachdem er Mr. Amesbury begrüßt hatte, und ehe er seinen Platz einnehmen konnte, rief Lydia nach ihm, um herauszufinden, ob es auf Mrs. Buxleys Ball tatsächlich ein Kartenzimmer geben würde.

In der Zwischenzeit hatte Mr. Amesbury den Stuhl neben Eleanor eingenommen, so dass Lord Carlton, als er zurückkehrte, einen weiter entfernten Sitzplatz einnehmen musste, um Mr. Amesburys Ausführungen über das Pferd zuzuhören, das er soeben für einen Spottpreis von einem jungen Burschen erstanden hatte, der es nach einer Pechsträhne eilig hatte, zu Geld zu kommen.

„Es ist eine schlimme Sache, wenn ein Herr zu verkaufen

gezwungen ist", warf Lord Carlton ein. „Das ist nichts, was ich jemandem wünschen würde. Miss Daventry", sagte er, ehe Amesbury etwas erwidern konnte, „waren Sie in Bullock's Museum, das gerade eröffnet wurde? Das muss man gesehen haben, wenn man in London *au courant* sein will."

Eleanor ging eifrig auf dies neue Thema ein. „Wir sprachen darüber, doch es ist mir nicht gelungen, Lydia mit dieser Idee zu verlocken." Sie warf ihrer Freundin einen liebevollen Blick zu und Mr. Amesbury schaltete sich ein.

„Wenn Sie die ägyptische Ausstellung zu sehen wünschen, erfordert dies nur einen kleinen Teil des Nachmittags. Nachdem Sie diese gesehen haben, können Sie Ihr Scherflein dazu beitragen, wenn die Leute darüber reden." Mr. Amesbury schlug ein Bein über das andere und stellte einen glänzenden hessischen Stiefel mit einer großen Quaste in der Mitte zur Schau. „Vermutlich kann ich Zeit finden, Sie dorthin zu begleiten."

Eleanor öffnete den Mund und schloss ihn wieder, woraufhin eine Stille entstand. Gerade als Lord Carlton etwas sagen wollte, fand sie ihre Worte. „Das ist überaus freundlich von Ihnen, Mr. Amesbury, doch ich hatte vor, am Morgen dorthin zu gehen, wenn die Räume weniger überfüllt sind."

„Vor dem Mittagessen!" Mr. Amesbury erschauderte. „Nichts könnte mich dazu bewegen meine Unterkunft vor dem Mittag zu verlassen."

„Ich bringe Sie gerne hin." Lord Carlton fing Eleanors Blick mit einem schelmischen Lächeln auf. „Auch ich bin ein Frühaufsteher und ein Besuch im Museum, solange es noch ruhig ist, ehe das große Publikum eintrifft, ist genau die richtige Art, sich die Ausstellung anzuschauen. Wenn Miss Ingram nicht früh aufstehen möchte, werde ich meine Schwester mitbringen."

„Es wäre mir ein Vergnügen." Eleanor strahlte vor Freude, die nur noch größer wurde, als Mr. Amesbury sich kurz darauf verabschiedete und etwas von Leuten murmelte, die sich nicht an die anständigen Zeiten der bürgerlichen Gesellschaft hielten. Sie hütete sich, den Blick von Lord Carlton zu erwidern, aus Angst, sie könnte sich verraten.

„Es tut mir leid", murmelte Lord Carlton. „Ich habe Ihren Verehrer vertrieben."

„Gute Güte, nein", sagte Eleanor. „Sie haben eine Rettung durchgeführt. Ich bin Ihnen dankbar." Sie blickte auf, als sich die Tür öffnete und der Butler ein Blumenarrangement hereinbrachte, das größte, das bisher im Salon der Ingrams angekommen war. Die Vase war mit weißen Lilien, taufrischen rosa Rosen und schwarzen Tulpen gefüllt, dazwischen violette Veilchen.

„Oh, wer könnte das geschickt haben?" Lydia sprang auf und schnappte sich die Karte, während Eleanor und Lord Carlton sich verschwörerisch zulächelten. Einer von Lydias Verehrern war eindeutig entschlossen. Mit dem Umschlag in der Hand sah Lydia Eleanor schockiert an. „Sie sind für dich", sagte sie ungläubig. „Von Stratford!"

Eleanor nahm die Karte von Lydia entgegen und öffnete sie, wobei ihr bewusst war, dass ihre Finger zitterten.

Miss Daventry, stand da. *betrachten Sie bitte dieses Schreiben gemäß Ihrem Wunsch gestern Abend als das letzte seiner Art. Ich konnte die Dinge jedoch nicht ruhen lassen, ohne Ihnen auf formellere Weise meine aufrichtige Entschuldigung für die unbedachten Worte in der Vergangenheit zu versichern und meinen aufrichtigen Wunsch, dass meine Worte Ihnen in Zukunft gerecht werden. Mit freundlichen Grüßen, Lord Worthing.*

Lydias Blick war aufmerksam, doch sie fragte sie wohlweislich nicht, was in der Nachricht stand. Lord Carlton sah sie ebenfalls an und sein freundliches Gesicht zeigte etwas, das einem finsteren Blick näherkam, als Eleanor bisher gesehen hatte. „Miss Daventry, ich muss mich verabschieden. Ich verspreche, für Freitagmorgen Karten zu besorgen." Er verbeugte sich. „Miss Ingram."

Kaum hatte er den Raum verlassen, setzte sich Lydia mit großen Augen neben Eleanor. „Stratford hat noch nie jemandem, den ich kenne, Blumen geschickt. Außer vielleicht dieser Miss Broadmore. Eleanor", hauchte sie. „Er mag dich."

„Nein, Lydia..."

„Doch, das tut er. Er tut es. Ich kann es jetzt sehen. Er wird so vollkommen zu dir passen. Und unsere Familien sind so *gut befreundet*." Lydia umklammerte ihre Hände, bis Eleanor nur noch eines tun konnte. Sie reichte Lydia die Nachricht.

Lydia las sie und runzelte die Stirn. Sie blickte auf. „Eine Entschuldigung? Was hat er zu dir gesagt?"

„Nichts von Bedeut..."

„Es muss sehr wichtig gewesen sein, wenn er erkennt, dass er etwas Falsches getan hat und *Blumen* schickt. Er ist der schwierigste, arroganteste – obwohl er wirklich loyal und ein solch guter Freund ist ... er ist nur manchmal so begriffsstutzig." Lydia warf ihr einen scharfen Blick zu. „Er würde dich nie entehren..."

„Nein, nein, nichts dergleichen." Eleanor glättete die Karte, die Lydia ihr zurückgegeben hatte. „Er hat lediglich angedeutet, dass ich als Begleiterin eingeladen wurde, weil ich zu schlicht bin, um deinen Erfolg zu gefährden." Sie lächelte Lydia an, „was, wie wir beide wissen, der Wahrheit entspricht."

Lydia stand abrupt auf. „Es ist *nicht* wahr. Wann hat er das gesagt? Das hättest du mir erzählen müssen. Ich werde ihn zur Rechenschaft ziehen. Wie kann er es wagen, meine beste Freundin zu beleidigen?"

Eleanor stand auf und umarmte Lydia. „Du bist die allerbeste Freundin, aber bitte sprich es ihm gegenüber nicht an." Sie drehte Lydia zu sich. „Versprich es mir. Du würdest uns beide nur in Verlegenheit bringen."

Lydia verdrehte die Augen. „Ich nehme an, du hast recht. Aber ich möchte ihm wirklich einen Dämpfer verpassen. Er ist arroganter als gut für ihn ist." Die Hände in die Hüften gestemmt, betrachtete sie das Blumenarrangement. „Wenigstens hat er diese eine Sache richtig gemacht. Ich werde ihm nur ein Kompliment für die Auswahl der Blumen machen."

Eleanor, die es vorzog, dass die Angelegenheit nie erwähnt würde, wusste, dass ihre Freundin nicht dazu überredet werden konnte, überhaupt nichts zu sagen, und musste sich damit zufriedengeben.

KAPITEL VIERZEHN

Stratfords Schwestern fuhren mit ihrer Freundin, Miss Emmett, in der mit neuen Wappen versehenen Kutsche durch den Hyde Park und er ritt zu Pferd nebenher. Sie waren etwas früher dran als es üblich war und es waren nicht viele Menschen unterwegs, so dass Stratford, als ihr Weg den von Judith Broadmore kreuzte, feststellen musste, dass er ihr nicht ausweichen konnte, ohne sie direkt zu schneiden.

Miss Broadmore war in Begleitung derselben Freundin, die Stratford bei ihrer ersten zufälligen Begegnung in London getroffen hatte, und des französischen Herrn aus dem Club, Lord Delacroix, von dem Ingram gesagt hatte, man müsse ihn im Auge behalten. Ihre Begleiter hatten angehalten, um einen Neuankömmling zu begrüßen, doch Miss Broadmore führte ihr Pferd direkt an Stratfords Seite, den Blick auf ihn gerichtet.

„Guten Tag, Miss Broadmore." Er nickte höflich und lenkte sein Pferd vorwärts, in dem Versuch, das Gespräch abzukürzen.

„Stratford", rief sie mit kehliger Stimme. „Wie reizend, Sie hier zu sehen. Wir haben uns in letzter Zeit bei keiner gesellschaftlichen Veranstaltung gesehen."

„Ich begleite meine Schwestern", antwortete Stratford und warf einen Blick auf die Kutsche, die vorwärtsfuhr.

„Ich nehme an, Sie haben nicht vergessen, wie *Sie* sich in London amüsieren können?" Miss Broadmore schenkte ihm ein einladendes Lächeln. Es war, als hätte sich Stratford bei ihrer letzten Begegnung nicht klar genug ausgedrückt. *Was führte sie im Schilde?*

Stratford glaubte, in der Ferne Ingrams Wagen zu sehen und er konzentrierte sich darauf, das Wappen zu erkennen. Ob Miss Daventry darinsaß? Anna hatte gesagt, Lydia fuhr immer zu dieser Zeit aus. Den Blick nach vorn gerichtet, murmelte er: „Wo es gute Gespräche gibt, muss ich mich amüsieren."

Die Kutsche kam in vollem Umfang in Sicht, doch es war nicht das Ingram-Wappen. Er drehte sich rechtzeitig zu Miss Broadmore um, um einen berechnenden Blick in ihren Augen zu sehen.

„Nun, Sie werden die nächsten zwei Wochen ohne Gespräche mit mir auskommen müssen. Ich habe versprochen, mir mit meiner Freundin Miss Redgrave eine Auszeit zu nehmen." Sie nickte der elegant gekleideten Rothaarigen zu, die sich gerade mit Lord Delacroix unterhielt. „Miss Redgraves Vater hat sie auf ihren Landsitz bestellt, während er dort einige Geschäfte erledigt. Sie hat mich gebeten, sie zu begleiten und ihr Gesellschaft zu leisten, damit sie nicht vor Langeweile den Verstand verliert."

Entschlossen, das Gespräch so schnell wie irgend möglich zu beenden, rief er Mr. Braxsen zu, der in langsamem Trab auf sie zuritt. Als Braxsen bei ihnen ankam, wandte sich Stratford an Judith. „Ich hoffe, Sie können sich während Ihres Aufenthaltes gut unterhalten. Guten T..."

Sie gab ihm keine Gelegenheit, zu Ende zu sprechen. „Wie geht es Ihnen, Mr. Braxsen?" Miss Broadmore streckte ihre Hand aus und zwang beide Männer zu bleiben, während sie fortfuhr: „Ja, es wird sehr unterhaltsam sein. Wir haben kleine Kartenpartys geplant und es werden genug junge Leute da sein, um ein Set für einen Tanz zu bilden. Aber Christine ist in London glücklicher und wird es kaum erwarten können, zurückzukehren. Sie sammelt Rätsel in der Gesellschaft und plant, nach ihrer Rückkehr eine *Soirée pour les plus malins* zu veranstalten. Jeder soll nicht nur die Antwort auf das Rätsel erraten, sondern auch, wer es geschrieben hat. Sie müssen ihr sagen, dass Sie teilnehmen werden.“

„Ich werde mir erst ein kluges Rätsel ausdenken müssen“, gab Stratford zurück. Er sah, wie Anna ihm von der Kutsche aus ein Zeichen gab. „Ich muss gehen. Wollen Sie uns begleiten, Braxsen?“

Mr. Braxsen schüttelte den Kopf. „Nein, ich möchte mehr über diese Soirée hören.“ Mit geübter Miene winkte er Miss Redgrave zu und führte sein Pferd neben das von Judith. „Wen haben Sie dazu eingeladen?“

Erleichtert seufzend verließ Stratford die beiden und ritt zu seiner Kutsche. Wenn er die Ingrams heute nicht sah, würde er ihnen morgen einen Besuch abstatten müssen. Was hatte er erwartet, dass Miss Daventry ihm ein Dankesschreiben für die Blumen schicken würde? Nein. Wenn er sie sehen wollte, musste er sie aufsuchen. Er hoffte, sie würde sich freuen, ihn zu empfangen.

Als er hinter seinen Schwestern her ritt, hörte er gerade noch, wie Anna sich zu Phoebe hinüberbeugte, während sich ihre Freundin mit den Insassen eines benachbarten Wagens unterhielt. Ihre Stimme trug. „Hast du gesehen, wie Stratford Judith Broadmore angelächelt hat? *Igitt*. Ich wünschte, sie würde Pickel bekommen.“

Phoebe lehnte sich vor. „Sie war schrecklich, doch vielleicht hat sie sich geändert. Du weißt, dass sie die Verlobung mit Lord Garrett gelöst hat. Das kann nicht leicht gewesen sein. Und so hübsch zu sein und trotzdem unverheiratet zu bleiben. Vielleicht sehnt sie sich wirklich nach einer Liebesheirat.“

Stratford machte sich bemerkbar, ehe Anna mit einer bissigen Bemerkung antworten konnte, die ihre Begleiterin mithören könnte. Er schenkte den drei Frauen, die sich ihm zuwandten, ein mildes Lächeln, welches noch breiter wurde, als seinen Schwestern aufging, dass sie belauscht worden waren. Er ritt weiter, doch nicht, ehe er den Ausbruch von Miss Caroline Emmett mitanhörte, die „Lord Worthing für den strengsten Herrn, der mir je begegnet ist“ hielt, und dies nun der anderen Seite des Wegs verkündete. Es sollte ein ereignisreicher

Tag werden, der sehr viel besser verlaufen wäre, wenn er Miss Daventry begegnet wäre.

VOR DEM CAVENDISH SQUARE ertönte ein lautes Poltern und Stratford wurde wach. Er setzte sich schwitzend auf und ließ seinen Blick hin und her schweifen, bis er sich daran erinnerte, dass er in London war. Das Haus war ihm immer noch fremd, doch er machte seinen Mantel ausfindig, der gebürstet und bereit am Fußende des Bettes lag, und seinen leeren Koffer neben einem Stuhl mit Spindellehne. Er beugte sich in dem schummrigen Licht vor und drehte seine Taschenuhr um. Sechs Uhr morgens.

Kaum war er durch den Raum zum Waschtisch gegangen, eilte sein Kammerdiener in den Raum, angezogen und schläfrig. „Mylord, erlauben Sie. Ich werde nach heißem Wasser läuten."

„In Ordnung", sagte Stratford. Dann drehte er sich überrascht zu ihm um: „Schläfst du nicht?"

„Ich hatte eine erholsame Nacht, Mylord. Ich schlafe immer in meinen Kleidern. Es ist nicht richtig, sich auszuruhen, wenn Sie am Morgen Hilfe brauchen."

„Aber ich brauche deine Hilfe nicht. Ich konnte mich in Portugal sehr gut selbst versorgen, weißt du."

Benchly ließ sich nicht beirren. „Mylord, wenn Sie gestatten, es ist nicht dasselbe, sich für das Schlachtfeld zu kleiden wie für einen Ausflug in London, obwohl", murmelte er, „ich sicher bin, dass Ihr Bursche sein Bestes gegeben hat."

Stratfords Mundwinkel zogen sich nach oben. „Nun, ich erwarte nicht, dass ich um sechs Uhr morgens irgendwelche gesellschaftlichen Anstandsregeln einhalten muss. Ich mache nur eine Spazierfahrt." Der Kammerdiener hatte inzwischen nach heißem Wasser geläutet und legte die weißen Halstücher bereit, falls Stratford etwas Komplizierteres versuchen wollte.

Stratford ließ sich von Benchly versorgen und wartete darauf, dass das heiße Wasser kam und sein Kammerdiener ihn rasierte. Er ließ sich beim Anziehen seines Mantels helfen, der jetzt eng an seinen breiten Schultern anlag, da er wieder etwas von dem Gewicht zugelegt hatte, welches er während seiner Zeit auf dem Kontinent verloren hatte. Als der Kammerdiener mit dem Anziehen der Stiefel fertig war – „die marineblauen hessischen Stiefel mit dem weißen Band oben, Mylord, die perfekt zu Ihrem marineblauen Mantel und den cremefarbenen Hosen passen" –, ging Stratford nach unten, um zu frühstücken und dachte darüber nach, wie töricht es gewesen war, Benchly nachzugeben, obgleich er sicher war, dass er schlammbespritzt nach Hause kommen und einen kompletten Kleiderwechsel nötig haben würde.

Der Butler zeigte sich nicht überrascht über das Erscheinen des Earls bei Sonnenaufgang und wies die Lakaien an, die Anrichte mit Schinken und Bücklingen zu füllen und sagte: „Ich werde den Kaffee sofort bringen lassen, Mylord".

„Sehr gut." Stratford machte sich daran, die Korrespondenz vom Vortag zu lesen, für die er keine Zeit gehabt hatte, und hatte gerade das Frühstück beendet, als Phoebe hereinkam.

Sie musste ihm seine Verwirrung angesehen haben, denn sie schenkte ihm ein schwaches Lächeln. „Frag nicht. Ich habe nicht gut geschlafen und sah keinen Sinn darin, im Bett zu bleiben." Sie schenkte sich eine Tasse Kaffee aus der weißen Porzellankanne auf der Anrichte ein und setzte sich ihm gegenüber. „Ich hatte noch keine Gelegenheit, mit dir über Miss Daventry zu sprechen."

„Was gibt es da zu besprechen?", fragte er und überlegte, was sie wusste, während er sich über die dicke Scheibe Schinken auf seinem Teller hermachte.

Phoebe hob angesichts seines schroffen Tons eine Augenbraue. „Ich meinte lediglich, dass sie recht beliebt ist und bereits eine ganze Reihe von Verehrern hat, wenn unser Ball ein Hinweis darauf war. Vielleicht kannst du einen in ihre Richtung lenken, den du als unseren Nachbarn akzeptabel findest."

Stratford grunzte. Es war zu früh für den Hauch an Schalk, den er im Tonfall seiner Schwester wahrnahm, abgesehen von der Tatsache, dass ihm das viel zu nahe ging. Er schnitt ein Stück vom Hering ab und steckte es sich in den Mund. Als er nicht reagierte, trank Phoebe einen Schluck Kaffee und stellte ihre Tasse auf die Untertasse. „Ihr Erbe ist nicht zu verachten, was natürlich verlockend sein kann."

Gereizt stand Stratford auf. „Ein begehrenswertes Stück Land", meinte er, voller Ungeduld, seinen Ausritt anzutreten. „Ich hoffe jedoch, es ist nicht der einzige Grund für ihren Erfolg. Ich vertraue darauf, dass jeder Verehrer, der sie zu seinem Ziel gemacht hat, erkennen wird, dass *sie* von dem Land, das sie geerbt hat und ihrer Hand der größere Preis ist."

Ohne darüber nachzudenken, ob seine hastig gesprochenen Worte mehr verrieten, als er beabsichtigte, nahm er seinen Hut und ging, um sein Pferd holen zu lassen. Als die Stute vor die Tür gebracht wurde, schwang er sich in den Sattel und schnalzte mit der Zunge.

Sein Pferd setzte sich in Bewegung und er ließ es in leichtem Tempo vorwärtslaufen. Ein paar Straßen von seinem ruhigen Wohnort entfernt herrschte bereits reges Treiben, als Männer Kisten mit Möhren, Pastinaken und Rüben auf dem Marktplatz abluden. Er bahnte sich einen Weg um die Lieferungen herum und setzte seinen Weg eine weitere Meile bis nach Mary-le-Bone fort, wo er sein Pferd laufen lassen konnte. Ein guter Galopp befreite seinen Geist und zeigte ihm, wie sehr er die Flucht von der Begleitung seiner Schwestern und seiner Tante zu Partys und jetzt offenbar vom Frühstück brauchte. Gott segne sie. Er hatte nicht all die Jahre ein Junggesellenleben führen können, ohne nun den Verlust seiner Freiheit zu spüren.

Stratfords Pferd wurde müde, sein Atem dampfte in der kühlen Luft, und er ließ es langsam traben, während er noch immer die unbekannten Wege erkundete, die von seinem neuen Haus wegführten. Die gepflegten Straßen und die strahlende Morgensonne bereiteten ihm Freude und er empfand nahezu Zufriedenheit. Dieses Gefühl hielt jedoch nicht lange an, denn seine Gedanken kreisten wieder um den Ball, seine Entschuldigung, die Blumen. Seitdem hatte er Miss Daventry nicht mehr gesehen.

Abgesehen von ihrem kurzen Gespräch war er zu sehr beschäftigt gewesen, um mehr zu tun, als ihr beim Tanzen mit anderen Männern zuzusehen. Zuerst war es Lord Carlton. Sie standen sehr nahe beieinander und als sie ihr Gesicht dem seinen zugewandt hatte, sah Stratford die Wirkung, die das auf den Mann hatte. Bei der Erinnerung daran knirschte er mit den Zähnen. Glücklicherweise war in diesem Moment ein anderer Herr gekommen, um seinen Tanz einzufordern, und Miss Daventry wurde in einen lebhaften Kotillon geschleudert, bei dem ihre roten Wangen und funkelnden Augen ihn vom anderen Ende des Raumes anzogen und ihn dazu verlockten, sie zu einem Tanz aufzufordern. Da er an diesem Abend nicht tanzte, hatte er es nicht gewagt, nur sie aufzufordern.

Stratford dachte an Miss Daventrys neckische Antwort auf seine Entschuldigung und dann an ihre lachenden, tanzenden Augen, als sie mit Mr. Berrymore durch die Schrittfolge wirbelte. Stratford wollte, dass sich diese Augen auf *ihn* richteten. Vielleicht hatten sie aufgeleuchtet, als sie die Blumen sahen, die er geschickt hatte. Er würde alles darum geben, das zu erfahren. Es war an der Zeit. Er würde sie heute aufsuchen. Pfeifend trieb Stratford sein Pferd in den Galopp.

Am Grosvenor Square stand Lydia im Morgenzimmer, um ihn zu begrüßen, doch sie war allein. „Stratford", sagte sie mit hochgezogenen Augenbrauen. „Wen möchtest du besuchen?"

Es lag etwas in ihrem Blick. *Sie wusste es.* Er fragte sich, wie viel sie wusste und beschloss, sich nicht zu verstellen. „Ich bin gekommen, um Miss Daventry zu besuchen ... falls sie mich empfangen möchte."

Lydia schürzte die Lippen und schaute ihn unverwandt an, sie bestrafte ihn mit ihrem Schweigen, dessen war er gewiss. „Eleanor ist nicht hier", meinte sie schließlich. „Sie ist mit Lord Carlton ausgegangen."

Stratford verschränkte die Arme. Schon wieder Lord Carlton. Der Mann war überall. Er schien zwar ein aufrichtiger Bewerber zu sein, dennoch war er zu jung, um ernsthaft an eine Heirat zu denken. Wobei er, wenn Stratford ehrlich mit sich selbst war, kein unparteiischer Richter war, wenn es um Miss Daventrys Verehrer ging.

Lydia deutete auf den Strauß, den er geschickt hatte und der jedes andere Blumenarrangement im Raum in den Schatten stellte. Vielleicht war er zu enthusiastisch gewesen. „Gut gemacht", sagte sie, „auch wenn die Geste eine Notwendigkeit gewesen war." Sie wusste also Bescheid, machte sich jedoch gnädigerweise nicht über ihn lustig. „Gib acht, was du tust, Stratford. Eleanor ist eine Frau von edlem Charakter und ich wünsche nicht, dass sie verletzt wird."

„Auch ich wünsche das nicht", erwiderte er, bekümmert über ihren Tonfall. Sicherlich hatte Miss Daventry ihm mehr Gnade erwiesen als Lydia und Ingram, als alte Freunde, fanden, dass ihm zustand. Wenn er sie doch nur selbst sehen könnte.

KAPITEL FÜNFZEHN

Das Bullock's Museum war leer, mit Ausnahme von Erzieherinnen und Kindern, die noch zur Schule gingen. Eleanor atmete die Gerüche ausgestopfter Elefanten und anderer Tiere ein, von denen sie noch nie gehört hatte, und ihr Blick blieb an den mit Juwelen besetzten Wagen, den Mumien und den fremden Schriftzeichen auf Steintafeln und den angrenzenden Säulen hängen. Dass ein Volk eine Existenz führen konnte, die ihrer eigenen so fremd war, von denen einige schon lange tot waren und andere am anderen Ende der Welt noch lebten und atmeten, erschien ihr unglaublich.

Lord Carlton folgte ihr mit den Händen auf dem Rücken, beantwortete ihre Fragen so gut er konnte und ergänzte sein Wissen durch ein Handbuch, welches er zu diesem Zweck mitgebracht hatte. Seine Schwester Cecily schien es zufrieden zu sein, Eleanors Beispiel zu folgen und sich über alles zu freuen, was es zu bestaunen gab.

„Sehen Sie den Anzug an der Wand?" Eleanor betrachtete ihn verwundert, ihr Gesicht nach oben gerichtet. „Ich kann mir nicht erklären, wie er an einem Menschen befestigt ist. Ist er für einen Mann oder eine Frau gedacht?"

„Ich ... ich weiß es nicht genau", erwiderte Cecily. „Er ist zu breit für eine Frau. Aber er hat einen Rock."

„Das ist die Kleidung der Eingeborenen von Kapitän Cooks Reise nach Australien", sagte Lord Carlton und blickte von seinem Handbuch auf. „Es ist die Garderobe des Häuptlings. Und das dort drüben", er deutete auf die gegenüberliegende Wand, „ist sein Kopfschmuck."

Eleanors Blick folgte ihm. „Ich werde mich nie wieder über die Torheit beschweren, Früchte an meine Haube gesteckt zu haben", sagte sie mit funkelnden Augen. „Ich sehe nun, dass ich eine Amateurin bin und nicht annähernd genug angesteckt habe."

„O nein, ich denke, es ist ausreichend", meinte Cecily ernsthaft.

Auch Lord Carlton war schnell dabei, sie zu beruhigen. „Ihre Haube steht Ihnen ausnehmend gut. Das wollte ich schon sagen, seit ich sie gesehen habe."

Eleanor glitt mit einem leisen Seufzer zum nächsten Exponat.

Nachdem sie die untere Etage besichtigt hatten, begannen sie den Aufstieg nach oben, wo Eleanor ein vertrautes Profil entdeckte. „Ja, Miss Tunstall", rief sie aus. Die Frau drehte sich um, musterte die Gruppe mit einem Blick und grüßte sie mit einem Lächeln.

„Miss Daventry, wie schön, Sie hier zu treffen. Ich habe nicht erwartet, jemanden aus meinem Bekanntenkreis zu so früher Stunde zu sehen. Ich bin mit meiner Cousine und meinem Cousin hier, die nicht weit weg sein können." Miss Tunstall sah sich um und gab dann einem Jungen, der ein paar Meter entfernt stand, ein Zeichen.

„Ich gestehe, dass es mein eigener Wunsch war, zu solch früher Stunde zu kommen, und Lord Carlton war so freundlich, mich zu begleiten und dies" – Eleanor gab Lord Carlton Zeit, sich zu verbeugen, und wandte sich Cecily zu – „ist Miss Cecily Carlton, Lord Carltons Schwester."

„Es ist mir ein Vergnügen, Sie kennenzulernen." Phoebe Tunstall überspielte Cecilys jugendliches Erröten und holte ihre Cousine und ihren Cousin an ihre Seite, um sie vorzustellen. „Amelia und John leben in Canterbury und sind auf dem Weg nach Norfolk zu Besuch in London."

Lord Carlton wandte sich an den jungen Mann. „Gestehe. Du warst es, der deine Schwester und deine Cousine die Treppe hinaufgeschleppt hat, um die ausgestopfte Schlange, die eine Frau frisst, zu sehen, nicht wahr?"

Der Junge lachte. „Ja, aber ehrlich, wo sonst findet man so etwas? Ich könnte London nicht verlassen, ohne es gesehen zu haben. Ich werde meinen Freunden so viele Geschichten erzählen können, wenn wir wieder zu Hause sind."

„Kommt", rief Lord Carlton und marschierte vorwärts. „Lasst uns das Ding anschauen. Die Damen können entscheiden, ob sie sich das antun wollen."

„Sind Sie und Ihr Cousin und Ihre Cousine allein hier, Miss Tunstall?" Eleanor passte sich den Schritten von Lord Worthings Schwester an, während Cecily ihrem Bruder und den beiden neuen Bekannten folgte.

„Ja, Anna würde niemals so früh aufstehen. Ach, und nennen Sie mich doch bitte Phoebe, ja? Wir sind keine Fremden, denn Sie wohnen bei einer meiner Jugendfreundinnen und wie ich von Stratford erfahren habe, haben Sie auf dem Anwesen seine Bekanntschaft gemacht."

„Dann müssen Sie mich Eleanor nennen", erwiderte sie herzlich. „Ja, wir sind uns in Sussex begegnet, doch da wusste ich noch nichts von seiner Verbindung zu den Ingrams."

„Ich bin sicher, wenn er gewusst hätte, dass Sie bei Lydia wohnen würden, hätte er uns einander gleich nach unserer Ankunft in London vorgestellt. Er hatte schon immer viele Freunde, die in den Ferien bei uns wohnten, aber Frederick ist sein engster Freund."

„Ich hatte ihn mir nicht als jemanden vorgestellt, der eine Vielzahl an Freunden zu Besuch…" Eleanor brach ab, als ihre Wangen warm wurden. „Verzeihen Sie mir. Natürlich kann ich nicht behaupten, zu wissen, was er wahrscheinlich tun würde."

„Ah." Phoebe sah sie eindringlich an. „Sie halten ihn natürlich für zu düster, um viele Freunde zu haben."

Eleanor zögerte, wie ehrlich sie zu der Schwester des Earls sein sollte, und entschied sich schließlich für die Wahrheit. Sie wählte ihre Worte sorgfältig. „Obwohl er sich in Lord Ingrams Gegenwart wohlfühlt, scheint er ein Mann zu sein, der nicht zu Fröhlichkeit neigt. Doch vielleicht hat der Krieg..."

Phoebe atmete aus. „Mein Bruder war anders, als er aufwuchs", sagte sie, den Blick auf eine ferne Erinnerung gerichtet. „Mein Vater war sehr fröhlich und ... fähig. Stratford war nie gezwungen, den Druck zu ertragen, den älteste Söhne manchmal zu spüren bekommen." Sie blickte wieder zu Eleanor. „Ich glaube, er litt sehr unter seiner geplatzten Verlobung, auch wenn er nie darüber sprach. Es wurde nicht publik gemacht, aber ich denke, Lydia wird es Ihnen erzählt haben..." Sie hielt inne, und Eleanor nickte ihr zu, um fortzufahren.

„Er verschwand sofort auf die Halbinsel. Ich kann nur ahnen, welche Schrecken er dort erlebt hat. Die Männer verbergen es vor uns Frauen, doch ich habe Gesprächsfetzen aufgeschnappt. Und dann..." Sie schniefte und wandte sich mit glänzenden Augen der Gruppe zu, die sich auf den Weg zurück in den Gang machte.

„Und dann verloren wir meinen Vater, was niemand erwartet hatte. Man ging davon aus, er sei zu gesund, um an einer Grippe zu sterben, doch die Ärzte glauben, dass etwas anderes dahintersteckte, woran er schon seit einer Weile litt, ohne es uns zu sagen. Ich denke, dass Stratford in die Fußstapfen meines Vaters getreten ist, zur gleichen Zeit, zu der er einen Titel geerbt hat, war in der Tat eine Belastung." Phoebe schloss: „Er ist nicht mehr so unbeschwert wie früher. Doch ich hoffe, dass eines Tages der alte Humor meines Bruders zurückkehrt."

Eleanor nickte. „Natürlich." Sie wusste nicht, wie sie sonst antworten sollte. Das war in der Tat eine schwere Bürde.

Phoebe ging neben Eleanor und nahm ihren Arm. „Ich bin sicher, mein Bruder hat sich in Worthing nicht gerade von seiner besten Seite gezeigt, da er gerade erst in England angekommen war." Sie lächelte. „Aber er hat eine hohe Meinung von Ihnen. Erst heute Morgen sagte er" – Phoebe blieb stehen und zog Eleanor zurück, als Lord Carlton schon fast bei ihnen war – „sagte er, er hoffe, Ihre Verehrer werden erkennen, dass Sie von Ihrem Erbe und Ihrer Hand der größere Preis sind."

Eleanor stockte der Atem.

„Wir haben alles gesehen", verkündete Lord Carlton, flankiert von den Jüngeren, die sich immer noch darüber stritten, ob der Teil mit der halb aufgefressenen Frau realistisch oder übertrieben war. „Und es ist genau, wie ich es vorausgesagt habe. Sie beide haben kein Interesse an Reptilien."

Phoebe lachte. „Sie haben richtig geurteilt, Mylord. Unser Zusammentreffen war ein Glücksfall, denn Sie haben mich vor den Albträumen bewahrt, die ich von diesem Anblick sicher bekommen hätte."

Eleanor zwang sich zu einem Lächeln. „Ich glaube, ich werde für meine Zwecke genug Gesprächsstoff von den Kuriositäten haben, die wir unten besichtigt haben."

Als sich die beiden Gruppen auf den Weg zu den wartenden Kutschen machten, dachte Eleanor darüber nach, was sie alles über Lord Worthing erfahren hatte. Die seltenen Anflüge von Freundlichkeit und Humor waren unter einem ernsten und unnachgiebigen Gemüt begraben. Doch seine Schwester sprach von Lord Worthings Schmerz und ihrer Hoffnung, dass er zu seinem früheren Selbst zurückkehren würde.

Und wenn man seiner Schwester glauben darf – der Gedanke ging Eleanor mit Freude und Überraschung gleichermaßen durch den Kopf –, *dann schätzt Lord Worthing mich.*

Eleanor sah Phoebe am folgenden Nachmittag in Begleitung von Lord Worthing und ihrer Schwester Anna wieder. Es war die Stunde, zu der man sich im Hyde Park sehen lassen konnte, und kein geeigneter Zeitpunkt für ein privates Gespräch oder das Ausloten von Theorien darüber, ob der Earl belastet und zurückhaltend war, wie Phoebe zu vermuten schien, oder einfach nur desinteressiert. Verehrte er sie wirklich? Unmöglich zu sagen, vor allem, wenn er sich mit einem feierlichen „Miss Daventry" über ihre Hand beugte und anschließend Lydia informeller begrüßte.

Lydia hakte sich bei den Zwillingen unter und ließ Eleanor neben Lord Worthing auf dem Weg zurück. Kutschen fuhren vorbei und die Männer und Frauen zu Pferd trappelten auf dem eingezäunten Weg zu ihrer Rechten, während ein steifer Wind in den Blättern über ihr das Sonnenlicht in ihren Augen tanzen ließ. Schließlich sagte sie: „Vielen Dank für den Blumenstrauß, Mylord."

Er suchte ihren Blick, ehe er nach vorne schaute. „Ich wollte meine Reue zeigen."

Sie erinnerte sich an ihre unerbittlichen Worte nach seiner ersten Entschuldigung und lachte leise. „Als ich sagte, ich würde meine Vergebung zurückhalten, bis ich mir Ihrer Aufrichtigkeit sicher sein könnte, hatte ich keine Ahnung, dass Sie so bewandert in Entschuldigungen sind."

Lord Worthing lächelte. „Ich glaube nicht, dass ich jemals so viele äußern musste."

Sie gingen schweigend weiter, während Eleanor sich eine Reihe von Dingen überlegte und wieder verwarf, die sie sagen könnte, und sich schließlich entschied: „Phoebe erzählte mir, dass viele der Herren, die ich nun kennenlerne, bei Ihnen zu Hause waren, als Sie noch zur Schule gingen. Sie kannten also außer Lord Ingram auch Mr. Braxsen?"

„Ich bin mit ihm nicht so vertraut wie mit Ingram, doch in gewisser Weise kennt jeder Braxsen. Wir sind mit ihm aufgewachsen. Er gehörte zu Ingrams Jagdgesellschaft, so dass wir mindestens eine Woche im Jahr zusammen verbrachten, abgesehen davon, dass wir uns in London sahen."

„Er scheint wirklich ein Favorit zu sein. Und Lord Carlton?" Eleanor drehte sich zu ihm um. „Ich nehme an, er gehörte nicht zu Ihren Gästen, da Phoebe ihn nicht zu kennen schien."

Der feste Zug um Lord Worthings Mund erinnerte sie an ihre erste Begegnung und sie wunderte sich darüber. Er schien seine Worte mit Bedacht zu wählen. „Lord Carlton ist einige Jahre jünger als ich und ich kann nur behaupten, ihn flüchtig zu kennen. Wir sind beide Mitglieder von White's."

„Oh."

Der Earl klopfte im Vorbeigehen mit seinem Gehstock gegen einen Baumstamm. In der darauffolgenden Stille dämmerte es Eleanor, dass es vielleicht nicht klug gewesen war, Lord Carltons Namen zu erwähnen, da dieser sich als Verehrer zu erkennen gab. Ehe sie Zeit hatte, diesen Gedanken zu ergründen, fragte Lord Worthing: „Werden Sie im Almack's vorgestellt?"

Eleanor nickte. „Wohl am Mittwoch. Lydias Mutter hat Lady Jersey dazu überredet, Lady Sefton zu unterstützen, obwohl ich praktisch unbekannt bin. Es ist ihr gelungen, die Karten zu erhalten. Also werde ich gehen." Eleanor wusste, dass sie sich über einen solchen Sieg freuen sollte, doch in Wahrheit fürchtete sie sich. Sie hatte gehört, dass Frauen nicht einmal bei Hofe so zur Schau gestellt wurden. Sie sehnte sich nach ruhigen Gesprächen und kleinen Gesellschaften, bei denen sie mit Menschen tanzen konnte, die ihr wohlgesonnen waren. Hier, beim Spaziergang mit Lord Worthing, hatte sie das. Doch sie sehnte sich auch nach etwas anderem, konnte es jedoch nicht klar benennen.

„Ich werde meine Schwestern dorthin begleiten", sagte Lord Worthing. „Würden Sie mir die Ehre erweisen, mir einen Tanz zu reservieren?" Sie warf ihm unter ihren Wimpern einen Blick zu und bemerkte, wie er errötete. Er schlug mit seinem Stock gegen das Gras, und in ihrem Herzen erblühte etwas. Sie war nicht die Einzige, die unsicher war.

„Es wäre mir ein Vergnügen, Lord Worthing", antwortete sie und wurde mit einem seiner seltenen Lächeln belohnt.

KAPITEL SECHZEHN

Stratford und Major Fitzwilliam verließen das Finanzministerium in zügigem Tempo und waren kurz davor, getrennter Wege zu gehen, während der Major sich auf den Weg zu den Kriegsbüros machte. Sie nutzten die Zeit, um sich über die Personen auszutauschen, die sie und Ingram als für beobachtungswürdig erachtet hatten. Fitz beobachtete die Aktivitäten der Soldaten, die gerade zurückgekehrt waren, und Stratford hielt in den Clubs die Ohren nach jedem *Tête-à-Tête* auf, das als verdächtig angesehen werden konnte. Bislang hatten beide nicht viel herausgefunden.

Auf ihrem Weg waren einige Schlenker durch die belebten Straßen erforderlich. Untätige junge Männer dachten über ihren nächsten Streich nach, Mütter hielten ihre Töchter zur Eile an, ehe jemand anderes das letzte Stückchen Spitze in genau dem Gelbton erstand, den sie brauchten, ältere Herren gingen mit festen Schritten zur Eröffnung der Sitzung zum Parlament.

„Fitz." Zu seiner Linken löste sich Mr. Braxsen aus einer Schar buntgekleideter junger Männer und kam mit ausgestreckter Hand auf ihn zu. „Ich hätte nicht gedacht, Sie hier zu sehen. Ich hatte erwartet, Sie wären mit Nachrichten für Lord Ingram beschäftigt." Dann schien er Stratford zu bemerken. „O hallo, Worthing. Sie beide sind zusammen unterwegs?"

„Wie Sie sehen." Stratford nickte, wollte aber nicht zu viel sagen, falls Mr. Braxsen ihr Ziel erraten sollte. Der Mann hatte Zugang zu allen gesellschaftlichen Kreisen und war ein bekanntes Klatschmaul. Fitz antwortete ausführlicher und lenkte das Gespräch mit geübter Leichtigkeit.

„Ich bin in der Tat auf dem Weg zum Haus der Ingrams. Und Sie..." Fitz grinste entwaffnend. „Ich bin mir sicher, dass ich Sie an jeder Straßenecke finden werde, wo es Leute zu beobachten gibt. Wie hielten Sie die Strapazen des Feldzugs nur aus?"

„Man tut, was nötig ist. Doch ich genieße es, einmal mehr Ruhe zu haben. In Portugal gab es nichts als schlechte Verpflegung, steife Gelenke vom kalten Boden und unter Beschuss zu geraten, was eine verfluchte Plage ist." Er strich sich eine herabgefallene Blüte von dem Ärmel und tat desinteressiert, doch Stratford wusste es besser.

Der Major sah ihn von der Seite an, ein mitleidiges Grinsen lauernd. „Sie würden Ihr Patent sofort verkaufen, nicht wahr?"

„Ich weiß nicht, warum Sie das nicht wollen. Worthing hier, hat es getan." Braxsen wies mit dem Kopf in Richtung Stratford. „Man ist nicht in geordneten Verhältnissen und es gibt andere Möglichkeiten, dem Land zu dienen, als in den Kampf zu ziehen."

Fitz klopfte Braxsen auf die Schulter. „Aber irgendjemand muss kämpfen und ich bin Berufssoldat, wer wäre also besser geeignet als ich? Lassen Sie mich das zu der Person bringen, die darauf wartet, und Sie können mich zum Haus von Colonel Ingram begleiten."

Mr. Braxsen lächelte verschmitzt. „Geht es Ihnen um militärische Informationen oder darum, seine schöne Schwester zu sehen?"

„Wie kommen Sie darauf, dass ich anderen meine Privatangelegenheiten erzähle?" erwiderte Fitz gutmütig. „Ich bin in zehn Minuten zurück, wenn Sie warten wollen."

Als er weg war, klopfte Stratford mit seinem Stock auf den Boden. „Was werden Sie tun, wenn Sie kein Soldat mehr sind? Eines Tages wird es sicher so weit sein, denn Sie sind nicht mit dem Herzen dabei. Haben Sie etwas, auf das Sie zurückgreifen können?"

Braxsen sah Stratford kurz in die Augen. „Ich habe ein gewisses Einkommen aus dem Nachlass meiner Mutter, auch wenn mein Vater das meiste davon verlor. Vielleicht halte ich nach einer wohlhabenden Debütantin Ausschau."

Stratford zuckte mit den Schultern. „Das könnten Sie, nehme ich an. Was mich betrifft, ich mag es nicht, untätig zu sein. Wenn Ihnen der Handel nicht zusagt und Sie nicht in die Kirche eintreten wollen…" Er lachte, als Mr. Braxsen erschauderte, „könnten Sie es in der Politik versuchen. Sie kennen genug Leute."

Herr Braxsen warf ihm einen nachdenklichen Blick zu. „Ich habe darüber nachgedacht. Wenn Sie und Ingram mich fördern, werde ich es vielleicht versuchen."

„Lassen Sie uns erst einmal zusammensetzen, um zu sehen, ob wir uns in den wichtigen Themen einig sind. Aber warum nicht?" erwiderte Stratford. Als Fitz zurückkehrte, überließ Stratford die beiden ihrem geplanten Besuch. Obgleich er versucht war, Ingrams Salon aufzusuchen, um sich mit Miss Daventry zu unterhalten, hatte er ein Treffen mit seinem Anwalt, das nicht warten konnte.

Fitz hielt eine Droschke an, stieg ein und lachte über Braxsens Gemurre wegen ihrer Art der Fortbewegung. Er hörte nicht auf, sich zu beschweren, bis sie am Grosvenor Square anhielten, aber es war so komisch, dass Fitz es ihm nicht übelnehmen konnte. Lord Ingram war nicht da, doch die Damen würden sie empfangen. Ausnahmsweise war Miss Ingram nicht von Verehrern umgeben, sondern saß neben Miss Daventry und stickte mit mehr Entschlossenheit als Geschick. Erleichtert legte sie ihre Handarbeit beiseite.

„Ich bin sehr froh, Sie beide zu sehen. Eleanor, habe ich dir nicht gesagt, dass Major Fitzwilliam und Mr. Braxsen unsere treuesten Freunde sind und uns heute nicht im Stich lassen werden?"

„Sie sind in der Tat eine willkommene Abwechslung", sagte Miss Daventry. „Lydia hat darauf bestanden, hier zu bleiben, da ich sie, wie sie sagt, mit all den Orten in London, die ich mir ansehen möchte, erschöpfe."

Sie runzelte die Stirn und fügte hinzu: „Doch ich wage zu behaupten, es ist allein die Beschreibung dieser Wunder, die sie ermüdet, denn ich muss sie erst noch davon überzeugen, mich zu begleiten." Miss Daventry ließ ihren Blick schweifen. „Mr. Braxsen, Sie sind doch aus London, glaube ich, also werden die Sehenswürdigkeiten Sie nicht begeistern. Aber Major Fitzwilliam, sind Sie nicht versucht, jede freie Minute zu nutzen, um die Orte zu besuchen, die es anderswo nicht gibt?"

Fitz hob überrascht die Augenbrauen. „Ich fürchte, ich werde Sie nur enttäuschen, Miss Daventry. Ich habe nie daran gedacht, mir London anzuschauen, abgesehen von den Orten, die ich aus geschäftlichen Gründen aufsuchen muss." Er wandte sich an die Gastgeberin und fragte: „Miss Ingram, wenn Sie nicht in London unterwegs sind, wie verbringen Sie dann Ihre Tage? Es sei denn, Sie ruhen sich einfach von den Bällen am Vorabend aus." Er warf Miss Daventry einen verschwörerischen Blick zu, der um Nachsicht bat. Zwar hatte sie ihm erzählt, wie Lydia sich die Zeit vertrieb, doch er war ein Mann mit einer Mission.

Lydia verwahrte sich vor der Unterstellung, sie sei träge. „Nun, Major, im Gegensatz zu dem, was Eleanor sagte", sie warf ihrer Freundin einen Blick zu, „bin ich nicht gern untätig. Und ich sticke nicht gern." Sie schob den Rahmen beiseite. „Ich reite gern und ich tanze gern. Nach den *Soiréen* bin ich nicht übermäßig müde, obwohl ich meine Morgenschokolade später trinke als zu den Landzeiten. Ansonsten unternehme ich gerne lange Spaziergänge und die Vorstellung, in einer Kutsche zu sitzen, während wir von einer langweiligen Ausstellung zur nächsten fahren, reizt mich nicht."

„Das klingt genau nach meinem Geschmack. Vielleicht..."

Der Eintritt des Butlers, der die unwillkommene Ankunft von Mr. Amesbury ankündigte, unterbrach Fitz' Vorschlag. Zur Begrüßung fragte Miss Ingram Mr. Amesbury nach seiner Abwesenheit bei der Kartenparty am Abend zuvor, doch Miss Daventry neigte kaum den Kopf. Fitz bemerkte ein leichtes Stirnrunzeln, als sie aus dem Fenster blickte.

„Wir werden zu einer richtigen Familie, nicht wahr? Schön, Sie wiederzusehen, Braxsen." Amesbury schloss Fitz mit seinem Nicken ein. „Es ist immer wieder eine Freude, sich hier zu treffen", fügte er in einem Tonfall hinzu, der seine Worte Lügen strafte.

Mr. Braxsen und Fitz wechselten einen amüsierten Blick, als Amesbury sich über Lydias Hand beugte, dann über die von Eleanor, wobei er ihre behandschuhten Finger länger als nötig hielt. *Das steckt also dahinter*, dachte der Major.

„Major Fitzwilliam besucht meinen Bruder, dessen bin ich mir sicher. Sie sind Freunde aus dem Militär." Lydia betrachtete Mr. Braxsen mit hochgezogener Augenbraue. „Mr. Braxsen hat keine solche Ausrede. Ich glaube, er ist einfach nur hier, weil er unsere Gesellschaft mag."

„Ich bin hier, weil Sie immer zu den besten Partys der Saison eingeladen werden. Ich erfahre hier von ihnen, und sollte ich nicht eingeladen sein, überliste ich die Gastgeberin, um mir selbst eine Einladung zu sichern."

„Und dies natürlich, weil Sie bereit sind, sesshaft zu werden und die geeignetste junge Dame finden möchten", stichelte Lydia und warf ihm einen Seitenblick zu.

Herr Braxsen warf seine Arme nach außen. „Ich kann nichts vor Ihnen verbergen, meine holde Dame. Wenn ich jemals darauf hoffen will, das Militär zu verlassen, muss ich immer auf der Suche nach der Frau sein, deren Charme mich versklavt."

Amesbury schaute ihn an, dann Miss Daventry. „Mein Rat an Sie, Braxsen, ist, die Sache mit einer praktischeren Einstellung anzugehen. Mit Charme lassen sich die Kassen nicht füllen."

Die Stimme des Majors war scharf. „Ich glaube, Sie vergessen die anwesende Gesellschaft, Sir." Ehe Mr. Amesbury eine bissige Antwort geben konnte, wechselte der Major das Gesprächsthema. „Miss Ingram, da wir gerade von langen Ausritten sprechen, Sie versprachen, mit mir auszureiten, doch ich hatte noch nicht das Vergnügen. Ich muss London aus dienstlichen Gründen für eine Woche verlassen, doch nach meiner Rückkehr hoffe ich, dass Sie mir die Ehre erweisen werden, mich am nächsten Freitagmorgen zu einem Ausflug zu begleiten – und zwar Sie beide. Mr. Braxsen hat versprochen, uns ebenfalls zu begleiten."

Diese Unwahrheit wurde mit einem Hochziehen der Augenbrauen quittiert, doch Mr. Braxsen antwortete treuherzig. „Das habe ich in der Tat. Ich hoffe, Sie beide werden kommen."

„Es wäre uns eine Freude", antwortete Lydia. Mr. Amesbury blickte finster in seinen auf dem Schoß liegenden Hut und so hatten Mr. Braxsen und Fitz die Reihen geschlossen.

ELEANOR SCHÄTZTE die Ruhe im Salon. Schwache Sonnenstrahlen beleuchteten den goldenen Seidenteppich in der Mitte des Fußbodens und sie beobachtete die Kirschblüten, die auf den Zweigen vor dem Fenster tanzten. Sie seufzte zufrieden. Vielleicht tat sie nur so, als ob sie eine Saison hätte, anstatt sich ins Vergnügen zu stürzen, und vielleicht entsprach sie nicht Lady Ingrams Erwartungen an eine gefällige junge Frau, doch für ein paar kurze Monate konnte sie vergessen, dass ihre Zukunft ungewiss war, und so tun, als ob ihre größte Sorge darin bestand, was sie für die Party am Abend anziehen sollte.

Die Glocke läutete und Eleanor saß ruhig da, in der Erwartung, dass Hartsmith den Besucher abwimmeln würde, da Lydia noch nicht erschienen war. Zu ihrem Schrecken öffnete sich die Tür, und Mr. Amesbury trat direkt hinter dem Butler ein.

„Miss Daventry, ich bitte um Entschuldigung." Hartsmith sah gequält aus, als er den Besucher anblickte. „Ich wusste nicht, dass jemand in diesem Zimmer ist. Miss Ingram ist nach oben gegangen, um ihren Schal zu holen und hat mir aufgetragen, alle Besucher in den Salon zu führen, bis sie zurückkehrt."

Eleanor stand auf. „Es ist alles in Ordnung. Ich nehme an, dass Miss Ingram jeden Moment hier sein wird. Nehmen Sie bitte Platz. Hartsmith, bitte sagen Sie Lydia, dass Mr. Amesbury hier ist."

Als der Butler die Tür hinter sich geschlossen hatte, nahm sie Platz. „Mr. Amesbury, ich hoffe, Sie hatten einen angenehmen..."

„Miss Daventry", begann er und setzte sich so dicht neben sie, dass sein Bein ihres berührte. „Hören Sie, was ich zu sagen habe. Ich habe nicht viel Zeit, ehe Miss Ingram eintrifft, und es gibt etwas, das ich

Ihnen sagen wollte, aber *zum Kuckuck*, da ich Sie immerhin für eine Minute allein erwische."

Eleanors Augen weiteten sich vor Schreck. „Ich versichere Ihnen, es besteht kein Grund..."

Er fuhr fort, als hätte sie nichts gesagt. „Wie Sie vielleicht ahnten, fand ich, als ich Sie kennenlernte, Ihre Herkunft anrüchig. Erst stirbt Ihr Vater verschuldet, mit keinem Besitz als dem Hemd, das er am Leibe trug. *Da* stimmte etwas nicht, auch wenn er ein militärisches Begräbnis bekam. Dann brennt Ihre Mutter mit einem Franzosen durch. Wer weiß, ob sie zu diesem Zeitpunkt überhaupt bereits verwitwet war. Selbst wenn wir Ihre Familie außer Acht lassen, ist es nicht so, als gäbe es ein hübsches Gesicht, welches einen Mann zu einer törichten Heirat verleiten könnte. Dem Himmel sei Dank, muss ich sagen, denn ich kann mir nichts Unerträglicheres vorstellen. Man muss diese Dinge nach reiflicher Überlegung angehen." *In diesem Punkt sind wir uns einig, Sir*, kochte Eleanor und kniff die Augen gefährlich zusammen.

Die Geräusche von Lydias Ankunft drangen in den Salon, doch sie sprach mit einem der Diener und Amesbury fuhr eilig fort: „Dann erbten Sie das Grundstück, was genau das ist, was ich benötigen würde, um den Wert meines Anwesens zu verdoppeln. Dieser Bach dort ... es sind nicht nur die Einkünfte des Grundstücks, die wertvoll sind. Es wird Sie freuen zu hören, dass der Bach umgeleitet werden kann, um ein trockenes Stück Land zu bewässern, welches bisher zu wenig hergab, um von Wert zu sein. Mit dem Bach, der dort hinfließt, werden diese Felder viele Früchte tragen und ich kann das Land, das näher am Anwesen liegt, als Trainingsgelände für meine Pferde nutzen."

Mr. Amesbury hatte ein Funkeln in den Augen, als er diese köstliche Vision vor sich sah, und Eleanor öffnete den Mund, um seinen Redefluss zu unterbrechen. Er musste die Notwendigkeit gesehen haben, schnell zur Sache zu kommen, denn er gab ihr keine Gelegenheit zu sprechen.

„Es schickt sich nicht, zu viele Saisons in London zu verbringen. Ehe Sie sich versehen, werden Sie eine alte Jungfer sein und von

Glück reden, überhaupt ein Angebot zu erhalten. Es gefällt mir nicht, die Sache so überstürzt anzugehen, doch Miss Ingram könnte jeden Moment eintreffen, und ich möchte nicht noch mehr Zeit in London verbringen. Ich beabsichtige, die Angelegenheit zu klären, damit ich auf mein Anwesen zurückkehren kann. Ich biete Ihnen an, Sie zu heiraten. Sie werden ein komfortables Heim haben und mein Name ist angesehen genug, um Sie vor der Schmach zu schützen, sollte Ihre Familiengeschichte an die Öffentlichkeit kommen. Das dürfte sie aber nicht. Ich habe nicht vor, viel Zeit in London zu verbringen, darüber müssen Sie sich also nicht sorgen."

Gedemütigt und wütend antwortete Eleanor ihm unverzüglich. „Mr. Amesbury, ich danke Ihnen für Ihr Angebot, doch es ist mir unmöglich, es anzunehmen. Ich wünsche Ihnen Glück für Ihre Zukunft."

„Unmöglich, es anzunehmen? Aber das ist Wahnsinn." Mr. Amesbury nahm ihre beiden Hände in die seinen. „Sie wollen doch sicher nicht ablehnen."

Eleanor entriss ihm ihre Hände. „Es tut mir leid. Ich muss. Ich wünsche, dass Sie dieses Thema nicht wieder ansprechen, was sicherlich für uns beide schmerzhaft sein würde." Ihre Wangen brannten und sie begann, Lydias Ankunft herbeizusehnen.

„Aber Sie sind nicht anderweitig vergeben. Warum wollen Sie sich nicht die Demütigung ersparen, als alte Jungfer zu enden? Seien Sie vernünftig."

Eleanor wandte sich ihm zornig zu. „Glauben Sie, meine Hand gewinnen zu können, indem Sie mich auf solche Weise beleidigen? Ich würde viel lieber ‚eine alte Jungfer werden‘, wie Sie es nennen, als an einen Mann gebunden zu sein, der mich so wenig schätzt."

Mr. Amesbury ließ sich nicht beirren und sagte: „Sie werden Ihre Meinung rasch ändern." Er erhob sich. „Hören Sie, meine Dame, ich bin von Natur aus großzügig und werde Ihnen etwas Zeit geben, um Ihre Antwort zu überdenken, welche sich nach reiflicher Überlegung zweifelsohne ändern wird."

Lydia war fast an der Tür und Eleanor fehlten beinahe die Worte. Doch es durfte kein Zweifel aufkommen, der es Mr. Amesbury ermöglichen würde, einen weiteren Versuch zu unternehmen. Mit einem Geistesblitz brachte sie den Eifer ihres Verehrers mit einer Unwahrheit zum Schweigen. „Mr. Amesbury, ich könnte Sie niemals heiraten. Mein Herz ist anderweitig gebunden." Mr. Amesburys Mund klappte auf, just als sich die Türklinke bewegte.

KAPITEL SIEBZEHN

Als Lydia das Zimmer betrat, fand sie eine höchst verwirrende Szene vor. Mr. Amesbury stand, sein aufbrausender Gesichtsausdruck wurde von einem knallroten Gesicht betont, und Eleanor saß, gleichmütig, doch ebenso rot, an ihrem üblichen Platz im Salon.

„Oh!", sagte Lydia. Und da es ihr an Fantasie fehlte, half sie nicht dabei, die Anspannung zu vertreiben.

Die drei verharrten eine gefühlte Ewigkeit derart, ehe Mr. Amesbury seinen Hut vom Sofa nahm und ihn sich tief in die Stirn zog. „Miss Ingram, ich bin gekommen, um Ihnen *Adieu* zu sagen, da meine Anwesenheit umgehend auf meinem Anwesen benötigt wird. Ich werde London noch heute verlassen."

Lydia öffnete den Mund, um etwas zu erwidern, konnte aber kein Wort sagen, ehe er verschwunden war. Sie ging in gemächlichem Tempo zu dem Platz, den der abgewiesene Verehrer soeben verlassen hatte. Eleanor, noch immer noch um Fassung ringend, musste trotz ihrer Empörung über einen plötzlichen Gedanken fast lachen: *Mr. Amesbury hatte das Unmögliche geschafft. Er ließ sogar Lord Worthings Antrag romantisch erscheinen.*

Lydia schob ihren Rock unter den Stuhl und schaute sie unverwandt an. „Eleanor, wir sind Freundinnen. Du kannst mir nicht erzählen, dass ich nicht gerade eine Szene unterbrochen habe. Hat er sich dir erklärt?"

Eleanor schüttelte den Kopf und wandte sich mit flehenden Augen an ihre Freundin. „Du weißt, ich darf es nicht erzählen. Es schickt sich nicht, zu verraten, was ein Herr im Vertrauen preisgegeben hat."

„Hmm. Ich dachte mir schon, dass du das sagen würdest. Oh, wenn du nicht das irritierendste diskrete Geschöpf bist, das man je als beste Freundin haben könnte. Wie soll ich denn Unterhaltung finden, wenn du nichts mit mir teilen willst?" Lydia schniefte und reckte ihre Nase in die Luft.

„Bei jedem anderen als bei dir", gab Eleanor zurück, „könnte ich sagen, dass es daran liegt, dass du es als Unterhaltung und nicht als Grund für Mitgefühl siehst. Doch weil du es *bist*, weiß ich, dass deine Worte nicht immer dein Herz widerspiegeln. Du machst dich über eine Situation lustig, von der du befürchtest, dass sie mich beunruhigt haben könnte." Eleanor lächelte sie warm an. „Du bist eine gute Freundin."

Lydia stieß ein *Hmpf* aus. „Dennoch. Ich weiß, dass Mr. Amesbury dir einen Antrag machte. Er schenkte dir deutliche Aufmerksamkeit, obwohl sein Herz noch nie von etwas anderem als Geld und Besitz berührt wurde. Du hast beides und aufgrund seines stürmischen Gesichtsausdrucks vermute ich, er stieß auf Ablehnung. Das freut mich, liebe Eleanor. Der Mann, der dich verdient hat, ist ein Mann, der all deine hervorragenden Eigenschaften erkennt und dich dafür liebt."

Eleanor errötete und sah zu Boden. „Du bist gut zu mir. Doch du betrachtest mich durch die Augen einer Freundin. Ich versichere dir, ein Herr hat keinen solch großzügigen Filter."

„Vielleicht nicht irgendein Herr", deutete Lydia an, „aber ein verliebter Mann..."

Eleanor erwiderte: „Nun, was das angeht, ist Mr. Amesbury sicherlich nicht verliebt. Glaub mir. Wenn der Antrag Bewässerung und Ernteerträge enthält..." Mit einem Augenzwinkern erwiderte sie Lydias verblüfften Blick, bis sie beide vor Lachen in Tränen ausbrachen.

„Von allen törichten Männern", sagte Lydia und wischte sich Tränen der Heiterkeit aus den Augen. „Bravo, Eleanor, dass du dich mir anvertraut hast. Ein Mann, der vor Dummheit strotzt, hat dein Vertrauen nicht verdient." Seufzend schüttelte sie den Kopf. „Oh, meine arme Freundin. Ich werde nie wieder höflich zu ihm sein."

Immer noch lachend erwiderte Eleanor: „Ich wage zu behaupten, dass er in seiner Selbstgefälligkeit zu aufgeblasen ist, um den Hieb zu bemerken."

STRATFORD WAR DER LETZTE, der Amesbury sah, ehe dieser London verließ, doch das war eher ein Zufall. Er hatte eine Verabredung im Angelo's, um zu sehen, ob irgendjemand in dieser ehrenwerten Waffenschule den Manövern widerstehen konnte, die er von dem französischen Gefangenen auf der Halbinsel gelernt hatte. Auf sein Ziel fixiert, hätte Stratford beinahe Amesbury übersehen, der in düsterer Stimmung seine Koffer auf den Reisewagen verladen ließ.

„Amesbury, du reist also ab?" Stratford streckte seine Hand aus.

„Sie wollte mich nicht haben", erwiderte Amesbury und ignorierte die Hand.

Stratford nickte, ahnend, wen Amesbury meinte, wollte jedoch ihren Namen nicht vor dem Stallknecht aussprechen. *Natürlich wollte sie dich nicht haben, du Flegel,* dachte er. *Du hast keinerlei Anstrengungen unternommen, sie für dich zu gewinnen.* Dann fragte er sich, ob Amesbury bei ihren privaten Zusammenkünften vielleicht etwas eifriger gewesen war. „Nannte sie einen Grund?"

„Sie sagt, ihr Herz sei bereits vergeben." Er wandte sich an den Lakaien. „Leg den Handkoffer in die Kutsche, nicht auf die Rückbank."

Stratford wurde kalt. Ihr Herz vergeben? An *wen*? Was für ein Narr wäre er zu glauben, *er* sei das Objekt ihrer Zuneigung, wo er doch nichts anderes getan hatte, als Fauxpas zu begehen und sie zu beleidigen. Hatte sie sich nicht erkundigt, ob er Carlton gut kannte, als sie zusammen spazieren gingen? Sie konnte nur ihn meinen.

Stratford stand recht dumm herum, als der Lakai und der Stall-knecht die Kutsche fertig ausrüsteten und seine Träumerei wurde erst unterbrochen, als Amesbury sich ihm zuwandte. „Ich habe keine Eile, Fußfesseln angelegt zu bekommen. In jedem Fall nicht genug, um weiterhin fünfundzwanzig Pfund in der Woche für einen Aufenthalt in London auszugeben."

Zu diesem Zeitpunkt war Amesbury bereits mit der Peitsche in der Hand aufgestiegen. „Gib Bescheid, wenn du wieder in Worthing bist." Mit einem Nicken machte er sich auf den Weg und ließ Stratford seinen Spaziergang beenden und nachzählen, wie oft er Miss Daventry und Lord Carlton zusammen gesehen hatte, während er sich fragte, ob ihr Herz tatsächlich vergeben war.

An diesem Abend in der Oper begleitete Stratford seine Tante und seine Schwestern zu ihren Plätzen in der mittleren Reihe. Er suchte die Loge von Ingram ab, um zu sehen, wer anwesend war. *Nur damit ich Ingram morgen Abend ins Boodle's einladen kann,* sagte er sich.

Miss Daventry saß in der Mitte von Ingrams Loge, ihre Augen funkelten im Kerzenlicht, das von den Kronleuchtern schien. Sie trug ihr Haar in Locken, die zur Seite gekämmt und mit juwelenbesetzten Haarnadeln befestigt waren, was ihr spitzes Kinn weicher machte. Ihr zartes Schlüsselbein lag zwischen winzigen Puffärmeln frei und flan-kierte das Mieder, das ihren üppigen Busen bedeckte. Sie und Lydia lachten, und obgleich Stratford seinen ersten Eindruck, dass sie ein langweiliges Geschöpf war, schon lange hinter sich gelassen hatte, hatte er sie noch nie mit einem solch fröhlichen Gesichtsausdruck gesehen. Er wünschte, etwas das er gesagt hatte, hätte sie so aussehen lassen.

Als ihr Blick auf seinen traf, das Lächeln noch immer im Gesicht, hob sie eine Augenbraue, und das Herz pochte in seiner Brust. *Ich werde Frederick und Lydia begrüßen müssen,* dachte er. *Sie werden es erwarten.*

Miss Daventry drehte sich während des ersten Aktes nicht wieder zu ihm, und er nahm die Arie von Madame Catalani nur am Rande wahr. In der ersten Pause wandte sich Stratford an seine Schwestern und seine Tante. „Sollen wir Ingrams Loge besuchen, ehe wir eine Erfrischung zu uns nehmen?"

„Unbedingt." Phoebe stand auf und schüttelte ihre Röcke aus.

„Wo ist unser neuer Nachbar, Mr. Amesbury?" warf Anna ein. „Ich fürchte, er ist heute Abend nicht hier. Ich habe ihn nicht gesehen, allerdings weiß ich nicht, wo seine Loge ist."

Nachdem sie ihre Tante in der Gesellschaft von Mrs. Wyndham gelassen hatten, antwortete Stratford Anna, als sie den Korridor betraten. „Mr. Amesbury ist nach Sussex gefahren. Ich habe ihn heute früh gesehen, als er dabei war, abzureisen. Außerdem", er sah sie befremdet an, „warum solltest du ein Interesse daran haben, Mr. Amesbury zu sehen?"

„Ich finde ihn faszinierend", antwortete Anna mit einem sardonischen Blick, den Stratford gut kannte. „Ich habe noch nie jemanden getroffen, der so durchschaubar ist." Sie nickte einem vorbeigehenden Bekannten zu und Phoebe wechselte einen amüsierten Blick mit ihrem Bruder.

Stratford ging seinen Schwestern voraus und dachte an Amesburys Behauptung, Miss Daventrys Herz sei vergeben. Stratford mochte Mr. Amesburys Oberflächlichkeit missbilligen, doch zumindest verstand er, dass die Entschlossenheit des Mannes, eine gute Partie zu machen, daher rührte, dass sein Vater sein Anwesen aus den Fängen der Geldverleiher befreien musste. Amesburys sparsame Art war ihm von klein auf eingeimpft worden.

Carlton hingegen stellte eine Bedrohung dar, sollte Miss Daventrys Herz tatsächlich vergeben sein. Selbst Stratford fiel es schwer, an dem Mann etwas auszusetzen. Er erinnerte sich an Phoebes beunruhigenden Bericht, dass Carlton und Miss Daventry gemeinsam im Museum gewesen waren. Was ihn störte, war, dass Lord Carlton im Gegensatz zu Mr. Amesbury von guter Herkunft war.

Keine zwei Schritte aus der Loge heraus, kreuzte Stratford den Weg von Judith Broadmore, und sein abruptes Anhalten führte dazu, dass seine Schwestern von hinten in ihn hineinliefen.

„Guten Abend, Mylord." Miss Broadmores blassblondes Haar und ihr taillliertes silbernes Kleid standen in schierem Kontrast zu dem flüchtigen Blick auf Wärme und Anmut, den er bei Miss Daventry erhascht hatte.

An einem solch öffentlichen Ort konnte er ihre Begrüßung nicht ignorieren, ohne Aufsehen zu erregen. „Guten Abend, Miss Broadmore. Sie erinnern sich sicher noch an meine Schwestern, nehme ich an. Miss Phoebe und Miss Anna Tunstall."

„Natürlich." Miss Broadmore neigte den Kopf mit einem anmutigen Lächeln. „Wie ich sehe, sind Sie jetzt schon ganz erwachsen. Ich hoffe, Sie genießen Ihre Saison. Ich bin sicher, Sie haben schon viele Eroberungen gemacht."

Phoebe lächelte höflich über den herablassenden Ton, doch Anna rümpfte die Nase und sagte: „O ja. Ich bin mir sicher, dass es *viel* unterhaltsamer ist, seine zweite Saison mit einer Vielzahl von Eroberungen zu erleben, als *ewig* eine Saison nach der anderen zu durchlaufen."

Miss Broadmores Lächeln fiel in sich zusammen. „Mylord", wandte sie sich wieder an ihre Beute, „ich habe Sie in der letzten Woche bei keiner Gesellschaft gesehen. Werden Sie am Mittwochabend im Almack's sein?"

Die Spannung zwischen Miss Broadmore und seinen Schwestern verstärkte Stratfords Wunsch, weiterzuziehen. Er nickte knapp. „Ja. Ich werde meine Schwestern begleiten."

„Ich muss zugeben, dass es erfreulich sein wird, sich in gehobener Gesellschaft wiederzusehen." Miss Broadmore warf einen Seitenblick auf die Loge der Ingrams, die ein wenig durch eine Öffnung zu sehen war. „Nur im Almack's kann man sicher sein, die Erlesensten der Gesellschaft zu treffen" – sie wandte sich wieder Stratford zu und reichte ihm die Hand – „im Gegensatz zu Orten wie diesem, die jeder besuchen kann."

Stratford ignorierte, was eine Beleidigung in Richtung Miss Daventry zu sein schien. Vielleicht vermutete Judith ein gewisses Interesse an Miss Daventry seinerseits. „Ja, nun ... guten Abend", sagte er.

„Bis Mittwoch", gurrte Anna und winkte mit den Fingern. Sie verdrehte die Augen, sobald Judith weg war.

Sie trafen auf Ingram, der seine Mutter in die Halle begleitete. „Ah, genau der Richtige", sagte er, als ihre Gruppe in Sicht kam. „Stratford, ich verlasse mich darauf, dass du dich um die beiden jungen Damen kümmerst, während ich meine Mutter an die frische Luft bringe. Es gibt nur einen von mir und ich werde regelmäßig daran erinnert, dass das nicht genug ist."

„Wie gut ich das kenne", antwortete Stratford mit einem gutmütigen Lachen. „Vergiss nicht, dass ich zwei Schwestern und eine Tante habe, und meine Chancen gewöhnlich schlechter sind als deine."

„Nun denn." Ingram klopfte Stratford mit der Hand auf die Schulter. „Das Jahr der Opfer hat uns erreicht. Ich nehme an, es muss jedem Mann widerfahren. Mögen sie schnell und gut heiraten, damit wir uns wieder unserer Belange annehmen können." Seine Stimme klang fröhlich, doch unter dem Blick seiner Mutter zügelte er sich etwas. „Nein, nein, Mutter, ich werde nicht in diesem vulgären Ton fortfahren. Komm, lass uns eine kleine Erfrischung zu uns nehmen."

Als Stratford und seine Schwestern in Ingrams Loge ankamen, ging Lydia in die letzte Reihe und rief Phoebe und Anna zu sich, wobei sie deren Kleider bewunderte, eins in schlichtem Rosé, das andere in einem tiefen Fliederton. „Seid ihr nie versucht, euch genau gleich zu kleiden? Denkt nur, wie ihr alle täuschen könntet."

„Anna hat es versucht", sagte Phoebe mit einem schelmischen Schimmer in den Augen. „Sie will nichts anderes, als sich auf Kosten anderer zu amüsieren. Ich jedoch durchkreuze ihre Pläne, indem ich Kleider auswähle, die sie nie trüge."

„Es ist so ärgerlich", rief Anna aus. „Ich weiß, welcher Stil dir steht und du weigerst dich, meinen besseren Geschmack anzuerkennen." Sie begann sich Luft zuzufächeln. „Hast du Lord Delacroix gesehen? Er ist kurz vor uns in die Stadt gekommen, aber einige von Stratfords alten Freunden sagen, dass sie ihn schon vorher kannten und dass er unter verdächtigen Umständen abgereist ist. Sie sagen nicht, welche."

„Nein!" Lydias Gesicht erhellte sich. „Weißt du denn nicht mehr?"

Stratford hatte so getan, als hörte er dem Anfang des Gesprächs zu, doch teils aus Angst, angesprochen zu werden, teils aus Verlangen, wandte er sich an Miss Daventry. „Sind Sie auch so angetan von Madame Catalanis Gesang wie alle anderen?“

„Das ist doch in Mode, nicht wahr?“ erwiderte Miss Daventry. „Ich fürchte, ich bin zu unerfahren, um ihr das maßvolle Lob zu geben, das die Welt von mir erwartet. Ich muss enthusiastisch sein.“

„Müssen Sie das?“ Stratford lächelte. „Langeweile vorzutäuschen ist nicht mehr in Mode.“ Er sah Miss Daventry an und wollte, dass sie sich umdrehte und ihn ansah, doch ihr Blick blieb nach vorne gerichtet und er fragte sich, ob es aus Schüchternheit war oder ob sie an Lord Carlton dachte.

„Dann bin ich also ganz zufällig in Mode.“ Miss Daventry schenkte ihm ein Lächeln und drehte sich dann um, um die Menschenmassen zu beobachten, die in die Logen und heraus und auf die Gänge strömten. Stratford studierte weiter ihr Profil und genoss das Gefühl der Ruhe, während das Opernhaus vor Aktivität pulsierte.

Nur um zu sehen, wie sie sich ihm wieder zuwandte, fragte er: „Was sind Ihre Pläne nach der Londoner Saison?“

„Oh.“ Miss Daventry warf ihm einen erschrockenen Blick zu. „Ich habe vor, mir eine Stelle zu suchen. Allerdings würde ich lieber an einer Schule unterrichten, als eine Stelle als Gouvernante anzunehmen. In einer Schule könnte ich auf Mädchen wie mich treffen, die keine Eltern haben, und ich denke, ich könnte ihnen wirklich eine Hilfe sein.“

Er konnte sich vorstellen, wie sie zu ihren jungen Schützlingen sprach und wie sich ihre Lippen dabei bewegten, während sie sie mit dieser so sanften, doch festen Stimme führte. Dieses Bild verwandelte sich rasch zu einem, in dem er eben diese Lippen küsste, und der Schock, der ihn daraufhin durchfuhr, zwang ihn, geradeaus zu schauen. Ehe er etwas erwidern konnte, erschien Lord Carlton am Eingang der Loge. *Dieser Mann ist immer dort, wo er nicht erwünscht ist.*

Angesichts der versammelten Menge seufzte Lord Carlton, den Blick auf Miss Daventry an Stratfords Seite gerichtet. „Ah, Miss Ingram, ich sehe, ich bin zu spät, um die Gunst eines Gesprächs mit Ihnen zu gewinnen. Ich nehme an, es ist nicht verwunderlich, dass Ihre Loge immer voll ist.“

„Wir wollten gerade gehen, nicht wahr, Phoebe?" Anna stand auf und winkte ihrem Bruder zu. „Stratford, ich bin ausgedörrt. Wir wollten vor dem zweiten Akt noch eine Erfrischung suchen gehen. Auf Wiedersehen, Lydia. Miss Daventry."

Phoebe stand ebenfalls auf und drückte Eleanor die Hand. „Wir sehen uns dann im Almack's." Sie schenkte ihr ein warmes Lächeln und folgte Anna mit einem Blick auf ihren Bruder in den Korridor.

Stratford hatte keine andere Wahl, als zu gehen. Er gefiel ihm ganz und gar nicht, dass er das Gespräch mit Eleanor Daventry nicht beendet hatte und das Gefühl, gegenüber Lord Carlton an Boden verloren zu haben, gefiel ihm ebenfalls nicht.

Miss Daventry in einer Anstellung? Sicherlich war das nicht die Summe ihrer Ambitionen. Sie könnte viel höher zielen. In der natürlichen Ordnung der Dinge hätte er ihr von Beginn an den Hof gemacht, wie sie es verdiente. Natürlich war dies jetzt nach einem solch unglücklichen Start undenkbar. Das eine Mal, das er zu viel trank. Das *eine* Mal.

Anna drehte sich am Eingang der Loge um und schaute zurück. „Oh, hör auf, so finster dreinzuschauen, Stratford, ja?"

KAPITEL ACHTZEHN

Eleanors Gedanken waren durcheinander, als Lord Carlton seinen Platz an ihrer Seite einnahm. Anstatt sich um ihn zu kümmern, dachte sie an die Begegnung mit Lord Worthing. Er hatte sie einen Augenblick lang seltsam intensiv angesehen und es hatte fast ausgesehen wie ... Verlangen. Doch dann hatte er den Blick abgewandt und sie fragte sich, ob sie es sich nur eingebildet hatte.

„...die Rolle des Basilio sollte eigentlich von Frangini gespielt werden, doch der Ersatzmann ist recht gut."

Eleanor horchte auf. „Ja, ich war fasziniert." Sie drehte sich um, um Lord Carlton ihre volle Aufmerksamkeit zu schenken. „Sind Sie mit Ihrer Schwester hier?"

„Nein, ich kam mit Miss St. Clair und ihrer Familie. Wir sitzen in der Mitte der Reihe dort." Er deutete auf die Loge, in der Miss St. Clair sie beobachtet hatte und nun den Blick abwandte. Neben ihr, in der benachbarten Loge, saß ein dunkelhaariger Herr, der Eleanor auf höchst eigenartige Weise anstarrte und nicht wegschaute, als sie ihn ertappte. Es war ein bewusster, fragender Blick, von dem ihr die Haare zu Berge standen.

„Lord Carlton..." Eleanor zögerte, weil sie fürchtete, noch mehr Aufmerksamkeit auf sich zu ziehen.

Als sie nicht weitersprach, fragte er: „Was haben Sie?"

„Darf ich Sie bitten, sich den Herrn anzusehen, der in der Loge rechts von Miss St. Clair sitzt – falls es wirklich Miss St. Clair ist, die das gelbe Kleid trägt – und mir zu sagen, wer er ist. Bitte...", sie hielt Lord Carlton mit ihrer Hand auf, „lassen Sie sich nicht anmerken, dass Sie ihn ansehen."

Lord Carlton gehorchte, wandte sein Gesicht der Bühne zu, warf dann einen Blick auf das gesamte Publikum und hielt bei dem fraglichen Herrn inne. „Ich fürchte, ich war nicht sehr subtil. Aber das ist *le Vicomte* Delacroix. Er ist überall in der Gesellschaft willkommen, sogar im Almack's, wie ich hörte, obwohl wir uns dort nie begegnet sind. Seine Familie kam während der Terrorherrschaft zu uns."

Eleanor kaute auf ihrer Lippe, während sie über diese Information nachdachte, und Lord Carlton beugte sich vor. „Darf ich fragen, warum? Sollte ich mich bedroht fühlen?"

Eleanor bedachte ihn mit einem leicht unmutigen Blick. „Mylord, bitte necken Sie mich nicht." Sie riskierte erneut einen Blick auf die Loge und sah, dass Lord Delacroix immer noch starrte. Er hob leicht die Hand, als wollte er winken, doch sie wandte ihren Blick ab, ehe er es tun konnte. „Es ist nur so, dass er mich derart anzustarren scheint und wir einander nicht vorgestellt wurden."

„Er hörte wohl Ihr Loblied, Miss Daventry. Ich kann mir keinen anderen Grund vorstellen." Die Glocke läutete und signalisierte, dass sich der Vorhang heben würde. Lord Carlton stand ein Stück auf, dann setzte er sich wieder und murmelte: „Von mir hörte er es jedoch nicht. Ich weiß es besser, als den Babyloniern alle Schätze im Tempel zu zeigen." Er stand wieder auf und verbeugte sich über ihre Hand. „Guten Abend, Miss Daventry. Miss Ingram, Ihr gehorsamer Diener." Er wandte sich an den Freund, der mit ihm in die Loge gekommen war, und fügte hinzu: „Bower, wollen wir gehen?"

Kaum waren sie weg, erschien Frederick Ingram und sah sich um. „Ist Mutter noch nicht zurück? Sie wird erwarten, dass ich sie begleite." Er machte eine Kehrtwende und kam Minuten später in Begleitung seiner Mutter zurück, als die letzten Bewegungen des Publikums in ein leises Summen übergingen. Der Vorhang öffnete sich.

Den Rest der Oper bekam Eleanor nicht mit, da sie mit dem Drama beschäftigt war, das sich in ihrem eigenen Leben abspielte. Lord Carltons Interesse war zu ausgeprägt für ihr Empfinden. Nicht, dass es etwas an ihm auszusetzen gegeben hätte. Soweit sie das sagen konnte, schien er seiner Mutter und seiner Schwester aufrichtig zugetan zu sein. Er hatte sich im Museum mit Phoebes jungen Verwandten vorteilhaft in Szene gesetzt. Gutaussehend genug war er auch – nicht, dass es darauf ankam. So unlogisch es auch erscheinen mochte, ihr Zögern beruhte nur auf Gefühlen und der Tatsache, dass er in ihr keine besonders nennenswerten Gefühle zu wecken schien.

Was Lord Worthing anbelangte, so schien sein Interesse eher freundschaftlich als besonders zu sein, daher war es falsch, darauf zu setzen. Es war nur so ... sie fühlte sich *interessant*, wenn er in der Nähe war. Für einen kurzen Moment erlaubte sie sich, sich an das Gefühl zu erinnern, als sein Arm ihren berührte, an seinen schmeichelnden Blick und die Aufmerksamkeit in seinen Augen. Und als Madame Catalani ihre gefeierte Arie sang, schlug Eleanors Herz im Takt der Noten.

AM NÄCHSTEN TAG durchstöberte Eleanor in Hookham's die neuesten Titel und hörte nicht auf Lydias Bitten, eine Wahl zu treffen und es hinter sich zu bringen. Sie hatte sich bereits für den Ann-Radcliffe-Roman entschieden, den sie auf dem Worthing-Anwesen nicht hatte zu Ende lesen können, und war nun auf der Suche nach einem zweiten Buch. Die Ingram-Bibliothek war Jahrhunderte alt und schien kaum mehr zu enthalten als lateinische Prosa und uralte Handbücher über den Landbau. Sie würde sich die Gelegenheit nicht entgehen lassen, in einer größeren Auswahl zu stöbern.

„Ich brauche eine neue Haube mit einer coquelicotfarbenen Borte, Eleanor. Und du brauchst eine in Weiß, wenn ich dich daran erinnern darf. Wir haben nur kurz Zeit, ehe wir zurückkehren müssen...“

„Dann geh du“, sagte Eleanor, zog einen der Titel heraus und schlug ihn auf. *Ah, dies hat viele Dialoge. Es ist bestimmt gut.*

Lydia musterte sie und schaute sich dann im leeren Gang um, ehe sie zum Angriff überging. „Stratford war heute Morgen bei Ingram, als du spazieren warst, und er sagte, du wolltest Gouvernante werden. Eleanor, was ist das für ein Unsinn?"

Eleanor blickte überrascht auf. „Ich sagte dir doch, ich würde nur aus echter Verbundenheit heraus heiraten. Warum solltest du überrascht sein?"

Lydia beugte sich vor, um Eleanors in die Augen zu schauen. „Ich bin überrascht, da du zu glauben scheinst, dass so etwas für dich unerreichbar ist. Du hast viele Verehrer."

„Ich brauche nur einen, Lydia." Zwei Frauen betraten den Gang, über die Vorzüge belgischer Spitze diskutierend, und Eleanor trat zur Seite, um sie passieren zu lassen.

„Dann sollst du nur einen haben", erwiderte Lydia. „Du hast die Wahl. Warum solltest du daran denken, eine Anstellung anzunehmen?"

„Ich muss mein Leben selbst bestreiten", gab Eleanor zurück. „Wenn ich in dieser Saison keine passende Partie finde, kann ich auf eine Beschäftigung zurückgreifen, bis ich jemanden finde."

Lydia schüttelte so heftig den Kopf, dass Eleanor überrascht war. „Nein. Du würdest aus London, wo sich solche Gelegenheiten ergeben können, fortgehen. Und selbst wenn du eine Stelle in London findest, wirst du dich so weit von der edlen Gesellschaft entfernen, dass es nicht rückgängig gemacht werden kann. Tu das nicht, Eleanor."

Eleanor erwiderte Lydias Blick. Sie würde nichts sagen, um sie davon zu überzeugen, doch Lydia hatte keine finanziellen Sorgen, die sie plagten. Was, um Himmels willen, stellte sie sich vor, sollte Eleanor tun, während sie auf diesen schwer greifbaren Heiratsantrag wartete? Die Verzweiflung drohte sich wie eine feuchte Decke um Eleanor zu legen, doch sie weigerte sich, ihr nachzugeben. „Ich werde darüber nachdenken", meinte sie.

Lydia umarmte sie. „Tu das. Ich gehe nur rasch zum Hutmacher auf der anderen Straßenseite. Es dauert nur ein paar Minuten. Möchtest du hier auf mich warten?"

Eleanor wusste, dass Lydia auf der Suche nach einem neuen Hut nicht eher zufrieden sein würde, bis sie mindestens zwanzig gesehen hatte. „Geh nur. Ich bin hier vollkommen zufrieden."

Als Lydia die Bibliothek verließ, fuhr Eleanor mit ihrer Suche fort und fragte sich, ob Lord Worthing daran denken würde, im Almack's einen Tanz einzufordern, wie er es versprochen hatte. Er schien nicht der vergessliche Typ zu sein. Sie rief sich in Erinnerung, alle Hoffnungen in Bezug auf Lord Worthing zu dämpfen, solange er ihr nicht mehr Anlass dafür gab.

Ah. Hier war *The Absentee* – ein Buch, das gerade erst herausgekommen war. Sie fuhr mit den Fingern über den blauen Ledereinband und beschloss, das einzig verbliebene Exemplar der Bibliothek auszuleihen, solange sie die Gelegenheit dazu hatte.

Eleanor nahm die Bücher mit, fand einen Sitzplatz und schlug nicht den Radcliffe-Roman auf, den sie zu Ende lesen musste, sondern das neue Buch von Mrs. Edgeworth. Sie schlug die erste Seite auf und ließ das geschäftige Treiben in der Bibliothek im Hintergrund verschwinden, während sie die erste Seite und dann die ersten beiden Kapitel las.

„Miss Daventry." Eleanor wurde aus der zutiefst fesselnden Geschichte herausgerissen und schaute auf, bis das rosige Gesicht von Mr. Weatherby in ihr Blickfeld kam. „Miss Daventry, es ist mir ein Vergnügen, Sie zu sehen. Das erste Mal, dass wir uns außerhalb eines Ballsaals treffen. Sie suchen sich wohl ein Buch aus?"

Er schien Persönlichkeiten wie Kleidungsstücke anzuprobieren, denn der vertrauensvolle, nervöse junge Mann, der die Tanzschritte gezählt hatte, war verschwunden. An seine Stelle trat ein schrill gekleideter Geck, der sich gleichgültig gab. „Lesen alle jungen Damen gerne?", fragte er.

„Nicht alle jungen Damen", erwiderte Eleanor mit einem Lächeln und dachte dabei an Lydia. Sie stand auf, um ihn zu begrüßen. „Doch diese hier tut es zumindest. Das müssen Sie auch, wenn Sie hier sind."

Mr. Weatherbys Hand flog zu seiner Brust. „Ich kann Sie nicht belügen, Miss Daventry. Ich bin kein Bücherwurm. Es ist nur so, dass mein Freund Sie durch das Fenster sah und um eine Vorstellung bat. Kennen Sie Lord Delacroix?"

Ehe sie ihre Überraschung zeigen konnte, trat der Herr aus der Oper, dessen breite Gesichtszüge im Widerspruch zu seinen schlanken Gliedern standen, um Mr. Weatherby herum und verbeugte sich tief. Mr. Weatherby fuhr fort. „Erlauben Sie mir, Sie vorzustellen?"

„Selbstverständlich", murmelte sie und musterte das Gesicht von Lord Delacroix, um herauszufinden, warum er sie aufsuchen sollte.

„Miss Daventry", sagte der Herr, „ich freue mich, Ihre Bekanntschaft zu machen. Ich habe schon viel von Ihnen gehört."

„Haben Sie?", fragte sie, nicht ganz zufrieden. „Man nimmt im Allgemeinen nicht an, dass ich großes Interesse wecke."

„Oh, die Person, die von Ihnen sprach, war *höchst* interessiert", sagte er mit einem geheimnisvollen Grinsen. „Höchst interessiert, in der Tat." Er hielt inne, um zu sehen, ob sie weitere Fragen stellen würde, und als sie dies nicht tat, räusperte er sich. „Werden Sie an der Gesellschaft in Mrs. Maxwells Haus teilnehmen?"

Eleanor entgegnete: „Wir haben eine Einladung erhalten, doch Lady Ingram hielt es nicht für angebracht, da wir beide in unserer ersten Saison sind."

Lord Delacroix antwortete mit einem schiefen Lächeln. „Sind Sie das? Sie erscheinen so erfahren, dass man kaum vermuten würde, dass es Ihre erste ist."

Eleanor runzelte die Stirn und wurde von Mr. Weatherby vor einer Antwort bewahrt, der erwiderte: „Miss Daventry ist der Inbegriff von Bescheidenheit. Lassen Sie mich nicht bedauern, dass ich Sie vorgestellt habe."

Lord Delacroix verstummte kurz und sprach: „Meine Leichtfertigkeit treibt mich zu weit. Ich bitte Sie um Verzeihung. Wir werden uns im Almack's wiedersehen, wage ich zu behaupten. Da wir einander nun vorgestellt wurden, darf ich Sie dort um einen Tanz bitten?" Auf diese Aufforderung hin machte er eine weitere elegante Verbeugung.

Eleanors wurde das Herz bei dem Gedanken schwer, sich während eines ganzen Tanzes mit ihm zu unterhalten, doch sie wusste nicht, wie sie ablehnen sollte. Mit Erleichterung sah sie, wie Lydia die Bibliothek betrat und mit zwei Paketen in der Hand winkte. „Die Hüte sind noch nicht fertig", verkündete Lydia, „doch ich fand genau die Handschuhe, die ich für mein Reitgewand benötige und ich bekam sie für einen Spottpreis. Ich würde dich ja hinbringen, doch James wartet schon. Bist du bereit?" Erst jetzt bemerkte sie Mr. Weatherby und Lord Delacroix, die im Gang mit den Büchern standen.

„Ich bin bereit", sagte Eleanor und ging auf Lydia zu.

„Und mein Tanz?" rief Lord Delacroix aus.

Eleanor hielt inne. „Wenn auf meiner Karte noch Platz ist", antwortete sie. Lydia nickte den beiden Herren zu und führte sie nach draußen. Eleanor konnte erst wieder atmen, als sie außer Sichtweite auf den Sitzbänken von Lydias Kutsche saß.

Ehe die Tür geschlossen wurde, begann Lydia. „Du liebe Güte, dann hast du Lord Delacroix kennengelernt? *Wer* hat ihn dir vorgestellt? Falls es Mr. Weatherby war, so hätte er es nicht tun sollen. Lord Delacroix gilt nicht als der Richtige, weißt du. Durch seine Verbindung mit Prinzessin Lieven ist er im Almack's willkommen und deshalb wagt es niemand, ihn zu schneiden. Doch er hat den Ruf, recht vorschnell zu sein. Keine Mutter möchte ihn mit ihrer Tochter tanzen lassen, auch wenn sein Vermögen intakt zu sein scheint und *das* trotz seiner Liebe zu jeder Art von Glücksspiel."

Lydia hielt nach diesem galoppierenden Monolog inne, um durchzuatmen, doch Eleanor blieb stumm. „Er hat dich dazu gebracht, ihm einen Tanz zu versprechen, nicht wahr?", fuhr sie fort. „Er ist gutaussehend."

Eleanor sah alarmiert auf. „Lydia. Nein…"

„Was kann ich tun? Du weißt doch, ich bevorzuge byroneske Männer, mit dunklen Locken und schmelzenden braunen Augen." Lydia grinste schelmisch und als Eleanor sie weiterhin vorwurfsvoll ansah, gab sie schließlich lachend nach. „Aber nun bin ich erwachsen. Ich werde sicher mit einem respektablen Mann enden, wie Major Fitzwilliam."

Eleanor wurde weicher. „Oh, magst du ihn? Er ist so verlässlich und … und gut."

Lydia erwiderte: „Nein, ich mag ihn nicht. Nun … er ist zwar recht nett, doch er gefällt mir nicht. Er wird einen respektablen, wenn auch schwerfälligen Ehemann abgeben."

„Denkst du?" fragte Eleanor erstaunt. Lydia sagte das jetzt zwar, doch Eleanor hatte gesehen, wie sie Major Fitzwilliam anschaute, und war sicher, dass sie nicht ungerührt war. „Siehst du nicht, dass er jemand ist, dessen Aufmerksamkeit nie abschweifen wird, dessen Haushalt nie unter schlechter Führung leiden wird, dessen Kinder nie unangenehme Ausbrüche werden ertragen müssen?"

„Ach, wenn du ihn so sehr magst, dann heirate *du* ihn", entgegnete Lydia verärgert. Eleanor behielt ihre Gedanken wohlweislich für sich.

Am Abend von Almack's Feierlichkeit wurde Eleanor ein rosa Sträußchen von Lord Carlton und Lydia drei Blumengestecke gesendet: eine weiße Pfingstrose von Major Fitzwilliam, ein gelbes Sträußchen von Lord Carmichael und ein rotes von einem neuen Verehrer, den Eleanor noch nicht kannte.

„Oh, ich werde Major Fitzwilliams Pfingstrose tragen müssen", sagte Lydia missmutig. „Es ist die Einzige, die zu meinem Kleid passt. Woher wusste er, dass ich lila tragen würde? Man könnte meinen, er hätte Spione ausgesandt, um mir zur Schneiderin zu folgen."

„Du liebst Pfingstrosen. Jedenfalls sagtest du ihm bei seinem letzten morgendlichen Besuch, was du anziehen würdest", rief Eleanor ihr fröhlich in Erinnerung. „Er brauchte keine Spione, nur eine gute Aufmerksamkeitsspanne, denn wie ein Mann einer Frau zuhören kann, die so viel über Mode redet, und trotzdem das Wesentliche behalten kann, weiß ich wirklich *nicht*." Sie konnte sich ein Schmunzeln nicht verkneifen. „Vielleicht ist dies der Grund, warum Lord Ingram behauptet, er sei so vielversprechend. Er lässt sich von keiner der Finten ablenken, die ihm die feindlichen Truppen in den Weg legen. Er zieht weiter, um die Festung zu belagern."

„Sprichst du in Metaphern mit mir, Eleanor?" Lydia drehte sich mit verschränkten Armen zu ihr um. „Soll ich die Finte oder die Festung sein?"

„Du bist beides", versicherte Eleanor ihr. „Deine Finte ist es, deine Zuhörer mit Dingen wie Kleidung zu langweilen, die sicher nur die oberflächlichsten Männer interessieren. Und die Festung ist dein Herz und das, was dir wirklich wichtig ist, wenn nur jemand die Mauern niederreißen kann, um es zu erreichen."

„*Hmpf.*" Lydia runzelte die Stirn. „Ein Haufen Unsinn, wie ich ihn noch nie hörte."

KAPITEL NEUNZEHN

Eleanors erster Eindruck vom Almack's war enttäuschend. Die Räume waren weniger vergoldet als erwartet und schäbig, wie sie feststellte, als sich die letzte frische Luft von draußen verflüchtigt hatte und sie in der stickigen Menge eingeschlossen war. Der Schluck von der Orgeatlimonade, die Lord Ingram ihr brachte, belebte nicht und die wirbelnden Paare auf der Tanzfläche überwältigten sie.

Ein Hoffnungsschimmer kam in Form von Lord Worthing, der sie erblickte, sich von seinen Schwestern löste und durch den Raum schritt. Er sprach sie mit einem ernsten „Miss Daventry" und einer Verbeugung an, doch seine Augen verließen ihr Gesicht nicht. Erst als Lydia ihn anstupste, wandte er sich ihr zu.

„Eleanors und meine Tanzkarten sind noch nicht voll, Stratford. Du musst einen Tanz einfordern."

Lord Worthing sah auf, als eine lärmende Gruppe junger Burschen eintrat, was Lady Castlereagh veranlasste, die Stirn zu runzeln und zur Tür zu eilen. Er schien Lydias Hinweis nicht zu hören, denn er winkte einem Bekannten zu und Lydia vergaß die Bitte so schnell, wie sie geäußert worden war und ging, um einen Freund zu begrüßen.

Eleanor, die nun mit Lord Worthing allein war, hielt den Atem an – *er wird nicht fragen* –, bis er sich lächelnd auf sie konzentrierte und sie die ganze Kraft seiner Wärme spürte. „Miss Daventry, da Lydia nicht geblieben ist, um meine Einladung zum Tanz entgegenzunehmen, werden Sie mitkommen und meine Schwestern begrüßen? Meine Tante fühlt sich unwohl und ich bin heute Abend ihr einziger Begleiter."

Eleanor nahm seinen Arm und sie gingen langsam durch den Raum. „Ihre Schwestern können sich glücklich schätzen, Sie zu haben. Wenn ich daran denke, dass Sie kein Interesse hatten, nach London zu kommen..." Sie lächelte ihn spitzbübisch an.

„Ich hätte dem kaum entkommen können." Er lachte leise. „Ich war so frisch von der Halbinsel zurückgekehrt und verleugnete meine Pflichten der Familie gegenüber vollständig."

„Das ist verständlich, Mylord." Eleanor folgte Lord Worthing durch eine Lücke in der Menschenmenge und atmete erleichtert auf, als er sie in einen Bereich führte, in dem weniger Gedränge herrschte.

Er zog sie zur Seite und beugte seinen Kopf dicht an ihren heran, um sie zu fragen: „Was halten Sie vom Almack's?"

„Dass sich die geringste Aufregung in einen Angriff verwandeln würde und dass ich, nachdem sich die Menge zerstreut hatte, vom Boden geschält werden müsste."

Lord Worthing lachte laut auf. „Sie sind *in der Tat* recht zierlich", sagte er.

„Es kommt selten vor, dass ich nicht daran erinnert werde", antwortete sie sittsam, doch mit zuckendem Mund.

„Ich werde dafür sorgen, dass Sie in Sicherheit sind", meinte er. „Das können Sie mir überlassen."

Eleanor war sich der Freude bewusst, die in ihr anstieg, und sie bemühte sich, sie zu zügeln. Er hatte nicht mehr gesagt, als die übliche Ritterlichkeit erforderte und sie wollte nichts hineininterpretieren. In dem Bemühen, ihre Hoffnungen nicht zu befeuern, lenkte sie das Gespräch auf ihn.

„Nun, da Sie nach England zurückgekehrt sind und sich mit dem Anwesen vertraut gemacht haben", sagte sie, „fühlen Sie sich als Earl of Worthing wohler?"

Er überraschte sie jedoch mit einem Lachen und ließ ihre Bemühungen im Sande verlaufen, indem er die Aufmerksamkeit wieder auf sie lenkte. „Ob ich bessere Manieren an den Tag lege, meinen Sie? Das Urteil steht noch aus. Wir beide sind nun Freunde, doch ich kann mich nicht daran erinnern, begnadigt worden zu sein. Wenn Sie mir verziehen haben, werde ich es wagen, das zu bejahen.“

Sie stimmte in sein Lachen ein, doch als er sie zu seinen Schwestern brachte, befürchtete sie, dass sie mehr denn je in Gefahr war, ihr Herz zu verlieren.

FRANÇOIS DELACROIX WAR vor Eleanor Daventry eingetroffen und suchte eine Gelegenheit, mit ihr zu sprechen. Er sah, wie Worthing Eleanor zu seiner Familie begleitete, ehe er mit Lady Sefton sprechen ging. Selbst ein Narr wusste, was das bedeutete, und er war kein Narr. Wenn Worthing Miss Daventry einer Patronin vorstellte, dann nur, damit die junge Dame die Erlaubnis erhielt, mit ihm Walzer zu tanzen. Nun, auch Delacroix kannte eine Patronin und vielleicht konnte er den Earl für den ersten Tanz ausstechen. Er erblickte Prinzessin Lieven und schätzte, dass es ihr keine Unannehmlichkeiten bereiten würde, wenn er gerade jetzt um ein Gespräch mit ihr bat.

„*Bonsoir*, Prinzessin“, sagte er und beugte sich über ihre Hand.

„*Oui, bonsoir. Qu'est ce que vous voulez.*“ Ihre Augen verengten sich, als sie die Menge musterte.

Das war kein vielversprechender Anfang und er beschloss, gleich zur Sache zu kommen. „Prinzessin, würden Sie mich mit Miss Daventry bekannt machen, die neben Lord Worthing steht? Ich möchte mit ihr Walzer tanzen und wage nicht zu fragen, ohne vorher Ihre Erlaubnis zu haben.“

„Delacroix, ich bin nicht zufrieden mit Ihnen“, antwortete die Prinzessin in ihrer unverblümten Art. Sie warf Dunhill ein sprödes Lächeln zu, der den Scotch Reel mit einer Begeisterung tanzte, die fast schon absurd war. Er salutierte ihr vom Rande zu, ohne sich des Spektakels bewusst zu sein, welches er veranstaltete. Lord Delacroix wusste, dass es ihr widerstrebt hatte, dem Mann Einlass zu gewähren, nur weil die anderen Frauen ihn mochten, und es verschaffte ihm eine perverse Befriedigung, dass sie sich nicht in allem durchsetzen konnte.

„Prinzessin, *mais qu'est ce que j'ai fait?*", fragte er. „Was habe ich getan, um Sie zu verärgern? Sie wissen, dass ich mir Ihre gute Meinung sehr zu Herzen nehme."

Sie drehte ihm eine knochige Schulter zu. „Ihr *déroute* in der Spielhölle am Mittwochabend hat sich herumgesprochen und es gab sogar Gerüchte über Betrug. Ich habe Sie nicht *pour ce genre de choses* in die Gesellschaft eingeführt."

Er wandte sich mit flehenden Augen an sie. „Prinzessin, *en toute franchise*, ich hatte eine Pechsträhne. Die Allerschlimmste." Er zupfte an seinen Handschuhen. „Doch hätte es Betrug gegeben, wäre er aufgedeckt worden. Alle Anschuldigungen sind im Sande verlaufen, und ich bin noch nicht ruiniert. Ich bin immer noch ... *honorable*."

„Es zeigt schlechte Form, dem Würfelspiel zu sehr zu verfallen und die Leute erwarten von uns, dass wir die Angelegenheiten der guten Gesellschaft diktieren. Bald werde ich es bereuen, Sie unter meine Fittiche genommen zu haben." Prinzessin Lieven hob ihr Kinn und ihre Augen sahen ihn herausfordernd an.

„Ich werde Ihnen keine Schande machen, *je le promets*." Delacroix betrachtete ihre starre Miene und beschloss, es darauf ankommen zu lassen. „Werden Sie mich Miss Daventry vorstellen?"

„Ich kenne weder eine Miss Daventry, noch habe ich ihr eine Karte ausgestellt. *Bonne soirée*, Mylord."

Auch Lord Carlton hatte bemerkt, dass Worthing mit Miss Daventry die Runde machte und er bei Lady Sefton eine Pause einlegt hatte. Er sah eine Gelegenheit bei Lady Jersey, die sich gerade vom Sprecher des Hauses verabschiedete.

„Guten Abend, Lady Jersey", sagte er mit einer Verbeugung. „Sammeln Sie dieses Mal Weisheit oder geben Sie sie weiter?"

Lady Jersey schenkte ihm ein nachsichtiges Lächeln und eine ausweichende Antwort. „Lord Carlton, Sie sind der geborene Politiker wie sonst kein Mann. Soll ich Sie unterstützen?"

„Sehr gerne. Mit Ihnen als Verfechterin bin ich sicher, dass ich

Erfolg haben werde." Carlton antwortete fröhlich, doch Lady Jersey warf ihm einen berechnenden Blick zu.

„Sie sind recht jung für die Politik, doch es gab schon andere, die in Ihrem Alter angefangen haben. Manche sogar noch jünger. Ist Ihre Mutter denn nicht zufrieden? Kein Soldatentum für Sie? Keine Politik?" Ihr Tonfall war neckend genug, um die Frage verschwörerisch klingen zu lassen, ohne Lady Carlton zu beleidigen.

„Ihr sagt beides nicht zu. Das ist wahr." Carlton seufzte und beobachtete die wirbelnden Paare vor ihm. „Aber natürlich werde ich meinen eigenen Weg gehen, wenn dieser frei ist." Er warf einen Blick auf Miss Daventry, die sich nun mit Lord Worthings Schwestern unterhielt, und sah, dass Worthing nicht mehr bei ihnen war.

„Natürlich werden Sie das, junger Mann." Lady Jersey nahm ein Glas Limonade vom Tablett eines vorbeikommenden Dieners entgegen. „Ich glaube, Sie täten gut daran, jung zu heiraten, ehe Sie in die Politik einsteigen. Nicht jeder Mann ist bereit, sich in so jungen Jahren eine Ehefrau zu suchen, doch Sie sind für die Verantwortung geboren. Und das waren Sie schon, ehe Sie aus den kurzen Mänteln heraus waren. Ihre Frau muss liebenswürdig genug sein, um sich in den wichtigsten Kreisen zu bewegen und intelligent genug, um sie zu führen." Sie folgte seinem Blick, und ihre Augen verengten sich scharfsinnig, als sie die Gruppe durchging und auf Miss Daventry verweilte. „Und wer ist diese Frau, die Sie ausgewählt haben? Denn ich nehme an, dass Sie deshalb heute Abend zu mir gekommen sind."

„Das ist Miss Daventry, eine Erbin mit angemessenem Einkommen, die über Anmut und Intelligenz verfügt." Seine Augen strahlten.

„Ah. Lord Worthings Mündel." Carlton warf ihr einen überraschten Blick zu, doch Lady Jersey fuhr fort. „Ich glaube, Ihr Fall ist ernst. Ihr Vermögen ist nicht zu verachten, doch andererseits haben Sie es auch nicht nötig. Sie ist nicht so schön wie einige der anderen Debütantinnen. Und doch haben Sie sich für sie entschieden."

„Gilt sie nicht als schön? Das habe ich nicht bemerkt." Er blickte zu den Musikern, die gerade einen Walzer anstimmten. „Ich hatte gehofft, Sie könnten mir einen kleinen Dienst erweisen und mich ihr vorstellen, damit ich um ihre Hand für diesen Tanz bitten kann."

Lady Jersey öffnete ihren Fächer. „In der Politik gibt es eine Zeit, in der man mitreißende Reden hält und eine Zeit, in der man hinter den Kulissen arbeitet, wenn man will, dass die eigene Mission Erfolg hat. Das ist etwas, das Sie lernen müssen. Ich glaube, Sie sind zu spät dran." Sie wies mit ihrem Fächer auf Lady Sefton, die mit Miss Daventry sprach, und dann Miss Daventrys Hand auf Worthings Arm legte, wobei sie beide anmutig anlächelte. Carlton knirschte mit den Zähnen, als Lord Worthing Miss Daventry auf die Tanzfläche führte.

Ingram war tief in Gedanken versunken, seit er das Almack's betreten hatte. Am Freitag in einer Woche würde er sich zum ersten Mal mit dem Reiter von Le Marchant treffen, und er musste die verschiedenen Informationen sortieren, die er übermitteln sollte. Es wäre vielleicht klug, ein Duplikat anzufertigen, doch das wäre eine verfluchte Menge Arbeit und nichts, was er an jemand anderen weitergeben könnte. Eine laute Stimme in seinem Ohr riss ihn aus seinen Überlegungen und er wurde sich seiner Umgebung bewusst.

Als er bemerkte, dass Anna Tunstall nicht tanzte, ging er auf sie zu. Sie war ebenso gut wie jede andere. „Anna, erweist du mir die Ehre dieses Walzers?"

„Ja, natürlich. Es wäre höchst ungerecht, wenn Miss Daventry die Einzige von uns wäre, die den ersten Walzer des Abends tanzt. Sie ist nur auf besondere Einladung hier, weil sie deine Familie kennt. Es ist ja nicht so, als wäre sie ein langjähriges Mitglied der hohen Gesellschaft."

„Magst du sie nicht?" Ingram legte seinen Arm um Annas Taille, runzelte aber bei ihren Worten die Stirn. „Ich hätte gedacht, du hättest mehr Mitgefühl mit ihr. Sie hat keine Beschützer."

„Abgesehen von dir", korrigierte Anna. „Es geht nicht um *sie* an sich. Ich mag nicht, dass sie unserer Familie vom alten Earl aufgezwungen wurde. Und dass sie den Teil des Grundstücks geerbt hat, bei dem es höchst ungünstig ist, wenn es in die Hände eines anderen fällt. Es sei denn, die betreffende Person ist Mr. Amesbury. Aber ihn würde ich ihr nicht wünschen."

„Ich auch nicht." Ingram lächelte abwesend, während er sie durch den Raum führte, mit seinen Gedanken ganz woanders.

Sie hatten zweimal den Raum durchtanzt, ohne sich zu unterhalten, und er wurde auf seinen Lapsus aufmerksam gemacht, als Anna lächelte und ihre Augen zu den seinen hob, voller Schalk, wie er erkannte. „Nun, Ingram. Hast du mir den neuesten *Kriminalfall* zu erzählen, oder soll ich dich mit dem erfreuen, was ich weiß? Gilly hat seine Konkubine endlich abgeschüttelt und sie hat eine Summe verlangt, die ihn wahrscheinlich in den Ruin treiben wird...“

„Anna!“ Ingrams Schritte gerieten ins Stocken. „Dieses Gespräch ist unpassend. Ich wäre dir dankbar, wenn du mit meiner Schwester nicht über derlei sprichst.“

Anna hob hochmütig eine Augenbraue, doch ihre Augen waren fröhlich. „Sehr wohl, Mylord.“ Sie folgte seiner Drehung zweimal, ehe sie hinzufügte: „Aber ich hatte meine Neuigkeiten von ihr.“

KAPITEL ZWANZIG

Lord Worthing führte Eleanor zu einem Platz in der Mitte des Raumes und sie stellte sich ihm gegenüber, erfüllt von dem Bewusstsein seiner starken Präsenz, als er seinen Kopf zu ihr neigte. Der Druck seiner Hand auf ihrem Rücken war leicht und jeder Nerv kribbelte bei seiner Nähe. Dann begann die Musik. Sie wusste, wie man Walzer tanzte – sie hatte es in der Schule gelernt –, doch das hier war etwas ganz anderes als der Walzer mit dem dickbäuchigen Tanzlehrer, der nach Wurst roch. Das hier war Magie.

Die Lichter und Geräusche wirbelten vorbei, die Farben anderer sich drehender Paare, die Musik erzwang ihre Bewegungen und Lord Worthing hielt sie fest, während sie sich bewegten. Sie drehte sich in seinen Armen und ihre Blicke trafen sich, als er sie über den Boden führte. Sie wusste, dass sie etwas sagen sollte. Eine gute Tanzpartnerin sollte etwas sagen, doch ihr fiel nichts ein, was nicht so banal war, dass es den Zauber gebrochen hätte. Auch er sprach nicht, sondern zog sie nur näher an sich heran, bis ihre Herzschläge im Einklang pulsierten und ihre Schritte ineinandergriffen.

Viel zu schnell endete die Musik und der Raum hörte auf, sich zu drehen. Eleanor richtete ihren Blick wieder auf Lord Worthing, der wie erstarrt stehen blieb und mit seinen Augen jeden Zentimeter ihres

Gesichts musterte. Seine Mundwinkel hoben sich, obgleich es so aussah, als fiele es ihm schwer. „Vielen Dank, Miss Daventry."

Sie antwortete mit einem Neigen des Kopfes und Lord Worthing führte sie schweigend von der Tanzfläche. Sie standen eine ganze Minute lang am Rande, ehe er sich ihr zuwandte und lächelte. Wie konnte ein Mann mit so starren, strengen Zügen ein solch warmes Lächeln haben?

„Miss Daventry, Sie tanzen sehr gut. Wenn Sie nicht bei Lydia wohnen würden, die es Ihnen sicher schon beigebracht hat, hätte ich nicht gewagt, Lady Sefton um Erlaubnis zu bitten, Sie zum Walzer aufzufordern."

Sie passte sich seinem leichten Ton an. „Miss Spencers Akademie war ziemlich fortschrittlich, müssen Sie wissen. Sie stellte einen Tanzlehrer ein, der uns in allem unterrichtete, auch im Walzer. Miss Spencer wusste noch vor den örtlichen Matronen, dass er in Mode kommen würde, und wollte nicht, dass eine ihrer Schülerinnen ihr Schande macht."

„Und wer war Ihr Lehrer?" Er runzelte die Stirn und sie erlaubte sich den Luxus der Frage, ob es aus Eifersucht war.

„Oh, ein älterer Herr mit Bauch. Doch seine Füße waren flink." Sie schmunzelte, als Lord Worthing ein Lachen ausstieß.

Am Rande des Raumes bahnte sich Miss Broadmore einen Weg durch die Menge und Eleanor spürte einen Anflug von Unmut. *Sie wird sich auch einen Tanz wünschen, dessen bin ich gewiss.* Sie konzentrierte sich wieder auf Lord Worthing und sagte: „Danke, dass Sie mich mit Ihrer Einladung beehrten. Ich weiß, es gibt einige, die noch auf Partner warten."

„Die Ehre ist ganz meinerseits", erwiderte er mit einer Verbeugung. „Lassen Sie mich Sie zum Erfrischungstisch führen. Ich glaube, Lydia sagte, dass Sie noch keine anderen Tänze geplant haben."

„Tatsächlich bat Lord Carlton um die erste Quadrille und Mr. Braxsen und Major Fitzwilliam versprachen beide, um einen Tanz zu bitten. Mr. Weatherby war ebenfalls so freundlich zuzusagen. Es war nicht so schwierig, einen Partner zu finden, wie ich gedacht hatte." Eleanor nahm das Getränk entgegen, das er ihr reichte, und vertraute ihm dann an: „Ich bin nicht so naiv zu glauben, dass mein Erbe keine Rolle spielt, obgleich Sie einmal andeuteten, dass selbst das nicht ausreichen würde." In ihren Augen tanzte ein Hauch von Schalk, der den strengen Zug um ihre Lippen Lügen strafte.

Lord Worthing begegnete ihrem Vorstoß mit einem schwachen Lächeln, doch seine Worte waren ernst. „Miss Daventry, ich bin Ihnen nicht gerecht geworden. Es ist nicht nur so, dass ich mich Ihnen gegenüber erbärmlich verhalten habe. Ich erkannte damals Ihren Wert nicht."

Bei seinen Worten wurde es ihr warm ums Herz. Eleanor drehte sich um, um zu antworten, doch Lord Worthings Blick war auf Lord Carlton gerichtet, der auf sie zukam. Sie stieß einen leisen Seufzer der Enttäuschung aus.

Der Earl musste den Stimmungsumschwung ebenfalls gespürt haben, denn als er sprach, lag ein Hauch von Härte in seiner Stimme. „Es wäre eine Vergeudung Ihrer bewundernswerten Qualitäten, wenn Sie bei einem Mitgiftjäger landeten oder bei jemandem, der zu unerfahren ist, um Ihren Wert voll zu erfassen. Es ist meine Pflicht, mich um Sie zu kümmern, wie ich mich um meine Schwestern kümmere. Oder um Lydia. Ich fühle mich dafür verantwortlich, dass Sie eine gute Partie machen."

Eleanors Augen weiteten sich angesichts der gleichgültigen Worte, die auf ein solches Lob folgten, doch sie konnte ihre Stimme genug kontrollieren, um eine leichte Antwort zu geben. „Mylord, wie kommen Sie darauf, dass ich Ihre Hilfe benötige? Ich stehe unter der Schirmherrschaft von Lady Ingram und damit auch unter der von Lord Ingram. Er wird jeden abschrecken, der ungeeignet ist." Sie schenkte ihm ein nichtssagendes Lächeln, dann bemerkte sie, dass Lord Carlton aufgehalten worden war und gab Lydia ein Zeichen, die gerade an den Rand der Tanzfläche zurückgekehrt war.

„Lydia, wen hast du als Partner für den Walzer gefunden?" Sie wandte Lord Worthing die Schulter zu. *Soll er nun darüber nachdenken, ob er seine Worte mit Bedacht gewählt hatte.*

„Den Duke of Roxburgh", sagte Lydia triumphierend. „Er hat Mrs. Drummond-Burrell gebeten, mich ihm vorzustellen. Und nun bin ich frei, weitere Einladungen anzunehmen. Stratford? Wenn du siehst, dass ich aussetze, kommst du doch und rettest mich, nicht wahr?"

„Hm?" Lord Worthing war geistig woanders gewesen und Lydias Frage brachte seinen Blick zurück zu Eleanor. „Ja, ja, natürlich. Wenn du nicht tanzt und ich frei bin, werde ich dich auffordern. Wenn du mich jetzt entschuldigen würdest. Wie ich sehe, unterhält sich Anna noch immer mit Ingram und auch wenn es harmlos ist, sieht *le beau monde* das vielleicht nicht so." Er ging davon, den Blick auf seine Schwester gerichtet.

Lydia sah Eleanor an, die begonnen hatte, den Raum nach einer Quelle frischer Luft abzusuchen. „Ich bin froh, dass du mit Stratford Walzer tanzen konntest. Er hat dir einen *großen* Dienst erwiesen. Nun kann dich jeder fragen." Sie drückte Eleanors Hand.

„Ich wünschte, er hätte sich seine freundlichen Dienste für jemand anderen aufgespart." Eleanor hob ihr Kinn, hin- und hergerissen zwischen Gefühlen der Verärgerung und der Lächerlichkeit. Trotz all seiner liebenswürdigen Eigenschaften konnte man von dem Earl nicht behaupten, dass er ein Ausbund an Taktgefühl war. Nun, sie *hatte* gesagt, sie würde sich bemühen, seine Worte zu ignorieren. „Ich brauche keinen Fürsprecher in Lord Worthing. Komm, es ist so warm hier. Können wir nicht in den Alkoven gehen und frische Luft schnappen?"

Lydia, die ein sehr schönes Kleid trug, musste ihre eigenen Wünsche auf dem Altar der Freundschaft opfern und ihrer Freundin folgen. Sie waren noch nicht auf halbem Weg zur Tür, als Miss Broadmore ihnen den Weg versperrte.

„Wie reizend Sie beide heute Abend aussehen", sagte Miss Broadmore mit sanfter Stimme. „Miss Daventry, nicht wahr? Sie hatten das Glück, gleich in Ihrer ersten Saison die Aufmerksamkeit eines Peers zu erregen. Nun brauchen Sie sich nicht um Partner zu sorgen."

Lydia erwiderte das strahlende Lächeln. „Oh, sie hatte keinen Mangel an Partnern, das versichere ich Ihnen."

„Nein – ist das so?" Miss Broadmore fächelte sich langsam Luft zu, ohne ihren Blick von Eleanor zu wenden. „Ich nehme an, ein Erbe macht wirklich jeden für die hohe Gesellschaft attraktiv. Woher kommen Sie denn?" Ihre Lippen teilten sich und zeigten winzige perlengleiche Zähne.

„Vom Grosvenor Square 28." Lydia lächelte selbstgefällig. „Das Haus der Ingrams. Wenn Sie uns jetzt entschuldigen würden, wir waren gerade auf dem Weg, um etwas frische Luft zu schnappen."

Fünf Minuten abseits des Trubels, in denen sie die frische Luft einatmete, die durch die von Lydia aufgerissenen Fenster herein-strömte und Eleanor fand zu innerer Ruhe. Sie analysierte leiden-schaftslos alles, was Lord Worthing gesagt hatte, ignorierte ihre ungehorsamen Gefühle während ihres gemeinsamen Tanzes und schimpfte mit sich selbst, geglaubt zu haben, dass er ihre Gesellschaft suchte, weil er sie schätzte.

Sie konnte es mit Humor nehmen, dass er wieder einmal ohne nachzudenken gesprochen hatte, denn sie war sich sicher, dass es ihm irgendwann aufgehen würde und er sich dann ärgern würde. Er würde mit der Entscheidung ringen, welchen Weg er einschlagen sollte. *Entweder er bat Miss Daventry um Entschuldigung, wie sie es verdiente oder er befolgte ihre Anweisung, mit den Entschuldigungen aufzuhören.*

Sie musste es allerdings mit Humor nehmen, denn sie konnte sich nicht erlauben, von einer Zukunft mit Lord Worthing zu träumen, wenn doch klar war, dass er sich noch nicht für eine Zukunft mit ihr entschieden hatte. Sie vermutete, dass er sich in gewissem Maße zu ihr hingezogen fühlte. Die Art und Weise, wie die Luft zwischen ihnen vibrierte, war schwer zu ignorieren. Doch dies waren nicht die Worte eines entschlossenen Mannes gewesen.

„Eleanor, du bist so still. Geht es dir nicht besser?" Eleanor wusste, Lydia bemühte sich heldenhaft, geduldig auf ihre Erholung zu warten, während die Herren wahrscheinlich vergeblich nach Lydia suchten.

„Ich fühle mich besser. Danke, dass du mich begleitet hast." Eleanor streckte die Hand aus, schloss das Fenster, sie wollte alles so lassen, wie sie es vorgefunden hatte, und hakte sich bei Lydia unter. Sie traten in die wimmelnde Menschenmenge und Eleanor folgte Lydia auf dem Fuße. Wenn sie nur jemand Angenehmes entdecken würde, könnte sie für den Rest des Abends dort Zuflucht finden.

Lord Delacroix fing die beiden ab. „Guten Abend, Miss Daventry. Ich wollte gerade um Ihre Hand für den nächsten Walzer bitten. Würden Sie mir die Ehre erweisen?"

Eleanor fiel kein Grund ein, abzulehnen, obgleich sie es gerne getan hätte. „Ich habe meine Tanzkarte noch nicht ganz gefüllt", sagte sie und reichte sie ihm. Er schrieb seinen Namen für den nächsten Walzer auf.

„*A toute à l'heure*", sagte er mit einem Augenzwinkern und verabschiedete sich, ohne darum zu bitten, Lydia vorgestellt zu werden. Sie bot es nicht an.

„Hmm", sagte Lydia. „Ein *Vicomte*, nicht wahr? Er hat solch ... kontinentale Züge, was momentan nicht gerade in Mode ist. Trotzdem finde ich ihn angenehm anzuschauen. Und er scheint an dir interessiert zu sein. Meine liebe Freundin, ich wusste, dass du in London der letzte Schrei sein würdest."

„O Lydia", sagte Eleanor entmutigt. „Das wusstest du nicht. Es ist dieses verfluchte Erbe."

„Verflucht? Du wirst deswegen eine hervorragende Partie machen." Lydia drückte den Arm ihrer Freundin.

„Ja", erwiderte Eleanor traurig, „doch sie wird nicht aus Liebe sein."

Stratford war keine gute Gesellschaft. Seine Schwestern hatten die Sache gut im Griff, ein Tanz jagte den anderen. Lydia schien verschwunden zu sein, ebenso wie Miss Daventry – die beiden wurden für jeden Tanz aufgesucht. Es gefiel ihm nicht, wie er die Sache mit Miss Daventry belassen hatte. Vielleicht hatte er gesprochen, ohne seinen Worten Gewicht zu verleihen, doch als Carlton in ihre Richtung ging, hatte er mit voller Wucht gespürt, wie falsch eine solche Verbindung sein würde. Falsch in jeder Hinsicht ... außer vielleicht der, was die Logik gebot, wenn ein geeigneter Mann eine ebenso geeignete junge Frau heiraten wollte. Es waren nur seine eigenen Gefühle, die bei dem Gedanken an Carlton und Miss Daventry aufbegehrten.

Heirat. Er selbst konnte eine solche Aussicht nicht in Erwägung ziehen, ehe er sein eigenes Leben nicht in Ordnung gebracht hatte. Es hatte nur deshalb zu seinem törichten Antrag an Miss Daventry in Worthing kommen können, weil die Begegnung mit Judith so frisch nach seiner Rückkehr ihn erschüttert hatte, er von der Last eines Adelstitels und der unerwarteten Erbschaft, die Miss Daventry betraf, doppelt erdrückt wurde – und weil er sturzbetrunken gewesen war. Solange er noch nicht bereit war, den Gedanken an eine Ehefrau zu verfolgen, war es Miss Daventry gegenüber nicht gerecht, sich als ernsthafter Bewerber zu präsentieren. Sicherlich muss sie sein Desinteresse und seinen Schutz ihrer Gefühle und ihrer Zukunft zu schätzen wissen.

Nach der Enttäuschung mit Judith hatte er sein Herz fest verriegelt und niemand war auch nur annähernd in der Lage gewesen, diese Mauern zu durchbrechen. Bis jetzt. Stratford dachte an Miss Daventry in seinen Armen, während sie Walzer tanzten, ihren süßen Duft, ihre Augen, die sich jedes Mal schlossen, wenn sie sich drehten und den Ausdruck reiner Freude in ihrem Gesicht, der seine Abwehrkräfte schmelzen ließ. Die Vision verließ seine Sinne für einige Zeit nicht.

Lord Delacroix war pünktlich, um seinen Walzer einzufordern und Eleanor fand kein Vergnügen daran, so eng gehalten zu werden. Als Lord Worthing sie festhielt, hatte es sich intim angefühlt, ohne sie zu kompromittieren. Als Lord Delacroix sie in seine Arme nahm, wurde ihr übel. Jeder Versuch, Abstand zu halten, ließ sie nur noch unbeholfener tanzen. Es war nicht das Gefühl des Fliegens, das sie erlebt hatte, mit...

„Es war vielleicht etwas forsch von mir, mich vorstellen zu lassen", begann Lord Delacroix, „doch ich wollte Ihre Bekanntschaft machen, nachdem ich aus einer höchst ungewöhnlichen Ecke Lobeshymnen auf sie gehört hatte."

Eleanor schaute verzweifelt an den Rand der Tanzfläche, um zu sehen, ob es niemanden gab, mit dem sie zusammenstehen konnte, wenn der Tanz zu Ende war. Es gab mehr als eine junge Dame, die sie mit etwas wie Neid beäugte. Anscheinend hatte nicht jede Debütantin hohe Ambitionen für ihre Heirat. Einige, wie Lydia, fühlten sich von dem byronesken Aussehen ihres Partners angezogen.

„Wollen Sie mich nicht fragen, wer Lobeshymnen auf sie singt?", neckte er.

Ihr Blick schoss zu ihm. „Ich möchte nicht hören, dass mein Name in irgendeiner Menge herumgereicht wird. Ich wünsche nicht, mehr zu erfahren."

„Sie tun mir Unrecht, Miss Daventry. Die Lobeshymnen kamen von einer Person, die keinen Schaden anrichtet, wenn sie sie singt. Ich war in Paris. War es ... oh, es scheint zehn Jahre her zu sein. Damals war ich noch ein Grünschnabel." Er sah sie an, doch sie zeigte keine Anzeichen von Verstehen.

„Und ich sah eine Frau, die bestimmt zehn Jahre älter war als ich – eine Frau, deren Name einst Daventry gewesen war. Sie war in Begleitung von *le Comte* de Chambourd." Er beugte sich hinunter, als wolle er geheimes Wissen preisgeben. „Er war ein besonderer Freund meiner Familie, der Graf, und auch wenn ich ihn nicht als Narr bezeichnen möchte, weil er sich entschlossen hatte, nach Frankreich zurückzukehren, obwohl jeder sehen konnte, dass seine Stellung dort nicht gesichert war, möchte ich sagen, dass er *un bon vivant* war. Schade, dass ich seitdem nichts mehr von ihm hörte."

Eleanors Puls schlug unregelmäßig in ihrer Kehle. Schwärze drohte ihr die Sicht zu trüben, doch sie drängte sie mit ihrem bloßen Willen fort. Mit zusammengepressten Lippen zwang sie sich, ihn anzuschauen.

„Ihre Mutter war exquisit." Er flüsterte das letzte Wort, drehte sich und zog sie mit sich fort. „Die Männer empfingen ihre Gunst wie einen Segen, obgleich ich zugeben muss, dass sie ihrem Grafen am meisten zugetan war."

Eleanor betete, das Lied möge enden, denn sie konnte ebenso wenig eine Szene machen, wie sie sich aus seiner Umklammerung befreien konnte.

„Sie kommen nicht nach ihr", sagte er nachdenklich. „Nicht vom Aussehen her. Doch vielleicht ähneln Sie ihr vom Temperament her?" Er lächelte. „Wie ich schon sagte, war es mein größter Wunsch, Ihre Bekanntschaft zu machen."

Eleanor sprach nicht, bis der Walzer zu Ende war, was weniger als eine Minute später der Fall war. Lord Delacroix verbeugte sich vor ihr, sie knickste und hielt den Schein bis zum Ende aufrecht. Als junges Mädchen war sie oft beleidigt und zurückgewiesen worden und wusste, wie man damit umging. Die Entscheidung ihres Vormunds, sie in einer weit entfernten Grafschaft zur Schule zu schicken, bewahrte sie glücklicherweise vor weiteren Anschuldigungen. Es war eine Weile her, dass Eleanor Angst, Wut oder Traurigkeit vor Menschen hatte verbergen müssen, die sich an ihrem Untergang ergötzen wollten.

Sie nahm seinen Arm, als sie zum Rand der Tanzfläche gingen und sprach während der wenigen Schritte, die sie dorthin führten. „Lord Delacroix, ich wurde nicht von meiner Mutter großgezogen. Ich wurde von meiner Tante, meinem Kindermädchen und den Lehrerinnen einer ausgewählten Akademie für junge Frauen erzogen, die alle von meinem Vormund, dem vierten Earl of Worthing, sorgfältig ausgewählt worden waren. Sie liegen falsch in der Einschätzung meines Charakters und ich wäre Ihnen sehr dankbar, wenn Sie sich in Zukunft nicht mehr mit mir unterhalten würden. Guten Abend."

KAPITEL EINUNDZWANZIG

Stratford starrte auf den Fleck Sonnenlicht auf dem Tisch neben seinem Platz im White's. Normalerweise brauchte der Raum selbst bei Tageslicht Kerzen in den Wandleuchtern, doch heute durchdrang die Sonne das düstere Innere des Raumes. Sie konnte jedoch seine Stimmung nicht erreichen, denn er rang weiter mit dem, was er als *das Dilemma* erkannte. War er bereit, an seiner Freiheit als Junggeselle festzuhalten, auf die Gefahr hin, Miss Daventry für immer zu verlieren?

Sicherlich konnte sie warten, bis er sich seines Herzens sicherer war? In der Zwischenzeit war seine Aufmerksamkeit ihr gegenüber offensichtlich genug, um Interesse zu zeigen, ohne unangemessene Hoffnungen zu wecken. Er behandelte nicht jede junge Dame mit der Sorgfalt, die er seinen eigenen Schwestern zukommen ließ. Und in gewisser Weise waren sie ja auch miteinander verbunden. Sein Onkel hatte offensichtlich das Bedürfnis gehabt, seine Vormundschaft aus dem Grab heraus fortzusetzen. Warum sonst sollte er ihr ein solch lukratives Stück seines Besitzes überlassen? Stratford hielt inne. *Warum, in der Tat?* Er würde herausfinden müssen, ob Billings noch mehr über die Geschichte wusste. Der Butler war seit seiner Kindheit in den Diensten seines Onkels gewesen.

Vor seinem inneren Auge zog das Bild von Miss Daventry vorbei, die gestern Abend ein cremefarbenes Kleid getragen hatte, so blass, dass es aussah, als sei der Stoff eine Fortsetzung ihrer Haut. Miss Daventry sah elegant aus, bis sie lächelte. Dann verwandelten ihre lachenden Augen und ihre weißen, ungleichmäßigen Zähne, die zwischen zwei perfekten Grübchen steckten, ihren Blick in einen schelmischen. Kätzchenhaft. Seltsam, dass die Erinnerungen, die er an sie in seinem Haus hatte, in einem einfachen braunen Kleid, ihn ebenso erfreuten wie die an sie in ihrem schönsten Kleid. Er dachte daran, wie sie in der Küche stand und die Köchin nach Kopfschmerz-pulver fragte, und ein widerwilliges Lächeln erschien auf seinem Gesicht. So nervös sie auch gewesen war, sie hatte gewirkt, als gehörte sie dorthin.

Die Tür öffnete sich, und Stratford blickte auf und erwiderte den Gruß von Mr. Braxsen mit einem mechanischen Salutieren. Dieser deutete mit hochgezogenen Augenbrauen auf den leeren Stuhl und Stratford erwiderte: „Nein, er ist nicht besetzt. Setzen Sie sich doch."

Mr. Braxsen setzte seinen hohen Hut ab und lehnte seinen Gehstock an den Tisch. „Gehen Sie am Freitag zum Hahnenkampf?"

„Nein", gab Stratford kurz zurück. „Ich mache mir nichts daraus. Sie?"

„Ich verabscheue es, Blutvergießen zu sehen, selbst wenn es nur bei Tieren ist. Doch ich scheine mit meiner Verachtung allein zu sein. Sie sind der Erste, den ich kenne, der darauf verzichtet. Wird Ingram hingehen?" Mr. Braxsen fingerte am Rand der zurückgelassenen Zeitung auf dem dunklen Holztisch herum.

Stratford zuckte mit den Schultern und wies den Kellner an, ein weiteres Glas zu bringen. Er beugte sich vor. „Braxsen, denken Sie an die Halbinsel? Sind Sie in der Lage, sie zu vergessen, solange Sie hier sind?"

Mr. Braxsen trommelte mit gelangweiltem Blick mit den Fingern auf dem Tisch, doch er hielt inne, ehe er antwortete. „Ich denke oft genug daran, dass ich nicht den unmittelbaren Wunsch verspüre, zurückzukehren."

Der Kellner erschien und Stratford lehnte sich zurück, während er ihm und dann Mr. Braxsen ein Glas einschenkte. „Ich habe Sie aus den Augen verloren, als Sie dort drüben waren. Wo waren Sie stationiert?"

„Ich kam 1809 an und folgte dem Weg von dort aus. Ich war bei allen wichtigen Schlachten dabei, außer bei Badajoz, wo ich mit ein paar Kameraden als Nachhut eingesetzt wurde, die nicht gebraucht wurde."

„Oh, das war schlimm. Ich war dabei." Stratford nahm einen Schluck von seinem Getränk, den Blick nach unten gerichtet. „Sie haben ein verdammtes Chaos verpasst. Ich bin froh, dass Sie nicht dabei waren, um es zu sehen."

„Nein", sagte Mr. Braxsen, schob die Zeitung beiseite und lehnte sich zurück. „Doch mein Bruder fiel dort. Ich stieß auf seine Leiche, als wir den Weg zurück zum Regiment ritten. Es schien nicht in der Nähe der Kämpfe gewesen zu sein und ich kann mir nicht vorstellen, wie er dorthin kam."

„Das tut mir leid", sagte Stratford und stellte sein Glas ab.

„Welche Division haben Sie geführt?" fragte Mr. Braxsen, als das Schweigen lange genug anhielt.

„Ich führte das 94. Foot. Ich war bei ihnen, bis ich ging. Ich wäre immer noch bei ihnen, wenn ich zurückkehren würde. Was ist mit Ihnen?"

Mr. Braxsen zuckte mit den Schultern. „Ich werde in das gleiche Regiment gehen, in dem ich aufgehört habe. Mein Vater hat mir nicht gerade ein Vermögen hinterlassen, also habe ich kaum eine Alternative. Doch jetzt werde ich erst einmal die Zeit damit verbringen, an die erlesenen Speisen und Getränke in den Clubs und das Gefühl von sauberen Hosen zu denken." Er versuchte zu lächeln, was für Stratford resigniert wirkte.

„Sie sind also fertig", fügte Mr. Braxsen hinzu. „Mit dem Erbe und dem Titel..."

„Ich verkaufte mein Patent", sagte Stratford. „Ich mag es, wenn eine Arbeit gut gemacht wird und hätte sie bis zum Ende des Krieges durchgeführt. Doch in meinem Fall gibt es niemanden mehr, der erben könnte. Es ist an der Zeit, dass ich mich niederlasse und einen

Erben zeuge." Er lehnte sich zurück, die Lippen gekräuselt, und er wusste, sein Gesicht verriet mehr, als ihm lieb war.

„Die Pflicht verlangt von jedem von uns etwas anderes", sagte Mr. Braxsen mit schwerer Ironie in der Stimme. Er schob seinen Stuhl zurück, als wollte er gehen, doch Stratford hielt ihn zurück.

„Ich glaube, das ist das erste Mal, dass ich Sie ohne Major Fitzwilliam sehe. Es war freundlich von Ihnen, dass Sie sich seiner in London angenommen haben. Wie kam es zu Ihrer Freundschaft? Er ist aus Norfolk, nicht wahr?"

Mr. Braxsen spielte mit dem silbernen Griff seines Gehstocks. „Er stieß auf den Gesandten unserer Nachhut, während er auf Mission war. Und obwohl wir von dort, wo wir es erwartet hatten, keinen Angriff sahen, wurden wir vom Hang aus den Bäumen beschossen. Fitz stürzte sich in das Geschützfeuer und zog mich zu dem Felsen, der uns vor Boneys Männern schützte. Ich bekam Urlaub, weil ich verwundet war, und er kam zur gleichen Zeit mit Informationen, die er nach London zurückbringen sollte. Zumindest nehme ich das an." Er zuckte mit den Schultern. „Ich schätze, er fühlt sich immer noch für mich verantwortlich."

Stratford nahm dies mit einem Nicken zur Kenntnis. Es war nicht überraschend. Er hatte schon viel Mut bei einfachen Männern gesehen und Major Fitzwilliam war der geborene Anführer. Die Tür öffnete sich und Lord Delacroix trat in Begleitung des Marquess of Egerton ein.

Mr. Braxsen senkte seine Stimme. „Sie werden mich für altmodisch halten, aber ich verstehe immer noch nicht, wie er es schaffte, im White's akzeptiert zu werden. Angesichts des Krieges traue ich den Franzosen nicht über den Weg, nicht einmal einem, der auf englischem Boden aufgewachsen ist."

„Sie sind nicht der Einzige, der so denkt. Doch die größte Gefahr liegt nicht bei den Franzosen, die sich in England niedergelassen haben. Sie sind manchmal loyaler als die Engländer." Stratford stand auf und reichte ihm die Hand. „Ich muss jetzt gehen. Ich habe noch etwas zu erledigen."

Er hielt zu Hause an, um seine Pferde anspannen zu lassen und beschloss, dass dies ein günstiger Moment war, um Ingram zu besuchen. *Diesmal werde ich Miss Daventry nicht belästigen.* Als Stratford in die Bibliothek geführt wurde, konnte er jedoch nicht widerstehen, durch den Flur zu schauen, ob die Tür zum Salon offen war. Sie war es nicht.

Ingram stand auf, als er eintrat. „Möchtest du etwas trinken?"

„Nein, ich hatte etwas im Club. Ich bin aus keinem bestimmten Grund hierhergekommen, muss ich dich warnen", sagte Stratford lachend. „Oh, ich nehme an, die Zeit mit Braxsen hat mich ausreichend melancholisch gemacht, um mich hierher zu führen. Es gibt Soldaten auf Urlaub, die nicht zurückkehren wollen", erklärte er mit trockenem Humor. „Sie wissen nicht, was für eine rastlose Arbeit es ist, sich nur mit seinen eigenen Angelegenheiten zu beschäftigen." Er hob seinen Blick zu seinem Freund. „Planst du, wieder ins Feld zu ziehen?"

„Ich hätte nichts dagegen, doch die Arbeit hier ist zu heikel, um sie jemand anderem zu überlassen." Ingram staubte den Brief ab, den er gerade geschrieben hatte, und als er den Umschlag verschlossen hatte, schmolz er etwas Wachs und drückte seinen Ring hinein, um ihn zu versiegeln.

Stratford starrte aus dem Fenster, es zufrieden, in seiner Träumerei zu versinken, doch Ingram unterbrach sie. „Du möchtest also nicht hierbleiben und dich niederlassen. Das ist eine Seite an dir, die mich überrascht. Nein, nein..." Ingram streckte beschwichtigend die Hand aus. „Ich halte dich weder für einen Feigling noch für einen Faulpelz. Es ist nur ... seit ich dich kenne, wolltest du nichts weiter als ein ruhiges Leben führen. Heiraten, eine Familie gründen und dich niederlassen. Ich verstehe, warum du Soldat wurdest. Niemand kann es dir verübeln. Doch nun hast du die Chance, eine Familie zu gründen und ich bin überrascht, dass du immer noch dagegen ankämpfst. Nicht jede Frau ist Judith, weißt du."

Stratford stützte sich auf die Armlehne, das Kinn in der Hand. „Ich bin nicht mit dem Herzen dabei", sagte er schließlich. „Nichts ist jemals verlockend, wenn es erzwungen ist."

„Nimm dir den Druck", riet Ingram. „Du hast es nun genauso

wenig nötig zu heiraten, wie du es mit einundzwanzig Jahren hattest. Lass es gut sein, wenn der Nachlass an einen entfernten Cousin geht, den du nicht einmal kennst. Warum sollte dich das stören? Such dir jemanden, mit dem du gerne redest."

Stratford sah ihn seltsam an. „Ist es das, was du tun würdest?"

Ingram zuckte mit den Schultern. „Nun ... wenn die Frage aufkommt..." Seine Stimme verlor sich, als sein Blick zu einem Punkt außerhalb des Fensters wanderte.

Stratford dachte, er würde nicht wieder sprechen, doch Ingram kehrte zu ihrem früheren Thema zurück. „Braxsen will also nicht zurückkehren. Hast du von Leuten gehört, die mit dem Krieg unzufrieden sind? Oder die von anderen gehört haben, die es sind? Mit anderen Worten, gibt es irgendwelche Hinweise?"

„Nichts Ungewöhnliches. Ich glaube, Braxsen war aufgebracht, weil sein Bruder in Badajoz getötet wurde. Er ist unzufrieden mit der Anwesenheit von Delacroix im Club, obwohl ich nicht weiß, warum er sich jetzt darüber aufregen sollte. Delacroix ist schon fast so lange Mitglied wie ich."

„Das ist nicht überraschend", antwortete Ingram. „Wie mein Vater zu sagen pflegte, muss das Mitgefühl, das die letzte Generation gegenüber den fliehenden Royalisten empfand, natürlich ein Ende haben, wenn die beiden Länder in den Krieg ziehen. Einige, die sich hier niedergelassen haben, haben ihr Erbe nie verloren."

„Ja", stimmte Stratford zu. „Doch Delacroix gehört nicht zu ihnen. Er hat keine Verbindungen zum Kontinent, die mir bekannt sind."

„Ist er nicht 1802 gegangen?" Ingram nahm den Brief, den er versiegelt hatte und klopfte sich damit auf die Handfläche.

„Ich war noch in Cambridge. Damals kannte ich ihn nicht." Stratford, der sah, dass Ingram seine Handschuhe ergriff, erhob sich. „Die Menschen sind im Krieg oftmals nervös", sagte er. „Das wird sich legen, sobald wir den Sieg davongetragen haben und die jungen Männer wieder auf ihre Grand Tour gehen."

„Spare dir diese Äußerungen für die Frauen", sagte Ingram. „Du weißt ebenso gut wie ich, dass dieser Sieg noch lange nicht gewonnen ist."

„Vielleicht sogar besser, denn ich war länger im Einsatz", antwortete Stratford. „Doch Glaube bedeutet, sich dessen sicher zu sein, was man nicht sieht. Und wo es keinen Glauben gibt, gibt es auch keinen Sieg." Er setzte seinen Hut auf und wandte sich der Tür zu.

Sobald sie in den Korridor traten, stieß Stratford mit Eleanor Daventry zusammen, so dass er seine Hand auf ihren Arm legen musste, um sie festzuhalten. Miss Daventry wich einen Schritt zurück, doch er konnte seinen Blick nicht abwenden.

„Wohin geht es denn, meine Damen?" fragte Ingram.

Lydia antwortete. „Wir waren auf dem Weg, einige Einkäufe zu tätigen..."

„Schockierend", neckte Ingram.

„...für die Gesellschaft heute Abend. Wir haben also keine Zeit zu verlieren", fuhr Lydia fort, als hätte ihr Bruder sie nicht unterbrochen.

Ingram nahm dem Lakaien seinen Mantel ab. „Dann werden wir euch zur Kutsche begleiten."

„Wir hatten vor, zu Fuß zu gehen. Möchtet ihr euch uns anschließen? Ihr könnt mir sagen, ob es wahr ist, dass im Brooke's Wetten darauf abgeschlossen werden, ob Mary Wexby Mr. Sutherlands Antrag annehmen wird." Lydia band sich den Hut unter dem Kinn fest und blickte ihren Bruder neugierig an.

„Wie erfährst du nur von diesen Dingen?" Ingram schüttelte nicht gerade erfreut den Kopf, während er den Arm ausstreckte, um seine Schwester zu begleiten.

Auf der Straße nahm Stratford seinen Platz neben Eleanor ein und sagte nach einer Pause: „Bitte nehmen Sie meinen Arm, Miss Daventry, es sei denn, ich bin wieder bei Ihnen in Ungnade gefallen, nachdem ich versprach, Sie an den erstbesten geeigneten Bewerber zu verheiraten."

Sie warf ihm einen überraschten Blick zu, dann sah sie zu Boden, um ihr Lächeln zu verbergen. „Nein, Mylord, warum sollten Sie das sein? Was haben Sie getan, außer mir im Almack's einen Dienst zu erweisen, indem Sie mich in den Augen der feinen Gesellschaft aufgewertet haben. Das war sehr großzügig von Ihnen."

Das wurmte ihn ein wenig, doch nur weil sie ihm seine eigenen

Worte vorhielt. Er rang nach einer passenden Antwort, die deutlich machen sollte, dass er nicht nur aus Altruismus handelte. Sie gingen schweigend weiter, ehe er sagte: „Es wäre nur dann großzügig, wenn ich Ihren Wert übertrieben darstellen würde. Doch Sie, Miss Daventry, sind eine Perle ohne Preis und es ist nur angemessen, dass dies bekannt ist." Er warf einen Blick auf ihr abgewandtes Gesicht und sah, dass sich ein Lächeln auf ihren Lippen abzeichnete. Dann hatte ihr also gefallen, was er gesagt hatte. Es war noch nicht alles verloren.

Ihre nächsten Worte waren jedoch dämpfend. „Genau so etwas würde ein Bruder sagen, um das Selbstvertrauen seiner Schwester zu stärken, wenn ich das recht verstehe. Ich danke Ihnen, denn Ihre Worte haben mehr Gewicht, wenn sie aus einer Position des Desinteresses kommen."

Erneut rang er nach einer Antwort. Trotz seiner Vorbehalte gegenüber der Ehe als Institution, war es nicht Desinteresse, das er gegenüber Miss Daventry empfand. Zu seiner Linken lehnte sich ein Dienstmädchen aus dem Fenster im Untergeschoss und rollte einen Teppich zum Reinigen aus. Er starrte auf das helle Blumenmuster.

Als sie vorbeigingen, schien das *knall, knall, knall* Stratford einen Ruck zu geben und er stieß die Worte aus, ehe er sie zensieren konnte. „Ich verehre Sie, Miss Daventry, auf eine Weise, wie es ein Bruder nicht tut." Er hielt erschrocken inne, etwas panisch über sein eigenes Eingeständnis, doch er hatte es gesagt und konnte die Worte nicht wieder zurücknehmen.

Obwohl sie weiterhin nach vorne blickte, wurde er mit leuchtenden Augen und einem Lächeln voller Grübchen belohnt, das sie zu unterdrücken versuchte, welches aber nur noch breiter wurde. Seine Angst verließ ihn augenblicklich und er wollte einen Siegesschrei ausstoßen. *Das* war das Richtige zu sagen gewesen. Und als Ingram sich umdrehte, um sie zum Partnertausch aufzufordern, damit er sich nicht den ganzen Spaziergang lang das Geplapper seiner Schwester anhören musste, konnte Stratford scherzen.

„Gerne. Ich denke, deine Schwester hat lange genug unter deiner Unaufmerksamkeit gelitten. Komm, Lydia, geh mit mir und wir werden uns über die Niedertracht von Brüdern unterhalten."

KAPITEL ZWEIUNDZWANZIG

Eine Woche später versprach das Wetter schön zu werden, als Stratford und seine Schwestern vor dem Frühstück im Hyde Park ausritten. Es war eine kluge Entscheidung, zu einer unüblichen Zeit auszureiten, denn das Ziel war es, zu reiten und nicht, gesehen zu werden. Zumindest war dies Stratfords Ziel. Als er in die Rotten Row einbog, musste er sich jedoch eingestehen, dass es ein Paar funkelnde braune Augen gab, die er gerne gesehen hätte und er überlegte, wann er den Grosvenor Square wieder besuchen würde.

„Welch eine Überraschung, dass der Park so wenig besucht ist." Anna griff nach unten und richtete das Unterteil ihres blauen Samtgewandes. „Was hat dich nur dazu bewogen, um diese Tageszeit einen Ausritt vorzuschlagen, Stratford?"

„Wenn wir reiten wollen, müssen wir es jetzt tun. Später ist es ein Zurschaustellen wie beim Pfau." Er kniff die Augen zusammen und entdeckte zu seiner Überraschung und Freude eine Gruppe, die er als Miss Daventry mit Lydia, Mr. Braxsen und Major Fitzwilliam ausmachte. Das Pferd reagierte auf seine unbewusste Geste und begann in Richtung der Gruppe zu traben.

„Ich trage ein umwerfendes Pfauenblau, Phoebe trägt Grün..."

Annas Pferd trabte gehorsam hinter dem Rappen her. „Und du hast den großen Schnabel. Wie gut wir doch hineingepasst hätten."

„Das ist Lydia", sagte Phoebe, die Dritte in der Reihe.

„Und deine Miss Daventry", fügte Anna trocken hinzu.

Stratford beachtete sie nicht und ritt neben die vierköpfige Gruppe. „Guten Tag, meine Damen", grüßte er und nickte Mr. Braxsen und dem Major zu. Seine plötzlich aufgehellte Stimmung verleitete ihn zum Scherzen. „Braxsen, ich bin überrascht, Sie zu so früher Stunde zu sehen. Ihr Ruf des Ausschweifens muss falsch sein."

„Ha!" warf Lydia ein. „Sei nicht voreilig, denn er ist gerade erst angekommen. Eine Stunde nach unserem Rendezvous." Ihr Pferd streckte den Hals hinunter und knabberte an einem Grasbüschel.

Mr. Braxsen erwiderte: „Es tut mir schrecklich leid, Miss Ingram. Wie Sie sehen, bin ich eher ein Mann der Muße. Mein Vater hatte die Hoffnung, dass ein oder zwei Jahre beim Militär mich von allen Neigungen in diese Richtung heilen würden."

„Und haben sie das?" erkundigte sich Stratford, ein Lächeln auf den Lippen lauernd.

Major Fitzwilliam lachte. „Er wurde fast auf Bewährung entlassen, weil er einen Glücksspielring unter den Infanteristen leitete. Es kam alles heraus, als er verletzt war und die Soldaten auf der Suche nach ihrem Geld waren." Er drehte sich zu Lydia um, wobei seine absolute Ernsthaftigkeit von einer zuckenden Lippe verraten wurde. „Sehen Sie, Miss Ingram, obwohl ich Mr. Braxsen für die Bekanntmachung zu Dank verpflichtet bin, halte ich ihn ganz und gar nicht für die Art von Herrn, mit der Sie Umgang pflegen sollten."

Lydia wandte ihren amüsierten Blick von dem Major zu Mr. Braxsen. „Nur, dass ich kaum vom Gängelband war, als er einen begehrten Platz bei der Fuchsjagd aufgab, um mich von einem Baum zu retten, auf den ich ehrgeizigerweise geklettert war. Sie sehen also, ich kann mich nicht von ihm abwenden."

Während Lydia Hof hielt, ließ Miss Daventry ihr Pferd neben den Zwillingen her reiten. „Phoebe, haben Sie sich von den Schmerzen in Ihrem Knöchel von letzter Woche erholt? Einer Ihrer Abgewiesenen – Mr. Puntley – forderte mich zu einem Tanz auf, als Sie Ihre restlichen Verehrer abweisen mussten“, sagte sie mit einem Augenzwinkern.

Anna lenkte ihr Pferd zur Seite, um sich an Lydias Gespräch zu beteiligen, während Phoebe antwortete. „Ich bin zwei Tage lang nicht viel gelaufen und jetzt vollkommen geheilt.“ Sie hob eine Augenbraue. „Ich bin froh, dass Mr. Puntley so schnell getröstet wurde.“

Stratford beobachtete voller Vergnügen, wie Miss Daventry in schallendes Gelächter ausbrach. Wie einladend es klang. „O ja, getröstet“, hörte er sie erwidern. „Er hat den ganzen Tanz genutzt, um mich mit Fragen über Miss Phoebe Tunstall zu löchern und ich musste ihn mit meinem mangelnden Wissen enttäuschen.“

Vielleicht kann das behoben werden, dachte Stratford. Doch Phoebe kam ihm mit ihrer prompten Antwort zuvor. „Wir werden mehr Zeit miteinander verbringen müssen.“

Die beste aller Schwestern, dachte er in einem Anflug von Dankbarkeit. Stratford wandte sich an Miss Daventry. „Wie ich sehe, hindert Sie die Erschöpfung der nächtlichen Versammlungen nicht daran, sich morgens zu bewegen.“

„Ich brauche nur ein paar Stunden Schlaf, um mich zu erholen, und ich muss immer etwas tun. Ich bin eine ziemliche Prüfung für meine Tante.“ Miss Daventrys Blick wanderte zu Lydia, die wieder zu reiten begonnen hatte und die beiden Parteien verschmolzen auf natürliche Weise zu einer. „Aber ich bin nicht die Einzige. Lord Ingram ist zu unzeitgemäßer Stunde aufgestanden und war bereits fort, ehe wir zu den Ställen kamen. Und Sie drei sind natürlich auch hier.“ Sie ließ ihren Blick durch den Park schweifen. „Es scheint, wir befinden uns in kleiner Gesellschaft.“

Lydia rief ihren Begleitern etwas zu und trieb ihr Pferd zu einem Galopp an, schneller als die Parkregeln es erlaubten, doch eine Regel, die in den frühen Morgenstunden von vielen gebrochen wurde. Eleanor sah, wie Major Fitzwilliam rutschte, als sein Pferd nachzog, doch er richtete sich schnell wieder auf und passte sich ihrem Tempo an, offenbar entschlossen, mit ihr Schritt zu halten.

Stratford hob eine Augenbraue. „Meine Damen?“ Das war alles, was nötig war, ehe die Verfolger losritten. Die Zwillinge sprangen voraus und obwohl Stratford gerne mitgejagt hätte, begnügte er sich damit, hinterherzureiten und die Landschaft, die frische Luft und Miss Daventrys Gesellschaft zu genießen.

„Sie reiten gut", rief Stratford. „Wer hat es Ihnen beigebracht?"

„Der Sohn des Gutsherrn. Mein Freund", fügte sie hinzu und er fragte sich, wie nahe sie sich standen.

„Hatte Ihr Vater Pferde? Ihr Onkel?" Ihm wurde klar, dass er nicht wusste, was mit dem Anwesen ihres Vaters geschehen war.

„Mein Vater hat alles verloren", sagte sie, atemlos vom Reiten und ihre funkelnden Augen ließen ihn glauben, dass sie nicht unter dem Verlust zu leiden hatte. Oder vielleicht schob sie in der Freude des Augenblicks alles beiseite. Er würde öfter mit ihr ausreiten, wenn er sie dann so beschwingt sehen könnte.

Am Ende der Rotten Row wendeten die Anführer der Gruppe und Stratford und Miss Daventry folgten ihnen. Als sie in die entgegengesetzte Richtung ritten, scheute sein Pferd vor einer Katze, die an ihm vorbeischoss, was ihr Pferd dichter an den Zaun zwang. Erschrocken trieb Stratford seinen Rappen vorwärts, um Miss Daventrys Zügel zu ergreifen, doch sie hatte das Pferd bereits fest im Griff.

„Verzeihung. Es war eine Katze", sagte er.

Sie schenkte ihm ein Lächeln. „Es ist nichts Schlimmes geschehen. Stardust ist ein gutes Mädchen." Sie tätschelte der Stute den Hals, dicht am Wegesrand, während die anderen Reiter bereits in einiger Entfernung waren. Stratford wollte gerade vorschlagen, näher aufzuschließen, als Eleanor aufschrie.

„*Brr!*" Sie zog fest an den Zügeln, verlangsamte ihr Pferd zu einem Trab und beschleunigte dann unerklärlicherweise wieder.

„Was ist denn?" Stratford folgte Miss Daventry, als diese davongaloppierte, da er befürchtete, dass ihr Pferd erschreckt worden war. Doch sie zügelte ihr Pferd und bog in eine Öffnung im Zaun ein, der die Allee von dem Feld und dem schattigen Buchenwäldchen trennte. Er folgte ihr verblüfft.

„Da ist ein Mann in der Gasse", rief sie.

Sie ritt schneller als ihm lieb war um die Bäume herum und erreichte die Stelle, die parallel zu der Stelle lag, an der sie kurz zuvor in der Allee gewesen waren. Miss Daventry sprang von ihrem Pferd, er tat es ihr nach, ergriff seine und ihre Zügel und band sie um den Ast eines nahen gelegenen Baums.

Atemlos eilte sie in einen der Seitenwege. „Es ist ein Mann. Ich habe seine Beine gesehen, als wir vorbeigeritten sind." Mit ein paar Schritten war sie bei der bewusstlosen Gestalt. „O mein Gott." Sie sank auf die Knie. „Es ist Lord Ingram." Er war völlig regungslos und sie suchte ihn mit den Augen nach sichtbaren Wunden ab.

Stratford riss seine Handschuhe herunter und tastete den Kopf auf Verletzungen ab. Seine Finger wurden rot und er holte tief Luft. „Er atmet, aber er hat einen bösen Schlag auf den Kopf bekommen. Er muss beim Sturz auf diesen Stein hier aufgeschlagen sein. Zum Glück ist er nicht sehr scharf und das Gras müsste den Aufprall größtenteils abgefedert haben." Er tastete weiter die Gliedmaßen seines Freundes ab und schüttelte den Kopf. „Sein Bein ist gebrochen. Das ist eine schlimme Sache. Miss Daventry, könnten Sie…"

Sie sprang auf und schoss vorwärts, um die Zügel ihrer Stute zu ergreifen. „Ja, ich werde sie holen gehen. Wir brauchen ihre Hilfe und Lydia muss Bescheid wissen."

Stratford wollte ihr beim Aufsteigen helfen, doch Miss Daventry kletterte auf einen Baumstumpf, sprang auf das Pferd und ritt davon. Er kehrte zu Ingram zurück und nahm sein Taschentuch heraus, um es auf die Kopfwunde zu drücken. Es sah so aus, als würde das Blut immer noch langsam heraussickern, doch die Verletzung begann bereits, sich zu schließen. Das gebrochene Bein sollte nicht schwer zu richten sein, entschied er. Es lag nicht in einem seltsamen Winkel, wie er es im Kampf gesehen hatte. Obwohl es pervers wäre, der Erfahrung zu danken, die es ihm ermöglichte, in dieser Angelegenheit einen klaren Kopf zu bewahren, dachte er daran, dass er keineswegs mehr der grüne Junge war, der damals in den Krieg gezogen war.

Innerhalb weniger Augenblicke trafen die anderen ein, zuletzt die vor Schreck bleiche Lydia. Sie brach in Tränen aus, als sie ihren Bruder erblickte und ein beunruhigt wirkender Mr. Braxsen versuchte, sie zu trösten. Der Major war der Erste, der den Ort des Geschehens erreichte, und er übernahm sofort das Kommando. „Hier.

Miss Daventry, Misses Tunstall…“ Er warf einen Blick auf Braxsen und sah, dass dieser mit Lydia alle Hände voll zu tun hatte. Er wandte sich wieder den anderen zu und sagte: „Würden Sie mir helfen, noch einen Ast wie diesen zu finden?“ Er schritt zu einer Stelle jenseits der Pferde und hob einen festen Ast ohne Zweige auf. „Er muss so gerade sein wie dieser und nicht dünner.“

Die drei Damen suchten schnell weiter in der Gasse, in der es noch mehr Bäume gab. Phoebe hielt einen hoch. „So wie der?“

„Ganz genau so.“ Major Fitzwilliam hatte sich seines Mantels entledigt. „Es ist noch zu kalt, als dass er unbedeckt bleiben könnte. Worthing, können wir Ihren Mantel nehmen, um ihn warm zu halten? Ich werde meinen verwenden, um sein Bein zu polstern, sobald es gerichtet ist.“

„Gewiss.“ Die Aufgabe war schnell erledigt. Als die beiden Äste bereit waren, blickte der Major wieder auf. „Ich brauche etwas, um die Äste zu befestigen. Haben Sie einen Lederriemen in Ihren Satteltaschen? Oder irgendetwas, das lang genug ist und für diesen Zweck verwendet werden kann?“ Alle warteten darauf, dass jemand anderes das Wort ergriff.

„Ich glaube … vielleicht kann ich…“ Miss Daventry, die Augen auf den Boden gerichtet, sprach mit kaum hörbarer Stimme. „Ich glaube, ich kann helfen, doch ich brauche eine Art Messer oder Schere.“

Niemand meldete sich und die Stimmung der Gruppe wurde durch die erneuten Tränen von Lydia weiter getrübt. So hätte es auch bleiben können, doch Hilfe kam in einer unerwarteten Form.

„Hallo!“ Lord Delacroix blieb beim Anblick des leblosen Körpers und der Gruppe, die sich um ihn herum versammelt hatte, überrascht stehen. „Aber was ist das?“ Er schaute staunend in jedes Gesicht.

Stratford fand es seltsam, dass er zu dieser Stunde allein und abseits des Reitweges ritt, doch er sprach als Erster. „Wir waren auf einem Ausritt, als Miss Daventry Lord Ingram am Straßenrand liegen sah. Er hat einige Knochenbrüche und ist bewusstlos. Wir versuchen, eine Lösung zu finden, um ihn zu heben.“

Delacroix‘ Pferd wich ungeduldig aus. „Erlauben Sie mir, ein Stück Stoff zu holen, damit wir ihn tragen können. Nicht weit vom Park entfernt gibt es einen Tuchmacher, der sicher ausreichend große Stoffreste hat, die man sich für diesen Zweck ausleihen kann. Oder ich werde sie kaufen." Er wendete sein Pferd.

„Ich werde Ihnen die Kosten erstatten", sagte Stratford und rief: „Warten Sie..." Delacroix drehte sich um. „Haben Sie ein Messer in Ihrem Besitz?"

„*Absolument*." Der Vicomte griff in seine Satteltasche, zog ein Jagdmesser heraus, reichte es Stratford und ritt davon.

„Höchst praktisch", murmelte Anna. Stratford reichte das Messer Miss Daventry, welche ein Stück in den Wald ging und mit einem großen Stück Stoff in den Händen zurückkam, das sie in vier Streifen gerissen hatte. *Das Mädchen hat ihr Unterkleid geopfert*, dachte Stratford entsetzt und mit nicht wenig Bewunderung.

„Das sollte genügen", sagte sie und reichte es Major Fitzwilliam. Er machte sich schnell daran, das gebrochene Bein zu fixieren und als Lord Delacroix keine zwanzig Minuten später zurückkehrte und in weiser Voraussicht neben dem Stoff auch Seile mitgebracht hatte, legten sie Lord Ingram auf den gewebten Stoff. Stratford, Fitz und Delacroix fertigten eine Hängematte an, damit Ingrams leblose Gestalt getragen werden konnte, während die Damen die Pferde in gemächlichem Tempo führten. Mr. Braxsen ritt mit Lydia voraus, um ihre Mutter zu warnen, und da das Haus der Ingrams glücklicherweise näher lag als alle anderen, gingen sie dorthin.

KAPITEL DREIUNDZWANZIG

Der Chirurg war vor seinem Patienten am Grosvenor Square angekommen und stand neben Lady Ingram, als sich die kleine Gruppe durch die Tür drängte.

„Ganz vorsichtig jetzt. Heben Sie die Beine höher an, wenn wir die Treppe hinaufgehen." Major Fitzwilliams Stimme ertönte voller Autorität.

Lady Ingram spähte an dem Geländer hinauf. „Stratford, wie dankbar ich bin, dass Sie hier sind. Ich habe Lydia mit einem Trunk zu Bett geschickt." Sie folgte der Gruppe die Treppe hinauf. „Bringen Sie Lord Ingram in sein Schlafzimmer, die erste Tür rechts." Nur eine leichte Kurzatmigkeit wies auf tiefere Gefühle hin.

Miss Daventry war bereit. Sie eilte der Gruppe voraus und schwang die Tür weit auf, damit Lord Ingram hineingetragen werden konnte, während der Arzt seinen Mantel aufknöpfte und ihn über einen Stuhl legte. Major Fitzwilliam stieß Befehle aus. „So. Legen Sie ihn so hin. Ziehen Sie das Tuch hier unter den Schultern weg, dann können wir es an der Stelle, wo sein Bein gebrochen ist, herausziehen. Genau so, sehr gut."

Der Chirurg schritt zum Bett und sprach etwas über seine Schulter. „Alle sollten den Raum verlassen, außer denen, die am dringendsten gebraucht werden." Er studierte die Verbände, die das gebrochene Bein zusammenhielten, und sah den Major an. „Ist das Ihr Werk, Sir?" Als Major Fitzwilliam nickte, fuhr der Arzt fort: „Gute Arbeit. Sie haben ihm möglicherweise das Bein gerettet. Es scheint an mindestens zwei Stellen gebrochen zu sein und die Fahrt nach Hause hätte erheblichen Schaden angerichtet."

Major Fitzwilliam erwiderte: „Ich habe einiges im Einsatz gelernt." Er verbeugte sich leicht vor Lady Ingram, zog sich zurück und gesellte sich zu Delacroix und Braxsen, Miss Daventry und Stratfords Schwestern auf dem Flur.

Der Arzt fühlte den Puls und untersuchte dann die Prellung an Ingrams Hinterkopf. Ohne den Blick von ihrem Sohn zu nehmen, sagte Lady Ingram: „Stratford, bleiben Sie bitte hier?"

In diesem Moment hielt Stratford, der an der Tür stand, inne. „Natürlich, Mylady." Sie schwiegen beide, als der Arzt Ingrams Brustkorb abhörte und den Bruch untersuchte. „Ich werde das Bein nicht wieder richten müssen. Der Soldat hat sich bemerkenswert souverän verhalten. Lady Ingram, zusätzlich zum heißen Wasser brauche ich heiße Ziegelsteine, um den Patienten zu wärmen. Der Zeitpunkt der Entdeckung war ein Glücksfall. Ihm wäre es draußen in dieser Kälte nicht gut ergangen. Es ist noch zu früh im Frühling."

Lady Ingram unterdrückte ein Schaudern, als sie zur Tür ging. Als sie sie öffnete, zerstreute sich die Menge draußen, jeder mit einer gemurmelten Entschuldigung. Als nur noch die beiden Männer übrig waren, bat der Arzt Stratford, genau zu erzählen, was geschehen war. Als er geendet hatte, sagte der Arzt: „Abgesehen von dem bösen Sturz war dies eine Reihe glücklicher Zufälle, beginnend damit, dass Miss Daventry etwas Ungewöhnliches entdeckte und darin gipfelnd, dass Lord Delacroix genau im richtigen Moment eintraf und das fehlende Material beschaffen konnte. Höchst glückliche Zufälle", wiederholte er.

Stratford sah zu, wie er einen Umschlag auf die Prellung legte. „Ah, ausgezeichnet", meinte der Arzt, als Lady Ingram zurückkehrte, begleitet von einem Diener, der heiße Ziegelsteine trug. Er hob die

Decke an, um die Ziegelsteine zu platzieren und Lord Ingram stöhnte auf.

„Das war es schon. Wir machen es Ihnen nur etwas bequemer, Mylord", sprach der Arzt. „Sie werden im Handumdrehen wieder wach sein, obwohl ich keine Zweifel daran habe, dass dies von erheblichen Kopfschmerzen begleitet sein wird." Er wandte sich an Lady Ingram und fragte: „Wer wird sich um den Patienten kümmern?"

„Das werde ich", sagte Lady Ingram. Sie gab dem Lakaien ein Zeichen, zu gehen.

„Für eine Person allein wird es eine zu große Herausforderung sein. Ich schlage vor, dass Sie sich die Nachtwache mit mindestens einer weiteren Person teilen." Der Arzt sah den Earl an. „Sie stehen der Familie nahe, nehme ich an?"

„Ja, ich werde mich zur Verfügung stellen, so oft ich kann", versicherte Stratford dem Arzt. Er sah ihm zu, wie er seine Instrumente in die Tasche zurücklegte, und wandte sich dann an Lady Ingram. „Darf ich auch Miss Daventry als Helferin vorschlagen. Sie hat sich heute Morgen sehr geistesgegenwärtig verhalten."

Lady Ingram, die abgelenkt war, nickte nur. Sie wartete, bis der Arzt seinen Mantel wieder angezogen hatte, und sagte: „Ich werde genaue Anweisungen bezüglich der Medizin und allem, was getan werden muss, benötigen."

Stratford verabschiedete sich und neigte seinen Kopf zum Chirurgen. „Ich muss dafür sorgen, dass meine Schwestern nach Hause gebracht werden. Ich werde meine Anweisungen von Lady Ingram erhalten."

Als er die Treppe hinunterging, waren Lord Delacroix und Major Fitzwilliam nicht mehr da und Miss Daventry sah etwas weniger blass aus. Das Teeservice war gebracht worden und sie saß mit Anna und Phoebe beisammen, jede mit einer Tasse heißem Tee in der Hand. Miss Daventry wies auf einen leeren Stuhl. „Wollen Sie sich nicht setzen, Mylord?"

Stratford war bestrebt, den Major aufzusuchen und seine Meinung darüber zu erfahren, was mit Frederick geschehen sein konnte und zu sehen, ob er Glück damit gehabt hatte, Delacroix und Conolly verfolgen zu lassen. Vielleicht war Delacroix' Anwesenheit an diesem Morgen nicht ganz unschuldig, allerdings sollte man nicht vorschnell urteilen. Er wollte das Angebot, zu bleiben, gerade ablehnen, als er sah, dass seine Schwestern kaum mit dem Tee begonnen hatten. Es wäre unfair, sie so zur Eile anzutreiben. „Danke", sagte er und setzte sich Miss Daventry gegenüber.

„Möchten Sie eine Tasse Tee? Oder ... etwas Stärkeres?" Miss Daventry schien unsicher zu sein, Gastgeberin in einem Haus zu spielen, das nicht ihr eigenes war. Lady Ingram würde so lange beschäftigt sein, wie Ingram außer Gefecht gesetzt war, und wer wusste, wann Lydia aus ihrem Schwächeanfall erwachen würde. *Ich sollte mehr Nachsicht walten lassen*, dachte Stratford. Lydias Vater war bei einem Sturz vom Pferd ums Leben gekommen.

„Tee ist mir recht, danke sehr." Stratford setzte sich und nahm die Tasse Tee aus Miss Daventrys Händen, die nur das leichteste Zittern zeigten. *Gutes Mädchen*, dachte er. *Lydia wirkt neben Miss Daventrys ruhiger Kompetenz nicht sehr vorteilhaft.* Nachdem er an dem Tee genippt hatte, sagte er: „Ich habe Lady Ingram gesagt, dass Sie die beste Person wären, um während Ingrams Genesung mit über ihn zu wachen."

„Ich hatte gehofft, dass ich die Last mittragen kann. Ich tue es sehr gerne." Miss Daventry stellte ihre Tasse auf den Beistelltisch und faltete die Hände auf ihrem Schoß.

Anna wandte sich an ihren Bruder. „Hat der Arzt gesagt, wann Lord Ingram aufwachen wird?"

„Bevor ich ging, zeigte er einige Anzeichen von Bewusstsein", sagte Stratford. „Nun, genug, um ihm ein Stöhnen zu entlocken, während der Arzt ihn behandelte. Ich kann mir vorstellen, dass er große Schmerzen haben wird, aber der Arzt hat ihm ein starkes Beruhigungsmittel gegeben, das er trinken kann, wenn er wach genug ist. Wegen der Kopfverletzung ist der Chirurg indes nicht zu besorgt. Er glaubt, dass sie nur oberflächlich ist und dass der Schock wegen der Schmerzen ihn daran hindert, aufzuwachen."

„Was ist aus Ingrams Pferd geworden?" fragte Phoebe.

„Major Fitzwilliam versprach, sich darum zu kümmern und zu

sehen, ob er weitere Hinweise auf den Vorfall finden kann", antwortete Stratford.

Miss Daventry seufzte. „Das ist eine Erleichterung. Ich kann mir nicht vorstellen, warum er um diese Zeit unterwegs war. Es kommt selten vor, dass er das Haus vor dem Frühstück verlässt. Ich würde Lydia fragen, doch ich habe Angst, ihr noch mehr Schmerzen zu bereiten, wenn ich sie den Vorfall noch einmal durchleben lasse."

„Ingram wird sich von seinem Sturz erholen. Sobald Lydia sieht, dass es nicht die gleiche Situation wie bei ihrem Vater ist, wird sie wieder zu sich kommen", meinte Stratford.

Phoebe erschauderte. „Ich erinnere mich an die Beerdigung. Es war das erste Mal, dass einer unserer Freunde einen solchen Verlust erlitt, obwohl, wer hätte damals schon ahnen können, dass Mama noch im selben Jahr sterben würde. Ich beneide Lydia nicht darum, dass sie zweimal unter demselben Unfall zu leiden hat."

Stratford trank von seinem Tee. „Lydia war fröhlich genug, als sie die darauffolgenden Weihnachten von der Schule nach Hause kam. Sie hat kein langes Gedächtnis für Probleme, das versichere ich euch." Dies wurde von allen drei Seiten mit empörten Protesten quittiert.

Miss Daventry war die Erste, die ihrer Freundin beiseite sprang. „Sie scheint schnell nach vorne zu schauen, doch ist sie genauso vergesslich, wenn es darum geht, sich an die Fehler ihrer Freunde zu erinnern, Mylord." Sie presste die Lippen zusammen und fügte hinzu: „Ich erlebte sie in diesen Monaten in der Schule und ich versichere Ihnen, ihr Kummer ging tief. Um nichts in der Welt möchte ich, dass sie das erleiden muss."

Bestürzt schüttelte Stratford den Kopf. „Ich auch nicht." Er erinnerte sich an Ingrams Aufgabe in die Fußstapfen seines Vaters zu treten, eine Aufgabe, die er erst jetzt zu verstehen begann. Jegliche Unterstützung, die Ingram in seinem jungen Alter hätte erhalten können, die ihm hätte helfen können, in die Rolle zu schlüpfen, war durch Lydias ziemlich dramatischen Trauerausbruch verhindert worden, der so schnell verschwunden gewesen zu sein schien, wie er gekommen war. Stratford holte tief Luft und sprach. „Vielleicht bin ich streng mit ihr, wie es ein älterer Bruder wäre. Ich kenne Lydia schon ihr ganzes Leben. Aber ich empfinde viel Zuneigung für sie und wünsche ihr kein Leid." Diese Offenbarung wurde mit Schweigen quittiert.

Stratford, der spürte, dass seine Ungeduld mit Lydias Schwäche ihn bei Miss Daventry in Ungnade fallen ließ, gab auf. „Bitte sagen Sie Lady Ingram, dass ich nach dem Essen zurückkommen werde, um zu erfahren, wie ich ihr behilflich sein kann."

Die drei Frauen standen auf und während Phoebe und Anna ihre Sachen zusammensuchten, verbeugte sich Stratford über Miss Daventrys Hand. Es wäre besser gewesen, er hätte geschwiegen, doch er bewunderte die Art und Weise, wie sie ihrer Freundin zu Hilfe eilte. Als er den Kopf hob, begegnete er ihrem unverwandten Blick. Es wäre etwas Besonderes, wenn er eine solche Loyalität auf seiner Seite hätte.

ELEANOR BLIEB IM SALON, nachdem alle gegangen waren. Sie schenkte sich eine frische Tasse Tee ein und lehnte sich auf dem Sofa zurück. Beim Blick auf ihre Schuhe stellte sie erschrocken fest, dass sie weder ihre schlammigen Schuhe gegen saubere getauscht noch ihr Reitkleid, das nun kein Unterkleid mehr hatte, durch etwas Anständigeres ersetzt hatte. Sie hatte sich keine Gedanken darüber gemacht, dass sie in einem Kleid herumlief, das praktisch durchsichtig war.

Das ließ den ständigen Blick von Lord Delacroix auf dem Heimweg in einem anderen Licht erscheinen. Er hatte sie wie ein Stutfohlen auf dem Markt begutachtet, immer, wenn er dachte, dass ihr Kopf abgewandt war. Sie setzte ihre Teetasse ab, die auf der Untertasse klapperte. Dies war ein Mensch, dem sie nie wieder über den Weg laufen wollte, und er war in das Haus gekommen, in dem sie wohnte. Sie hoffte, er würde es nicht als seine Einführung in ihren Verband betrachten.

Lord Worthing hingegen suchte eher ihren Blick. Sie erinnerte sich daran, wie seine Augen sich zu den ihren hoben, als er sich verabschiedete, entschuldigend, dachte sie, weil er ungeduldig mit Lydia gewesen war. Er war nicht immer gnädig, stellte sie fest, und er war hart zu Lydia, die er fast sein ganzes Leben lang kannte.

Doch seine Entschuldigungen sind zutiefst aufrichtig. Das zauberte ein unerwartetes Lächeln auf ihr Gesicht.

Lord Worthing hatte sie neulich auf ihrem Spaziergang in die Stadt überrascht und im Grunde zugegeben, dass die Worte, die er nach ihrem Walzer im Almack's an sie gerichtet hatte, unbeständig und gleichgültig gewesen waren. Ein anderer Mann hätte es für zu unbedeutend gehalten, um es zu erwähnen. Es stimmte, er *war* bei ihr in Ungnade gefallen und sie war bereit gewesen, alle Gedanken an ihn für immer aus ihrem Kopf zu verbannen. Offensichtlich hatte sie sich geirrt, als sie glaubte, seine wachsenden Gefühle entsprächen ihren eigenen. Doch dann...

Ich verehre Sie, Miss Daventry... das satte Timbre seiner Stimme, die Wärme seines Armes neben ihrem.

Sie stellte ihre Teetasse auf den Tisch und stand auf, zu nervös, um untätig zu bleiben. Trotz all ihrer Sorgen um Lord Ingram und Lydia fühlte sich ihr Herz federleicht an. Sie musste nachschauen, was Lady Ingram brauchte. Und, um Himmels willen, sie musste dieses Kleid wechseln.

KAPITEL VIERUNDZWANZIG

Frederick Ingram erwachte am nächsten Morgen zur gewohnten Zeit und, wie vorhergesagt, mit voller geistiger Leistungsfähigkeit. Er erschrak, als er Miss Daventry am Fenster seines Zimmers stehen und hinausschauen sah. Als er versuchte, sich zu bewegen, fluchte er leise vor sich hin. „Miss Daventry", sagte er, räusperte sich und versuchte es erneut. „Miss Daventry, was machen Sie unbeaufsichtigt in meinem Zimmer und was *zum Teufel* – Verzeihung. Ich meine, was ist mit mir geschehen?"

„Sie sind böse gestürzt, Mylord. Erinnern Sie sich an den Ausritt im Hyde Park gestern Morgen?" Sie eilte zu seinem Nachttisch, um ihm ein Glas Wasser einzuschenken.

„Ja, natürlich, ich ... ich wollte mit Melody ausreiten. Sie war noch nicht draußen gewesen. Wir waren gerade dabei, das Waldgebiet zu verlassen und zum Weg zurückzukehren und das ist das Letzte, woran ich mich erinnere." Er runzelte die Stirn, dann stöhnte er auf, als ihn eine neue Welle des Schmerzes traf.

„Hier, Sir. Sie müssen das trinken. Der Arzt hat es zurückgelassen und danach werden Sie sich viel besser fühlen." Miss Daventry brachte ihm das Paregoricum zusammen mit dem Glas Wasser und er trank gehorsam.

„Wie kam es zu meinem Sturz? Wer hat ihn gesehen?" Ingram tastete mit der freien Hand nach seinen Gliedmaßen und atmete scharf ein. „Mein Bein. Es scheint gebrochen zu sein."

„Ja, Mylord. Der Arzt sagte, Major Fitzwilliam hat es gut gerichtet und es wird im Handumdrehen heilen." Sie setzte sich an den Rand des Bettes.

„Fitzwilliam. Er war also da, ja? Ein guter Mann..." Lord Ingram verstummte, in Gedanken versunken.

Miss Daventry wagte es: „Möchten Sie, dass ich Lady Ingram für Sie hole?"

„Nein, bleiben Sie einen Augenblick. Wie kommt es, dass Sie mich pflegen? Missbraucht meine Familie Sie auf das Schockierendste?" Er sah sie amüsiert an, doch seine Brauen waren vor Schmerz gefurcht. „Und war es Major Fitzwilliam, der mich im Park fand?"

„Ich bin hier, weil ich mich freiwillig gemeldet habe." Miss Daventrys Blick senkte sich. „Nun, Lord Worthing hat mich vorgeschlagen, doch es war genau das, was ich tun wollte."

„Stratford!" Ingram hob die Augenbrauen ein wenig und stöhnte dann. „Ich habe höllische Kopfschmerzen. Stratford ist also auch darin verwickelt? Das Rätsel wird immer größer."

„Ja, ich war bei Lord Worthing." Sie hielt inne und räusperte sich. „Ich meine, wir waren alle zusammen. Ich war mit Lydia und Major Fitzwilliam unterwegs – oh, und Mr. Braxsen. Und wir trafen, ganz zufällig, Lord Worthing und seine Schwestern im Park."

„Mr. Braxsen..." sagte Ingram. „Fahren Sie fort."

„Der Major galoppierte mit Lydia voraus..."

„Major Fitzwilliam im Gleichschritt mit Lydia? Das muss eine lustige Verfolgungsjagd gewesen sein." Ingrams Lippen bebten.

„Lord Ingram, hören Sie bitte auf zu scherzen. Ich beginne zu glauben, dass Ihre Kopfverletzung schlimmer ist, als der Arzt befürchtet hat."

Ingram verschränkte den freien Arm über den anderen. „Ich verspreche, ein guter Zuhörer zu sein."

„Der Major und Lydia galoppierten voraus", wiederholte Miss Daventry, „und die Schwestern von Lord Worthing waren nicht weit dahinter. Ich ... ich verspürte noch keine Lust darauf zu galoppieren und Lord Worthing begnügte sich damit, an meiner Seite zu bleiben." An dieser Stelle verschluckte sich Ingram an einem Lachen und sie blickte ihn finster an, bis er aufhörte. „Schließlich erreichten wir das Ende der Flucht und als wir wendeten, fiel mir etwas ins Auge – die Beine eines Mannes, die teilweise im Gebüsch verborgen waren. Ich wusste nicht, wer es war, doch ich ritt mit Lord Worthing um den Zaun herum, um es herauszufinden."

„Und ich war es", schloss Ingram. „Und mein Pferd? Was ist aus ihm geworden?"

„Es war nicht in den Stall zurückgekehrt und nachdem Sie hergebracht worden waren, ging Ihr Stallknecht hinaus, um nach ihm zu suchen und fand es tiefer im Waldgebiet, die Zügel in einen Ast verheddert. Es war nicht verletzt, Mylord." Miss Daventry musterte ihn und er fühlte sich plötzlich müde, jeder Anflug von Humor war verschwunden. „Soll ich Ihrer Mutter sagen, dass Sie aufgewacht sind? Sie macht sich große Sorgen."

„Bleiben Sie." Ingram ergriff schwach ihren Arm. „Ich bin müde. Sie können meine Mutter holen, doch sagen Sie mir zuerst: War noch jemand im Park, als das geschehen ist?"

„Niemand, Sir. Nur ... Lord Delacroix kam kurz darauf den Weg entlang." Miss Daventry schien mit sich zu ringen. „Er war sehr hilfsbereit. Er hatte ein Messer in seiner Satteltasche, mit dem wir Leinenstreifen herstellen konnten, um Ihr Bein festzubinden – Major Fitzwilliam tat dies –, und Lord Delacroix bot uns an, den Stoff zu besorgen, mit dem wir Sie tragen konnten. Er dachte sogar an die Seile." Sie erwiderte seinen Blick nicht.

„Und Stratford war bei all dem dabei? Bei der Ankunft von Delacroix?"

„Ja", antwortete Miss Daventry. „Sowohl Lord Worthing als auch Lord Delacroix halfen, Sie zu tragen. Lord Delacroix bot an, dies zu übernehmen, falls Stratford vorausreiten wollte, um Ihren Haushalt vorzubereiten, doch Lord Worthing sagte, er würde Sie auf keinen Fall verlassen und schickte Mr. Braxsen und Ihre Schwester, um Ihre Rückkehr anzukündigen."

Ingram nickte. *Man kann sich darauf verlassen, dass Stratford sich um alles kümmert. Er wird der Sache nachgehen, wenn es eine Spur gibt, die zu Delacroix führt. Sein Auftauchen war viel zu verdächtig.* „Ich danke Ihnen. Sagen Sie meiner Mutter, sie soll kommen. Obwohl…" er gähnte. „Ich verspreche nicht, dass ich wach bin, wenn sie kommt."

Wie er Eleanor gewarnt hatte, schlief Lord Ingram tief und fest, als seine Mutter ins Zimmer kam. „Er schläft", rief sie aus und wandte sich an Eleanor. „Warum haben Sie mich nicht sofort geholt, als er aufwachte?"

Eleanor antwortete leise. „Ich hätte es getan. Er erlaubte es nicht. Er wollte erst genau wissen, was mit ihm geschehen ist, also erzählte ich ihm alle Einzelheiten, die ich kannte."

Lady Ingrams Blick kehrte zu ihrem Sohn zurück, der ein leises Schnarchen von sich gab, das sie zu beruhigen schien. „Ich danke Ihnen, Eleanor. Das wäre dann alles."

Eleanor verließ das Zimmer, hielt mit der Hand auf dem Geländer inne und fragte sich, ob es zu früh sei, Lydia zu wecken. Ehe sie sich umdrehte, um zu gehen, rief Hartsmith, Lord Ingrams Butler, ihr vom Ende des Korridors her zu und kam auf sie zu. Er sagte: „Mylady hat mir mitgeteilt, dass Lord Ingram aufgewacht ist. Darf ich Sie bitten, ihm eine Nachricht von mir zu überbringen?"

Eleanors Stirn legte sich in Falten. „Lord Ingram hat ein Beruhigungsmittel eingenommen und ist wieder eingeschlafen. Warum sprachen Sie nicht mit Lady Ingram, wenn Sie ihn sehen wollten?"

Hartsmith ignorierte die Frage. „Miss Daventry, ich bitte Sie, mich zu informieren, wenn er wieder erwacht. Wenn möglich, ehe er sein Beruhigungsmittel genommen hat und ohne Lady Ingrams Wissen."

Er sah ihre Verwirrung und fügte hinzu: „Ich versichere Ihnen, dass es nichts Fragwürdiges ist, sondern nur das, was er selbst von mir verlangen würde. Es hat sich etwas ereignet, das Lord Ingram als Möglichkeit voraussah und er äußerte den Wunsch, dass der Haushalt nicht über die Einzelheiten informiert wird. Da Sie und Lady Ingram seine Pflege übernommen haben und Lord Ingram sehr genau darauf bedacht war, dass Lady Ingram in dieser Angelegenheit in völliger Unkenntnis verbleibt, bitte ich Sie, mich zu benachrichtigen, sobald er wieder wach ist. Ich glaube, wenn Sie erwähnen, dass ich ihn in der privaten Angelegenheit, die wir besprochen haben, zu sehen wünsche, werden Sie feststellen, dass er mich gerne empfangen wird."

Eleanor konnte nichts gegen seine Bitte einwenden, wenn Lord Ingram tatsächlich einverstanden war, obwohl sie nicht gerne etwas ohne Lady Ingrams Wissen tat. Doch wenn Lord Ingram einverstanden war, gab es sicher keinen Grund zur Sorge. "Ich werde Ihnen Bescheid geben, sobald er wach ist", versprach sie.

Sie ging in Lydias Zimmer und fand sie mit geschwollenen Augen in fast völliger Dunkelheit liegen. "Ich habe gesagt, du sollst verschwinden", schrie Lydia. Dann fügte sie mit einem Schniefen hinzu: "Bitte."

"Lydia, ich bin es. Du musst aufstehen und aufhören, deine wohlmeinenden Diener zu quälen." Eleanor schritt durch das Zimmer und öffnete die Vorhänge. "Deinem Bruder geht es gut. Er ist heute Morgen aufgewacht." Sie drehte sich um und schenkte ihrer Freundin ein müdes Lächeln.

Lydia warf die Decke von sich und setzte sich auf. "Er ist aufgewacht? Lass mich zu ihm gehen." Sie beeilte sich, ihre Pantoffeln anzuziehen, ehe Eleanor sie aufhielt.

"Nein, er ist aufgewacht, aber der Trank, den der Arzt ihm verordnet hat, hat ihn wieder außer Gefecht gesetzt. Es hat keinen Sinn, zu ihm zu eilen. Deine Mutter ist dort. Was du brauchst, ist eine gute Tasse Tee und etwas im Magen." Eleanor ging zum Bett hinüber. "Ich werde deine Zofe rufen, damit sie dir hilft. Es sei denn, du hast sie alle verjagt."

"Ich konnte es nicht ertragen, dass die Leute mit mir reden", sagte Lydia mit einem Schniefen. "Ich war so besorgt."

Eleanor umarmte ihre Freundin. "Ich verstehe das. Und nun siehst du, dass du keinen Grund mehr hast, traurig zu sein. Komm, lass uns etwas essen." Sie griff nach der Klingel.

Als Lydia sich davon überzeugt hatte, dass ihr Bruder schlief und nicht mehr so blass aussah wie gestern, war sie bereit, ein spätes Frühstück zu sich zu nehmen und bekam richtig Appetit. Ingram hatte sogar protestierend gemurmelt, als sie zu laut wurde, dass sie

„mit ihrem Gejammer aufhören und einen Menschen schlafen lassen sollte". Auf diese Weise beruhigt und auf das Drängen ihrer Mutter hin machten sie und Eleanor sich auf den Weg zur Modistin, um die neuesten Kleider abzuholen, die sie bestellt hatte. „Eine Rückkehr zu deiner Routine wird dir guttun und alle Gerüchte vertreiben", hatte ihre Mutter gesagt.

Sie verließen den Laden in der Mittagssonne, wobei Lydia drei Hutschachteln trug. Der Lakai nahm sie ihr ab und verstaute sie in der wartenden Kutsche. Er öffnete die Tür, doch ihre Abfahrt wurde durch den Ruf ihrer Namen aufgehalten.

„Miss Daventry, Miss Ingram. Genau Sie wünschte ich zu sehen. Darf ich mich erkundigen, wie es Ihrem Bruder geht?" Lord Carlton war atemlos, nachdem er aus dem Brooke's gestürmt war, von wo aus er sie gesehen haben musste.

„Sie wissen also davon, ja?" Lydia presste ihre Lippen aufeinander.

„Ich fürchte, es lässt sich nicht ändern. Sein ... er wurde die Park Lane entlanggetragen, und es ist unmöglich, die Neugierde der Leute zu dämpfen…"

„Vulgär!", rief Lydia aus und stampfte mit dem Fuß auf. „Die Leute interessieren sich nur für den neuesten Klatsch."

„Das leugne ich nicht", protestierte Lord Carlton. „Doch Lord Ingram ist sehr beliebt, und die Leute im Club wollen wissen, wie es ihm ergeht."

Nach einer Pause wurde Lydia weicher. „Er war heute Morgen wach. Ich danke Ihnen für Ihre Besorgtheit."

„Dann wird er sich also vollständig erholen?" Lord Carlton strahlte sie beide an. „Das wäre in der Tat eine gute Nachricht."

Eleanor antwortete für Lydia. „Er schien guter Dinge zu sein, als ich vorhin mit ihm sprach."

„Ich wage nicht zu fragen, ob Sie an Mrs. Drewmonts Versammlung teilnehmen werden." Dies war an Eleanor gerichtet. Lydia konnte ihre Ungeduld zu verschwinden kaum zügeln und machte einen Schritt auf die wartende Kutsche zu.

„Ich fürchte, wir werden im Moment nicht an Gesellschaften teilnehmen", erwiderte Eleanor mit einem leichten Nicken zu Lord Carlton. Eleanor folgte Lydia in die Kutsche und beobachtete durch das Fenster, wie Lord Carlton mit einem Stirnrunzeln die Straße entlangging.

STRATFORD SAß an dem Tisch im White's, der immer auf ihn zu warten schien, wenn er kam. Er war müde, weil er angeboten – nein, darauf bestanden hatte, die Nachtschicht bei Ingram zu übernehmen, bis Miss Daventry ihn im Morgengrauen ablöste, frisch und willkommen im Sonnenlicht des Tages. In der langen Nacht war er mit seinen Gedanken allein gewesen, während er versuchte, die Hinweise zusammenzufügen. Ja, Delacroix hatte weiterhin eine Pechsträhne und obwohl ihm einige misstrauten, gab es auch andere, die ihn verteidigten. Laut Fitz hatte die Verfolgung von Delacroix und Conolly bislang nichts ergeben.

Fitz war ebenfalls zurückgegangen, um die Gegend abzusuchen, hatte aber keine Hinweise gefunden. Er wusste, was Ingram an diesem Morgen getan hatte, fühlte sich aber nicht befugt, es ohne Ingrams ausdrückliche Erlaubnis preiszugeben. „Auch wenn", fügte Fitz hinzu, „er mir sagte, dass er Sie ins Vertrauen gezogen hat." Stratford fragte sich, wie er der ganzen Sache auf den Grund gehen sollte, ohne mit Ingram darüber sprechen zu können.

„Worthing." Als er angesprochen wurde, blickte Stratford auf und war überrascht, jemanden zu sehen, den er kaum kannte. *Der Rivale.*

„Hallo, Carlton." Er sah, dass der Herr verweilte und fügte hinzu: „Möchten Sie sich setzen?"

„Ich denke, das werde ich. Ich danke Ihnen." Lord Carlton nickte, als Stratford die Karaffe vor ihm anhob und schob das zweite Glas vor. Nachdem er einen Schluck genommen hatte, machte es sich Carlton bequemer. „Es ist eine verhängnisvolle Angelegenheit, dass Lord Ingram auf diese Weise gestürzt ist. Wie ich höre, ist sein Vater auf die gleiche Weise verunglückt." Er blickte mit einem selbstsicheren Lächeln auf, das jedoch nachließ, als er Stratfords unnachgiebige Miene sah. „Sie müssen denken, ich sei zu vertraut.

Verzeihen Sie mir. Ich begegnete soeben Miss Daventry und Miss Ingram."

Stratford war überrascht, als er hörte, dass sie ausgegangen waren und unterdrückte den Impuls, zu fragen, wohin. „Niemand hört gern, dass die Leute, die wir kennen, vom Pech verfolgt werden", gab er stattdessen zurück. „Glücklicherweise denkt der Arzt, dass es sich in diesem Fall nur um einen Beinbruch handeln wird. Es hätte viel schlimmer ausgehen können. Doch das werden wir natürlich erst wissen, wenn er aufwacht." Stratford füllte sein eigenes Glas nach und schlug ein Bein über das andere.

„Ist es möglich, dass Sie es nicht wissen?", fragte Carlton in einem Ton, der Stratford höchst provozierend erschien.

„Was wissen?" Stratfords Worte waren so knapp, wie es die Höflichkeit erlaubte.

„Lord Ingram ist bereits aufgewacht. Miss Daventry und Miss Ingram erzählten es mir eben."

Stratford seufzte und spürte die Last der langen Nachtwache. Er war erleichtert über die Nachricht, konnte es aber kaum erwarten, das Gespräch mit dem Boten zu beenden. „Das ist in der Tat eine gute Nachricht. Ist Miss Ingram denn in der Stadt? Als ich sie zuletzt sah, brachte man sie auf ihr Zimmer."

„Ich denke, Miss Daventry muss sie überzeugt haben", sagte Lord Carlton. „Sie ist ein seltenes Exemplar. Es scheint, als könne sie nichts dazu bringen, nach dem Riechsalz zu greifen."

Stratford erinnerte sich an ihre Gelassenheit, als sie die leblose Gestalt ihres Gastgebers entdeckte und an ihre Bereitschaft, ihre eigene Unterwäsche zu opfern, und nickte stumm. Sie war schon fast blau vor Kälte gewesen, als sie das Stadthaus erreichten und obwohl er sie gerne zugedeckt oder schnell nach Hause gebracht hätte, hatte er Ingram nicht verlassen können.

„Eigentlich…" Lord Carlton stieß ein nervöses Glucksen aus, „gibt es einen Grund, warum ich heute mit Ihnen sprechen wollte und ich bin froh, dass wir ganz unter uns sind." Er sah sich im Raum um und betrachtete die wenigen Tische, die in den verschiedenen Ecken besetzt waren, keiner in ihrer Nähe.

„Ach ja?" Worthing hob eine Augenbraue, eine stumme Aufforderung an sein Gegenüber, fortzufahren. Oder, für einen Mann mit weniger Mut, den Mund zu halten.

„Sehen Sie, ich habe eine Zuneigung zu Miss Daventry entwickelt." Lord Carlton begegnete Stratfords Blick kurz, dann sah er weg. „Ich habe in ihr die Tugenden gesehen, die ich mir in einer Ehefrau wünschen würde. Sie hat den Mut, sich für die weniger Glücklichen einzusetzen. Ihr Intellekt ist nicht zu verachten, und sie zeigt ein feines Verständnis für jedes Thema, über das wir uns unterhalten. Und ihr Lächeln, nun ja..." Er lachte jungenhaft. „Das alles interessiert Sie nicht. Ich glaube nicht, dass ich Sie davon überzeugen muss, dass ich ihr einen guten Namen und ein angenehmes Leben bieten kann. Doch wenn Sie die Einzelheiten besprechen wollen, kann ich meinen Anwalt mit Ihrem zusammenbringen..."

Stratford hielt es nicht mehr aus. „Guter Gott, Mann. Was haben Sie vor? Warum erzählen Sie mir das alles?"

Lord Carlton blickte auf, erschrocken und zum ersten Mal nicht mehr selbstsicher. „Sie sind doch ihr Vormund. Lady Jersey hat es selbst gesagt. Natürlich muss ich Sie ansprechen."

„Da Lady Jersey sehr wohl weiß, dass ich nichts dergleichen bin, haben Sie das wohl falsch verstanden. Es war mein Onkel, der *vierte* Earl of Worthing, der ihr Vormund war. Ich bin ihr nichts." Stratford griff nach der Karaffe, nur um festzustellen, dass beide Gläser unberührt waren.

Lord Carlton beugte sich vor und griff nach seinem Gehstock. Seine Ohren waren rot. „Könnten Sie mir sagen, an wen ich meinen Antrag richten darf?"

„An die Dame selbst", antwortete Stratford mit einem bitteren Unterton. Dann zwang er sich, seine Stimme ruhig zu halten. „Sie steht, wie Sie wissen, für diese Saison unter dem Schutz von Lord Ingram. Ich kann mir nicht vorstellen, dass Miss Daventrys Tante gegen einen Antrag wie den Ihren sein wird und Lady Ingram hat sich verpflichtet, sie angemessen zu verheiraten."

Nach einer Pause fügte er leise hinzu: „Ich denke, Ihr Antrag wird Erfolg haben."

KAPITEL FÜNFUNDZWANZIG

Zwei Tage waren seit seinem Treffen mit Carlton vergangen und jedes Mal, wenn Stratford im Haus von Ingram aufgetaucht war, um seine Hilfe anzubieten, hatte man ihm gedankt und gesagt, seine Dienste würden nicht mehr benötigt, da Ingram außer Gefahr sei. Er selbst hatte Ingram nicht zu Gesicht bekommen, da Frederick beide Male geschlafen hatte. Stratford brach zu einem weiteren Versuch auf, diesmal zu Fuß, da er nicht in der Stimmung war, auf einer überfüllten Straße zu fahren, was eine Geduld und Zurückhaltung erfordern würde, die er nicht besaß. Sein ernstes Gesicht war unter der niedrigen Krempe seines Hutes verborgen und bald übertönte das leise *Klapp, Klapp* seiner Stiefel die geschäftige Metropole.

Das Fehlen von etwas Konkretem, mit dem er sich beschäftigen konnte, was Ingram und seinen Angreifer betraf, bedeutete nur, dass Stratford mehr Zeit zum Nachdenken hatte. Dies erwies sich als ein unglücklicher Umstand, da seine Gedanken in diesen Tagen zunehmend von Bitterkeit geprägt waren. Hatte sie also Carltons Interesse geweckt? Ja, natürlich. Jetzt würde sie genau das bekommen, was sie wollte. Einen Mann, der sie aus Liebe heiraten würde. Das war es doch, was sie gesagt hatte, oder? Von all den verschwommenen Gesprächsfetzen, die er aus den Tiefen seines alkoholgetränkten

Unterbewusstseins ziehen konnte, erinnerte er sich an diese Worte, glasklar. „Ich möchte aus Liebe heiraten."

Wenn Stratford doch nur nichts von seinen eigenen Gefühlen für Miss Daventry verraten hätte. Er mochte es nicht, zum Narren gehalten zu werden. Wie hatte er ihre Wertschätzung für ihn missverstehen können? Wie hatte er ihre Gefühle für Carlton unterschätzen können? Wütend ignorierte er den Versuch eines Bekannten, ihn zu grüßen. *Nun, wenn Sie bereit sind, einen Ehemann zu nehmen, der noch grün hinter den Ohren ist, dann ist er wohl ein geeigneter Kandidat. Ich wünsche Ihnen viel Glück, Miss Daventry.*

Er konnte Carlton jedoch nicht verübeln, dass er Gefallen an ihr fand. Die Art, wie sie ihre Meinung sagte, forderte einen heraus, ein besserer Mensch zu sein. Sie war unerschütterlich loyal, großzügig zu denen, die sie liebte, vergebend...

Sie mochte nicht im klassischen Sinne hübsch sein, doch für ihn war sie attraktiv. In ihren Augen lag ein gewisses Verständnis. Und dann war da noch die Art, wie ihre Nase nach oben ging. Und wenn sie einen Menschen anlächelte, erwachte alles zum Leben. Diese lachenden Augen, die Grübchen, die immer so aussahen, als plante sie irgendeinen Unfug. Eine hübsche Figur, die dazu einlud, ihr den Arm um die Taille zu legen...

Stratfords Schritte gerieten ins Stocken, als dieser Gedanke seine Sinne überflutete.

Ich denke an die baldige Ehefrau eines anderen Mannes, schimpfte Stratford mit sich selbst. Er ging weiter, wütend auf sich selbst wegen dieser Schwäche. Sie mochte vielleicht aus Liebe heiraten wollen, doch für ihn war diese jungenhafte Phase vorbei. Er würde nicht noch einmal ein solcher Narr sein. Er ging weiter, in Gedanken versunken, erinnerte sich an ihren kecken Gesichtsausdruck und ihre herausfordernden Worte – es *mag nicht christlich von mir sein, doch ich möchte es mir überlegen, bevor ich mich entscheide* – und lachte leise.

Er war mürrisch gewesen, als sie zusammen zu Abend aßen. Er hatte sie beleidigt, als er ihr einen Heiratsantrag machte. Er hatte seine Entschuldigung vermasselt. Und selbst im Almack's hatte er es weiter verdorben, indem er sie mit einer seiner Schwestern verglich.

Andererseits ... war da eine Anziehungskraft gewesen, als sie zusammen Walzer tanzten und ihr Strahlen, als er sagte, er verehrte sie. Vielleicht hatte er die Situation falsch eingeschätzt. Vielleicht bedeutete ihr Carlton nichts.

Und wenn sie sich nicht für Carlton interessierte, bedeutete das, dass er noch eine Chance hatte.

Stratford verspürte das plötzliche Bedürfnis, sich selbst ein Bild zu machen, und beschleunigte seinen Schritt zum Grosvenor Square. Vielleicht war sie in diesem Moment zu Hause. Auf jeden Fall musste er sich melden und sich erkundigen, wie es Ingram ging und ihm die wenigen Neuigkeiten mitteilen, die sie hatten. Als er die kurze Treppe hinauflief und läutete, hörte er es drinnen klingeln, gefolgt von den gedämpften Schritten des Butlers, der die Tür öffnete.

„Ah, Lord Worthing", sagte der Butler, so würdevoll, als sei Stratford nicht einst der unbedeutende Jugendfreund seines Herrn gewesen. Als er eintrat, waren Geräusche im Treppenhaus zu hören und er blickte auf, um das Objekt seiner Grübelei zu sehen. Miss Daventry kam die Treppe hinunter und trug ein Kleid, das die Farbe ihrer Augen hatte. Er fing ihren Blick auf, ihre Schritte verstummten für einen Moment und ihre Lippen bebten am Rande eines Lächelns. Sie schien sich zu freuen, ihn zu sehen.

Lydia stand auf der untersten Stufe und reichte ihm die Hand, die er mit einer Verbeugung ergriff. „Stratford, bist du gekommen, um Ingram zu sehen? Er ist wach, doch er hat uns aus dem Zimmer gejagt, also haben wir beschlossen, in den Hyde Park zu gehen."

Stratford nickte. „Ja, ich bin gekommen, um ihn zu sehen." Er wandte sich an Miss Daventry und suchte nach einem Hinweis darauf, was sie fühlte, und fragte sich, ob ihr Herz noch zu gewinnen war. „Haben Sie jemanden, der Sie in den Park begleitet?", fragte er. „Ich würde es gerne tun."

„Wolltest du nicht Fred sehen?" fragte Lydia. Das wollte er. *Ach du meine Güte. Wo war sein Verstand geblieben?*

Die Tür zum Salon öffnete sich und Lord Carlton trat mit Major Fitzwilliam heraus. „Worthing – Sie, hier!" rief Carlton und nahm seinen Platz an Miss Daventrys Seite ein. „Sie sind gekommen, um selbst nach Ingram zu sehen, nicht wahr?"

„Das bin ich." Stratford schürzte die Lippen und wandte sich an Lydia. „Du sagtest, er ist jetzt wach?"

„Das ist er, aber wer weiß, wie lange noch. Er hat Schmerzen und es wird bald Zeit für sein Beruhigungsmittel sein. Sollen wir dann auf dich warten, Stratford?" Lydia zog ihre Handschuhe an und blickte zu ihm hoch.

„Ich sehe, dass ihr beide in guten Händen seid, und da werde ich nur im Weg sein. Guten Tag, meine Herren. Miss Daventry." Er wandte sich rasch ab und stieg die Treppe hinauf, ohne einen zweiten Blick auf die aufbrechende Gruppe zu verschwenden.

„Miss Daventry, Sie sehen wie ein Gemälde aus", sagte Lord Carlton. Stratford, der das Geländer fest packte, hörte ihre Antwort nicht.

Ingram lag im Bett und starrte mit trübem Blick aus dem Fenster. Sein Kammerdiener stand neben ihm und las laut aus der Morgenzeitung vor. Als Stratford das Zimmer betrat, schickte Ingram seinen Kammerdiener weg und sagte ihm, er solle seine Mutter davon abhalten, das Zimmer zu betreten, da er sicher schon schlafen würde, sobald sein Freund gegangen wäre.

Stratford legte seine Hand auf Ingrams Schulter. „Ich bin sehr froh, dich wach zu sehen. Du siehst viel besser aus als vor drei Tagen, als ich dich verließ." Eine neue Welle des Schmerzes überzog Ingrams Züge und Stratford setzte sich. „Ruhig jetzt. Was machen die Schmerzen?"

„Die sind in Ordnung", erwiderte Ingram, nicht überzeugend. „Sag mir, ob du etwas entdeckt hast. Was hast du seit unserem letzten Gespräch unternommen?"

„Nichts Sinnvolles. Fitz und ich suchen weiter. Keine Fußabdrücke, keine vergessenen Gegenstände, nichts Ungewöhnliches. Delacroix tauchte auf, einfach so."

„Davon hörte ich." Ingram begegnete Stratfords Blick. „Er ist derjenige, den man im Auge behalten sollte, denke ich. Ich habe Fitz auf ihn angesetzt." Stratford nickte.

Nach einer Minute des Schweigens fuhr Ingram fort. „Hartsmith kam zu mir, als ich aufwachte, mit der Nachricht, dass in derselben Nacht, in der ich angegriffen wurde, in meine Bibliothek eingebrochen worden war."

Stratfords Augenbrauen schossen in die Höhe. „Ich sollte hierbleiben", begann er, ehe ihm klar wurde, dass das unmöglich war. Er konnte seine eigenen Schwestern nicht unbeaufsichtigt lassen.

Ingram lächelte und schüttelte den Kopf. „Hartsmith ist schlau. Er ließ nichts Wertvolles in der Bibliothek zurück und versperrte die Tür zu den übrigen Räumen. Ich ahnte, dass mein Haus eines Tages zum Ziel werden könnte und nachdem ich überfallen worden war, war er auf der Hut. Ich ließ ihn nach Fitz schicken, um ihn über die Situation zu informieren. Das Netz wird sich enger ziehen und eines Tages wird unser Mann unvorsichtig werden."

Stratford kaute auf seiner Lippe. „Hast du eine Ahnung, wonach er suchte?"

„Ich weiß genau, wonach er suchte", sagte Ingram. „Es war der Bericht, den ich an Le Marchant schickte, mit Angaben zu Truppen und Lieferungen, obwohl ich mir nicht erklären kann, wie jemand wissen konnte, dass ich ihn bei mir hatte, wenn nur zwei andere Personen von seiner Existenz wussten."

„Wer waren diese beiden Personen?" fragte Stratford.

„Le Marchant und Fitz", antwortete Ingram. „Le Marchant hätte keinen Grund, seinen eigenen Kurier abzufangen und Fitz würde zu viel Aufmerksamkeit auf sich ziehen, wenn er es versuchen würde, abgesehen davon, dass es so gar nicht zu seinem Charakter passt. Ich bin von seiner Unschuld überzeugt."

„Es ist seltsam, das nach so kurzer Bekanntschaft zu sagen, aber ich bin es auch", sagte Stratford. „Hoffen wir, dass es so ist, denn er begleitet gerade deine Schwester in den Hyde Park."

„Er hält hartnäckig an Lydia fest, nicht wahr?" Ingram gluckste. „Jedem seine eigene Torheit."

„Also hat jemand den Bericht abgefangen." Stratford grübelte über dieses Rätsel nach. „Glaubst du, der Angreifer wollte dir wirklich etwas antun?"

Ingram dachte eine Minute lang nach. „Ich weiß es nicht. Er hätte es zu Ende bringen können und tat es nicht. Oder er hielt den Sturz für ausreichend, um mich zu erledigen. Oder er wurde unterbrochen. Das sind alles nur Vermutungen. Doch ich muss deine Annahme korrigieren. Er hat den Bericht nicht. Ich habe vorsichtshalber einen Umschlag mit einem falschen Dokument in meine Manteltasche gesteckt und das wurde gestohlen. Der echte Bericht war in der Satteltasche, wo er gefunden wurde, als Melody in den Stall zurückgebracht wurde."

„Das lässt mich vermuten, dass der Spion entweder unterbrochen wurde oder ein Amateur war. Niemand nimmt das erste Papier, das er findet, ohne weiter zu suchen." Stratford stand auf, als er sah, dass Ingram sich die Hand an den Kopf legte.

„Ich habe höllische Kopfschmerzen", murmelte Ingram.

„Ich hole dir deinen Trank." Stratford ging zum Tisch, rührte die Medizin in ein Glas Wasser und brachte es ihm dann.

„Die Zeit wird es zeigen." Ingram nahm das Glas und trank es aus. „Die Tatsache, dass der Mann letzte Nacht in meine Bibliothek eingebrochen ist, zeigt, dass er nahe genug an unseren Operationen beteiligt ist, um zu ahnen, dass das Dokument eine Fälschung ist. Ich habe Fitz veranlasst, unser Haus und das Hauptquartier bewachen zu lassen, falls er es noch einmal versucht. Fitz wird meine Schwester in den Park begleiten, doch die Wache wird vor Einbruch der Dunkelheit an Ort und Stelle sein. Er ist ein Mann, der sich nicht ablenken lässt."

Stratford lehnte sich zurück. „Das ist ein guter Plan." Er schwieg nur einen Augenblick, ehe er nicht länger zurückhalten konnte, was ihn sonst noch beschäftigte. „Ich erhielt kürzlich die Bitte von Lord Carlton, sich an Miss Daventry wenden zu dürfen. Er war hier, als ich ankam, bereit, mit ihr hinauszugehen." Stratford hob eine Augenbraue.

„Halt! Was ist das denn? Dieser Grünschnabel? Kann er alt genug sein, um zu heiraten?" Stratford sagte nichts und Ingram fuhr nachdenklich fort. „Unsere Miss Daventry, hm? Er wird ein guter Ehemann für sie sein. Er hat keine Schulden, soweit ich weiß."

„Nein", sagte Stratford kurz.

Als er nichts weiter sagte, musterte Ingram ihn scharfsinnig. „Du hast ihn zum Teufel geschickt, nicht wahr?“

„Ich sagte ihm, dass ich der falsche Earl bin“, meinte Stratford.

Ingram lachte herzhaft, was ihm ein Stöhnen entlockte. „Du musst vorsichtiger mit mir umgehen. Mir ist es verboten, Humor zu empfinden.“

„Und mir, so scheint es“, sagte Stratford, „Freude zu empfinden.“

Sein Freund verstand seine kryptischen Worte ganz genau. „So ist das also, ja? Vielleicht weist sie ihn ab.“ Ingrams freundlicher Ton ließ Stratford die Stirn runzeln.

Er rieb am Leder des Sessels und schwankte zwischen der Hoffnung, dass Miss Daventry ihr Herz für ihn aufbewahrt hatte, obwohl er es kaum verdient hatte, und der Verzweiflung, dass er zu langsam gewesen war und sie für immer verloren hatte. Die Stille dehnte sich aus, ehe Ingram sie brach.

„Ich brauche deine Hilfe, Stratford.“ Ingrams Stimme hatte den Hauch eines Lallens in seinen Worten, doch er wartete, bis Stratford ihn richtig ansah. „Ich brauche jemanden, der meine Mutter, meine Schwester und Miss Daventry zu den gesellschaftlichen Anlässen begleitet, bis ich wieder vollständig genesen bin. Jemand hat mich angegriffen und solange wir nicht wissen, wer es war und was er vorhatte, möchte ich nicht, dass meine Familie in Gefahr gerät. Wahrscheinlich wird das nicht geschehen, doch ich muss mir sicher sein. Ich kann mir niemand Besseren als dich vorstellen. Würdest du das tun?“

„Ich weiß…“ fuhr Ingram fort, als er Stratfords alarmierten Blick sah. „Du hast bereits alle Hände voll zu tun. Doch alles, was sie benötigen, ist eine männliche Person, die ein Auge auf sie wirft, während sie die Veranstaltungen besuchen. Es ist bekannt, dass du ein enger Freund der Familie bist und niemand wird es hinterfragen, wenn du es bist, der diese Aufgabe übernimmt.“

Stratford seufzte. „Natürlich. Du kannst dich auf mich verlassen.“

Ingram lachte leise über Stratfords Ton, es klang schläfrig. „Wenn du vorhattest, nach Worthing zu fliehen, solltest du doch mittlerweile wissen, dass du nicht entkommen kannst, solange deine eigenen

Schwestern ihre Saison haben. Du musst deine Verluste begrenzen und dich deinem Schicksal fügen."

„Ich habe es akzeptiert, glaub mir." Die beiden Männer saßen schweigend da. „Ich nehme an, Carlton wird an unserer Gruppe kleben. Ich glaube nicht, dass er sein Vorhaben zuwege bringen wird", sagte Stratford und ließ seinen Blick zu Ingrams Gesicht schweifen.

„Nein", sagte Ingram mit geschlossenen Augen und hochgezogenen Mundwinkeln. „Ich glaube nicht, dass er das tun wird." Seine Worte gaben Stratford Hoffnung.

Nach einer Minute driftete Ingram in den Schlaf. Er schreckte wieder auf und schien Mühe zu haben, einem Gedankengang zu folgen, bevor er sagte: „Fitz hat überall Zugang, doch die Leute werden dir Dinge erzählen, die sie ihm nicht erzählen würden. Du bist zwar erst vor Kurzem in den Adelsstand erhoben worden, doch deine Freundschaften bestehen nicht erst seit Kurzem. Wenn ich ausgehe, höre ich den Gesprächen zu, wenn die Herren Karten spielen oder sich in den Clubs treffen. Ich höre Dinge, die mir helfen, meine Informationen zusammenzusetzen. Stratford", gähnte er, schloss wieder die Augen und murmelte: „Ich brauche jemanden, der das an meiner Stelle tun kann."

Stratford beugte sich vor und legte eine Hand auf Ingrams Schulter. „Du weißt, dass du dich auf mich verlassen kannst."

KAPITEL SECHSUNDZWANZIG

Lydia legte ihre Hand in Major Fitzwilliams Arm, als dieser seine Schritte in Richtung Hyde Park lenkte, während Lord Carlton und Eleanor ihnen folgten. Es war die modische Stunde und Ströme von Menschen schlenderten in dieselbe Richtung, doch es gab niemanden, den sie kannten, der sie hätte stören können.

„Miss Ingram", begann der Major, „ich wollte Sie schon früher aufsuchen, doch ich wurde durch militärische Angelegenheiten aufgehalten. Sie scheinen entspannt zu sein. Sind Sie beruhigt, was die Genesung Ihres Bruders angeht?"

Lydia richtete ihren Blick auf einen fernen Punkt. „Sie müssen mich für furchtbar melancholisch gehalten haben, doch wissen Sie, mein Vater starb, als er vom Pferd fiel, und ich konnte nur daran denken, dass ich auch meinen Bruder verlieren würde. Ich fürchtete wohl auch, dass man uns aus unserem Haus vertreiben würde, weil der Erbe derzeit ein Cousin dritten Grades ist, den wir überhaupt nicht kennen. Ich befürchtete eine drastische Umkehrung unseres Schicksals."

Major Fitzwilliam zögerte, ehe er fragte: „Belastet Sie der Gedanke so sehr? Ohne Vermögen zu sein?"

Sie folgte ihm, als er einer Gruppe von Frauen auswich, die sich versammelt hatten, und sie konnte hinter ihnen Gesprächsfetzen von Eleanor und Lord Carlton hören. „Nein. Das glauben Sie vielleicht nicht, weil ich mich so sehr für Bälle, Gesellschaften und Partys zu interessieren scheine. Doch das ist nicht das Wichtigste."

Falls sie erwartet hatte, dass Major Fitzwilliam sie fragen würde, was ihr am wichtigsten war, wurde sie enttäuscht. Obwohl sie nicht sicher war, ob sie ihm antworten konnte, wenn er es getan hätte. Da war eine vage Sehnsucht nach Sicherheit und Geborgenheit und nach einem Zuhause, in dem gelacht wurde. Das war es, was sie brauchte. Major Fitzwilliam schien sie näher an sich heranzuziehen, aber sie war sich nicht sicher, ob sie sich das nur eingebildet hatte.

Nachdem sie eine kurze Strecke schweigend gegangen waren, sagte Major Fitzwilliam: „Sie sind eine wunderschöne Frau, Miss Ingram."

Sie spürte einen Stich der Enttäuschung, dass solch vorhersehbare Worte von ihm kommen sollten. „Mit einem Vermögen", fügte sie hinzu. „Eine gute Partie."

Er sah sie überrascht an und runzelte die Stirn. „Ich hatte meinen Gedanken nicht zu Ende gedacht. Ich war nie ein Mann, der sich leicht aus der Ruhe bringen lässt, aber in Ihrer Nähe..." Seine Stimme verstummte und in der darauffolgenden Stille klopfte Lydias Herz seltsam. Sie dachte daran, wie Major Fitzwilliam jeden Raum, in dem er sich aufhielt, beherrschte, doch in ihrer Gegenwart zögerte er?

Major Fitzwilliam fuhr fort: „Hätte ich meinen Gedanken schneller zu Ende geführt, hätte ich hinzugefügt, dass es Ihr Geist ist, der Ihre Schönheit belebt, und Ihre Güte und Treue, es sind, die sie zeitlos machen. Ich kann mir vorstellen, dass das, was Ihnen am meisten bedeutet, das ist, was diese Eigenschaften in Ihnen entfacht." Er legte seine warme, behandschuhte Hand auf ihre und hielt ihren Blick fest, bis sie in Erwartung seiner nächsten Worte den Atem anhielt. „Miss Ingram, ich habe den wachsenden Ehrgeiz, herauszufinden, was das ist."

Eleanor und Lord Carlton folgten dem Major und unterhielten

sich über belanglose Themen, bis sie den Park erreichten. Er schien guter Dinge zu sein und es nicht eilig zu haben, Bekannte zu treffen oder mit ihr allein zu sein. Der beunruhigende Verdacht, er könnte versuchen, sich zu offenbaren, begann zu schwinden, als er Major Fitzwilliam und Lydia in Richtung Grünanlage folgte.

„Es tut mir leid, dass ich am Mittwochabend nicht ins Almack's werde kommen können." Lord Carlton unterbrach sich, um einem Herrn zuzuwinken, der ihn von der anderen Straßenseite aus grüßte. „Ich hatte gehofft, Sie könnten mir einen Walzer reservieren, doch mein Onkel ist in der Stadt – mein früherer Vormund, auch wenn er vergisst, dass diese Aufgabe beendet ist – und er bat mich, ihn an diesem Abend zu besuchen."

„Ich verstehe sehr gut, Lord Carlton. Natürlich müssen Sie zu ihm gehen. Erfreut sich Ihre Mutter einer besseren Gesundheit?" Sie blieben hinter dem Major stehen, der innehielt, um Mr. Braxsen und einem anderen Soldaten die Hand zu schütteln.

„Ich fürchte, meine Mutter erfreut sich grundsätzlich nicht dem, was man eine robuste Gesundheit nennen könnte. Mr. Braxsen..." Lord Carlton brach ab, um ihn seinerseits zu begrüßen.

Als Major Fitzwilliam und Lydia weitergingen, fuhr Lord Carlton fort. „Meine Mutter wünscht, Sie kennenzulernen und hat mich beauftragt, Sie einzuladen, am Samstagabend vor dem Theater mit uns zu speisen. Ich habe Ihnen sogar eine formelle Einladung mitgebracht." Er schob einen weißen, versiegelten Umschlag ein Stück weit aus seiner Manteltasche. „Ich werde sie für Sie aufbewahren, solange wir spazieren gehen."

„Sie ehrt mich", antwortete Eleanor. „Wenn wir zum Grosvenor Square zurückkehren, werde ich nur eine Minute brauchen, um ihr eine Antwort zu schreiben, wenn Sie so freundlich wären, ihr diese von mir zu überbringen."

„Selbstverständlich." Lord Carlton strahlte. „Sie wird über Ihre Zusage erfreut sein. Und Cecily auch. Sie bewundert Sie sehr, wissen Sie und verlässt sich auf Ihre Berichte über die Bälle, an denen sie unbedingt teilnehmen möchte. Sie muss ein Jahr auf ihr Debüt warten, da meine Tante ihre Anstandsdame sein wird und meine Cousine erst nächstes Jahr in die Gesellschaft eingeführt wird.“

„Es ist schwer, auf die eigene Saison zu warten, wenn man zu alt für die Schule ist, aber noch nicht in die Gesellschaft eingeführt wurde. Männer verstehen solche Einschränkungen nicht und können nicht wissen, wie sehr sie schmerzen.“ Während sie sprach, betrachtete sie die grüne Landschaft vor sich und war dankbar, dass diese wenigen Wochen ihr eine kurze Atempause von solchen Einschränkungen verschafften.

„Ich möchte einer Dame nicht widersprechen“, gab Lord Carlton zurück, „doch Männer können Ungeduld verstehen. Wenn man zum Beispiel losziehen und kämpfen oder etwas von der Welt sehen will und es nicht kann, ist man gezwungen, sein Schicksal zu akzeptieren. Mein Vater hat mir von der Grand Tour erzählt, die einst für alle Herren als *de rigueur* galt und die jetzt wegen des Krieges nicht mehr möglich ist ... dann sind da noch kranke Mütter und jüngere Schwestern und Verantwortungen, die einem wie eine Last zufallen.“ Sein Tempo beschleunigte sich, ohne dass er es zu bemerken schien, und Eleanor hatte Mühe, mit ihm Schritt zu halten.

„Das“, so schloss Lord Carlton, „ist das Los der Männer, die nicht ganz das tun können, was sie sich wünschen.“

Eleanor empfand ein Mitleid, welches sie für keinen Herrn, der genug zum Leben hatte und die Freiheit, zu kommen und zu gehen, wie es ihm beliebte, möglich gehalten hätte. „Wenn Sie alles tun könnten, was Sie sich wünschen, was wäre das?“ Sie drehte den Kopf und schaute ihm trotz der breiten Krempe ihrer Schute direkt ins Gesicht.

Als sich ihre Blicke trafen, veränderte sich Lord Carltons Gesichtsausdruck und er öffnete den Mund, um zu sprechen. Aus Angst vor dem, was kommen würde, riss Eleanor ihren Kopf wieder nach vorne und in diesem Moment drehte sich der Major um und sprach zu ihnen. „Wir erwägen, diesen Weg zu nehmen und den Park auf der Südseite zu verlassen. Was sagen Sie dazu?“

Lord Carlton antwortete mit herzlicher Stimme. „Das klingt ausgezeichnet. Gehen Sie voran.“ Der Moment war vergangen und

Eleanor war erleichtert, dass er keine Worte ausgesprochen hatte, die sie nicht zu hören bereit war.

„Wenn ich nicht losziehen und kämpfen kann", sagte er stattdessen, „und ich glaube, ich kann meine Mutter und meine Schwester wirklich nicht ohne jemanden zurücklassen, der sich um sie kümmert, würde ich gerne in die Politik gehen."

„In die Politik. Sie sind der erste Mensch in meinem Bekanntenkreis, der dies anstrebt. Haben Sie jemanden, der Sie unterstützt? Nach meinem begrenzten Verständnis ist das eine Notwendigkeit." Eleanor war bereit, sich auf jedes sichere Thema einzulassen.

„Lady Jersey ist eine Freundin unserer Familie, seit ich geboren wurde. Sie war diejenige, die mich auf die Idee brachte, mich in Oxford diesem Studienfach zuzuwenden. Sie hat seitdem mit mir darüber gesprochen, doch ich kann meine Mutter nicht für die Idee erwärmen."

„Das scheint in der Tat einschränkend", meinte Eleanor.

„Vielleicht können Sie sie von dessen Weisheit überzeugen, wenn Sie zum Abendessen kommen", sagte Lord Carlton erfreut.

Eleanor wandte sich ihm mit großen Augen zu. „Es steht mir nicht zu, ihre Ladyschaft in *irgendeiner* Angelegenheit zu beeinflussen. Ich wäre nicht so ungehobelt, es zu versuchen."

Lord Carlton legte seine Hand auf die ihre und tätschelte sie. „Ich hoffe, Sie werden eines Tages das Gefühl haben, dass es Ihnen zusteht, dies zu tun." Seine Worte waren bedeutungsschwanger und Eleanors Unbehagen nahm zu.

„Wann haben Sie mit dem Wahrsagen angefangen?" Sie bemühte sich um einen leichten Ton und zog ihre Hand weg. „Ich weiß kaum, was ich morgen sein kann, geschweige denn ‚eines Tages'. Ich wünschte, Sie würden solche Dinge nicht sagen."

„Eleanor, Sie verändern sich doch nicht so..." Lord Carlton hielt inne.

Er hatte ihren Vornamen verwendet, was seine Absichten so deutlich verriet, als hätte er sie ausgesprochen. Eleanor ging schnell und versuchte, den Bann zu brechen, ehe er sprechen konnte, solange sie so wenig über ihr eigenes Herz wusste. Lord Carlton war gutaussehend und freundlich und mit ihm würde sie Familiensinn und einen stabilen Haushalt bekommen. Abgesehen von dem Gefühl der Sicherheit weckte er jedoch keine Gefühle in ihr. Er war nur ein freundliches Gesicht unter vielen. War Sicherheit allein genug?

Sie wandte sich dem kleinen See zu und zwang sich zu einem fröhlichen Tonfall. „Oh, da sind die Schwäne. Sollen wir sie füttern gehen? Ich habe einen halben Penny für das Brot."

KAPITEL SIEBENUNDZWANZIG

Lady Ingram goss den Tee in drei Tassen und wies den Diener an, eine ihrer Tochter und die andere Eleanor zu bringen. Sie bewegte sich mit raschen Gesten und begann, nachdem sie einen Schluck Tee getrunken hatte, ohne Einleitung mit ihrem Anliegen.

„Eleanor, Lord Carlton hat um Erlaubnis gebeten, Sie anzusprechen, und ich habe sie ihm erteilt. Ich muss sagen, ich bin überrascht, dass von all den Debütantinnen ausgerechnet Sie ihm so gut gefallen, doch es scheint so zu sein. Ich wünsche Ihnen viel Glück."

Eleanor verschluckte sich fast an ihrem Tee. „Ich ... ich bin noch nicht ganz entschlossen..."

„Natürlich werden Sie Ja sagen", diktierte Lady Ingram. „Nicht jedes Mädchen kann sich rühmen, einem Earl den Kopf verdreht zu haben. Lydia, zum Beispiel." Sie wandte sich an ihre Tochter. „Du vergeudest deine Zeit mit diesem Major Fitzwilliam, anstatt dich um einen der adeligen Herrn zu bemühen. Ich verstehe nicht, was du damit bezweckst."

„Ist dir nicht aufgefallen, Mama, dass ich Major Fitzwilliam *mag*?" Lydias Kiefer spannte sich an und auf ihren Wangen erschienen zwei Farbtupfer.

„Oh, er ist ein sehr guter Mensch, dessen bin ich gewiss. Dein

Bruder würde sich nicht mit ihm abgeben, wenn er es nicht wäre. Aber er ist ein Soldat. Er hat kein nennenswertes Einkommen. Es ist an der Zeit, dass du dich nach jemand Höherem umsiehst und dem Major erlaubst, ebenfalls weiterzuziehen." Obwohl Eleanor Lydia bedauerte, konnte sie nur dankbar sein, dass die Aufmerksamkeit ihrer Mutter von ihr abgelenkt wurde.

„Freddy sagte, er sei der beste aller Männer und ich bin geneigt, ihm zuzustimmen..." Lydia brach das Gespräch ab, weil Hartsmith die Tür öffnete und die Ankunft der neuen Zofe ankündigte, die die Agentur geschickt hatte.

„Wir werden dieses Gespräch später beenden", beschloss Lady Ingram, folgte dem Butler zur Tür hinaus und ließ Lydia und Eleanor allein.

„Also ... Lord Carlton." Lydia hob die Augenbrauen. „Das wundert mich nicht. Natürlich würde er dich lieben."

Eleanor seufzte. „Können wir über etwas anderes sprechen?" Sie begegnete dem Blick ihrer Freundin, konnte es jedoch nicht genauer erklären. Sie brauchte Zeit zum Nachdenken. „Es tut mir leid."

Lydia hob die Augenbrauen, legte aber ihren Keks auf den Teller und war offenbar bereit zu gehorchen. „Du wirst nie erraten, wen ich heute in der Edwards Street gesehen habe."

Eleanor, die bereits erschöpft war, weil ihr das Thema Lord Carlton, seine Absichten und das, was sie deswegen unternehmen sollte, durch den Kopf ging, konnte nur antworten: „Ich werde es nicht einmal versuchen, also musst du es mir verraten." Doch Lydias nächste Worte ließen ihren Kopf alarmiert hochfahren.

„Harriet Price."

Eleanor seufzte. Harriet war also doch gekommen. „Ich hatte gehofft, wir könnten ihrer Anwesenheit in London entgehen." Sie strich über den glatten Einband des Buches, das sie gerade las. „Harriet Price wird nichts Gutes im Schilde führen, da bin ich mir sicher. Sie hat mich in der Schule furchtbar behandelt und mich immer wieder daran erinnert, dass ich nicht zu *eurer* Gruppe gehöre."

Lydia hob eine Schulter. „Sie war nur eifersüchtig, weil alle dich mochten. Das habe ich ihr auch gesagt, als ich sie gesehen habe." Sie sah selbstgefällig aus. „Ich habe ihr auch von deinem Erbe erzählt."

„Ich wünschte, du hättest es nicht getan. Was hat das mit ihr zu tun?"

Mit einer hochgezogenen Augenbraue erwiderte Lydia: „Es versetzt ihr einen Dämpfer. Den sie auch bitter nötig hat."

Eleanor zerkleinerte ein Stück Zucker auf ihrer Untertasse, so dass es zerfiel. „Aber ich kann nicht anders, als mich unwohl zu fühlen. Wo immer Harriet Price hingeht, hinterlässt sie eine Spur von Opfern. Und in meinem Fall hat sie tatsächlich etwas, woran sie sich halten kann, außer reiner Bosheit."

„Trotzdem", meinte Lydia, „kann sie dir nichts vorwerfen. Dann hat sie eben gesehen, wie du mitten in der Nacht durchs Fenster hereingeklettert bist. Du hattest eine Ausrede parat und sie hat keinen anderen sicheren Beweis, dass irgendetwas nicht stimmte."

„Nur, dass ich mitten in der Nacht außerhalb des Konvikts war und unschuldige Mädchen so etwas nicht tun. Ein Ruf wurde schon wegen weniger zerstört." Eleanor blickte auf und als sie Lydias betroffenes Gesicht sah, bereute sie es sogleich.

„Ich würde es wieder tun", sagte sie und ergriff Lydias Hand. „Du darfst nicht denken, dass ich es bereue. Ich hatte nur gehofft, ich könnte dem Umgang mit Harriet entgehen, während ich in London bin." Eleanor versuchte zu lächeln und fügte hinzu: „Doch wer weiß. Vielleicht hat sie sich geändert und hat nichts Böses im Sinn."

Lydia sah nicht überzeugt aus und Eleanor brachte es nicht übers Herz, es weiter zu versuchen. Sie lehnte sich zurück und starrte auf die Ormolu-Uhr aus schwarzem Marmor auf dem Kaminsims, verloren in der Erinnerung an diese schreckliche Nacht. Was sie durchlebt hatte, war schlimm genug gewesen, doch dass ausgerechnet Harriet ihre Rückkehr miterlebt hatte? Das war das größte Pech gewesen.

Es war nach Mitternacht gewesen, als Harriet sie zur Rede gestellt hatte, und spät genug, dass Eleanor sich unbemerkt in das Konvikt hätte schleichen können sollen. Sie zitterte nicht mehr vor Nervosität, sondern war fest entschlossen gewesen, in ihr Zimmer zu gehen und, wenn sie Glück hatte, nach ihrem entmutigenden Abenteuer ein paar Stunden zu schlafen.

Sie hatte es gerade noch zu Lydias Verabredung mit dem Lateinlehrer um elf Uhr nachts geschafft. Der Lehrer, wütend, weil er einer mittellosen und entschlossenen Eleanor gegenüberstand und nicht seiner eigentlichen Beute, hatte sie am Arm gepackt und gedroht, sie mitzunehmen. Eleanor hatte sich losgerissen und ihm wahrheitswidrig, doch mit großer Überzeugung mitgeteilt, dass der Schulleiter über die Tatsachen seiner Verführung in Kenntnis gesetzt worden war, und wenn der Lateinlehrer nicht wollte, dass der Fleck auf seiner Persönlichkeit ihn bis zu seiner nächsten Stelle verfolgte, er besser schnellstens verschwinden und Miss Ingram nicht mehr kontaktieren sollte.

Nachdem sie den Mann, den ihre Freundin noch nicht als Gefahr ansah, erfolgreich verjagt hatte, ging Eleanor die zwei Meilen zurück zur Schule und zitterte sowohl von dem Sieg als auch der Vorstellung von düstererem Auskommen. Der Mond hatte über ihr gestanden, als sie begann, das Spalier zu erklimmen, um ihr Zimmer zu erreichen und als sich ein Fenster zu ihrer Rechten öffnete und sie in ihrer Konzentration störte, erschrak sie so sehr, dass sie fast den Halt verlor.

„Was um Himmels Willen treibst du um diese Zeit draußen, Eleanor?" hatte Harriet mit einem Blick zurück ins Zimmer geflüstert. „Du hast mich aus dem Tiefschlaf geweckt, und wenn du Mathilda noch nicht geweckt hast, dann nur, weil sie wie ein Stein schläft. Willst du den ganzen Haushalt aufwecken?"

Eleanor hatte in ihrem Aufstieg innegehalten, sich vorgebeugt und zurück geflüstert: „Ich habe mein Schultertuch im Wäldchen verloren und war so besorgt, dass jemand es mitnimmt, dass ich nicht schlafen konnte und hinausgeeilt bin, um es zu holen. Wenn Mrs. Wrightworth mich ohne es sieht, wird es ein Donnerwetter geben."

Harriet hatte aus dem Fenster gespäht. „Aber du hast dein Tuch nicht dabei. Wo ist es?"

Eleanors flinke Vorstellungskraft war gefordert gewesen, doch sie antwortete: „Oh, es war gar nicht da. Also war alles, was ich für meine

Mühe bekommen habe, etwas frische Luft und wahrscheinlich der Erkältungstod.“ Sie hatte eine Ranke über ihrem Kopf ergriffen. „Gute Nacht, Harriet. Es tut mir leid, dass ich dich geweckt habe. Ich muss den Rest des Weges klettern, ehe ich meine Kräfte verliere.“

„Ich werde es keiner Seele verraten“, hatte Harriet laut geflüstert.

Irgendwie beruhigt mich dein Versprechen der Geheimhaltung nicht, hatte Eleanor gedacht.

Die bedrückende Stimmung im Raum, die durch das Ticken der Uhr und Lydias untypisches Schweigen, während sie ihrer Freundin verstohlene Blicke zuwarf, hervorgerufen wurde, holte Eleanor in die Gegenwart zurück. Ihr Tee wurde kalt.

Ein ruhiger Abend zu Hause hätte viel dazu beigetragen, ihren Seelenfrieden wiederherzustellen, doch es war undenkbar, auf den Abend im Almack‘s zu verzichten, wenn sie Karten hatten. Zu allem Überfluss war sie sicher, dort auf Harriet zu treffen. In diesem Moment schien es, als ob die Zahl der Menschen, denen Eleanor in London auszuweichen versuchte, die Zahl derer, denen sie begegnen wollte, zu übersteigen begann.

Eleanor sah Lydia an und versuchte zu lächeln. „Nun...“, war alles, was sie sagte.

STRATFORD KLEIDETE sich mit schwerfälligen Bewegungen für das Almack‘s an und betrachtete die schwarzen Kniebundhosen mit Abscheu. Er hatte Ingram versprochen, ein Auge auf Lydia und Miss Daventry zu halten, doch er verspürte keine Lust, den Abend damit zu verbringen, Miss Daventry unter Lord Carltons Einfluss zu sehen. Er betrat das Wohnzimmer und fand seine Tante und seine Schwestern höchst elegant gekleidet und ungeduldig wartend vor.

„Großer Gott, und Frauen haben die Ehre, langsam genannt zu werden. Was hast du denn die ganze Zeit getan, Stratford?“ Anna stand auf und richtete mit einer raschen Bewegung ihren Rock.

„Tante, wenn du fertig bist, soll ich nach dem Lakaien läuten?“ Phoebe ging auf den Klingelknopf zu, doch ihr Bruder hielt sie auf.

„Das ist nicht nötig. Ich bin James auf dem Weg hierher begegnet, und ich habe die Kutsche vorbereiten lassen." Stratford half seiner Tante beim Aufstehen und legte ihren Mantel um sie. „Tante, ich wage zu behaupten, dass du das Wetter angenehm finden wirst, sogar nachts. Die Feuchtigkeit hat sich verzogen."

Die Schlange der Kutschen vor dem Almack's war lang und es war zehn Uhr dreißig, als sie eintraten. *Ich habe meine Aufgabe nicht gewissenhaft begonnen*, dachte Stratford. *Ich hätte vor der Ingram-Gruppe ankommen müssen.*

Er hätte sich keine Sorgen machen müssen. Lady Ingram erschien mit Miss Daventry und Lydia fünf Minuten nach Stratford und seinen Schwestern. Von der anderen Seite des Raumes, in dem sich die Paare tummelten, beobachtete er, wie sie ihre Umhänge abgaben, ehe er sich umdrehte und den Raum betrachtete. Er fing Miss Daventrys suchenden Blick ein und winkte ihr zu. Sie lächelte zurück und trieb seine Füße wie von selbst vorwärts.

Wie hatte er nur zögern können, ihr Herz für sich zu gewinnen? Er wollte sich ihre Zuneigung sichern und wenn es einen Gott gab, hatte sie Carlton nicht akzeptiert. *Ist der Antrag bereits erfolgt? War er zu spät?* Er hatte Carlton wegen seiner Jugend und Unerfahrenheit niedergemacht, doch wenn er ehrlich zu sich selbst war, war es nicht Carltons Jugend, die ihn zur falschen Wahl für Miss Daventry machte, erkannte Stratford. Es lag daran, dass er selbst Gefühle für sie hatte.

Wenn er sie doch nur überzeugen könnte, dass er der Richtige für sie war. *Ihre Augen leuchten nicht auf, wenn Carlton den Raum betritt. Und wenn ich mich nicht sehr täusche, leuchten sie, wenn ich in ihrer Nähe bin.*

Stratford schritt auf die Ingrams und Miss Daventry zu, ignorierte andere Begrüßungen und traf auf die Gruppe, ehe sie den Raum vollständig betreten hatten. „Ingram bat mich, an seiner Stelle als Begleiter zu fungieren. Ich hoffe, Sie werden nicht zögern, sich an mich zu wenden, wenn ich etwas für Sie besorgen kann."

Lady Ingram antwortete für alle. „Guten Abend, Stratford. Frederick erzähle mir von Ihren Absichten und ich bin einverstanden. Es ist viel besser, wenn wir einen Herrn als Begleitung haben." Sie sah sich um und beäugte misstrauisch Major Fitzwilliam, der sich auf dem

Weg zu ihrer Gruppe befand. „Hat er sich hier Zutritt verschafft?",
fragte sie leise.

Stratford hatte gerade noch Zeit, zu antworten. „Er ist ein Gentleman, auch wenn er seinen Lebensunterhalt verdienen muss und seine
Verbindung zu Ihrem Sohn hat ihm den Zugang verschafft, den er
braucht. Er ist in offizieller Angelegenheit hier." Lady Ingram nickte,
offenbar zufrieden.

„Guten Abend." Major Fitzwilliam begrüßte alle mit einer Verbeugung. „Miss Ingram", sprach er mit klarer Stimme, die keine Angst
zeigte, dass er nicht akzeptiert werden könnte, „ich glaube, Sie haben
mir einen Tanz versprochen." Lady Ingrams Augen verengten sich bei
seinen Worten.

Stratford nutzte die Gelegenheit, um seine eigene Bitte zu äußern.
„Miss Daventry, ich habe noch kein Versprechen, aber ich hoffe, Sie
werden einen Tanz für mich erübrigen können." Er wusste, dass seine
Stimme einen flehenden Klang hatte, doch das war nicht zu ändern.

„Natürlich", antwortete sie. Ihre Aufmerksamkeit wurde durch den
Eintritt von Mr. Braxsen abgelenkt, gerade als sich die Türen für
weitere Gäste schlossen.

„Wie es scheint, sind wir heute Abend alle spät dran", sagte Stratford und beobachtete untätig, wie Mr. Braxsen direkt auf sie zuging.
Er wusste, dass er bis zu ihrem Tanz keine Gelegenheit haben würde,
sich weiter mit Miss Daventry zu unterhalten.

„Braxsen, gut geschafft", sagte Stratford. „Ich hatte erwartet, dass
Sie nicht weit hinter Ihrem Kameraden zurückbleiben würden. Aber
mit wem tanzen Sie, wenn Major Fitzwilliam mit Miss Ingram tanzt?"
Schuldbewusst zuckte Stratford zusammen, blickte sich um, um zu
sehen, ob Lady Ingram die Anspielung auf ihre Tochter gehört hatte
und atmete erleichtert auf, als er sah, dass sie sich mit Mrs. Brooks
unterhielt.

„Ich tanze mit jeder, die am Rande der Tanzfläche steht", erwiderte
Mr. Braxsen. „Wenn sie die Erbin eines großen Vermögens ist, umso
besser." Er lächelte schelmisch.

„Davon gibt es nicht viele", meinte Stratford. „Am besten ist es,
man hält nach einer jungen Dame mit Charakter Ausschau."

„Ich glaube, davon gibt es noch weniger", gab Mr. Braxsen zurück. „Ich werde mehr Glück haben, wenn ich Vermögen anstrebe." Stratford konnte nicht sagen, ob er es ernst meinte.

Das erste Set war voll, so dass Stratford seinen Platz neben Eleanor einnahm, während seine Schwestern ihren wartenden Partnern die Hände reichten und Lydia von Major Fitzwilliam zu dem nächsten Herrn weiterging. Er sah das Stirnrunzeln des Majors, als er sie gehen sah und beneidete den Mann nicht. Ehe Stratford und Eleanor ihre Plätze in dem sich bildenden Set einnehmen konnten, brachte der Zeremonienmeister zwei Neulinge zu den Debütantinnen am Rand der Tanzfläche und forderte sie auf, das Set zu füllen.

Achselzuckend wandte Eleanor ihm ihr Gesicht zu. „Das Set ist voll."

Erschüttert von ihrer Nähe und seine Hoffnung auf einen Triumph nach so vielen Tagen des Ringens um eine Entscheidung, verschlug es ihm plötzlich die Sprache. „Wollten Sie tanzen?"

„Ich bin damit zufrieden, am Rande zu stehen", antwortete sie und ihr strahlender Blick folgte dem Rauschen der Röcke und dem Klackern der Stiefel vor ihnen. Sie sah in der Tat zufrieden aus. Hatte sie ihren Verehrer bereits akzeptiert? Er wünschte, er könnte sie fragen.

„Haben Sie..."

„Werden Sie jetzt..."

Beide lachten verlegen, doch Stratford bat sie, fortzufahren, und sie fragte: „Werden Sie jetzt die Gelegenheit haben, zu Ihrem Anwesen zu gehen, wie Sie es sich wünschten? Ich hoffe, die Angelegenheiten sind gut geregelt."

Stratford stand so nahe bei ihr, wie er es wagte, und ihr Duft, frisch wie Frühlingsblumen, machte es schwer, sich auf ihre Worte zu konzentrieren. Er trat einen Schritt zurück und antwortete: „Ingrams Sturz hat den Besuch verschoben. Die meisten Angelegenheiten kann ich per Korrespondenz regeln, doch ich muss bald gehen, und sei es nur für eine Woche."

„Sie haben Ihren Besuch wegen Lord Ingram verschoben. Sie sind ein guter Freund, Mylord."

Als sie ihn so anlächelte, machte sein Herz einen seltsamen Hüpfer. Beinahe wäre er herausgeplatzt:– *Nennen Sie mich Stratford* –, doch er konnte sich gerade noch rechtzeitig aufhalten. Gütiger Himmel! Was, wenn sie schon verlobt wäre?

Er tat so, als wollte er sich weiter von den tanzenden Paaren entfernen, um sie näher an sich zu ziehen. „Mir ist aufgefallen, Miss Daventry, dass man das Gleiche über Sie sagen kann."

Der erste Tanz war zu Ende und Eleanor legte ihre Hand auf Lord Worthings Arm und folgte ihm auf die Tanzfläche. Es war gut, dass sie das andere Set verpasst hatten, denn dieser Tanz war ein Walzer, und es gab niemanden, mit dem sie ihn lieber tanzen würde. Er legte seine Hand auf ihren Rücken und wartete darauf, dass die Musik begann, und von der leichten Berührung wurden ihr die Knie weich.

Wenn sie nur wüsste, wie er empfand. Lord Carlton hielt sich nicht zurück, wenn es darum ging, seine Bewunderung auszudrücken, und das ging so weit, dass sie davon überwältigt wurde. Manchmal hatte sie den Verdacht, dass Lord Worthing sie wirklich verehrte, wie er ihr einmal gestanden hatte, doch dann sagte er etwas, das gleichgültig schien oder hatte plötzlich ein verschlossenes Gesicht, so dass sie keine Ahnung hatte, was er dachte.

Heute Abend hatte sich jedoch etwas verändert. *Er* hatte sich verändert. Sie sah sich veranlasst, sein Gesicht zu untersuchen, um zu sehen, ob sie es sich nicht nur eingebildet hatte.

Als sich ihre Blicke trafen, bekam sie einen Schock. Der Blick, den er ihr zuwarf, war zielgerichtet. Entschlossen. In diesem Moment setzte die Musik ein und er bewegte sich und zog sie in die Tanzschritte. Es dauerte eine ganze Umdrehung im Raum, bis sie sich wieder so weit gefasst hatte, dass sie ein Gespräch führen konnte. Nach dem ersten Blick wurde sein Gesichtsausdruck wieder undefinierbar und sie fragte sich, ob er ihr nur etwas vorgespielt hatte.

Vielleicht nicht, denn er lächelte sie an und hob die Augenbrauen. „Nicht ein einziges Mal sind Sie mir auf die Füße getreten."

Sie hatte ihr wild klopfendes Herz gebändigt und war bereit, eine Antwort zu geben. „Sie sind überrascht, Mylord. Sind die anderen Damen, mit denen Sie tanzen, so schwerfüßig?"

„Nein, ich bewundere nur die Leichtigkeit der Ihren", neckte er zurück.

Eleanor mochte diese Seite an ihm und vermutete, dass er sie nicht vielen Menschen außerhalb seiner Familie und seiner engsten Freunde zeigte. „Nun, ich muss zugeben, dass ich angenehm von Ihnen überrascht bin, Mylord", erwiderte sie mit dem Hauch eines Lächelns. „Sie haben eine sichere Art zu tanzen, die ich bei unserem ersten Treffen gar nicht vermutet hätte."

„Ah." Lord Worthing nickte weise. „Meinen Sie damit meine mangelnden Konversationskünste oder meine Unfähigkeit, einen anständigen Antrag zu machen?"

Ein leises Lachen entwich ihr. „Sie sind also bereit zuzugeben, dass es in Ihrer Ansprache an Manieren gefehlt hat. Keine Sorge, Mylord. Sie haben das in den letzten Wochen mehr als wettgemacht." Eleanor hielt inne und fügte dann nachdenklich hinzu: „Ich nehme an, man kommt nicht umhin, Diplomatie zu lernen, wenn man mit zwei Schwestern lebt."

„Ich hatte zu lange auf der Halbinsel verbracht, um mich an meine Manieren zu erinnern", erklärte Lord Worthing. „Doch, wie Sie sagen, meine Schwestern haben keine Zeit damit verloren, mich an sie zu erinnern." Er beugte sich hinunter und murmelte: „Sie indes auch nicht."

Ihr Herz schlug höher bei der intimen Art, in der er diese Worte sprach, obwohl die Worte selbst nichts Besonderes waren. Ihre Füße berührten kaum den Boden, als sie sich drehten, und als der Walzer endete, hielt er sie noch eine Minute lang fest und ließ sie gerade lange genug los, um sich zu ihr zu beugen und zu sagen: „Ich habe noch nie so viel Freude am Tanzen gehabt wie mit Ihnen, Miss Daventry. Ich hoffe, ich werde noch viele Gelegenheiten haben, dies zu tun." Das Lächeln, das er ihr schenkte, riss ihre letzte Abwehr ein, und sie konnte kaum noch ihre Beine spüren, als er sie zur Seite führte.

Eleanor wusste, dass ihr Gesicht ausdrucksstark war und dass die Freude, die sie empfand, für alle offensichtlich war, und sie dachte, es wäre ihr egal. Doch als sie nach rechts schaute, war klar, dass ihr

Gefühl nicht von allen geteilt wurde, denn in diesem Moment sah sie ein scharfes Augenpaar, das in ihre Richtung blickte. Es war Harriet Price und der spekulative Blick in ihren Augen ließ Eleanor einen Schauer über den Rücken fahren. Das verhieß nichts Gutes.

Eleanor fragte sich noch immer, wie sie die Begegnung mit Harriet an diesem Abend bewältigen würde, als Lord Worthing sie auf die andere Seite des Raumes führte, wo ihr Blick auf den von Judith Broadmore traf. Eleanor war überrascht von dem Hass, der in den Augen der anderen Frau lag und ihre Schritte gerieten fast ins Stocken.

Dann empfand sie jedoch Entrüstung. Warum sollte sie sich verstecken? Sie brauchte sich für nichts zu schämen. Es war Miss Broadmore, die Lord Worthing abgewiesen hatte und nicht andersherum. Es war Miss Broadmores Verlust und diese musste damit fertig werden und nach vorne blicken.

Während Eleanor ihr Selbstvertrauen mit diesen Überlegungen stärkte, hielten sie an, damit Lord Worthing ein paar Worte mit Mr. Braxsen wechseln konnte und sie warf einen Blick auf die andere Seite des Raumes, wo sie entdeckte, dass Harriet sie noch immer anstarrte. *Ahh! Von beiden Seiten eingekeilt!* dachte sie mit einem plötzlichen, panischen Anflug von Erheiterung. Wo war Lydia, damit sie das mit ihr teilen konnte?

Ihre gute Laune und Zuversicht schwanden jedoch, als Lord Worthing sich versteifte und von ihr löste. Als sie den physischen Verlust seiner Anwesenheit spürte, dämmerte das Verständnis in ihr. *Er hat Miss Broadmore wahrgenommen und möchte nicht dabei gesehen werden, wenn er so nah bei mir ist.*

Als Lord Worthing sich ihr zuwandte, waren seine Augen voller Sorge. „Miss Daventry, ich hatte die Absicht, Sie zum Erfrischungstisch zu bringen und nun muss ich feststellen, dass ich das nicht kann. Bitte, verzeihen Sie mir." Er sah aus, als bedauere er es, sie allein lassen zu müssen, und der Gedanke spendete ihr etwas Trost, doch wirklich nur etwas.

Dann blickte er wieder zu Miss Broadmore, und Eleanors Blick folgte dem seinen. Sie musste ihre Gefühle im Zaum halten, denn

Lord Worthings Herz gehörte nicht ihr. Und sie musste ernsthaft über Lord Carlton nachdenken, dessen Herz, wie es schien, ihr gehörte. Ganz gleich, was sie fühlte, sie wäre eine Närrin, wenn sie auf einen Mann warten würde, der keine ernsthaften Heiratsabsichten hatte. *Oder der solche Absichten nur hat, wenn er betrunken ist.* Sie zwang sich zu einem leichten Achselzucken.

„Das macht nichts, Mylord", antwortete Eleanor. „Sehen Sie. Lydia sitzt dieses Mal aus. Bringen Sie mich zu ihr?"

Kaum hatte Stratford Eleanor an Lydias Seite gebracht, ging er auch schon wieder. Lydia wurde sofort von ihrem nächsten Tanzpartner in Anspruch genommen, so dass Eleanor allein blieb und Harriet Price verlor keine Zeit, um zu ihr zu kommen – eine Abfolge von Ereignissen, die sich höchst ungerecht anfühlte.

„Eleanor", sagte Harriet mit hochgezogener Augenbraue. „Was für eine Überraschung, dich hier zu sehen. Ich habe von deinem Erbe gehört und ich nehme an, dass dir damit sicher jede Tür offensteht. Was für ein Glück für dich. Erst hast du einen Vormund, der deine"– sie beugte sich vor – „wenig wünschenswerte Vergangenheit ausgleichen kann und dann hinterlässt er dir ein unerklärliches Vermögen, das dazu auffordert, den Grund dafür zu hinterfragen."

Eleanor lächelte lieblich, auch wenn es ihr schwerfiel. „Die meisten Menschen sind nicht so von Eifersucht getrieben wie du, um nach Gründen zu suchen."

Harriets Augen verengten sich. Das bedeutete Krieg. „Ich weiß nicht, wie du es geschafft hast, die Patroninnen zu täuschen, um dir Karten zu verschaffen, doch mich hast du nicht getäuscht. Worauf sollte ich eifersüchtig sein? *Ich* bin die Tochter einer Baroness, und als solche werde ich immer besser sein als du."

„Dann will ich dich nicht länger aufhalten", sagte Eleanor, deren Wangen vom Lächeln steif wurden. Harriet machte auf dem Absatz kehrt und marschierte zur nächsten Gruppe, wo Miss Broadmore Hof hielt.

Sie haben einander verdient, dachte Eleanor. Dann – *gut!* Kein falscher Schein nötig. Doch noch nie zuvor hatte sie den Wunsch nach Tanzpartnern so deutlich gespürt.

Stratford bedauerte, Eleanor so abrupt verlassen zu haben, doch er konnte die Dringlichkeit von Fitz' Gesten nicht ignorieren. Er machte sich auf den Weg zum Eingang des Kartenspielraums, um ihn zu treffen. Drinnen nahmen sie den letzten freien Tisch in der Ecke ein, wo der Geräuschpegel die Gefahr belauscht zu werden ausschloss. „Haben Sie Neuigkeiten?"

Fitz nickte. „Ich habe meinen Mann angewiesen, mir jede dringende Nachricht zukommen zu lassen, ganz gleich wo ich bin, und er ist ein einfallsreicher Bursche." Er beugte sich mit leiser Stimme vor. „Im Hauptquartier wurde eingebrochen. Es war Ingrams Büro. Ich möchte die Ermittlungen an diesem kritischen Punkt nicht abbrechen, deshalb hoffe ich, dass Sie die Informationen für mich weitergeben können. Ich werde nach Hinweisen suchen, die den Einbruch im Hauptquartier mit dem Einbruch in Ingrams Bibliothek in Verbindung bringen. Und", er schüttelte den Kopf, erschöpft aussehend, „ich werde einigen möglichen Spuren im Boodle's nachgehen."

„Ich werde gleich morgen früh zu Ingram gehen", sagte Stratford, „doch vielleicht nicht so früh, dass sein Haushalt Verdacht schöpft. Er möchte nicht, dass irgendjemand den Verdacht bekommt, dass etwas nicht stimmt."

„Nein, nicht nötig", erwiderte Fitz. „Auf jeden Fall kann er nichts unternehmen. Ich werde Bericht erstatten, sobald ich kann. Doch zuerst will ich Ihnen erzählen, was ich weiß."

Fitz verschwand sofort nach ihrem Gespräch und Stratford kehrte in den Ballsaal zurück und war ratlos. Miss Daventry tanzte natürlich gerade. Er hatte nicht die Kraft, für eine andere junge Dame den Kavalier zu spielen und er konnte seinen Schwestern – und, das durfte er nicht vergessen, auch der Ingram-Gruppe – nicht anordnen zu gehen, ohne Fragen zu provozieren, die er nicht beantworten konnte. Stratford war genauso erschöpft, wie Fitz ausgesehen hatte und wünschte sich, der Abend möge schnell enden.

KAPITEL ACHTUNDZWANZIG

Am Morgen nach dem Almack's begleitete Eleanor Lydia zu Lord Ingrams Zimmer, da es ihm inzwischen gut ging und er Besuche tatsächlich sehr schätzte, auch wenn sie einen ausführlichen Bericht über die Abenteuer der letzten Nacht bedeuteten. Noch immer etwas unzufrieden damit, wie ihr Abend geendet hatte, zwang sich Eleanor, ihr Scherflein zu Lydias enthusiastischer Schilderung beizutragen und neckte Lord Ingram am Ende mit den Worten: „Ich war mir sicher, dass Sie kein Wort über das Almack's hören wollten."

„Wenn man im Bett festsitzt, ist jede Unterhaltung besser als gar keine", sagte Ingram. „Nun." Er faltete die Hände in seinem Schoß. „Hattest du dich für die seidenen oder die satinierten Akzente entschieden?"

Eleanor musste lachen, doch Lydia antwortete ganz ernsthaft. „Das blaue Kleid mit den Satinschleifen. Ich habe fast jeden Tanz getanzt und ich schwöre, ich bin bis auf die Knochen abgenutzt. So viele Leute haben nach dir gefragt, du hättest dich sehr gefreut. All die üblichen Leute, aber es gab auch eine Miss Georgiana Audley, die gerade in der Stadt angekommen war. Als wir einander vorgestellt wurden, erwähnte sie, dass sie deine Bekanntschaft gemacht hat."

Lord Ingram blickte daraufhin auf. „Miss Audley ist zurück?"

„Ja. Sie war erschreckend braun, doch ich wage zu behaupten, dass die Londoner Luft ihr gut tun wird. Ihre Mutter ist verstorben und ihr Vater hat sie nach Hause gebracht, um ihre Angelegenheiten zu regeln."

Ingram runzelte die Stirn. „Wann ist ihre Mutter gestorben? Erwähnte sie das?"

„Nein, doch ich vermute, jüngeren Datums. Sie ist immer noch halb in Trauer und weigerte sich, mit jemandem zu tanzen."

Lord Ingram verdaute dies, gab jedoch keinen weiteren Kommentar ab, außer, dass er hoffte, Lydia würde sie bei ihrer nächsten Begegnung von ihm grüßen. Nur mit Mühe, wie es schien, lenkte er das Gespräch wieder auf den Ball. „Und Sie, Eleanor, wurden alle Ihre Tänze in Anspruch genommen?"

„Beinahe", sagte sie. „Ich bin auf jeden Fall nicht in Ungnade gefallen." Unwillkürlich musste sie an die Begegnung mit Harriet Price denken, die, so wie es aussah, darauf aus war, Eleanor zu Fall zu bringen. Ihre Freude, mit Lord Worthing zu tanzen, konnte der Kombination der Tatsachen, dass sie von ihm für Judith Broadmore verlassen worden und von Harriet unmittelbar nach dem Tanz angegriffen worden war, nicht standhalten.

Lydia riss Eleanor aus ihrer kurzen Träumerei mit den Worten: „Stratford sagte, er würde dich heute besuchen." Nach einem wilden Hoffnungsschimmer realisierte Eleanor, dass Lydia natürlich mit ihrem Bruder gesprochen hatte.

„Ich hoffe, er wird so zuvorkommend sein. Es ist eine unerträgliche Langeweile, hier so herumzuliegen." Vielleicht bedauerte Ingram seine Frustration und schenkte ihnen ein Lächeln, von dem Eleanor annahm, dass es irgendwo das Herz einer jungen Dame zum Flattern bringen musste.

„Fred, sind wir nicht Gesellschaft genug?" Lydia blickte ihn wütend an.

„Ich entschuldige mich für meinen schwarzen Humor. Das seid ihr natürlich." Ingram zog an dem Kissen hinter seinem Kopf, damit er aufrechter lag. „Die Wahrheit ist, dass es mich verlangt, aufzustehen und etwas zu tun, doch ich weiß, dass ich das nicht kann. Ich bin in dieser Position gefangen, bis der Knochen sich gesetzt hat, so sagt es der Arzt."

„Nun, hoffen wir, dass Lord Worthing kommt, um Ihre Langeweile zu vertreiben", sagte Eleanor. „Aber wir beide können Sie doch unterhalten, nicht wahr, Lydia? Wo ist das Backgammonspiel?"

„Sie wollen also bleiben und einen Invaliden verhätscheln", meinte Ingram. „Unbedingt, holen Sie das Spiel. Wenn Sie an der Glocke ziehen, wird Hartsmith wissen, wo es zu finden ist. Oh, wenn man vom Teufel spricht. Hartsmith, wissen Sie, wo ein Backgammonspiel zu finden ist?"

Der Butler, die Hand noch auf dem Türknauf, wartete, bis Lord Ingram geendet hatte. „Ich werde das Spiel sogleich bringen, Mylord. Aber hier ist Lord Worthing, der Sie zu sehen wünscht und der Koch wartet nur auf Ihre Anordnung, das Mittagessen zu schicken." Eleanor sah auf, als Lord Worthing den Raum betrat, doch ihr Blick senkte sich, sobald er in ihre Richtung schaute.

„Ah, Stratford, du bist da", sagte Lord Ingram. „Wir haben gerade von dir gesprochen, und du kommst gerade rechtzeitig zum Mittagessen."

Lord Worthing schüttelte den Kopf. „Ich wollte euch nicht belästigen. Ingram, ich kam heute, um mit dir zu sprechen, doch ich kann später wiederkommen."

„Nein, Stratford", beharrte Lydia. „Du musst mit uns zu Mittag essen."

Ingram duldete keinen Widerspruch. „Hartsmith, decken Sie bitte den Tisch mit einem weiteren Teller ein." An Stratford gewandt, fügte er hinzu: „Es hat keinen Sinn, mir dabei zuzusehen, wie ich versuche, einen Teller auf meinem Schoß zu balancieren. Geh mit den Damen zivilisiert zu Mittag essen, danach können wir uns unterhalten."

Lord Worthing ließ sich überreden und folgte den Damen nach unten, wo Lady Ingram sich an den Kopf des Tisches setzte. Nachdem sie Stratford begrüßt und angeordnet hatte, dass Früchte und Sandwiches herumgereicht werden sollten, wandte sie sich an Lydia, um sich erklären zu lassen, was sie über Mrs. Dartmouths informelle Party gehört hatte, bei der Mrs. Dannings singen sollte. Lydia erzählte, was sie über die Angelegenheit wusste, und Lord Worthing wandte sich an Eleanor an seiner Seite.

„Ich hoffe, wir sehen Sie am Samstagabend im Theater, wenn Sie sich zu uns in die Loge setzen wollen. Anna und Phoebe werden beide dort sein. Sind Sie und Lydia frei?"

„Nein, Mylord. Ich fürchte, ich habe bereits eine Einladung zum Abendessen in Lord Carltons Haus und zum Theaterbesuch mit ihm und seiner Schwester angenommen." Sie sah auf und bemerkte den enttäuschten Blick in seinen Augen, ehe er wegschaute. Sie griff nach einem kleinen Kuchen auf der Platte vor ihr und bemühte sich um einen normalen Tonfall. „Lydia hat die Einladung abgelehnt und ich weiß nicht, was sie für Pläne hat."

Lord Worthing antwortete nicht sofort. Schließlich sagte er: „Ich sehe, ich bin zu spät gekommen. Nun gut, macht nichts. Ich bin Fredericks Auftrag nachgekommen, Sie zu begleiten und obwohl ich weiß, dass Sie bestens versorgt sind, wollte ich meine Pflicht nicht vernachlässigen."

Das war eine entmutigende Rede. *Er denkt nur an seine Pflicht. Mach dir keine Hoffnungen*, schimpfte sie mit sich selbst. Doch als sie seine Worte von der Pflicht mit dem enttäuschten Blick in seinen Augen verglich, konnte sie nicht anders, als zu glauben, dass die Worte nur eine Maske waren. Die Hoffnung schlug Wurzeln und keimte von neuem auf. Eleanor warf einen Blick auf Lydia, doch Lady Ingram hatte weiterhin deren Aufmerksamkeit. Sie musste diesen Teil des Gesprächs allein führen.

„Gefällt Ihren Schwestern die Saison?" fragte Eleanor nach einer Weile.

„Ja, ich denke schon." Lord Worthing trank einen Schluck Wasser, dann wandte er sich ihr nach einem kurzen Blick auf Lady Ingram zu und sprach mit ruhiger Stimme: „Miss Daventry, ich entschuldige mich, dass ich Sie nach unserem Tanz gestern Abend so abrupt verließ."

„Ja, natürlich", erwiderte sie, den Blick auf ihren Teller gerichtet. „Sie hatten andere Verpflichtungen."

„Ich hatte andere Verpflichtungen. Es ist nur so, dass ich versuche, herauszufinden, was ich kann, nachdem Ingram verletzt wurde, und ich sah ... jemand gab mir ein dringendes Zeichen, also musste ich Sie verlassen." Er fing ihren Blick auf. „Ich versichere Ihnen, kaum etwas anderes hätte mich aus so reizender Gesellschaft gerissen."

„Ich verstehe." Ihre Augen schossen zu seinen und Eleanor hatte gerade noch Zeit, ihm das zu antworten, ehe Lady Ingram Lord Worthing fragte, ob er an der Soirée teilnehmen würde, bei der die Sopranistin singen sollte. Er gab zurück, dass er noch keine Einladung erhalten habe und das Thema schweifte zu den bevorstehenden Aufführungen in Covent Garden ab. Es blieb keine Zeit für ein privates Gespräch zwischen ihnen, doch als er ihr einen Teller reichte, streiften seine Finger ihre Hand und ihr Blick traf erschrocken auf seinen. Er riskierte ein flüchtiges Lächeln, ehe er seine Aufmerksamkeit wieder Lady Ingram zuwandte.

Als er nach dem Mittagessen die Treppe hinaufstieg, dachte Lord Worthing über ihr zu kurzes Gespräch beim Mittagessen nach. Er wünschte, er hätte mehr mit Miss Daventry sprechen können und sie sagen hören, dass sie ihn verstanden hatte. Als er ankam, hatte sie seinen Blick nicht erwidert. Kein Wunder. Er hatte sie gestern Abend so schnell verlassen, dass es fast schon unhöflich war. Doch nachdem er ihr den Grund erklärt hatte, war die Wärme in ihren Blick zurückgekehrt. Damit würde er sich zufriedengeben – vorerst.

Ein Abend in der gleichen Loge im Theater hätte ihm reichlich Gelegenheit zu weiteren Gesprächen geboten. Er erreichte den Treppenabsatz und atmete mit zusammengebissenen Zähnen aus. *Eine gute Gelegenheit, ihr Herz weiter zu erobern.* Sie hatte also bereits zugesagt, mit Carlton zu gehen. War sie also schon verlobt? Sicherlich hätte Ingram etwas erwähnt.

Als er Ingrams Schlafzimmer betrat, scheuchte sein Freund seinen Kammerdiener aus dem Zimmer. „Bist du fertig?" fragte Stratford.

Ingram winkte ihn zu seinem Stuhl. „Ich nehme an, du hast Neuigkeiten für mich?"

„Fitz bat mich, dir diese Information zu übermitteln und versprach, so bald wie möglich einen Bericht vorzulegen. Letzte Nacht wurde in dein Büro im Hauptquartier eingebrochen."

„Haben sie den Mann gefasst?" Ingram bewegte sich unruhig. „Fitz hatte jemanden abgestellt, der das Hauptquartier beobachtete, also hätten er den Einbruch sehen müssen."

Stratford schüttelte den Kopf. „Es geschah am Ende des Arbeitstages, als noch Personal anwesend war. Es sind zu viele Leute ein- und ausgegangen, als dass der Beobachter irgendetwas Ungewöhnliches hätten erkennen können. Wie von dir gewünscht, lässt dein Sekretär Fitz die Ermittlungen in vollem Umfang durchführen und der Einbruch ist nicht allgemein bekannt. Dein Sekretär sagte, dass es eine Teilliste des Inventars gab, die er vergessen hatte, mitzunehmen, welche der Dieb gestohlen hat. Der Schaden wird nicht allzu groß sein, sagte er, doch es sind trotzdem nützliche Informationen für den Feind und er gibt sich die Schuld. Er sagte, dass seine Kündigung morgen per Kurier eintreffen wird."

Ingram machte eine wegwerfende Geste. „Es muss für den Dieb dringend sein, wenn er ein solch hohes Risiko eingeht. Ich frage mich, ob der Feind einen groß angelegten Angriff plant, wenn er so versessen darauf ist, dieses Dokument zu bekommen." Ingram stieß ein kurzes Schimpfwort aus. „Ich verabscheue es, auf diese Weise ans Bett gefesselt zu sein. Ich bin völlig nutzlos."

Stratford nickte und versuchte nicht, die Sache nicht noch schlimmer zu machen, indem er seinen Freund zu beschwichtigen versuchte. Nach einer Minute sagte er: „In der Zeitung stand, dass Conolly sich mit einer nicht gerade armen Witwe verlobt hat und er sein Patent verkauft. Du kannst Fitz ihn weiterhin verfolgen lassen, doch ich glaube nicht, dass er dein Mann ist. Delacroix' Pechsträhne hat sich dagegen fortgesetzt."

„Nun gut. Wir werden Conolly nicht länger überwachen", antwortete Ingram vage. „Delacroix könnte verzweifelt genug sein, Informationen zu verkaufen, um Schulden zu vermeiden. *Und* er ist Franzose."

Stratford beugte sich vor. „Nun, das ist der Teil, das mich glauben lässt, dass er es nicht ist. Ich *kenne* diese Franzosen, die während der Terrorherrschaft herüberkamen. Sie arbeiteten mit meinem Vater in Spitalfields. Sie haben keine Verbindungen zum Kaiser und sind bestrebt, sich von allem auf dem Kontinent zu distanzieren."

Er begegnete Ingrams Blick. „Allerdings muss ich der Vollständigkeit halber hinzufügen, dass Delacroix gestern Abend im Almack's erwartet wurde und nicht erschienen ist. Ich hörte, wie seine Kumpane ihre Überraschung über seine Abwesenheit zum Ausdruck brachten. Sie sagten, es sei höchst untypisch für ihn, dass er es versäumt, seine Interessen bei einer bestimmten Glücksdame voranzutreiben, wo es doch so viele andere Bewerber gibt, die um seinen Platz wetteifern."

Ingram starrte Stratford scharfsinnig an. „Das ist eine nützliche Information, der man nachgehen sollte. Diese Hinweise machen ihn verdächtig, doch es gibt zu wenig Beweise, um ihn zu verhaften. Da er unsere einzige solide Spur ist und es nichts kostet, ihm zu folgen, sollten wir es weiter tun. Trotz des Vertrauens, das du vielleicht in ihn hast, kann die Flucht vor Gläubigern die Moral eines Mannes senken, ganz gleich wie hoch diese einst war."

„Ja, natürlich", stimmte Stratford zu.

KAPITEL NEUNUNDZWANZIG

Lord Carlton traf um sechs Uhr zusammen mit seiner Schwester Cecily ein, um Eleanor den Abend lang zu begleiten. Lydia, die sich noch auf einem ausgedehnten Reitausflug befand, würde ihre Abfahrt verpassen und gerade für ihr eigenes Familienessen rechtzeitig wieder eintreffen. Eleanor war froh, dass die Ingrams das Abendessen nur unter sich einnahmen. Obwohl Lady Ingram stets sehr freundlich war, musste es doch anstrengend sein, immer eine weitere Person dabei zu haben, die nicht zur Familie gehörte.

Nach dem Abendessen sollten sie ins Theater gehen, und der Plan war, dass Eleanor Lydia dort treffen und mit ihr zum Grosvenor Square zurückkehren sollte. Eleanor trug ein weinrotes Kleid, das im Rücken ein leichtes *V* bildete, tiefer, als sie es gewohnt war, mit winzigen Perlen, die in den Ausschnitt eingenäht waren. Sie trug Granate um den Hals und passende Anhänger in den Ohren, und ihre Wangen leuchteten ungewöhnlich.

Eleanor hatte das Gefühl – ja sogar die Befürchtung – dass Lord Carlton ihr heute Abend einen Antrag machen würde. Der Gedanke machte sie nervös, denn obwohl er alles hatte, was sie sich von einem idealen Mann wünschen konnte, war es keine Liebe, die sie für ihn empfand. Sein schönes Gesicht schwebte nicht vor ihren Augen, wenn sie einschlief. Sie schätzte seine Freundlichkeit, doch sie löste kein Herzklopfen aus.

Auch ohne Lady Ingrams Warnung konnte Eleanor Lord Carltons Vorliebe für sie nicht ignorieren, nachdem er bei ihrem letzten Treffen so offen mit seinen Gefühlen umgegangen war. Zu offen. Sie fragte sich, ob Gefühle, die so schnell kamen, auch so schnell wieder verschwinden konnten. Seine gesellschaftliche Stellung bedeutete nichts, wenn es keine Liebe gab, und trug nicht zur Verlockung bei. Doch ein Teil von ihr fragte sich, ob Liebe jemals kommen würde und ob es nicht besser wäre, das zu schätzen, was sich bot, und zu lernen, damit zufrieden zu sein.

Sobald der Gedanke in ihr Bewusstsein drang, schüttelte sie den Kopf. Die Aufmerksamkeit, die Lord Worthing in zunehmendem Maße jedes Mal, wenn sie sich trafen, zeigte, brachte sie dazu, *Nein* zu sagen. Es reichte nicht aus, zu lernen, damit zufrieden zu sein.

Lady Carlton empfing Eleanor in ihrem Salon und wollte sich erheben, doch ihr Sohn versicherte ihr, dass dies nicht nötig sei. Eleanor machte seiner Mutter ihre Aufwartung und nahm mit Cecily auf dem Sofa Platz, als sie dazu aufgefordert wurde.

„Darf ich dir einen Cordial anbieten, Mutter?" Die gebrechliche Frau schüttelte den Kopf, gab aber ein Zeichen, dass er Eleanor einen bringen sollte. Er tat dies und setzte sich dann auf die andere Seite des Zimmers, um sie zu beobachten. Obwohl Eleanor den Blick erwiderte, änderte sich sein Gesichtsausdruck nicht. Sie wandte sich seiner Mutter zu und fühlte sich wie ein Käfer unter einem Glas.

„Sie werden heute Abend ins Theater gehen", sagte Lady Carlton. „Wer wird sich Ihrer Gesellschaft anschließen?"

„Ich dachte Cecily..." Eleanor sah verwirrt zu Lord Carlton.

„Cecily wird nicht anwesend sein. Wir werden von Mr. Braxsen und einer Miss Redgrave begleitet." Eleanor ärgerte sich kurz darüber, dass er ihr diese Information nicht früher mitgeteilt hatte, auch wenn sie froh war, dass es sich um Mr. Braxsen handelte, den sie kannte. Er fragte: „Kennen Sie Miss Emmeline Redgrave?"

Eleanor schüttelte den Kopf und verdrängte ihren Unmut. Vielleicht wäre Miss Redgrave ein angenehmer Ersatz für Cecily. „Aber ich werde mich freuen, ihre Bekanntschaft zu machen."

Als der Butler die Tür öffnete, um anzukündigen, dass das Abendessen serviert werden würde, stand Lady Carlton auf. „Wir sind hier recht zwanglos, aber Sie müssen entschuldigen, wenn Lord Carlton meine Hand nimmt. Ich bin nicht so kräftig, wie ich es mir wünschen würde."

„Natürlich", sagte Eleanor. Sie stellte sich neben Cecily. „Ich hoffe, Sie wollen mir verraten, woher Sie das Band haben, das in Ihr Haar geflochten ist. Es steht Ihnen sehr gut. Ich bin auf der Suche nach Falbeln, mit denen ich einen meiner schlichten Musselins auffrischen kann, und dieses würde sehr gut passen. Keine Angst", fügte sie lachend hinzu. „Ich werde Sie nicht verärgern, indem ich das Gleiche wähle."

„Ich wage nicht davon zu träumen..." sagte Cecily mit niedergeschlagenen Augen. „In jedem Fall bin ich noch nicht in die Gesellschaft eingeführt worden und niemand wird sehen, was ich trage."

Eleanor drückte ihren Arm. „Das werden Sie doch nächstes Jahr, nicht wahr? Und das wird schneller kommen, als Sie ahnen – wenn ich auch gehofft hatte, Sie könnten uns ins Theater begleiten. Ich dachte, das wäre ein Vergnügen auch für diejenigen, die noch nicht debütiert haben."

„Matthew sagte, er würde es vorziehen, wenn ich nicht gehe. Er sagte, es wäre lästig..." Cecilys Stimme brach ab, als ihr Bruder sie mit einem finsteren Blick bedachte, der sie purpurrot werden ließ.

O je, dachte Eleanor und wurde plötzlich nervös. War es zu viel zu hoffen, dass Lord Carlton heute Abend nicht versuchen würde, seinen Antrag vorzubringen? Wenn sie auch sonst nichts wusste, so wusste sie doch, dass sie nicht bereit war, etwas zu versprechen.

Als das erste Gericht auf den Tisch kam, starrte Lord Carlton Eleanor weiterhin an und sie nahm die Suppentasse mit einem Anflug von Entsetzen entgegen. Wenn sie nervös war, würde sie nicht in der Lage sein, etwas zu essen.

„Wo werden Sie die Sommermonate verbringen, Miss Daventry?" erkundigte sich Lady Carlton. „Sie stehen kurz bevor. Ich gebe zu, dass ich bereit für frische Luft bin, wie wir sie in dem Landhaus bekommen."

„Ich werde bei meiner Tante, Mrs. Daventry, und ihrer Schwester, Mrs. Renly, in Bath wohnen. Sie sind jetzt dort und Mrs. Renlys schlechte Gesundheit wird sie den ganzen Sommer über dort halten."

„Ich habe mich gefragt, warum Lady Ingram Sie in dieser Saison fördert. Sie muss Sie sehr gern haben." Lady Carlton aß einen Löffel von ihrer Suppe, doch den Löffel ein zweites Mal zum Mund zu führen, schien ihr nicht möglich.

„Lady Ingram ist sehr großzügig", meinte Eleanor. „Sie bot an, mich zu fördern, da sie dachte, dass es für ihre Tochter angenehmer wäre, eine Begleiterin für ihr Debüt zu haben. Doch sie kannte mich vorher nicht. Ich glaube, sie vertraute darauf, dass die Patenschaft meines Vormunds vertrauenswürdig genug war. Lydia – Miss Ingram – und ich stehen uns sehr nahe und ich bin dankbar, dass wir unser Debüt gemeinsam erleben können."

„Das bin ich ebenfalls", sagte Lord Carlton. „Sonst wäre ich Ihnen vielleicht nicht begegnet." Er lächelte warm, was Eleanor vor Schreck erstarren ließ. Obwohl seine Mutter und seine Schwester es nicht übel zu nehmen schienen, empfand Eleanor seine Erklärung als zu öffentlich, dafür, dass sie ihm nie Anlass gegeben hatte zu glauben, seine Gefühle würden erwidert. Es mochte eine angenehme Kühnheit in ihm bedeuten, doch sie würde es vorziehen, wenn sich ein Herr ihrer Gefühle sicher wäre, ehe er sein Herz auf der Zunge trug.

Während des Abendessens überlegte Eleanor angestrengt, wie sie mit einer Witwe, einem Herrn und einem Mädchen, das noch nicht ganz aus dem Schulalter heraus war, Konversation betreiben konnte. Lord Carlton war dabei keine große Hilfe, denn er schwankte zwischen einem Zustand des Grübelns und einer höchst unange- nehmen Fixierung auf sie. Alles in allem war es nicht der ange- nehmste aller Abende.

Schließlich verkündete Lord Carlton, es sei Zeit, ins Theater zu gehen, da die anderen jeden Moment eintreffen würden. Kaum waren diese Worte gesprochen, ertönte ein dumpfes Klopfen und die Haustür wurde geöffnet.

Draußen hatte sich der Himmel verdunkelt und ein oder zwei Sterne waren zu sehen. Mr. Braxsen stieg aus der Kutsche, um Eleanor hineinzuhelfen, und entschuldigte sich, dass er sie hatte warten lassen. Er lächelte flüchtig zu Lord Carltons Vermutung, dass die Verzögerung durch seine komplizierte Krawatte und die Anzahl der weggeworfenen Halstücher erklärt werden könnte, die nötig gewesen waren, um dieses mathematisch perfekte Ergebnis zu erzielen. Miss Redgrave begrüßte Lord Carlton herzlich, verbeugte sich aber nur recht steif vor Eleanor. *Hm. Ich frage mich, ob Miss Redgrave ein Auge auf Lord Carlton geworfen hat! Sie kann ihn haben*, dachte Eleanor, die sich immer noch unwohl fühlte, weil er ihr solche Aufmerksamkeit schenkte.

Im Theater nahm Emmeline Redgrave in ihrer Loge neben Lord Carlton Platz und verwickelte ihn in ein Gespräch, während Mr. Braxsen an Eleanors Seite saß. Eleanor suchte die Sitze ab und hielt Ausschau nach Lord Worthing, dessen Augen, wie sie feststellte, auf sie gerichtet waren. Als sich ihre Blicke trafen, zuckte er zusammen und wandte den Blick ab.

Mr. Braxsen begann schließlich, seine Pflicht gegenüber Eleanor zu erfüllen. „Miss Daventry, wie geht es Lord Ingram? Haben die Ärzte gesagt, wann er wieder aufstehen kann?"

„Leider erst in einigen Wochen." Eleanor riss ihren Blick von Lord Worthings Loge los. „Er ist kein willfähriger Patient." Sie lächelte zu ihm auf. „Mir war nicht bewusst, dass Sie so eng mit Lord Carlton befreundet sind."

„Er war mit meinem jüngeren Bruder befreundet und ging in den Ferien mit uns in die Clubs in London. Ich verpasste ihm im Jackson's sein erstes blaues Auge. Eine Runde Boxen", erklärte er.

Eleanor lachte. „Ich sehe, die Freundschaft war damals tief verwurzelt." Sie warf einen Blick auf den Betreffenden und fügte hinzu: „Aber Lord Carlton? Ich kann mir nicht vorstellen, dass er diesen Sport ausübt." *Ich kann mir auch nicht vorstellen, dass Sie sich auf diese Weise anstrengen.*

„Nur weil er Ihnen gut gefällt, halten Sie ihn für derart nett...", begann Mr. Braxsen mit schelmischem Blick.

Ihr Blick musste abweisend gewesen sein, denn er wich leicht zurück, als sich der Vorhang öffnete und die Lakaien die Kerzen löschten. Er beugte sich vor und flüsterte: „Ich erteilte ihm eine heilsame Lektion und er hat es nicht noch einmal versucht." Eleanor lächelte, war aber erleichtert über die einsetzende Dunkelheit.

In der Pause äußerte Miss Redgrave den Wunsch, etwas frische Luft zu schnappen und eine Erfrischung zu sich zu nehmen. Mr. Braxsen stand auf und sagte: „Das möchte ich auch." Er wandte sich an die Insassen der Loge und fügte hinzu: „Wollen Sie sich zu uns gesellen?"

„Ich nicht", gab Lord Carlton zurück, „ich danke Ihnen. Miss Daventry, Sie wollen sich doch nicht dem Gedränge aussetzen, oder?"

Sie warf einen Blick durch das Theater und sah, dass die Loge von Lord Worthing voll besetzt war und noch mehr Leute hineinströmten. Ohne die Hoffnung, den Earl auf der Tribüne zu treffen, konnte sie genauso gut bleiben, wo sie war. Und Lord Carlton würde sicher nicht so unvorsichtig sein, das Theater für einen Heiratsantrag zu wählen. „Nein, ich bin damit zufrieden, zu bleiben." Sie lächelte Mr. Braxsen an.

Als die beiden die Loge verließen, setzte sich Lord Carlton auf den Platz neben ihr. „Hat Ihnen der erste Teil des Stücks gefallen?"

„Unbedingt", erwiderte Eleanor. „Ich gehe jetzt zum dritten Mal ins Theater und ich fand es noch nie langweilig. Ich frage mich, ob das jemals der Fall sein wird." Sie blickte nach oben und betrachtete die vergoldeten Leisten an der Decke.

„Manche Menschen können an allem Freude finden", sagte Lord Carlton mit einer atemlosen Stimme, welche ihren Blick beunruhigt nach vorne lenkte. Sie wagte nicht, ihn anzusehen, konnte jedoch die Hitze spüren, die von ihm ausging.

„Miss Daventry, ich muss mit Ihnen sprechen. Es kann nicht warten und da ich Sie nicht nach Hause begleiten werde ... es ist ärgerlich, doch ich habe Sie scheinbar nie lange genug allein für mich, daher muss das reichen." Eleanor blickte kurz in Lord Carltons errötetes Gesicht und spürte, wie sich ihr Magen zusammenzog.

Ich war naiv. Ich bin für das hier nicht bereit. Es war zu spät und Eleanor konnte ihn nicht davon abhalten, weiterzumachen.

„Von dem Moment an, als ich Sie kennenlernte, habe ich Sie sehr geschätzt. Ich wage es nicht, alles aufzuzählen, denn die Situation, in der wir uns befinden, lässt es vielleicht nicht zu." Lord Carlton blickte hinter sich. „Ich weiß nicht, wann Braxsen und Miss Redgrave zurückkehren werden. Miss Daventry..." Er ergriff diskret ihre Hand. „Eleanor. Ich liebe Sie und in letzter Zeit habe ich zu hoffen gewagt, dass Sie auch etwas für mich empfinden. Wollen Sie mich zum glücklichsten Mann der Welt machen und meine Frau werden?"

Bis die Worte ausgesprochen waren, hatte Eleanor noch nicht gewusst, wie sie darauf reagieren würde. Lord Carlton war alles, was sie sich wünschen konnte. Er war angenehm anzusehen, nahm Rücksicht auf ihr Wohlbefinden und er schien sie zu lieben, wenn man seinen Worten und seiner Aufmerksamkeit Glauben schenken konnte. Sie liebte ihn nicht, dessen war sie sich fast sicher. Doch sie wagte nicht, ihn abzuweisen. *Was, wenn ich mich irre?* Im letzten Moment merkte sie, dass sie die Sicherheit, zu jemandem zu gehören, nicht ohne weiteres ablehnen konnte, selbst wenn sie nur auf Wertschätzung beruhte. Genauso schnell verachtete sie sich für diese Schwäche.

„Das kommt für mich sehr plötzlich", sagte Eleanor. „Sie waren immer so freundlich. Ich glaube nicht, dass ... ich bitte nur darum, dass Sie mir Zeit geben, darüber nachzudenken. Ich weiß nicht was ich fühle." *Ich hätte Nein sagen sollen*, dachte sie hastig. *Ich mache ihm Hoffnungen. Doch was, wenn es ein Fehler ist, Nein zu sagen?*

Lord Carlton machte ein langes Gesicht. „Ich gestehe meine Enttäuschung. Ich hatte gehofft, Sie würden sich zu ... vielleicht war ich nicht klug in der Wahl des Ambientes. Wären wir in privaterer Umgebung gewesen, hätte ich Sie überzeugen können..."

„Ich glaube nicht", sagte Eleanor, ehe er diesem Gedankengang folgen konnte, „dass der Ort meine Antwort geändert hätte. Ich werde nicht so tun, als wüsste ich nicht, dass Sie in den letzten zwei Monaten Gefühle für mich entwickelt haben. Ich wusste es, doch ich war mir meiner selbst nicht sicher. Ihr heutiger Vorschlag hat mich verwirrt, und ich muss Zeit haben, mein Herz zu ergründen."

Eleanor streckte ihre Hand aus und berührte seine. „Werden Sie mir diese Zeit geben?"

Lord Carlton hatte zu Boden geschaut, doch auf ihre Geste hin begegnete er ihrem Blick flüchtig und antwortete: „Ich werde noch nicht verzweifeln."

Kaum hatte er diese Worte gesprochen, traten Mr. Braxsen und Miss Redgrave wieder in ihre Loge und Lord Carltons Haltung änderte sich. Er begann sie auszufragen, ob die Menschenmenge nicht unerträglich gewesen wäre, wie er sie gewarnt hatte. Eleanor wunderte sich über Lord Carltons Fähigkeit, sich von einem Augenblick auf den anderen zu ändern, und fragte sich, ob seine Gefühle nicht tief genug gingen. *Er wird in der Tat ein guter Politiker werden.*

Sie ließ ihren Blick durch das Theater schweifen. Phoebe stand und unterhielt sich mit Lydia und Major Fitzwilliam und Anna stand in ihrer Loge und beobachtete die Menge. Lord Worthing saß immer noch da, ohne jemanden an seiner Seite, und seine Augen waren auf sie gerichtet. Und dieses Mal wandte er den Blick nicht ab.

KAPITEL DREISSIG

Am nächsten Morgen erinnerte sich Stratford immer wieder an das Gesicht von Lord Carlton auf der anderen Seite des Theaters, der lebhaft und lächelnd mit Miss Daventry sprach. Die Visionen verhöhnten ihn.

Wenn er sich jedoch nicht sehr täuschte, hatte Carlton beschlossen, sich Miss Daventry gleich in der Pause zu erklären und war abgewiesen worden. Wenn schon nicht abgewiesen, so doch zumindest nicht sofort akzeptiert. Es war nicht das Gesicht eines Mannes gewesen, der *aux anges* war. Als Gentleman wünschte Stratford niemandem ein solches Unglück, doch er konnte nur froh sein, dass Miss Daventry nicht das erste Angebot, das sie bekam, angenommen hatte.

Nicht, dass sie das getan hätte, erinnerte sich Stratford. Sie hatte nicht zu Amesbury Ja gesagt, und sie hatte auch seinen Antrag nicht angenommen.

Stratford fand es schrecklich abzureisen, solange Miss Daventrys Herz noch nicht erobert war, doch seine Reise zum Anwesen konnte nicht länger warten und er hatte dem Gerichtsvollzieher versprochen, er würde kommen. Als er am nächsten Tag aufbrach, schaffte er die Reise in kurzer Zeit, betrat die Ställe und übergab die Zügel an Jesse, der ihn begrüßte, als wäre er gerade von einem Nachmittagsausritt zurückgekehrt und nicht nach zwei Monaten Abwesenheit. „Sieh zu, dass du sie gut abreibst", sagte Stratford. „Ich habe sie bei der letzten Etappe nicht neu gesattelt, wie ich es hätte tun sollen." Er tätschelte die Seite des Pferdes und wandte sich dem Haus zu.

Der Butler begrüßte Stratford mit einer stattlichen Verbeugung. „Willkommen zu Hause, Mylord. Ich habe bereits ein heißes Bad in Auftrag gegeben, und die Köchin hat begonnen, Ihr Abendessen zuzubereiten. Haben Sie Ihre Truhen?"

„Benchly kommt einen Tag nach mir. Ich habe Kleidung zum Wechseln, die bis dahin reichen wird. Ich habe dem Gerichtsvollzieher geschrieben, dass er mich erwarten soll. Haben Sie etwas von ihm gehört?" Stratford ging die Treppe hinauf.

„Er kam heute, da er dachte, dass Sie bereits auf dem Anwesen angekommen sein könnten, obwohl Ihr Termin erst für morgen angesetzt war. Er wollte eine dringende Angelegenheit mit Ihnen besprechen, falls Sie zufällig hier wären, versicherte mir jedoch, sie könne warten." Billings gab dem Lakaien ein Zeichen, Stratfords Handkoffer zu nehmen, und begann, hinter ihm die Treppe hinaufzusteigen.

„So sehr ich auch darauf brenne, die Konten durchzugehen, bin ich doch froh, wenn das bis morgen warten kann." Stratford betrat sein Zimmer und Billings folgte ihm, um ihm den Mantel abzunehmen.

„Ich werde keine Hilfe brauchen, außer bei meinen Stiefeln." Stratford setzte sich und erlaubte dem Lakaien, ihm erst den einen, dann den anderen Stiefel auszuziehen. „Es gibt etwas, das ich mit Ihnen besprechen möchte, Billings. Kommen Sie nach dem Essen zu mir in die Bibliothek."

Später am Abend, als Billings leise an die Bibliothekstür klopfte, bat Stratford ihn herein, ging dann um den Schreibtisch herum und setzte sich auf die Ecke desselben. Er starrte auf das Gemälde über dem Kaminsims, auf dem die Hunde schnappend und knurrend vor der Fuchsjagd zu sehen waren, und wandte sich dann an den Butler. „Was wissen Sie über die Ortschaft Munroe, die Miss Daventry vererbt wurde? Sie kannten meinen Onkel gut. Hat er Sie in sein

Vertrauen gezogen? Es fällt mir schwer, seine Absichten zu verstehen und ich hoffe, Sie können etwas Licht in die Angelegenheit bringen."

Billings ließ sich mit seiner Antwort Zeit. Er hatte fast sein ganzes Leben lang in Worthings Dienst gestanden, angefangen als Stalljunge, als der junge und frischgebackene vierte Earl ihn aus der Gemeinde abberief. Stratford wusste, dass es nicht leicht für ihn war, das Vertrauen, das der Earl ihm entgegenbracht hatte, mit anderen zu teilen.

Billings hob seine rheumatischen Augen zu Stratford. „Der vierte Earl war noch nicht krank – oder vielleicht wusste er, dass er krank war, hatte es aber niemandem erzählt; das wäre typisch für ihn gewesen –, als er ankündigte, dass der Notar kommen würde, um das Testament zu ändern. Der vierte Earl hatte zu diesem Zeitpunkt bereits gewusst, dass Nicholas nicht sein Erbe werden würde, daher war die Bitte nicht ungewöhnlich. Ich ließ einen weiteren Platz für das Mittagessen eindecken und der Earl und sein Anwalt hielten sich den größten Teil des Vormittags in der Bibliothek auf, ehe die Türen endlich geöffnet wurden. Sie beendeten das Treffen mit dem Mittagessen.

„Als die Kutsche des Anwalts bereit war und davonfuhr, rief mich der vierte Earl in die Bibliothek und setzte sich auf die Schreibtischkante, genau so, wie Sie jetzt sitzen. Er sagte: ‚Erinnern Sie sich an das Mädchen, das mein Mündel ist – Eleanor Daventry? Sie war einmal auf dem Gut, und ich glaube, Sie waren ihr sehr behilflich, als sie ihre Puppe auf die andere Seite der Stierweide fallen ließ.' Er wartete, und ich nickte. Ja, ich erinnerte mich an sie.

„‚Nun‘, sagte er, ‚ich habe mich um ihre Ausbildung gekümmert und eine Summe beiseitegelegt, damit sie in London erscheinen kann, und einen Gefallen von einer Freundin von mir eingefordert...' An diesem Punkt fiel der Graf in eine Denkpause, bevor er seinen Gedankengang wieder aufnahm. Er sagte: ‚Das Mädchen ist nicht nach Worthing zurückgekehrt, doch ich habe mich um ihre Erziehung und ihr Wohlergehen gekümmert. Ich wollte nicht, dass es ihr an Erziehung mangelt. Ich bin zuversichtlich, dass ihre Tante ihre Erziehung gut im Griff hat, und obwohl Mrs. Daventry ein sanftes Geschöpf zu sein scheint, wird sie keine Unverschämtheiten zulassen. Die Kleine wird gut erzogen werden.'

„Ich sagte natürlich nichts. Das stand mir nicht zu. Also fuhr der Earl fort. ‚Ich bin im Begriff, mit meinem Testament einen Skandal zu verursachen, und ich erzähle Ihnen jetzt davon, damit Sie wissen, dass ich bei klarem Verstand war, als ich es tat. Der Notar kann das natürlich bestätigen...' An dieser Stelle wirkte er etwas erschöpft, ging um seinen Schreibtisch und setzte sich. Ich glaube, es war die Aufregung oder vielleicht hatte der vorige Earl tatsächlich gewusst, dass er nicht mehr lange auf dieser Welt weilen würde.

‚Ich werde den lukrativsten Teil des Anwesens dem Mädchen hinterlassen‘, sagte er, ‚und *o weh*, wenn das nicht jemanden zum Zähneknirschen bringt.'"

Billings warf nun einen Blick auf Stratford und verschränkte die Hände hinter dem Rücken. „Dann sagte er: ‚Wenn Stratford das nicht mit Fassung trägt, ist er nicht der Mann, für den ich ihn gehalten habe. Keyes hingegen...' Der Earl hatte leise in sich hineingelacht und gesagt: ‚Seine Verbindung zum Anwesen und was er davon haben könnte, war ihm immer höchst wichtig gewesen, obwohl die Antwort darauf immer *nichts* war.'

„Dann schaute mich der Earl wieder an und sagte: ‚Miss Daventry wird nur erben, wenn sie heiratet. Und warum, werden Sie fragen, habe ich so etwas getan, das Ihnen sicher höchst dumm vorkommt?'– ich habe natürlich nichts dergleichen gefragt – und der Graf fuhr fort: ‚Nun, ich kann vielleicht nicht viel tun, aber, bei Gott, ich kann ein Unrecht korrigieren.'

„Dann faltete er die Hände, lehnte sich in seinem Stuhl zurück und sagte: ‚Mein Vater hat das Stück Land nicht ehrlich gewonnen. Warum musste er auch beim Kartenspiel betrügen und riskieren, dass der Name Worthing in Verruf gerät? Natürlich fand es niemand heraus, sonst hätte man ihn aus der Gesellschaft verstoßen. Er gestand es mir auf dem Sterbebett.'"

Billings warf Stratford einen Blick zu, um zu sehen, wie dieser die Nachricht aufnahm, doch Stratford zeigte sich nicht überrascht, als er erfuhr, dass das Land nicht rechtens erworben worden war.

„Der alte Graf schaute mich an und sagte: ‚Billings, vielleicht werde ich Sie nicht überleben und ich fühle mich verpflichtet, diese Machenschaften mit jemandem zu teilen, von dem ich weiß, dass ich ihm vertrauen kann…'"

Billings brach seinen Vortrag ab, um Stratford klarzumachen: „Er sagte nicht: ‚jemandem, von dem ich weiß, dass er es für sich behält', wohlgemerkt!", ehe er seine Rede fortsetzte.

„Er erzählte mir, dass sein Vater verstarb, als Ihr Onkel gerade dreißig Jahre alt war. Da folgte er dem Verlangen, sich mit Daventrys Sohn anzufreunden. Er wollte es wiedergutmachen, ohne ihm zu sagen, was geschehen war. Wie auch immer, er konnte den Namen seines Vaters nicht auf diese Weise in Verruf bringen. Der junge Daventry war gutmütig und ebenso bestrebt, die Differenzen zwischen den beiden Vätern beizulegen, doch er hatte das Anwesen wegen der törichten Spielerei seines Vaters mit leeren Taschen geerbt. Als Daventry in den Besitz des Titels kam, war er gezwungen, eine Bürgerliche zu heiraten, die zwar viel Geld mit in die Ehe brachte, doch kein Herz. Als sie davonlief, nahm sie alles mit – das verbliebene Geld und das Herz – und verschwendete keinen Gedanken an ihre Tochter, die erst sieben Jahre alt war.

„Der junge Daventry und Lord Worthing waren so eng befreundet", fuhr Billings fort, „dass mein Herr, als man ihn bat, als ihr Vormund zu fungieren, ohne zu zögern zustimmte. Ich glaube, er betrauerte den Tod seines Freundes aufrichtig und war entschlossen, Miss Daventry vor einem Leben in Armut mit einer gleichgültigen Erziehung zu bewahren."

„Und haben Sie eine Vermutung, warum mein Onkel festgelegte, dass sie nur bei einer Heirat erben würde?" fragte Stratford und ein Schauer der Beklommenheit kroch ihm über den Rücken.

„Mir fallen nur zwei Gründe ein, Mylord." Billings schien zu zögern, sie zu nennen, und Stratford war gezwungen, nachzufragen.

„Und die wären…"

„Die wären, dass der Graf Miss Daventry in einer angenehmen Ehe untergebracht sehen wollte, weil ihr einziges Vorbild, eines von Flucht und Zerrissenheit war. Vielleicht fürchtete er, sie würde eine unüberlegte Entscheidung treffen, ohne dass er sie dazu zwang. Er dachte, die Ehe wäre das Beste für sie." Billings hielt inne. „Oder..."

Stratford wartete, war jedoch erneut gezwungen, den Butler aufzufordern. „Oder..."

„Oder mein Herr dachte, es wäre das Beste für *Sie*."

Die Worte hingen in der Luft. *Aufgrund dieses einen Treffens?* dachte Stratford. Damals war er erst zwölf gewesen und hatte sich nicht einmal bemüht, mehr als höflich zu sein. *Warum sollte mein Onkel überhaupt an mich denken?*

Als ob Billings seine Gedanken lesen könnte, fügte er hinzu: „Er verfolgte Ihre Laufbahn, noch ehe er wusste, dass Sie erben würden. Er wusste..." Billings hielt so kurz inne, dass Stratford sich fragte, ob er sagen wollte, sein Onkel habe gewusst, dass Stratford nach Portugal geflohen war, weil er in der Liebe enttäuscht worden war. Stattdessen sagte Billings: „Er wusste, dass Sie in Portugal und Spanien angesehen waren. Er prahlte mit Ihnen."

Stratford atmete auf. Trotz der Selbstherrlichkeit seines Onkels in Bezug auf das Erbe war er gerührt, dass der alte Earl, in dessen Fußstapfen er getreten war, nichts dagegen gehabt hatte, dass er den Titel erbte. Davon dass sein Onkel Miss Daventrys Namen mit seinem eigenen verbunden hatte, fühlte er sich nicht bedroht, wie er vielleicht erwartet hatte. Stattdessen wurde er mit einer Sehnsucht zurückgelassen, die er nicht zuordnen konnte. Wenn er zu lange darüber nachdachte, würde er vielleicht zugeben, dass er sich nach ihr sehnte.

„Danke, Billings. Das wäre dann alles."

In dieser Woche stürzte sich Stratford in die Entscheidungen, die bezüglich des Anwesens getroffen werden mussten, und kehrte nach London zurück, sobald er gehen konnte. Er weigerte sich zu glauben, dass Carltons Antrag erfolgreich sein könnte. Dennoch waren seine Nerven angespannt, sobald er die überfüllten Straßen der Metropole betrat, und es fiel ihm schwer, bis zum nächsten Tag zu warten, um Ingram zu besuchen. Vielleicht würde er dort Miss Daventry treffen, wenn er Glück hatte. Das hatte er.

Als er am Grosvenor Square ankam, fragte er zuerst nach den Damen des Hauses und wurde in den Salon geführt. Lydia saß lustlos da und blickte nicht auf, als er eintrat. Miss Daventry jedoch setzte sich aufrecht hin und schenkte ihm ein Willkommenslächeln, das ihm einen Hoffnungsschimmer ins Herz schickte. Er verbeugte sich und nahm den Platz ihr gegenüber ein.

„Du bist also wieder da?" sagte Lydia mit dumpfer Stimme.

„Du siehst recht erschöpft aus", gab Stratford zurück. „Kommt das von deinem Flirt gestern Abend bei den Hamptons? Phoebe erzählte mir heute Morgen davon. Ich hoffe, du hast heute nicht vor, die Nacht zum Tage werden zu lassen." Es war leichter, Lydia, die er seit seiner Kindheit kannte, wieder zu necken, als angemessene Worte zu finden, die nicht zu viel von seinem Herzen gegenüber Miss Daventry verrieten, wenn Lydia sich dazu äußern konnte.

„Stratford, es ist nicht nett von dir, dich über mein Aussehen zu äußern", sagte Lydia, „es sei denn, um zu sagen, dass du mich sklavisch anbetest."

„Du weißt genau, dass ich das nicht tun werde. Du bist zu sehr wie meine Schwestern, und *sie* verhätschele ich nicht. Außerdem", meinte Stratford freundlich, „siehst du wirklich erschöpft aus. Nun, ich werde nicht zu vertraut mit Miss Daventry sein und sagen, dass *sie* müde aussieht. Das wäre natürlich eine Lüge."

Ihr Blick schoss nach oben und er versuchte, ihn zu halten, doch sie schaute wieder auf ihre Stickerei, ihre Wangen rosig.

„Bist du hier, um Ingram zu sehen?" fragte Lydia spitz. „Du scheinst aus keinem anderen Grund gekommen zu sein, als Unfug zu treiben und zu sticheln, wie du es früher getan hast, als wir noch Kinder waren."

Stratford antwortete nicht sofort, sondern beobachtete weiterhin Miss Daventry, deren Kopf über ihre Arbeit gebeugt war. *Wenn sie doch nur aufblicken würde.*

Schließlich hob sie den Kopf und er bemerkte ihren seltsamen Blick. *Oh!* Er hatte nicht geantwortet.

„Ich habe nicht gestichelt", sagte er. „Du hast uns ständig belästigt und nur so konnte ich dich davon abhalten, uns hinterherzulaufen, wobei du dich hättest verletzen können."

„*Hmm!*", meinte Lydia. „Nun, wie du siehst, laufe ich nicht mehr hinterher. Wenn du so schlechte Erinnerungen an alles hast, warum suchst du dir dann nicht woanders Gesellschaft?"

„Ich sehe, du bist ohne Grund provokant streng." Stratford streckte die Beine aus und lehnte sich zurück. Miss Daventry hatte den Kopf wieder in ihrer Stickerei vergraben und er glaubte, dass sie ein Lächeln verbarg. Er wünschte sich, er könnte ohne Lydia mit ihr einen Ausflug machen, doch das konnte er natürlich nicht verlangen. Es war unerträglich, sich ihr nicht widmen zu können, ohne dass Lydia jede seiner Bewegungen beobachtete. Das – und nicht zu wissen, ob sie mit diesem Grünschnabel verlobt war.

Stratford stand auf. „Ich werde Fred besuchen, wenn er mich sehen will. Was meinst du, ist er wach?"

Lydia nickte. „Ich habe ihn vor nicht einmal fünf Minuten verlassen."

Als Lord Worthing den Raum verließ, wünschte Eleanor, ihr wäre etwas Gescheites eingefallen, das sie hätte sagen können. Ihr Herz hatte einen Sprung gemacht, als er nach einer Woche Abwesenheit den Raum betrat, aber sie konnte nur wie ein Einfaltspinsel auf ihre Nähte starren. Wirklich. Wie konnte sie jemals hoffen, sein Herz zu erobern, wenn sie keine zwei Worte zusammensetzen konnte?

Eleanor faltete die Stickerei zusammen. „Lord Worthing weiß, wie er dich provozieren kann." Blinzelnd fügte sie hinzu: „Vor allem, wenn du tatsächlich erschöpft bist. Vielleicht sollten wir die Gala heute Abend aussitzen."

Lydia stürzte sich auf Eleanor. „Und du! Du warst so still vorhin. Hast du dich mit Stratford gestritten?"

„Worüber sollen wir uns denn streiten? Und wann hätten wir dazu Zeit gehabt? Er war die ganze letzte Woche weg", erwiderte Eleanor und versuchte, ihre Bemerkung mit einem Lachen zu überspielen. Als Lydia nicht reagierte, sah sie zu ihr auf. „Was?"

„Du warst die ganze Woche über still, wenn ich so darüber nachdenke." Lydia schaute sie an. „Du bist doch nicht verliebt, oder? Ist es Carlton?"

„Ich bitte dich, diesen Gedanken zu vergessen. Ich habe nicht die Absicht zu heiraten."

„Eleanor", rief ihre Freundin. „Ich kenne dich zu gut, um diesen Blödsinn zu glauben. Du hoffst sehr darauf, zu heiraten. Du bist dazu bestimmt ein gemütliches Heim zu haben und Kinder, die herumtollen, und ... und, was ist? Warum weinst du denn?" Lydia eilte herbei und legte ihre Arme um Eleanor. „Sag es mir, was ist los?"

„Nichts, nichts", keuchte Eleanor. „Und ich weine nicht."

„Eleanor. Während unserer gesamten Freundschaft habe ich dich nie auch nur eine Träne vergießen sehen und *jetzt* weinst du. Also heraus mit der Sprache. Was ist los?"

Eleanor atmete aus und begegnete Lydias Blick. Ihre Lippen zitterten und sie grub ihre Fingernägel in ihre Handflächen, um ihre Stimme ruhig zu halten. „Es ist nur so, dass ich nicht glaube, dass so etwas für mich jemals wahr werden kann."

Lydia zog die Augenbrauen zusammen. „Unfug. Hat Lord Carlton dir einen Antrag gemacht?" Doch das löste nur einen weiteren Tränenausbruch aus. „Eleanor, ich verstehe dich nicht. Du willst jemanden, der dich liebt, und Lord Carlton ist dieser Mann."

Eleanor schüttelte den Kopf und blickte ihre Freundin mit tränengefüllten Augen an. „Aber ich liebe ihn nicht."

Lydia war einen Moment lang verblüfft. „Aber er ist ... ist da jemand anderes?"

„Nein." Eleanor schüttelte den Kopf. „Ich weiß es nicht."

Keine von beiden sprach, während Eleanor sich die Tränen fortwischte. Lydia sah sie scharfsinnig an und öffnete den Mund, um etwas zu sagen, schloss ihn dann aber wieder. Schließlich nahm sie Eleanors Hände in die ihren. „Ich weiß, dass es jemanden für dich gibt. Jemand, der deinen Reizen gegenüber nicht blind ist und der dein Herz erobern wird. Du darfst die Hoffnung nicht aufgeben."

Stratford hatte nicht lauschen wollen, doch er konnte sich nicht losreißen, als sein Name fiel. Wenn er sich jetzt nicht eilte, lief er Gefahr, entdeckt zu werden. Er bewegte sich verstohlen auf die Treppe zu und betete, dass Hartsmith nicht auftauchen und seinen Namen rufen würde, und somit zu verraten, dass er nicht oben war, wo er sein sollte.

Als er außer Gefahr war, blieb er vor Ingrams Tür stehen, um seine

Gedanken zu ordnen. Miss Daventry glaubte nicht, dass die Heirat mit jemandem, der sie liebte, ihr widerfahren könnte? Stratford schüttelte ungläubig den Kopf. Er erlaubte sich noch einen Gedanken, ehe er Ingrams Zimmer betrat.

Sie würde Carlton nicht heiraten. Wie von selbst verzogen sich seine Lippen zu einem Lächeln, ehe Stratford durch die Tür trat.

KAPITEL EINUNDDREISSIG

Nachdem Eleanor mit so schweren Dingen zu kämpfen hatte, wie dem Heiratsantrag eines Mannes, den sie ablehnen wollte, dem knappen Wortwechsel mit einem anderen, zu dem sie ihre Zuneigung nicht verleugnen konnte, und der vagen Befürchtung, dass die Suche nach einer Anstellung ihr nicht die Freiheit bringen würde, die sie sich so sehr gewünscht hatte, war sie bereit, diese Dinge beiseitezuschieben, um einen Vandyke-Spitzenbesatz für ihr gelbes Kleid zu finden. Zumindest würde der Ausflug Lydias Fragen zerstreuen.

Für Lydia war der Ausflug nicht von schwerwiegenderen Erwägungen begleitet, aber beide diskutierten die Vorzüge eines weißen Sonnenschirms mit gelben Band gegenüber einer Schute, die kostspielig genug war, um andere Anschaffungen auszuschließen, die aber einen hellen Teint ebenso gut schützen würde. Wenn Eleanor dazu noch die weißen Seidenhandschuhe trüge, die noch immer unten in ihrem Koffer lagen, wäre das Ensemble geradezu hinreißend.

„Wir müssen auch schauen, ob der Pantheon-Basar nicht eine größere Auswahl hat." Lydia drehte ein Stück Spitze um, um zu sehen, wie es sich von der anderen Seite trüge. „Das Gedränge macht dir doch nichts aus, oder?"

„Du weißt genau, dass es mir nichts ausmacht", erwiderte Eleanor.

„Doch wenn wir dorthin gehen, müssen wir auf den Spaziergang im Hyde Park verzichten, und ich glaube...", hier beugte sie sich vor, um nicht belauscht zu werden, „Major Fitzwilliam wird hoffen, dich zu sehen."

„Das interessiert mich nicht", meinte Lydia mit einem Achselzucken, das für die scharfen Augen einer Freundin aufgesetzt wirkte.

Eleanor hatte beobachtet, wie Lydia sanft wurde, wann immer der Major in der Nähe war. Als sie sah, dass in dem Trubel niemand in der Nähe war, der ihr Gespräch hätte mithören können, erwiderte sie mit leiser Stimme. „Lydia, ich glaube dir nicht. Es sei denn, deine Mutter hat dich darin beeinflusst, dich nicht für ihn zu interessieren? Er ist eindeutig in dich verliebt und er ist niemand, mit dem man Scherze treibt." Lydia zuckte mit den Schultern und gab keine Antwort.

Eleanor, die sich sicher war, dass ihre Freundin nicht so wankelmütig sein konnte, vertiefte das Thema. „Ist Lord Ingram mit seinem Interesse einverstanden?"

„Ich bin überrascht, dass er das ist, doch nicht genug, um Mama zu beeinflussen. Major Fitzwilliam muss seinen Lebensunterhalt verdienen. Und ich..." Lydia verstummte, entweder unwillig oder unfähig, ihre Zurückhaltung zu artikulieren.

Eleanor runzelte die Stirn. Lydia hatte eine Vorliebe für Major Fitzwilliam gezeigt, doch die Missbilligung ihrer Mutter musste schwerer wiegen, als ihr bewusst gewesen war. Sicherlich konnte es nicht an seinem mangelnden Reichtum liegen, denn derlei hatte Lydia noch nie interessiert. In einem Anflug von Einsicht erkannte sie, dass es nur ein Fall von Nervosität war. Es war nicht leicht, sein Herz zu verschenken. „Trotz alledem ist seine Charakterstärke...", begann Eleanor.

Sie wurde von einer schrillen Stimme unterbrochen. „Lydia, wie ich sehe, hat uns der Zufall erneut zusammengeführt." Beide drehten sich um und sahen Harriet Price, die sich ihnen vom Ladeneingang her näherte. Sie ignorierte Eleanor vollkommen.

„Dies ist erst meine zweite Woche in London und ich muss einfach Zeit finden, um vorbeizukommen. Wir wurden daran gehindert, früher zu kommen und nun muss ich mein Debüt erst spät in der

Saison geben. Doch es steht nicht zu befürchten, dass es im Mai in London an Gesellschaft mangelt, also war es vielleicht doch der beste Zeitpunkt. Lydia, was für ein bezaubernder Hut, den du da trägst. Ich könnte schwören, dass dein Teint heller geworden ist."

„Hallo, Harriet", sagte Lydia mit einem deutlichen Mangel an Begeisterung. Eleanor weigerte sich, zu kuschen und den Blick abzuwenden.

„Ja, ich habe jeden Tag Einladungen bekommen, seit wir angekommen sind." Harriet Price wandte ihr strahlendes Lächeln Eleanor zu. „Wo wohnst *du* denn? Ich wusste nicht, dass deine Familie einen Wohnsitz in London hat."

„Du weißt recht gut, dass ich diese Monate bei der Familie Ingram verbringe. Oh…" Eleanor drehte sich um, als die Ladenbesitzerin rief: „Hier, Miss." Sie nahm das in braunes Papier eingewickelte Päckchen entgegen, ohne Harriets Antwort zu verpassen.

„Ich nehme an, das ist keine Überraschung. Ihr wart schon immer *so* gut befreundet." Harriets Tonfall verriet einen unausgesprochenen Zusatz, der zu sagen schien: *Ich habe keine Ahnung, was Lydia Amüsantes an dir findet.*

„Nun", fuhr Harriet fort, wobei ihr Blick zu Eleanor flackerte. „Ich werde Einladungen für meinen Debütantinnenball an dein Haus schicken lassen. Du kannst deinem Bruder sagen, dass sein Name auf der Karte stehen wird."

„Mein Bruder liegt mit einem gebrochenen Bein im Bett", entgegnete Lydia kurz. „Er wird nicht kommen können."

„Schade", rief Harriet mit einer Stimme voller Neugierde. „Ist das eine Verletzung, die schon länger zurückliegt? Wie lange wird es dauern, bis sie verheilt ist?"

„Der Arzt hat gesagt, wir werden es erst in ein paar Wochen wissen." Lydia streckte die Hand nach ihrem eigenen Päckchen aus und sagte: „Guten Tag, Harriet."

Als Harriet den Mund öffnete, um zu antworten, läutete die Klingel über der Tür und Judith Broadmore kam herein. „Bist du fertig?" fragte Eleanor Lydia und wandte sich der Tür zu. Da der Laden es nicht zuließ, dass drei Personen nebeneinander gingen, gab es kein Entrinnen vor Miss Broadmore und sie standen sich Auge in Auge gegenüber.

„Wie geht es Ihnen?" fragte Judith mit einem Nicken, das Lydia und Eleanor einschloss, und einer Begrüßung, die rätselhaft herzlich war. Eleanor konnte sich nicht vorstellen, warum Miss Broadmore sie überhaupt ansprechen würde.

Judith fuhr fort, die Augen auf Lydia gerichtet. „Ist Ihr Bruder auf dem Weg der Besserung? Ich nehme an, dass Stratford Sie deshalb überall hinbegleiten muss. Ihre Familien verstehen sich so gut."

„Obwohl mein Bruder Stratford gebeten hat, diese Aufgabe für ihn zu übernehmen, solange er ans Bett gefesselt ist, und Stratford so gütig war, ihr nachzukommen, glaube ich, dass er es tut, weil er unsere Gesellschaft genießt. Ich kenne ihn, seit ich am Gängelband war." Lydia klemmte sich ihr Päckchen unter den Arm. „Stratford ist wie ein Bruder für mich."

„Ah ja." Judith warf einen Blick auf Eleanor. „Ich nehme an, Stratford empfindet diese Bitte fast als eine Verpflichtung. Er hatte eigentlich vor, London zu verlassen, sobald seine Schwestern und seine Tante sich gut eingelebt hatten. Das erzählte er mir, gleich nach seiner Rückkehr von der Halbinsel als wir uns begegneten, noch ehe er nach Worthing aufgebrochen war. Er fühlte sich wohl dabei, sich mir anzuvertrauen, wissen Sie. Wir sind seit so vielen Jahren befreundet." Sie nickte der Ladenbesitzerin zu, die wieder am Tresen erschienen war.

Lydia zog eine Augenbraue hoch. „Aber ja, davon hörte ich. Ich bin sicher, Sie haben alle Neuigkeiten über unsere jeweiligen Familien direkt von ihm erfahren und Ihre Frage nach meinem Bruder war eine reine Formalität." Die Stichelei amüsierte Eleanor insgeheim, doch Miss Broadmore schien sie nicht zu treffen. Sie war eine Frau, die sich nicht beleidigen ließ, wie es schien.

„Nun." Judith zuckte mit den Schultern und stieß einen leichten Seufzer aus. „Da ich aus demselben Grund wie Sie gekommen bin, darf ich Sie nicht aufhalten. Ich bin sicher, dass wir uns bei einer der kommenden Veranstaltungen begegnen werden."

„Zweifellos", gab Lydia zurück. Eleanor hörte noch den Anfang der

Begrüßung von Miss Broadmore und Harriet, konnte aber nicht beurteilen, wie gut sie sich kannten.

Sie und Lydia traten in den strahlenden Sonnenschein hinaus und wurden durch das milde, aber nicht zu heiße Wetter aufgeheitert. „Großer Gott, was für ein bösartiges Geschöpf", sagte Lydia. „Ich war mehr als versucht, ihr den wahren Grund zu verraten, warum Stratford uns überall hinbegleitet."

Eleanor, die ahnte, worauf das hinauslaufen würde, sagte nichts, bis Lydia stehen blieb und sie ansah. „Ich habe endlich herausgefunden, warum Stratford dich in unserem Salon ständig ansah und warum du es nicht ertragen konntest, seinen Blick zu erwidern."

Eleanor warf einen Seitenblick auf Lydia, und Hitze stieg ihr in die Wangen. Lydia keuchte auf. „Ich wusste es. Er hat ein *tendre* für dich entwickelt, gib es zu! Es ist nicht Lord Carlton, für den du dich interessierst, sondern Stratford. Und er empfindet dasselbe für dich", schloss sie triumphierend.

Eleanor versuchte, sich zu behaupten und entgegnete: „Das darfst du nicht sagen, Lydia. Er hat sich nie dazu bekannt." Sobald die Worte ihre Lippen verließen, stockte sie, denn sie erinnerte sich daran, dass er sich bekannt *hatte*, doch nicht auf eine Weise, die einem von ihnen beiden zur Ehre gereichte. „Glaube mir, er hat keinen solchen Gedanken in seinem Kopf."

„Du magst das glauben, doch ich glaube es nicht und ich kenne ihn am besten", sagte Lydia vergnügt. Sie ergriff Eleanors Ellbogen und bahnte sich einen Weg durch die Scharen von Nachmittagseinkäufern, die sich um den Hutmacher scharten. „Ach du lieber Himmel. Wer muss schon zum Pantheon-Basar gehen? Wir haben den Zirkus genau hier bei McAllister's gefunden."

Eleanor flüsterte ein Dankeschön, dass die Menge Lydias Gedanken in eine andere Richtung gelenkt hatte, und ihr ein Aufschub gewährt wurde, damit sie darüber nachdenken konnte, wie sie es leugnen könnte.

◈

LORD CARLTON HATTE Eleanor eine Woche Zeit gegeben und sie wusste, dass die Konfrontation bald kommen musste. Ein Teil dieser Zeit war seiner Mutter gewidmet, wovon sie wusste, weil er ihr eine Nachricht geschickt hatte, die in einen Blumenstrauß steckte. Einmal begegneten sie sich in der Oper, doch er war nicht so unvorsichtig, ihr unter diesen Umständen einen zweiten Antrag zu machen. Und das letzte Mal trafen sie sich auf einer Tanzveranstaltung, zu der er zu spät kam, um dann festzustellen, dass ihre Tanzkarte bereits voll war.

Eleanor war sich noch immer nicht im Klaren darüber, wie sie Lord Carlton abweisen sollte, nur dass sie es musste. So viel war klar, sobald sie Stratford nach einer Woche Abwesenheit gesehen hatte und spürte, wie sich ihr Herz überschlug. Wenn sie nur garantieren könnte, dass sie, indem sie Lord Carlton eine Absage erteilte, nicht nur dafür sorgte, dass er frei war, eine junge Frau zu finden, die ihn gleichermaßen schätzte, sondern auch dafür, dass ihr eigenes Leben nicht in Plackerei endete.

Garantieren konnte sie es jedoch nicht. Je mehr sie darüber nachdachte, desto mehr Angst hatte sie, eine falsche Entscheidung zu treffen. Ihre Entschlossenheit wurde nur durch das Wissen gestärkt, dass sie ihn im Grunde ihres Herzens nicht liebte.

Die Gelegenheit bot sich ganz einfach. Eleanor war während der Zeit für Morgenbesuche im Salon und Lydia war noch nicht heruntergekommen. Eine Zofe hatte Lydias Zimmer in dem Moment betreten, als Eleanor aus ihrem kam, und sie wusste, dass ihre Freundin nicht sofort fertig sein würde.

Lord Carlton wurde zehn Minuten später angekündigt und als er sie allein vorfand, strahlte sein Gesicht vor Freude. „Miss Daventry!" Und mit Worten, die ihr das Herz in die Kehle springen ließen: „Oder … darf ich es wagen Sie Eleanor nennen?" Er kam zu ihr, setzte sich neben sie und nahm ihre Hände in die seinen. „Bitte erlösen Sie mich von meiner Qual und sagen Sie mir, dass Sie Lady Carlton werden. Ich möchte die Ankündigung an die *Morning Gazette* schicken. Ich möchte der ganzen Welt von meinem Glück erzählen." Er hob ihre Hände und legte seine Lippen darauf.

„*Pst*. Bitte, Lord Carlton..."

„Matthew, ich bestehe darauf."

„Nein, das wage ich nicht. Lord Carlton ..." Eleanor hielt inne und verlor fast ihre Entschlossenheit, als sein Blick verzweifelt wurde und sich dann verhärtete. Er riss seine Hände von ihren los und wandte sich nach vorn, doch ihr flehender Blick verweilte auf seinem Gesicht. „Bitte, glauben Sie mir, dass ich Ihnen dankbar bin für die Ehre, die Sie mir mit Ihrem Antrag erwiesen haben. Ich bin mir dessen bewusst..."

„Reden Sie mir nicht von Dankbarkeit", stieß er hervor. „Wollen Sie mich abweisen?"

„Dennoch muss ich Ihnen dankbar sein", gab sie zurück. „Ich werde nie an Ihren Antrag denken, ohne die Ehre anzuerkennen, die Sie mir erwiesen haben. Doch ich muss ablehnen..."

„Eleanor, nicht! Sie brauchen einfach mehr Zeit." Lord Carlton sprang auf und begann vor ihr auf und ab zu gehen.

Eleanor schüttelte den Kopf. „Die brauche ich nicht. Ich weiß, dass ich meine Meinung nicht ändern werde. Es hat nichts mit Ihnen zu tun. Es ist nur so, dass ich Ihre Gefühle nicht erwidere. Ich bin Ihnen dankbar für Ihre Freundschaft..."

„Freundschaft", spie er. „Ich wünsche keine Freundschaft." Er ging zum Kamin und legte seine Hand auf den Kaminsims, den Rücken ihr zugewandt.

„Dennoch ist sie für mich von großem Wert und ich hoffe, dass Sie das auch so sehen werden. Mylord, Sie verdienen eine Frau, die Ihre Gefühle erwidert. Sie verdienen..."

Durch schieren Willen schlug sie einen ermutigenden Ton an. „Sie verdienen eine Frau, die Freude daran hat, große politische Partys zu veranstalten und die über die Themen debattieren kann, die Sie inspirieren. Ich möchte ein ruhiges Leben führen – auf dem Land und nicht in London, wenn das möglich ist. Ich bin überzeugt, Mylord, dass Sie mit der Zeit die Weisheit meiner Ablehnung erkennen und mir für meine Standhaftigkeit dankbar sein werden."

Lord Carltons Gesichtsausdruck war elendig, als er sich ihr zuwandte. Bestürzt, sogar wütend. Eleanors Mund wurde trocken bei der Aussicht, unverheiratet zu bleiben und auf kein Geld zurückgreifen zu können. Was, wenn dies ihre einzige Chance war? *Aber es ist das Richtige. Ich weiß, dass es das Richtige ist.*

Lord Carlton ließ die Arme zu den Seiten fallen. „Ich werde Ihnen meine Aufmerksamkeit nicht länger aufzwingen, Ma'am." Er machte eine kurze Verbeugung. „Ihr gehorsamer Diener."

Mit diesen Worten stakste er durch den Raum, riss die Tür auf und schloss sie fest hinter sich. Eleanor rechnete aus, dass ihr nur zehn Minuten blieben, in denen sie sich ausgiebig ausweinen und die roten Flecken verblassen lassen konnte, ehe Lydia erschien. Sie ließ die Flut kommen.

KAPITEL ZWEIUNDDREISSIG

Stratford grübelte am frühen Morgen in seiner Bibliothek über den Konten. Seine Aufmerksamkeit wanderte immer wieder zu der Spalte, in der die Einnahmen der Ortschaft Munroe verzeichnet waren. Momentan ging das Geld direkt in einen Treuhandfonds für Miss Daventrys zukünftigen Ehemann und er weigerte sich, darüber nachzudenken, wer das sein könnte, bis er im Besitz der Fakten war. Er hatte Ingram gefragt, ob sie einen Antrag von Lord Carlton angenommen hatte, doch Ingram hatte nur die Achseln gezuckt. Er sagte, es wäre nicht seine Angelegenheit. Auf jeden Fall war nichts bekannt gegeben worden.

Als die Zahlen auf dem Blatt zu verschwimmen begannen, stand Stratford auf. Phoebe sollte mittlerweile zum Frühstück unten sein und könnte ihm bei seinem Vorhaben helfen. Er wollte herausfinden, ob er bei Eleanor Daventry noch eine Chance hatte und dafür brauchte er genug Zeit, um ein richtiges Gespräch mit ihr zu führen.

Stratford fand Phoebe allein am Tisch vor und war erleichtert, dass er nicht unter Annas durchdringendem Blick fragen musste. Er goss sich eine Tasse Kaffee ein und setzte sich. „Ich dachte, wir könnten in Mary-le-Bone ein Picknick veranstalten. Du sagtest, dort gäbe es eine alte Festung, die du gerne sehen würdest."

Lächelnd erwiderte Phoebe: „Das ist vier Jahre her, Stratford, und seitdem war ich zweimal dort." Vielleicht hatte sein Gesicht etwas preisgegeben, denn sie musterte ihn einen Moment lang scharfsinnig, ehe sie hinzufügte: „Aber warum nicht noch einmal? Es ist wunderschön draußen und das soll nach einem recht kühlen Frühling auch die ganze Woche so bleiben. Ich werde sehen, ob wir mit Anna etwas auf die Beine stellen können. Wen würdest du sonst noch gerne einladen?"

Er kratzte sich am Kopf. „Nun, warum nicht eine größere Gruppe organisieren? Ich wollte mehr mit Braxsen über seine Zeit auf der Halbinsel sprechen, und wohin er geht, geht auch Major Fitzwilliam. Also welche Damen auch außer dir und Anna noch für unsere Gruppe in Frage kommen könnten..."

Phoebe antwortete mit vollkommener Ernsthaftigkeit. „Ich glaube, Lydia wäre an einem solchen Ausflug sehr interessiert. Dann hätten wir eine gerade Zahl." Sie trank einen Schluck von ihrem Kaffee und tupfte sich mit der Stoffserviette die Lippen ab.

Stratford trommelte mit den Fingern auf den Tisch. „Nun, ich sah Mr. Richards oft in der Gesellschaft von Major Fitzwilliam. Ich glaube, sie werden diesen Sommer zur gleichen Zeit nach Spanien zurückkehren. Wenn er mitkommt, haben wir vielleicht noch Platz für eine weitere Dame."

Phoebe enttäuschte nicht. „Ich nehme an, es ist nur natürlich, dass wir Eleanor Daventry einladen. Sie wohnt bei den Ingrams und so bleibt unsere Zahl ausgeglichen."

„Ja, das bleibt sie", sagte Stratford und freute sich, die Gruppe so einfach organisiert zu haben, ohne seine Absichten zu verraten. Phoebe würde diejenige sein, die es mit Anna besprechen würde und die Einladung würde von seinen Schwestern kommen, ohne dass jemand etwas ahnte. „Sagen wir nächsten Samstag?"

Stratford ging leichten Schritts hinaus. Es war nur natürlich, dass er den Damen bei den Ingrams den Ausflug sofort vorschlug, ehe sie andere Pläne machten. Wie erwartet, fand er sie im Salon, denn es war die Hauptzeit für morgendliche Besuche. Er musste nur einen Moment finden, um zu fragen, wenn sonst niemand da war. Als er jedoch hineingelassen wurde, war der Salon voller Menschen. *Unter diesen Umständen werde ich nie die Gelegenheit haben, mit ihr zu sprechen.*

„Guten Morgen, Lydia." Er beugte sich über ihre Hand. Ohne weiter Worte an jemanden zu verschwenden, der von Verehrern umlagert war, ging er zu Miss Daventry und tat dasselbe. Ihr Gesicht sah verhärmt aus und er glaubte, einen flehenden Blick in ihren Augen zu erkennen, als er ihre Hand berührte. Dann warf er einen Blick auf den Herrn, mit dem sie sich unterhielt. Kein Wunder. Es war Monty Smith, der den Ruf eines Langweilers hatte.

„Worthing!" rief Monty aus. „Ich habe Miss Daventry hier gerade die Feinheiten der Gasbeleuchtung erklärt. Sie hat es noch nie so ausführlich erklärt bekommen, nicht wahr, Miss Daventry? *Hm?* Worthing, nehmen Sie sich einen Stuhl. Ich kann bis zu dem Teil zurückgehen, wo ich die Brenner und Ventile beschreibe und wie sie zusammenpassen. Ich glaube, Miss Daventry hat es beim ersten Mal nicht verstanden..." Er sah sich nach einem Stuhl um. „Es scheint im Moment kein Stuhl frei zu sein, aber wenn Sie sich einfach hierhin stellen wollen..."

„Es tut mir leid, Monty." Stratford zuckte entschuldigend mit den Schultern. „Ich bin auf dem Weg zu Ingram und er bat mich, Miss Daventry für einen häuslichen Dienst mitzubringen, den er nicht näher erläutert hat."

„Gewiss, Lord Worthing." Miss Daventrys Augen leuchteten vor Dankbarkeit, als sie aufstand und Monty zunickte. „Es war mir ein Vergnügen, Sir", sagte sie und legte ihre Hand auf Stratfords Arm.

„Lydia", rief Miss Daventry, als sie vorbeigingen. „Dein Bruder braucht mich. Ich werde nicht lange bleiben." Umgeben von Verehrern, blickte Lydia sie kaum an.

Er führte Miss Daventry in den Flur und geleitete sie bis zum Treppenhaus, ehe er sich ihr zuwandte. „Miss Daventry", sagte er feierlich. „Ich habe eine kleine Notlüge erzählt. Lord Ingram hat nicht nach Ihnen gefragt."

Miss Daventrys Lachen ertönte, obwohl sie versuchte, es zu unterdrücken, und Stratford war so erfreut, dass er nicht anders konnte, als ebenfalls zu lachen und ihr seinen Kopf zuzuneigen. Obwohl ihr

Amüsement nachließ, wich das Lächeln nicht aus ihren Augen. „Sie haben mich also gerettet", sagte sie, und ihre Grübchen vertieften sich.

„Da niemand ihm zuhört, wird Monty Smith nicht länger als zehn Minuten bleiben, und Sie können getrost zu Ihren Verehrern zurückkehren."

Sie verdrehte die Augen. „Meine Verehrer. Aber natürlich." Miss Daventry lächelte breit und entzog ihm ihren Arm. „Danke, Mylord."

„Ich bin auf dem Weg zu Ingram, doch es gibt etwas, das ich mit Ihnen und Lydia besprechen möchte, wenn ich zurückkomme, also gehen Sie nicht weg", sagte er.

Sie neigte den Kopf und betrat die Bibliothek. „Ich werde nicht weggehen."

Im vollkommenen Kontrast zu Stratfords Hochgefühl saß Ingram im Bett, zerknüllte ein Pergamentpapier nach dem anderen und zielte auf das Feuer. „Stratford", sagte er. „Komm herein. Würdest du mir einen Gefallen tun und die Papiere, mit denen ich verfehlt habe, aufsammeln und ins Feuer werfen? Sie sind vertraulich, weißt du."

„Bist du sicher, dass das klug ist?" erkundigte sich Stratford. „Es braucht nur ein brennendes Papierknäuel durch das Gitter zu rollen, und was machst du dann? Du kannst dich von hier nicht wegbewegen."

„Oh, ich nehme an, es wird schon jemand kommen und mich rechtzeitig herausholen", erwiderte Ingram mit lustloser Stimme. „Oder auch nicht. Es ist ohnehin alles gleich."

„Du bist deprimiert, nicht wahr?" Stratford hob die wenigen Papierknäuel auf, die das Feuer verfehlt hatten, und warf sie hinein. „Wie viele Wochen musst du noch Bettruhe halten?"

„Der Arzt sagte, noch vier Wochen. Ich brauche etwas, um mich zu beschäftigen. Ich kann die Untätigkeit nicht ertragen."

„Erlerne Handarbeiten", empfahl Stratford. Als das kein Lächeln hervorrief, fuhr er fort: „Ich bin sicher, Fitz wird dir das im Detail erzählen, wenn er kommt, doch er lässt Delacroix immer noch verfolgen. Der Kerl treibt sich überall herum. Fitz ließ seinen Verfolger noch einen Schritt weiter gehen und sein Zimmer durchwühlen, als er wusste, dass Delacroix nicht zu Hause war. Er fand nichts in seinem Besitz. Nichts, was ihn verdächtig macht."

„Er könnte es bereits verschickt haben..." Ingram brach ab. „Nein. Ich bin sicher, Delacroix würde es niemandem anvertrauen. Er muss es noch in seinem Besitz haben. Ich bin mir fast sicher, dass er es selbst zu den Franzosen bringen wird, wenn er etwas auf sich hält. Das heißt, es ist irgendwo anders versteckt oder er trägt es bei sich."

„Oder es ist jemand ganz anderes", sagte Stratford.

„Oder das", räumte Ingram ein. „Hört zu. Fitz soll Delacroix weiter verfolgen, doch wir müssen unsere Suche auf Idealisten ausweiten. Diejenigen, die das Geld nicht brauchen, aber die Informationen aus Prinzip verkaufen würden." Er fügte hinzu: „Was fast noch schlimmer ist."

Stratford nickte. „Wir werden vielleicht bald mehr Informationen haben. Fitz hat Gerüchte gehört – er sagte, einer seiner Männer könnte einen Hinweis darauf haben, wann der nächste Versuch stattfinden wird, und auch eine Beschreibung des Kerls. Frag mich nicht, wie, denn er hat *mir* die Information nicht anvertraut. Er sagte, er käme heute oder morgen, um dir einen vollständigen Bericht zu geben. Das wird dich weiter beschäftigen."

Ingram seufzte laut. „Ja, wenn wir eine echte Spur haben. Aber ich will es selbst machen. Ich will es nicht an andere Leute weitergeben. Nicht einmal an kompetente Leute wie dich." Er sah Stratford an. „Du scheinst guter Dinge zu sein. Es ist ungewöhnlich, dass du so fröhlich bist. Was ist los?"

Stratford zuckte mit den Schultern. „Nichts. Meine Schwestern planen für Samstag ein Picknick und ich wurde beauftragt, Lydia und Eleanor – Miss Daventry einzuladen"

„*Eleanor* nun also?" antwortete Ingram mit dem Anflug eines Lächelns. „Du führst also meine Schwester aus? Oder Eleanor?"

„Beide", antwortete Stratford. „Oder besser gesagt, meine Schwestern tun das. Das wird unsere Gruppe vervollständigen. Wir werden auch Fitzwilliam und Braxsen dabeihaben."

„Deine Schwestern kennen Fitz nicht einmal." Ingram versuchte, sich ein Bild davon zu machen. „Das hat doch nichts mit meinem Projekt zu tun, oder?"

„Nicht im Geringsten." Und ehe Ingram eine weitere Frage stellen konnte, sagte Stratford: „Nun, dieser Langweiler hier muss nun aufbrechen. Ich gehe und erzähle ihnen von dem Ausflug. Ich komme vor Samstag wieder vorbei." Er verschwand und ging zurück in den Salon.

Miss Daventry war zurückgekehrt, und das Zimmer war leer bis auf sie und Lydia, die sich die Haube festband. „Ich sagte Lydia gerade, dass Sie uns sprechen wollen, doch ich hatte Mühe, sie zu überzeugen, zu warten." Miss Daventry hielt ihre eigene Haube in den Händen.

„Ja, Stratford, was gibt es?" fragte Lydia. „Ich muss etwas Zeit im Freien verbringen, sonst werde ich verrückt. Heute ist der wärmste Tag in diesem Frühjahr."

„Ich will dich nicht aufhalten", versicherte Stratford ihr. „Ich wollte euch beide nur einladen, am nächsten Samstag mit meinen Schwestern und mir auszureiten. Wir wollen den ganzen Tag nutzen und ein Picknick mitbringen. Ich glaube, Major Fitzwilliam wird sich uns anschließen, ebenso wie Mr. Braxsen und sein Freund Mr. Richards." Sein Blick suchte den von Miss Daventry. „Wir würden uns sehr freuen, wenn ihr mitkommen würdet."

Miss Daventry blickte mit leuchtenden Augen zu Lydia, die für sie beide antwortete. „Das klingt reizend."

KAPITEL DREIUNDDREISSIG

Am Samstag brach die Gruppe in aller Herrgottsfrühe nach Mary-le-Bone auf. Nicht einmal Lydia hatte bei der Aussicht auf einen guten Galopp bei dem Frühstück getrödelt. Stratford, der seine Schwestern zum Haus der Ingrams führte, traf auf Mr. Braxsen, der gerade ankam. Sie fanden Miss Daventry und Lydia mit gesattelten Pferden vor, während sie auf John Richards warteten, den neuen Rekruten, den Major Fitzwilliam unter seine Fittiche genommen hatte.

Zu Stratfords Überraschung kam jedoch nicht Mr. Richards auf sie zu, sondern Mr. Amesbury. Er richtete einen fragenden Blick auf Major Fitzwilliam.

„Es war Richards Idee", erklärte der Major. „Er wurde in einer dringenden Angelegenheit abberufen und als er Mr. Amesbury im Club traf, der gerade nach London zurückgekehrt war, und herausfand, dass Amesbury…" Fitz hielt inne und versuchte, ein ernstes Gesicht zu machen, „bei den Damen der Gesellschaft sehr beliebt war, hielt er es für eine perfekte Möglichkeit, seine Abwesenheit zu kompensieren, ohne unsere Anzahl durcheinanderzubringen."

Stratford richtete seinen Blick auf Miss Daventry, den sie leidgeprüft erwiderte, woraufhin er sich ein Lachen verkneifen musste. Sie konnte viel mit einem Blick sagen. Nun, er hätte sich Miss Daventrys früheren Verehrer nicht als idealen Begleiter für ihren Ausflug ausgesucht, doch das würde ihn nicht daran hindern, den Tag mit ihr zu verbringen.

Amesbury ritt auf sie zu. „Ich glaube, ich habe meinen eigenen Rekord um volle zwei Stunden unterboten, da ich mein Haus zu einer so unchristlichen Zeit verlassen habe. Worthing." Er nickte und schien den Rest der Gruppe begrüßen zu wollen, hielt sich aber zurück, als er Miss Daventry sah, und begnügte sich mit einem allumfassenden Nicken.

Phoebe freute sich auf den Tag, der vor ihnen lag und nicht einmal das mürrische Gesicht von Mr. Amesbury konnte ihre Freude trüben. Nachdem Stratford die Vorräte für ihr Picknick umverteilt hatte, gab er den Befehl zum Aufbruch und sie machten sich auf den Weg. Die Straßen Londons waren zu dieser frühen Morgenstunde nur spärlich bevölkert, und es dauerte nicht lange, bis sie die Stadt verlassen hatten und die Landstraßen entlang zu ihrem Ziel ritten.

„Wer hat den Picknickkorb?" fragte Anna ihre Schwester.

„Stratford hat ihn mitgebracht und einen Teil Major Fitzwilliam und einen weiteren Mr. Braxsen zum Tragen gegeben", antwortete Phoebe. „Lydia sollte die Decken mitbringen, auf die wir uns setzen können, doch ich kann nicht sehen, ob sie sie dabeihat. Das macht nichts. Wir werden schon irgendwie zurechtkommen."

„Es sollte mich doch sehr wundern, wenn Lydia daran gedacht hätte. Du weißt, sie wird die Erste sein wird, die aufschreit, wenn es ihr auffällt. Sie kann es nicht ertragen, sich in den Schmutz zu setzen und ihr Kleid zu ruinieren." Annas Gesicht verriet, was sie von solch einem lächerlichen Verhalten hielt.

„Lydia wird lernen müssen, sich an Schmutz zu gewöhnen, wenn der Antrag des Majors Erfolg haben wird, wovon ich ausgehe", erwiderte Phoebe. Sie setzte sich im Sattel auf und atmete den Geruch von frisch bearbeiteter Erde ein.

„Der Antrag des Majors." Anna sah Phoebe von der Seite an. „Sie wird ihn niemals akzeptieren. Ich verstehe nicht, wie er es wagen kann. Ingram wird das nicht dulden."

„Anna", erwiderte Phoebe mit einem seltenen Lächeln selbstgefälliger Gelassenheit. „Wie wenig du achtgibst. Als Nächstes wirst du sagen, dass unser Bruder nicht die Absicht hat, unsere Schwesternschaft zu vergrößern, indem er sich eine Frau nimmt." Sie wies mit ihrem Blick auf Eleanor, die mit Stratford vorausritt.

Annas Gesicht nahm einen streitlustigen Ausdruck an. „Obwohl ich sie Judith vorziehe, verstehe ich nicht, warum er unbedingt jetzt heiraten muss. Was kann er schon in ihr sehen, außer einem Stück Land, das den Wert seines eigenen erhöht? Ich gebe zu, es gibt Männer, die wegen etwas dergleichen heiraten, aber nicht unser Stratford."

Phoebe sah sie erstaunt an. „Bist du so gegen diese Verbindung? Sie werden sehr gut zusammenpassen." Anna sah nicht überzeugt aus und Phoebe fuhr fort. „Sie spielt keine Spielchen, sie ist nicht skandalträchtig, sie ist nicht unansehnlich..."

„Ich stimme dir zu. Sie ist nichts von alledem", erwiderte Anna, ohne eine Spur ihres üblichen Neckens. „Aber was *ist* sie? Sie ist nicht temperamentvoll, sie ist nicht einnehmend, sie ist nicht geistreich. Sie ist nichts. Ich kann mir nicht vorstellen, dass unser Bruder sich für sie interessiert."

„Sie ist eine, die die Liebe unseres Bruders erwidern wird", entgegnete Phoebe schlicht.

Annas Kiefer war angespannt und ihre Augen blickten ungewöhnlich düster. Sie hatte jedoch keine Zeit zu antworten, als die Gruppe Stimmen hörte, die nach ihnen riefen.

„Hallo! Was ist denn das? Hatten Sie die gleiche Idee wie wir, ein Picknick auf dem Lande zu machen, um die frische Luft zu genießen?" Phoebe und Anna drehten sich um und sahen eine vierköpfige Gruppe, angeführt von Judith Broadmore und Lord Delacroix, gefolgt von einer rothaarigen Frau und einem dandyhaften Herrn. Die Gruppe hielt kurz an, um sie zu begrüßen, und Phoebe sah den Schock auf dem Gesicht ihres Bruders.

„Sollen wir uns zusammenschließen?" fragte Judith.

„Natürlich sollen wir das", rief Mr. Amesbury aus, den Blick auf die Frau gerichtet, die mit Judith ritt. „Je mehr Leute, desto unterhaltsamer."

Stratford sah Mr. Amesbury einen langen Moment an. Dann schnalzte er mit der Zunge, nachdem er einen Blick auf Miss Broadmore geworfen hatte, und sein Pferd schoss voraus.

Eleanor beobachtete, wie der Earl an die Spitze der Gruppe galoppierte und versuchte sich damit zu trösten, dass er Miss Broadmore kaum eines Blickes gewürdigt hatte. Eleanor ritt allein, denn der einzige verfügbare Herr war Mr. Amesbury, und der ging ihr eifrig aus dem Weg und zog es vor, sich an Miss Redgraves Rockzipfel zu heften, ganz gleich, ob der Herr, mit dem sie gekommen war, mordlustige Blicke in Mr. Amesburys Richtung warf.

Lord Worthing verlangsamte die Schritte seines Pferdes und kam schließlich zum Stehen, während er darauf wartete, dass die anderen ihn einholten. Lydia ritt mit Mr. Braxsen vorbei und Major Fitzwilliam folgte und unterhielt sowohl Anna als auch Phoebe Tunstall. Als Eleanor neben ihm auftauchte, passte der Earl sich ihrem Tempo an.

„Für einen Moment vergaß ich, dass heute ein Tag für Gesellschaft ist", sagte er, „und dass ich das Glück habe, die Ihre zu haben."

„Das macht nichts." Eleanor wandte sich ihm mit einem strahlenden Lächeln zu. „Wir haben noch den ganzen Tag vor uns."

Lord Worthing erwiderte ihr Lächeln und rief dann: „Schauen Sie nach vorn", und deutete auf die offene Landschaft vor ihnen. „Jetzt können wir ein gutes Rennen haben." Darauf hatte Eleanor nur gewartet und obwohl der Earl einen Vorsprung hatte, hielt sie schnell mit ihm Schritt.

Die Gruppe erreichte die Festung kurz vor Mittag und als sie das Picknick vorbereiteten, stellte Lydia fest, dass sie tatsächlich die Decken vergessen hatte. „Das macht nichts", stellte sie vernünftig fest, „auch wenn es mir leidtut, Ihnen allen Unannehmlichkeiten bereitet zu haben." Sie eilte nach vorne, um den Teil des Picknick-Mittagessens entgegenzunehmen, den Major Fitzwilliam ihr reichte. „Einfache Kost", rief sie aus, „genau wie ich es mir gewünscht hätte."

Da Lydia sich offenbar ausgezeichnet mit dem Major verstand, konnte Eleanor nur vermuten, dass ihre frühere Gleichgültigkeit tatsächlich auf Nervosität zurückzuführen war, die nun verflogen war, und sie war um Major Fitzwilliams willen froh darüber. Sie war auch um Lydias willen froh. Er würde gut für sie sein.

„Wie haben sie eine Hochstaplerin gefunden, die unserer Lydia so ähnlich sieht?", murmelte Anna gerade so laut, dass die Umstehenden sie hören konnten. Lord Worthing lachte laut auf.

Stratford beobachtete zufrieden, wie Miss Daventry ihren Teller füllte und sich dann zurücklehnte, um die Landschaft um sie herum zu betrachten. Sie gab ein charmantes Bild ab. Das Mittagessen war einfach und bestand aus kaltem Aufschnitt und hartgekochten Eiern, geschnittenen Tomaten und Scheiben von Landbrot. Allerdings hatten sie auch einige Schalen mit Gelee mitgebracht, die sorgfältig verpackt waren, damit nichts auslief.

Mr. Amesbury und Mr. Braxsen widmeten Miss Broadmore und ihren Freunden so viel Aufmerksamkeit, dass es Stratford gelang, die Eindringlinge gar nicht zu bemerken. Er amüsierte sich eine Weile über die Rivalität der Herren um die Aufmerksamkeit von Miss Redgrave, die sogar Braxsen veranlasst hatte, seine Abneigung gegen den „Ausländer" beiseitezuschieben und sich mit Delacroix abzugeben. Nun bot der geckenhafte Freund von Lord Delacroix an, sie alle mit einer Scharade zu unterhalten und sein Vorschlag wurde mit großer Begeisterung aufgenommen.

Stratford stand auf. „Sie werden zwei aus der Gruppe doch wohl kaum vermissen, hoffe ich." Er sah Miss Daventry an. „Es gibt ein Beet mit Tulpen, die in der Nähe des zerstörten Bauernhauses dort drüben wild wachsen. Möchten Sie mir helfen, welche zu pflücken?"

Miss Daventry warf einen Blick auf den Rest der Gruppe, dann ergriff sie seine ausgestreckte Hand und stand auf. „Ich glaube, es würde Lady Ingram gefallen, wenn wir nicht mit leeren Händen zurückkämen." Als sie an den anderen vorbeigingen, bemerkte Stratford den berechnenden Blick in Judiths Augen, doch er ignorierte ihn. Nichts würde ihn von seinem heutigen Vergnügen ablenken, und nun, da er mit Miss Daventry spazierte, fühlte er sich so frei wie das offene Feld vor ihnen.

„Es ist ein wunderbarer Tag", sagte Miss Daventry und ging mit raschen Schritten, wie jemand, der das Gehen gewohnt ist. Sie klang so glücklich, wie er sich fühlte.

„Ich befinde mich in wunderbarer Gesellschaft", gab er zurück. „Darf ich?" Er streckte seinen Arm aus, und sie legte ihre Hand hinein, so dass er sie an sich ziehen konnte. Als sie sich dem Farbfleck näherten, der zum Teil durch die Senke im Boden verdeckt war, freute er sich über ihr überraschtes Aufatmen. Diese Tulpen waren einst gepflanzt worden, doch im Laufe des letzten Jahrhunderts hatten sie sich zu einem bunten Gewirr von Farben in allen Größen ausgebreitet.

„Wo sollen wir anfangen?", fragte sie mit großen Augen.

„Hier", sagte Stratford und beugte sich hinunter, um den Stiel einer weißen Tulpe abzuknipsen, deren Blütenblätter an den Spitzen rosa gefärbt waren. „Wir werden hier beginnen und ich werde einen Strauß pflücken, der so groß ist, dass Sie, wenn ich ihn Ihnen überreiche, kaum über den Kopf Ihres Pferdes werden schauen können, um nach Hause zu reiten."

„Wie rücksichtsvoll", murmelte Miss Daventry und fügte mit einem verschmitzten Lächeln hinzu: „Sie mögen riesige Sträuße, Mylord."

Er musste lachen. Sie hatte den Entschuldigungsstrauß nicht vergessen, den er in den Salon der Ingrams geschickt hatte. „Für diesen Streich, Ma'am, werden wir einen Wettbewerb veranstalten. Ich schlage vor, dass wir eine Viertelstunde lang getrennter Wege gehen. Ich kümmere mich um das Tulpenbeet auf der anderen Seite der Hecke, und Sie pflücken in aller Ruhe hier vor den Augen unserer Gesellschaft. Wenn ich zurückkomme, hat derjenige gewonnen, der den ... einzigartigsten Strauß gepflückt hat."

„Und was soll die Belohnung sein, Mylord?", fragte sie mit ernstem Gesicht.

Stratfords Blick huschte zu ihren Lippen, dann wieder zu ihren Augen, und seine Mundwinkel hoben sich. „Das bleibt abzuwarten."

Miss Daventrys Augen weiteten sich vor Überraschung, doch Stratford drehte sich um, ehe er eine weitere Reaktion sehen konnte. Er wollte das Schicksal nicht herausfordern. Hinter der Hecke befand sich ein Beet mit schwarzen Tulpen, violetten und gelben, die so intensiv waren, dass sie wie Gold aussahen. Er würde einen Strauß aus diesen drei Sorten für sie zusammenstellen.

Eleanor hatte einen großen Strauß Tulpen in vielen verschiedenen Farben gepflückt. Sie richtete sich auf und schaute sich um, die Arme so voll, wie sie tragen konnte, sah Lord Worthing jedoch auf der anderen Seite der Hecke nicht. Sie hatte so viele Tulpen gepflückt, dass es fast unmöglich war, sie alle zu tragen, doch sie war fest entschlossen, keine einzige zurückzulassen.

Sie sah auf ihr unbeholfenes Bündel hinunter und lachte über ihre Dummheit, dass sie versucht hatte, ihren kleinen Wettbewerb zu gewinnen. *Belohnung, Mylord? Oder Bestrafung.* Das Lächeln erstarb auf ihren Lippen, als sie Miss Broadmore mit einem Korb auf sich zukommen sah.

„Miss Daventry", sagte Judith. „Ich habe bemerkt, dass Sie gegangen sind, ohne etwas zum Tragen Ihrer Blumen mitzunehmen. Ich habe Ihnen einen Korb mitgebracht. Sie können Ihre Tulpen hier hineinlegen, um sie zu unserem Picknick zu tragen."

Eleanor misstraute der Geste von jemandem, der noch nie nett zu ihr gewesen war, doch da sie die Hände voller abgeschnittener Blumen hatte und die grünen Stängel drohten, ihr Reitkleid zu beschmutzen, hatte sie keine andere Wahl, als das Angebot anzunehmen. „Ich danke Ihnen. Sie haben recht. Wir sind nicht vorbereitet gekommen."

„Stets zu Diensten", antwortete Miss Broadmore. Sie warf einen Blick in Richtung Hecke und fügte hinzu: „Sie sollten mit den Blumen zurückkehren und eine Möglichkeit finden, sie zu transportieren, damit Lord Worthing den Korb seinerseits nutzen kann."

Eleanor hielt den Griff mit einer Hand und legte jeweils zwei oder drei Tulpen vorsichtig in den Korb. Das verschaffte ihr einen Moment des Nachdenkens, den sie brauchte, um zu entscheiden, wie sie reagieren sollte. Darauf zu bestehen, dass sie zurückblieb, um auf Lord Worthing zu warten, wäre gleichbedeutend damit, vor seiner ehemaligen Verlobten ihre Wertschätzung für ihn zu bekunden. Das konnte sie nicht tun.

„In Ordnung", sagte Eleanor. Sie drehte sich um und ging auf die Gruppe zu.

Stratford hatte seine Tulpen genau so arrangiert, wie er es wollte, mit schwarzen und violetten Tulpen, die die goldenen Tulpen in der Mitte umgaben. Er umrundete die Hecke, begierig darauf, Miss Daventrys Reaktion auf sein Arrangement zu sehen, stieß aber stattdessen fast mit Miss Broadmore zusammen. Ungeduldig suchte er das Feld hinter ihr ab, da er bereits ahnte, dass sie Miss Daventry verscheucht hatte.

„Ich habe ihr einen Korb gebracht, um ihre Tulpen zu tragen", sagte Miss Broadmore. „Haben Sie keine Angst. Sie wird den Inhalt in etwas Geeignetes leeren und zu Ihnen zurückkommen. Erlauben Sie mir in der Zwischenzeit, meine Hand in Ihren Arm zu legen, Mylord? Der Boden ist uneben und ich habe Angst, mir den Knöchel zu verstauchen."

Stratford konnte nicht ablehnen. Er verlagerte die Tulpen auf einen Arm und streckte den anderen Arm aus. Nachdem er diesen Dienst verrichtet hatte, ging er so schnell er konnte, während Judith neben ihm her humpelte.

„Warten Sie, Stratford", rief sie mit scharfer Stimme. „*Sie* werden es sein, der mich zu Fall bringt, wenn Sie mich zwingen, in diesem Tempo zu rennen. Denken Sie nur daran, wie mühsam wir dann alle nach Hause kommen werden. Sie werden sich nicht mehr um Ihre *Miss Daventry* kümmern können." Den Namen sprach sie höhnisch aus.

„Sie wussten, dass es zwischen uns vorbei war", sagte Stratford. „Die Art und Weise meines derzeitigen Interesses geht Sie nichts an." Er sah Eleanor vor sich, die mit dem Rücken zu ihm in ihrer Satteltasche suchte. *Nach etwas für die Blumen*, dachte er. *Wie dumm von mir, dass ich keine Ersatzkörbe mitbrachte.* Hinter ihr war die Gruppe immer noch in das Scharadenspiel vertieft.

Judiths Stimme holte ihn zurück in seine Umgebung. „Sie haben uns nicht einmal eine Chance gegeben", sagte sie mit tiefer, wütender Stimme. „Ich habe mich geändert und es ist Ihnen nicht einmal aufgefallen. Der bloße Gedanke, dass ich Ihretwegen Lord Garrett abwies."

Entsetzt wandte er sich ihr zu und zog ihre Hand aus seinem Arm. „Das war töricht. Ich hätte das nicht zugelassen, nachdem wir drei Jahre lang keinen Kontakt hatten. Woher wollten Sie wissen, ob ich noch etwas für Sie empfinde oder ob ich nach vorne geschaut habe?" Er ging vorwärts, während sie sich abmühte, mit ihm Schritt zu halten.

„Das konnten Sie nicht", zischte sie. „Sie waren im Krieg und es war keine Zeit für eine Verlobung."

Sie hatten die Gruppe fast erreicht, und Stratford schüttelte den Kopf. „Dennoch. Das war sehr dumm von Ihnen, Judith."

Das Scharadenspiel erreichte seinen Höhepunkt, als Phoebe die lächerlichsten Gesten machte, indem sie ihre Finger zu einer Brille um ihre Augen formte und dann auf ihre Beine deutete.

„Ein Affe."

„Ein Kaninchen."

„Ich bin sicher, das ist nicht anständig", protestierte Phoebe.

„Meine Großtante Helen!"

Es wurde gelacht und Phoebe stemmte die Hände in die Hüften. „Blaustrumpf", rief sie verärgert. „Es war Blaustrumpf."

„Du darfst es uns nicht sagen", wandte Lydia ein. „Du ruinierst das Spiel."

„Stratford ist mit seinem Schatz zurückgekehrt und ich habe genug davon, mich zum Narren zu machen", antwortete Phoebe und blickte auf seine Tulpen.

Stratford, dessen Laune verdorben war, wollte unbedingt heimkehren. „Kommt. Lasst uns unsere Pferde satteln. Wir müssen uns beeilen, wenn wir vor dem Tee zurück sein wollen."

Als alle begannen, ihre Sachen zusammenzusammeln, suchte er Miss Daventry auf und war froh, dass niemand eine Bemerkung über seinen Strauß gemacht hatte. Sie war gerade dabei, ihrem Pferd ein Stück Zucker zu geben, drehte sich aber um, als er sich ihr näherte.

„Miss Daventry", sprach er mit leiser Stimme. „Dies ist Ihr Strauß, aber ich werde Sie ihn natürlich nicht tragen lassen. Können Sie erraten, was es ist?"

Sie betrachtete seinen kunstvoll arrangierten Strauß in Schwarz und Violett, mit dem bewussten Goldpunkt in der Mitte, und schüttelte den Kopf.

Stratford hob eine Augenbraue. „Denken Sie darüber nach und wagen Sie eine Vermutung. Und erst dann werde ich es Ihnen verraten", sagte er.

Eleanor konnte nur ahnen, was zwischen Lord Worthing und Miss Broadmore vorgefallen war, doch was auch immer es war, es gab ihr Anlass zur Hoffnung. Nach seiner Rückkehr hatte Lord Worthing sie umgehend aufgesucht, während Miss Broadmore mit funkelnden Augen zu Lord Delacroix marschierte und sich zu ihm beugte, um ihm etwas zuzuflüstern.

Auf der Heimfahrt sprach Lord Worthing wenig mit Eleanor, wich aber auch nicht von ihrer Seite. Die beiden Gruppen trennten sich in der Straße, in der sie zufällig Miss Broadmore begegnet waren und ihre eigene Gruppe erreichte das Haus der Ingrams rechtzeitig zum Tee. Eleanor, die sowohl von ihren Gefühlen als auch von der Anstrengung erschöpft war, legte die Zügel zur Seite und wollte absteigen, doch Lord Worthing sprang von seinem Pferd, um ihr behilflich zu sein. Sein Blick war auf den ihren gerichtet, als er seine Hand hochhielt, um ihr beim Absteigen zu helfen.

Er hielt Eleanors Hand fest, übergab die Zügel dem Stallburschen und führte sie unter das schattige Vordach. Sie konnte hören, wie der Major Lydia über den Skeffington-Ball ausfragte, doch die beiden waren durch die Ecke der Stallung abgeschirmt.

„Haben Sie die Bedeutung meines Straußes erraten?" wollte Lord Worthing wissen.

„Erwarten Sie Ihre Antwort so bald?", fragte sie. „Nein, Mylord, ich kann keine Vermutung anstellen."

Seine Augen suchten die ihren, und unter seinem prüfenden Blick hob sich ihre Brust mit schnellen Atemzügen. Der Earl schien ihre Antwort zu akzeptieren, denn er fragte stattdessen: „Lady Ingram sagte, Sie würden den Skeffington-Ball besuchen?"

Eleanor nickte, atemlos.

Lord Worthing trat einen Schritt näher. „Ich würde Sie dort gerne zum Abendessen begleiten", sagte er. „Ich stelle fest, dass es mich immer mehr nach Ihrer Gesellschaft verlangt und ich viel zu wenig Gelegenheit habe, sie zu genießen." Ehe sie auf seine Worte reagieren oder sie auch nur registrieren konnte, führte er seine Hand nach oben und berührte mit seinen behandschuhten Fingern ihre Wange. „Heben Sie den Tanz vor dem Essen für mich auf?"

„Ja", flüsterte Eleanor. Ihre Wange kribbelte und sie spürte, wie sie von einem Glücksgefühl durchströmt wurde, das an ihren Mundwinkeln zog.

Dann beugte sich Lord Worthing zu ihr hinunter, seine Wange dicht an ihrer, und flüsterte: „Der Strauß ist eine Metapher."

Er trat zurück. „Bis Donnerstag dann, Miss Daventry." Er tippte an seinen Hut, schritt zu seinem Pferd und rief dem Lakaien zu, der in der Nähe stand. „Du da. Nimm diese Blumen und bringe sie in Miss Daventrys Zimmer. Stell etwas Wasser für sie bereit."

Eleanor blieb wie angewurzelt stehen. Sie war sich nicht sicher, ob sie sich bewegen könnte, selbst wenn sie es versuchte. Fünf Tage. Sie musste fünf Tage warten.

KAPITEL VIERUNDDREISSIG

Eleanor kleidete sich in einem Zustand verträumter Vorfreude für Mrs. Skeffingtons Ball an. Sie hatte gehofft, in den Tagen vor der Party einen Blick auf Lord Worthing zu erhaschen, insbesondere bei Mrs. Penniwraiths Gesellschaft, doch er war nicht aufgetaucht. Zumindest kam er nicht, ehe sie sich vorzeitig verabschiedeten, da das Gedränge zu groß für Lady Ingram war.

Ihre Auswahl an neuen Kleidern war auf ein Minimum geschrumpft, doch darauf bedacht, so gut wie möglich auszusehen, entschied sie sich für ein salbeigrünes Kleid mit tiefem, quadratischem Ausschnitt und Spitze, die von den Flügelärmeln herabfiel. Die Zofe von Lady Ingram hatte ihr die Haare gelockt und ihr eine zum Kleid passende Kette umgelegt, die sehr Smaragden ähnelte, jedoch aus Strass war.

Sobald er eintraf, wusste sie es. Er suchte ihren Blick und hob die Hand zu einem halben Salutieren, die Augen funkelnd. Eleanor bebte vor Vorfreude. Vorbei war die Qual der Unentschlossenheit, nicht zu wissen, was er fühlte. Sie kämpfte darum, ihren Mund sittsam zu halten, obwohl ihr nach einem Grinsen zumute war.

Als Eleanor sich umdrehte, war sie froh, dass sie ihr Herz nicht auf der Zunge getragen hatte. Harriet Price hatte den Austausch mitbekommen und fletschte vor lauter Feindseligkeit geradezu die Zähne. Eleanor fürchtete den Tag, an dem Harriets bösartige Eifersucht ihr Schaden zufügen würde, beschloss aber, sich an diesem Abend keine Gedanken darüber zu machen, was Harriet Price dachte. Der Abend hatte zu viel, das es zu genießen galt.

Eleanor richtete ihre Aufmerksamkeit auf Lydia. „Nach wem suchst du? Obwohl, wenn es der ist, den ich annehme, dann ist er dort drüben." Sie gestikulierte mit ihrem Kinn.

„Ich weiß nicht, ob ich jemanden Bestimmten suche", erwiderte Lydia mit hochgezogener Augenbraue, doch sie warf einen Blick auf Major Fitzwilliam. Wie von einer Schnur gezogen, schritt der Major auf sie zu.

„Miss Ingram, ich freue mich sehr, Sie heute Abend zu sehen. Ich habe mit Ihrem Bruder gesprochen, ehe ich kam, und er hat mich zu einem Familienessen nächste Woche eingeladen. Er versprach, bei dieser Gelegenheit am Tisch Platz zu nehmen." Major Fitzwilliam verbeugte sich, sprach und lächelte gleichzeitig und war sichtlich erfreut, sich in Lydias Gegenwart zu befinden. Im Nachhinein fügte er hinzu: „Guten Abend, Miss Daventry."

„Nun, wenn mein Bruder versprochen hat, mit am Tisch zu sitzen, dann wird er das sicher auch tun. Er hat immer getan, was er sich vorgenommen hat." Lydia öffnete ihren Fächer, schirmte ihr Profil ab und ignorierte solcherart einen Herrn, der versuchte, ihre Aufmerksamkeit zu erregen.

Major Fitzwilliam trat zwischen den Herrn und Lydia und schnitt dem Mann die Sicht auf sie ab. „Sagen Sie, dass Sie den nächsten Walzer mit mir tanzen? Heben Sie sich die ländlichen Tänze für irgendeinen anderen armen Kerl auf." Eleanor unterdrückte ein Lächeln. Lydia würde keine Chance haben. Jemand, der es gewohnt war, Männer auf dem Schlachtfeld zu befehligen, würde wissen, wie man das Herz einer Frau erobert.

„In Ordnung", sagte Lydia. „Den nächsten. Vor dem Abendessen."

Major Fitzwilliam verbeugte sich leicht, seine Augen funkelten. „Ich hoffe, Sie erlauben mir, Sie dorthin zu begleiten."

Eleanor war Zeugin dieses Gesprächs gewesen, doch der Major

hatte sie als Mitverschwörerin in seine Ansprache einbezogen, damit sie sich nicht ausgeschlossen fühlte. Nun sah sie sich um und erblickte Judith Broadmore und Harriet Price, die in ein Gespräch vertieft waren und sie bemerkte, dass sie mehr als einmal in ihre Richtung schauten.

Sie runzelte die Stirn. Als Lydia ging, um mit dem Major zu tanzen, blieb Eleanor allein zurück und sie setzte sich an den Rand der Tanzfläche, um einen Blick auf Lord Worthing zu erhaschen. *Wo war er? Er hatte ausdrücklich um diesen Tanz gebeten.*

Auf der anderen Seite des Raumes unterhielt sich Judith gerade mit einer anderen Frau, deren Augen sich weiteten und die sich die Hand vor den Mund hielt. Eleanor verabscheute den Gedanken daran, wer das Objekt ihres Tratsches sein könnte und verdrängte das Gefühl der Besorgnis, von dem sie sicher war, dass es unangebracht war.

„Ich wollte schon früher kommen, wurde jedoch aufgehalten. Bitte nehmen Sie meine Entschuldigung an, Miss Daventry. Es ließ sich nicht vermeiden." Lord Worthings Gesicht wurde vom Licht des Kronleuchters erhellt, und die Falten in seinem Kiefer traten schemenhaft hervor. „Auch wenn es unverzeihlich ist, Sie allein zu lassen."

Die Erleichterung, die sie bei seiner Ankunft empfand, raubte Eleanor fast den Atem. Sie hatte ihn nicht kommen sehen. „Es sei Ihnen verziehen, Mylord."

Er half ihr sich zu erheben und legte ihre Hand auf seinen Arm. „Eine Begnadigung, die so schnell gewährt wird? Wir haben es weit gebracht", meinte er. „Wir haben den Walzer verpasst, doch wie ich sehe, ist es fast Zeit für das Abendessen. Ich bin gekommen, um Ihr Versprechen einzufordern. Wollen wir hineingehen?"

Scharen von Menschen waren bereits auf dem Weg in den Speisesaal, wo große Tische aufgestellt waren, um die sich plaudernde Gruppen bildeten. Eleanor war zu nervös, um zu sprechen, doch das laute Getümmel um sie herum machte Worte überflüssig. Lord Worthing führte sie zu einem Tisch mit zwei freien Plätzen.

„Ich weiß nicht, wo die anderen sind, doch sie sollen ihre eigenen Plätze finden", sagte er und schenkte Eleanor ein vertrauliches

Lächeln. „Darf ich Sie einen Moment allein lassen, während ich mich auf die Suche nach Erfrischungen mache?"

Sie nickte. Lord Worthing ging zur Anrichte und kam mit einem Teller mit Sandwiches und ein paar Scheiben Schinken sowie zwei Gläsern mit Capillaire Sirup und Wasser zurück. „Ich glaube, Mrs. Skeffington versucht, mit Almack's Bankett zu konkurrieren", murmelte er in Eleanors Ohr, was ihr ein freudiges Kribbeln bescherte. Trotz der Menschenmenge hatte sie das Gefühl, als wären nur sie beide da.

„Oh-*ho*! Sie haben uns keine Plätze freigehalten, was?" stichelte Major Fitzwilliam und blieb mit Lydia am Arm stehen. „Und haben Sie gar nicht an Ihre Schwestern gedacht?"

„Wie anstrengend es ist, mit Schwestern geplagt zu sein", scherzte Lord Worthing, den Blick auf Eleanor gerichtet. Zum Major sagte er: „Für sie ist gut gesorgt. Anna ist bei Harris und Phoebe ist bei Mr. Drake. Sie sind Freunde, also kann ich mich darauf verlassen, dass die Männer sich an die Regeln halten. Sehen Sie? Sie sitzen dort drüben."

Lydia berührte Eleanors Schulter. „Ich denke, wir lassen euch jetzt in Ruhe essen", sagte sie und drückte sie.

Eleanor sah ihnen nach, als Lord Worthing einen Schluck von seinem Getränk nahm. Er setzte es ab und konzentrierte sich auf sie. „Ihre erste Saison neigt sich dem Ende zu, Miss Daventry. Hat sie sich so entwickelt, wie Sie es sich vorgestellt haben?"

„Beinahe", entgegnete sie. „Ich hatte nicht erwartet, so oft zum Tanzen aufgefordert zu werden und so viele Freunde zu finden. Es war reizender, als ich es mir hätte vorstellen können." Sie legte ihre Hand auf das Tischtuch, unfähig, auch nur einen Bissen von ihrem Abendessen zu nehmen.

Lord Worthing schien ihre Worte zu verinnerlichen. „Ich kann nicht sagen, dass diese Saison auch nur im Geringsten so verlaufen ist, wie ich es erwartet hatte."

„Nicht?" fragte Eleanor mit schwacher Stimme. Was hatte er damit gemeint? Bedauerte er ihre Verbindung?

„Nein, ich..." Er hielt kurz inne und fragte dann mit einem

Themenwechsel, auf den sie nicht vorbereitet war: „Haben Sie endlich die Bedeutung meines Arrangements erraten?"

Der Strauß stand auf dem kleinen Tisch in ihrem Schlafzimmer, seit er ihn ihr geschenkt hatte, und blühte immer noch. Er hatte strohähnliches Gras gefunden, um das Bündel zu befestigen, als er die Blumen pflückte, und sie hatte es genau so gelassen, wie er es ihr gegeben hatte. Es sah aus wie eine Schwarzäugige Susanna, nur umgekehrt. Das Schwarze außen, das Gelbe in der Mitte.

„Ich habe es nicht erraten können, Mylord."

Lord Worthing beugte sich vor und murmelte: „Die schwarzen und violetten Tulpen sind der stürmische Himmel. Die Stürme, die kommen, wenn sich das Leben auf eine Weise wendet, die man nicht erwartet. Das Gelb in der Mitte ist der helle Sonnenstrahl. Die Hoffnung inmitten des Sturms."

Er hielt inne, bis sie seinen Blick erwiderte. „*Sie*, Miss Daventry, sind die Sonne."

Das Letzte, was Stratford heute Abend geplant hatte, war, sich in der Öffentlichkeit zu erklären – nachdem er Zeuge von Carltons abgewiesenem Antrag und seiner Demütigung geworden war. Doch als er die Freude sah, die seine Worte in Eleanor ausgelöst hatten und die ihre Augen mit einem glücklichen Strahlen erfüllte, konnte er nicht anders. „Miss Daventry..."

Stratford wurde von der Dame des Hauses unterbrochen, die ihm auf die Schulter tippte und ihn fragte, ob sie mit ihm sprechen könnte. Mrs. Skeffington sah Miss Daventry kalt an und fügte hinzu: „Allein."

Mit einem entschuldigenden Blick zu Miss Daventry folgte er Mrs. Skeffington aus dem Speisesaal und sie bahnten sich ihren Weg am Rande des Ballsaals entlang, bis sie den Korridor erreichten, der zum Privatflügel führte. Dort blieb sie stehen und drehte sich zu ihm um.

„Lord Worthing, ich sehe mich gezwungen, Ihnen mitzuteilen, dass Sie sich in Miss Daventrys Charakter geirrt haben." Mrs. Skeffington war sehr aufgewühlt und zwang sich, ruhig zu sprechen. „Miss Daventrys Mutter ist auf dem Kontinent eine bekannte Dame von fragwürdiger Tugend."

Stratford zog die Augenbrauen hoch, sein Zorn wuchs. „Ich weiß, dass ihre Mutter eine höchst ungewöhnliche Ehe führte. Sie ist mit einem französischen Grafen durchgebrannt, noch ehe sie die Trauer abgelegt hatte. Doch sie *ist* verheiratet. Und all das geschah, als Miss Daventry erst sieben Jahre alt war. Ihre Mutter ist seitdem nicht mehr nach England zurückgekehrt."

„Ich weiß aus zuverlässiger Quelle, dass diese Familie mit einem Makel behaftet ist, und sie es nicht wert ist, von der Gesellschaft aufgenommen zu werden. Zumindest nicht in einem Haushalt, der seinen guten Ruf bewahren will." Mrs. Skeffington spähte in den sich rasch füllenden Ballsaal und fächelte sich Luft zu.

Verärgert protestierte Stratford. „Was hat das alles mit Miss Daventry zu tun? Ihr Vater war ein Gentleman und sie war gut genug, dass mein Onkel ihre Vormundschaft übernahm. Gut genug, dass Lady Ingram sie fördert..."

„Ich fürchte, das ist noch nicht alles", fuhr Mrs. Skeffington fort. „Ich habe mit einer ihrer Mitschülerinnen gesprochen und Miss Daventry wurde gesehen, wie sie *nach Mitternacht* in ihr Fenster kletterte, genau in der Nacht, in der der Lateinlehrer auf mysteriöse Weise seine Arbeitsstelle verließ. Sie hatte eine ziemliche Begabung für die Sprache an den Tag gelegt und Privatunterricht genommen. Als Miss Price sie fragte, wo sie gewesen sei, verweigerte sie die Antwort. Miss Daventry", schlussfolgerte Mrs. Skeffington in furchtbarem Triumph, „hatte eine Liaison".

Der Raum drehte sich. Stratfords Blick blieb auf Mrs. Skeffington geheftet, während er die Anschuldigungen durchdachte. Wenn Miss Daventry von der Gastgeberin des heutigen Balls dessen beschuldigt wurde, war ihr Ruf in unmittelbarer Gefahr. Er musste etwas unternehmen. Er öffnete den Mund, um etwas zu sagen, doch Mrs. Skeffington war noch nicht fertig.

„Lord Delacroix hat mir alles erzählt. Wenn die Mutter von Miss Daventry derart tugendlos ist, ist es kein Wunder, dass ihre Tochter..." Sie wollte fortfahren, aber Stratford unterbrach sie.

„Lord Delacroix ist hier?"

„Ja, er ist vor nicht allzu langer Zeit angekommen..." Mrs. Skeffington kam nicht dazu, ihren Gedanken zu Ende zu führen, denn Stratford verließ abrupt den Raum und beraubte sie so der Genugtuung die Empörung des Earl zu sehen.

„Also wirklich!", schnaufte sie hinter ihm.

Eleanor, die allein war, begann sich unwohl zu fühlen. Mehrere Augenpaare blickten in ihre Richtung und sie sah Frauen, die hinter ihren Fächern flüsterten und sie darüber hinweg mit verschiedenen Ausdrücken des Entsetzens und der Schadenfreude anstarrten. Ihr wurde heiß und sie schaute sich nach ihren Freunden um, entdeckte jedoch keinen von ihnen. Lydia war nirgends zu sehen. Phoebe saß mit dem Rücken zu ihr. Eleanor machte einen zögernden Schritt auf Phoebe zu, doch der Anblick von Anna, die sie mit einem seltsamen Ausdruck bedachte, ließ sie innehalten.

Das Geflüster und Kichern wurde lauter, als Eleanor sich zwang, am Rande des Ballsaals entlangzugehen. Sogar die Männer bedachten sie auf höchst unangenehme Weise mit lüsternen Blicken. Die Treppe, die zum Ausgang führte, war nur noch ein paar Schritte entfernt.

Mrs. Skeffington wartete an der untersten Stufe auf sie und verkündete mit lauter Stimme: „Miss Daventry, Sie sind in meinem Haus nicht mehr willkommen. Ich fordere Sie auf, sofort zu gehen."

Eleanor schluckte und zwang heraus: „Aber warum? Ich habe nicht..." Sie schaute sich um und sah nichts als unfreundliche Gesichter. Lydia hatte sich inzwischen umgedreht, ihr Gesichtsausdruck war eine Mischung aus Schock und Bestürzung. Phoebe starrte sie entsetzt an und Lord Worthing war nirgends zu sehen.

Mrs. Skeffington versperrte ihr die Sicht auf die Menge und somit auf jegliche Unterstützung. „Bitte gehen Sie", lautete die unerbittliche Erwiderung.

KAPITEL FÜNFUNDDREISSIG

Eleanor zwang ihr Gesicht zu einer ausdruckslosen Maske, bis sie die Karte für ihren Mantel abgegeben hatte und durch die Eingangstür eilte. Erst dann kamen ihr die Tränen, und sie wandte ihr Gesicht ab, um die fröhliche Gruppe, die die Treppe hinaufging, nicht ansehen zu müssen. Sie war sich vage des stechenden Geruchs bewusst, den Londoner Straßen im Juni verströmten und ging einen halben Block weiter, ehe sie realisierte, dass sie nirgendwo hingehen konnte. Selbst Lydia war fassungslos gewesen und Lydias Mutter – oh, Lady Ingram war wie vom Donner gerührt gewesen. Lord Worthing... Heiße Tränen strömten ihr über die Wangen, als sie an den Schock und die Abscheu dachte, die er empfinden musste, nachdem er alles gehört hatte. Es war sicherlich Harriets erlogene Geschichte, die zu ihrer Verurteilung geführt hatte.

Wie blind ging Eleanor einen weiteren Block, ehe sie ihr Tempo verlangsamte und sich zwang, sich darauf zu konzentrieren, was es als Nächstes zu tun galt. Es würde unmöglich sein, den Ingrams noch länger zur Last zu fallen. So viel war sicher. Sie dachte an den kleinen Geldbetrag, den sie noch besaß. Es würde keine Zeit dafür sein, ihre Tante um Geld zu bitten oder einen Wechsel bei ihrer Bank zu ziehen. Sie würde das Haus von Lady Ingram unverzüglich und nur mit dem

Nötigsten verlassen müssen, wenn möglich, ehe sie von der Party zurückkehrten.

Es wäre ein Leichtes, einen kleinen Handkoffer zu packen, nur mit Wechselkleidung, ein Zimmer in einem Hotel zu nehmen ... *aber ich habe keine Zofe! Sie werden mich niemals aufnehmen...* Eleanor hatte keine Gelegenheit, weiter über dieses Dilemma nachzudenken, als sie eine Stimme hörte, die nach ihr rief und ein Mann aus dem Schatten einer geschlossenen Kutsche trat. Es war Lord Delacroix.

Mit einem Gefühl der Abscheu wich sie zurück. „Lord Delacroix, es tut mir leid, ich kann nicht ... ich kann jetzt nicht bleiben und mit Ihnen sprechen. Ich muss unverzüglich das Haus von Lady Ingram erreichen."

„Ma'am, Sie sind ohne Begleitung. Ich kann Ihnen nicht gestatten – meine Ehre als Gentleman wird nicht zulassen, dass ich Sie weitergehen lasse, ohne dass Sie sicher begleitet werden."

Eleanor hielt inne, ließ sich aber von seiner Beharrlichkeit überzeugen. „Miss Daventry, das Haus der Ingrams ist weit entfernt und es wäre nicht ziemlich, allein dorthin zu gehen." Als er sah, dass sie noch immer unschlüssig war, fügte er hinzu: „Sie müssen nicht fürchten, dass ich mir einen Vorteil verschaffen möchte. Ich sehe sehr wohl, dass ich mich in der Einschätzung Ihres Charakters geirrt habe."

Der Anblick zweier stark alkoholisierter Herren, die einer Frau von zweifelhafter Moral nachgeiferten, gab den Ausschlag. Sie erlaubte Lord Delacroix, ihr in die Kutsche zu helfen. Dort rückte sie an den Rand der Sitzbank, in der Hoffnung, er würde auf der anderen Seite Platz nehmen und einen angemessenen Abstand halten. Zu ihrer Erleichterung tat er genau das.

„Sollen wir nicht die Fenster öffnen?", fragte sie. „Damit wir in der Kutsche nicht ganz so privat sind?"

„Und zulassen, dass man sieht, wie Sie allein mit einem Herrn fahren?" Lord Delacroix schüttelte den Kopf. *„Je ne peux pas le permettre. Es würde Ihren Ruf gefährden. Ich habe den Kutscher angewiesen, die Kutsche um die Ecke von Lady Ingrams Haus zu bringen, damit Sie ungesehen aussteigen können."

„Das ist freundlich von Ihnen ... ich habe nicht klar gedacht..."

Eleanor griff nach einem Taschentuch in ihrer Tasche und drückte es sich auf die Augen, die Hände zitternd vor unterdrückten Gefühlen.

„Es tut mir leid, dass Sie unter den Augen der Adligen gedemütigt wurden. Sie können grausam sein." In der Stimme von Lord Delacroix lag Bitterkeit und Eleanor sah ihn überrascht an.

„Sind Sie also dort gewesen? Woher wussten Sie, was geschehen ist?"

Lord Delacroix schaute einen Moment lang verblüfft drein. „Ich hörte nur die Gerüchte, ehe ich ging. Ich war schon auf dem Weg nach draußen."

„Dann wussten Sie, dass Sie mich hier finden? Haben Sie auf mich gewartet?" Misstrauen legte ihre Stirn in Falten und Eleanor hatte Mühe, Luft zu holen.

„Woher hätte ich wissen sollen, in welche Richtung Sie gehen würden? Ich ging, weil ich ein Rendezvous einzuhalten hatte, *Mademoiselle*." Seine Augen verengten sich und er starrte auf einen Punkt über den Sitzen der Kutsche. „Meine Interessen liegen woanders."

Eleanor biss sich auf die Lippe und fragte sich, auf welches arme Geschöpf er sich bezog. „Bringe ich Sie in Verzug, Sir?"

„Nur ein winziger *Détour*. Nicht der Rede wert." Daraufhin herrschte Schweigen.

Eleanor fummelte an einem der unteren Knöpfe ihres Spencers herum. Nun steckte sie wirklich in der Klemme. Sie würde keinen Ehemann finden und obwohl sie sich vor ihrer Londoner Saison von diesem Gedanken losgesagt hatte, hatte sie zu hoffen begonnen und spürte das Fehlen dieser Hoffnung nun ganz deutlich. *Sie sind die Sonne...*

Lord Worthings Gesicht, als er diese Worte ausgesprochen hatte, schwebte vor ihrem inneren Auge, und Eleanor holte scharf Luft, weil der Schmerz so stechend war, dass ihr die Sinne schwanden. Es würde keinen ernsten Ehemann geben, den sie umschmeicheln musste, keine Kinder, die an ihrem Rock zerrten, keinen Herd, vor dem sie sitzen und sticken konnte, während sie einer fröhlichen Familie vorstand. Eine glückliche Fantasie, von der sie erst vor

Kurzem zu träumen gewagt hatte, wurde zerstört, und der Verlust war schmerzhafter, als hätte sie nie gehofft.

Es würde kein komfortables Einkommen aus dem geerbten Vermögen geben. Sie würde wahrscheinlich als Lehrerin arbeiten müssen – wenn man ihr nicht sogar diese Stelle verweigern würde –, und ein Beruf, der einst für eine Frau, die sich nicht mit weniger als Liebe oder Unabhängigkeit zufriedengeben wollte, selbstverständlich schien, erschien ihr nun unvorstellbar. Der Besitz würde nach ihrem Tod schließlich an den Earl oder einen seiner Nachkommen zurückfallen. Eleanor schüttelte bei diesen Überlegungen verbittert den Kopf, doch war sie von zu nüchterner Natur, um sich in die Themse zu stürzen. Wenn sie Glück hatte, würde sie vielleicht von einer bösen Grippe dahingerafft.

Die Kutsche rumpelte über Kopfsteinpflaster, welches in einen ebeneren Weg überging. Die Geräusche der Straße drangen nicht mehr bis zu Eleanor vor und sie stürzte nach vorn, um den Vorhang des Kutschenfensters beiseitezuschieben. Ihr Versuch wurde von einer behandschuhten Hand vereitelt, die aus Lord Delacroix' ansonsten trägem Körper schoss und ihre ergriff. „Ich sagte Ihnen doch, dass es nicht schicklich ist, sich in einer Kutsche allein mit einem Mann sehen zu lassen."

Eleanors Stimme bebte kaum merklich. „Sicherlich hätten wir Lady Ingrams Haus schon längst erreichen müssen. Ich wusste nicht, dass es so weit weg ist."

„Wir haben es erreicht, *ma chérie*, und haben es auf unserem Weg nach Dover hinter uns gelassen. Ich habe andere Pläne, die es nicht erforderlich machen, dass Sie Ihre Sachen packen." Lord Delacroix, der ihre Hand noch immer umklammert hielt, öffnete den Vorhang des Fensters, das ihm am nächsten war, und spähte hinaus.

Eleanor zwang die Angst aus ihrer Stimme und sprach ruhig. „Das andere Rendezvous ... Ihr anderweitiges Interesse..."

„...*n'est pas venue*." Trauer wurde von Entsetzen abgelöst, als seine erschreckenden Worte ihr bis ins Mark gingen. „Der Herr in Paris, der meine Zukunft in den Händen hält, bat mich, eine hübsche, junge

Engländerin mitzubringen, wenn ich zurückkomme. Das Schicksal lächelte mir zu, als es mir Sie in den Weg stellte. Meine Freundin ist nicht gekommen, doch ich finde, dass Sie in ihrer Abwesenheit genügen werden."

KAPITEL SECHSUNDDREISSIG

Stratford, der nach dem, was er gerade gehört hatte, Zeuge von Eleanors Aufbruch wurde, schob sich durch die Menge, um sie zu erreichen. Die Stimme der Gastgeberin ertönte in scharfem Ton: *Miss Daventry, Sie sind in meinem Haus nicht mehr willkommen* und er sah Eleanors blasses, aber würdevolles Gesicht, als sie sich zur Garderobe umdrehte.

Die Musik war verstummt und nur eine Minute lang herrschte Stille im Raum, ehe die Menge mit Keuchen und gedämpftem Lachen zu sprechen begann. Röcke huschten von einer Gruppe zur anderen, um ihre Spekulationen über das Geschehen auszutauschen und Stratford sah Lydia, die wie erstarrt neben Lady Ingram stand, deren Gesichtsausdruck abweisend wirkte.

Er konnte nicht zur Tür gelangen. Die Menge stand dicht gedrängt, alle waren begeistert von der Szene, sie mühten sich ab, nichts zu verpassen und schlossen die Lücken, um die Ersten zu sein, die das Geschehen kommentieren konnten. Stratford drängte sich zu seiner Linken durch, wo eine Gruppe von Herren stand und einer packte ihn am Arm.

„Lass sie", ertönte Amesburys gelangweilte Stimme. „Ich habe dich gewarnt. Du denkst nicht klar."

Stratford riss seine Hand los und schob sich weiter vorwärts, fast bis zur anderen Seite der Menge, als er erneut zurückgehalten wurde, dieses Mal von Mr. Braxsen. In Braxsens Augen stand Trauer und er schüttelte den Kopf – die stärkste Emotion, die Stratford je bei ihm gesehen hatte.

„Nein. Lassen Sie sie für den Moment in Ruhe. Sie müssen auch an Ihre Schwestern denken, und Lady Ingram verlangt, Sie zu sehen. Miss Daventry ist unschuldig, was diese Anschuldigungen angeht, dessen bin ich sicher. Doch es gibt einen klügeren Weg, ihren Namen reinzuwaschen, als dem Klatsch noch mehr Nahrung zu geben, indem man ihr nachläuft.“

Stratfords Schultern sackten zusammen. Braxsen hatte recht. Wenn er ihr nachlief, würde die Gesellschaft denken, sie sei seine Kurtisane. Möglicherweise war der Schaden bereits angerichtet. Er blickte sich nach seinen Schwestern um und sah, wie Phoebe sich in aller Ruhe und Würde den Weg an seine Seite bahnte.

„Stratford, du weißt, dass das nicht wahr ist“, sagte sie. „Ich kenne Harriet Price nicht besonders gut, aber sie hat den schlimmsten Ruf einer Klatschbase – einer bekannten Unruhestifterin. Ihre Quelle ist nicht vertrauenswürdig.“

Ehe Stratford etwas erwidern konnte, tauchte Carlton an seiner Seite auf und seine Worte gingen in dem Getratsche um sie herum fast unter.

Carlton hatte Phoebes Worte gehört und stieß hervor: „*Sie* ist die Quelle. Miss Price selbst hat es gesehen. Klatsch und Tratsch gibt es aus einem bestimmten Grund. Er mag übertrieben sein, doch ein Körnchen Wahrheit steckt darin.“

Stratford sah Carlton angewidert an. „Sie waren ihrer nie würdig.“

Phoebe verließ Stratford und ging zu Lydia, deren Mutter nach der Kutsche geschickt hatte und auf halbem Weg im Ballsaal stehenblieb, um sich mit einer anderen Witwe zu beraten. Phoebe und Lydia sprachen ruhig miteinander und als es so aussah, als ob Lydia sich aufregen würde, brachte Phoebe sie an einen intimeren Ort hinter der Säule.

Stratford wandte Carlton den Rücken zu und beobachtete, wie der

Major hinüberging, um das *Tête-à-Tête* zwischen Lydia und Phoebe zu unterbrechen. Dann ertönte eine Stimme an seinem Ellbogen.

„Stratford, es tut mir leid, dass es einen unangenehmen Bericht über jemanden gab, der Ihnen so nahesteht. Ich weiß, Sie hassen Skandale." Judith legte ihre Hand auf seinen Ärmel, ihr Blick war hochmütig.

Als er nichts erwiderte, fuhr sie fort. „Ich wusste, dass ihre Mutter in Ungnade gefallen war, doch ich war bereit, ihr einen Vertrauensvorschuss zu geben. Es gibt keinen Grund zu der Annahme, dass sie in die Fußstapfen ihrer Mutter treten würde. Und doch ... nach dem, was wir gerade hörten, war es wohl falsch von mir, sie zu akzeptieren. Ich wollte freundlich sein, Ihretwegen, obwohl ich gestehen muss, dass ich meine Zweifel hatte."

Judith trat näher an Stratford heran und blickte über die Menge hinweg. „Harriet sagte, sie habe sie mit eigenen Augen gesehen, als sie mitten in der Nacht das Spalier hochkletterte. Falls Sie daran dachten, sich an Miss Daventry zu binden, sollten Sie es sich noch einmal überlegen."

Stratford wandte sich wütend an Judith. „Wer hat Ihnen von ihrer Mutter erzählt? Woher haben Sie diese Information?" Das letzte Wort spie er mit Ironie aus.

„Nun, ich habe sie von François Delacroix. Er pflegte ihrer Mutter zu begegnen, wenn er Freunde auf dem Kontinent besuchte. ‚Sie war nicht das Wahre', erzählte er mir. Und das ist kein Wunder, wenn man die Erziehung ihrer Mutter bedenkt. Wer kann schon vorhersagen, was passiert, wenn ein Gentleman eine Bürgerliche heiratet?" Judith zuckte mit den Schultern. „Deshalb ist es so wichtig, alle Facetten zu berücksichtigen, wenn man eine Verbindung eingeht."

Sie haben Ihre Abneigung gegen die Herkunft meiner Mutter deutlich gemacht, als Sie meinen Antrag ablehnten. Warum sind Sie jetzt hier? Dieser wilde Gedanke schoss Stratford durch den Kopf, doch stattdessen fragte er: „Wann haben Sie das von Delacroix erfahren?"

„Erst heute Abend." Mit unschuldigem Gesicht fügte Judith hinzu: „Es tut mir leid, Stratford. Ich dachte, Sie würden sich Ihre eigene Meinung bilden wollen."

„Und das tue ich auch.“ Stratford stakste durch den Raum, dorthin wo seine Schwestern und Freunde in einer Gruppe versammelt waren. Er krümmte seine Finger mit einer herrischen Aufforderung und sagte: „Anna, Phoebe, lasst uns gehen.“

„Aber was willst du denn *tun*, Stratford?“ fragte Anna und folgte ihm. Phoebe blieb zurück und flüsterte aufgebracht in Lydias Ohr.

„Ich muss so schnell wie möglich gehen“, antwortete Stratford.

Major Fitzwilliam, dessen Blick auf Lydia gerichtet war, legte seine Hand auf Stratfords Arm. „Worthing, warten Sie“, sagte er. Stratford widerstand dem Impuls, die Hand des Majors abzuschütteln, und blieb schweigend stehen.

„Stratford, kann ich dich kurz unter vier Augen sprechen?“ fragte Lydia.

Er wollte ihr mit kaum verhohlener Ungeduld folgen, doch Lydia hielt inne. „Major Fitzwilliam, wenn Sie so freundlich wären, mitzu-kommen, ich möchte, dass Sie hören, was ich zu sagen habe.“

Im ersten Stock gab es ein freies Zimmer, das vom Korridor abging, und Stratford ging hinein, gefolgt von dem Major. „Phoebe weiß es bereits“, sagte Lydia, „und Anna du kannst ebenso gut mitkommen.“

Als alle im Zimmer versammelt waren, sagte Stratford: „Beeil dich, Lydia, ich flehe dich an. Ich darf keine Zeit verlieren.“

„Stratford, *du* weißt, wie es mir ging, als mein Vater starb. Ich hatte das Gefühl, alles verloren zu haben. Mein Vater gab mir immer das Gefühl, etwas Besonderes zu sein, und schob mich nie an das Kinder-mädchen ab, wenn er Zeit für mich hatte. Nachdem er gestorben war, hatte ich niemanden mehr. Natürlich mache ich Freddy nun keine Vorwürfe mehr, denn ich weiß, dass er seine eigene Last zu tragen hatte, die einem als Erben zufällt. Doch damals verübelte ich es ihm.“

Stratford machte eine ungeduldige Geste und Major Fitzwilliam blickte ihn wütend an.

„Ich war schwierig“, fuhr Lydia fort, „und als meine Erzieherin nicht mehr mit mir umgehen konnte, entließ meine Mutter sie und schickte mich in die Schule, in der ich Eleanor kennenlernte. Sie war gut zu mir.

Sie beklagte sich nie über ihre Situation, obwohl ich weiß, dass es schwierig für sie war, ihren Vater zu verlieren und dass dann ihre Mutter weglief und jemanden heiratete und sie zurückließ, als wäre sie unwichtig. Doch Eleanor war unermüdlich fröhlich und mutig und ich war entschlossen, mich von ihrer Art inspirieren zu lassen. Ich begann, in der Schule aufzupassen und an Aktivitäten teilzunehmen. Nur...“

„Fahren Sie fort“, ermutigte Fitzwilliam sie und Lydia erzählte gequält weiter.

„Der Lateinlehrer war sehr aufmerksam und ich fürchte, er sah in mir eine leichte Beute. Er überredete mich, mit ihm wegzulaufen und er war charmant und älter und ich ... ich war schwach und stimmte zu. Ich vertraute mich Eleanor an und sie riet mir eindringlich davon ab, diese, wie sie meinte, verhängnisvolle Richtung einzuschlagen. Als ich nicht auf sie hörte, schloss sie uns beide im Zimmer ein und steckte den Schlüssel in ihre Tasche. Ich drohte zu schreien oder ihn ihr wegzunehmen, doch sie sagte nur, ich solle es ruhig versuchen. Dann schob sie einen Fuß über die Fensterbank und begann, hinunterzuklettern. Sie wusste, dass ich Höhenangst hatte und ihr nicht folgen würde.

„Ich war so wütend, dass ich geschrien hätte, nur um sicherzugehen, dass sie erwischt wird. Doch ich dachte, es würde herauskommen, dass ich es war, die durchbrennen wollte. Ich habe ein Erbe und es wäre ihnen nicht schwergefallen zu glauben, dass ich die Schuldige war.“

„Warum ist sie nicht bei dir im Zimmer geblieben? Warum ist sie nachts aus dem Fenster geklettert, um diesen Teufel zu treffen?“ Stratford ging im Zimmer auf und ab, wütend auf Lydia, weil sie egoistisch gewesen war, wütend auf den Lateinlehrer, weil er unschuldige Mädchen verführt hatte und sogar wütend auf Eleanor, weil sie ein solches Risiko eingegangen war. Sie war wahrscheinlich zu unschuldig, um zu wissen, wie groß das Risiko gewesen war.

„Weil der Lateinlehrer sagte, er würde jeden Abend am gleichen Ort und zur gleichen Zeit auf mich warten, bis ich käme. Er wusste, dass es nicht leicht war, sich fortzuschleichen und er war sicher, dass ich irgendwann kommen würde. Er war entschlossen, mich zu ruinieren. Eleanor ging zu ihm und drohte ihm."

„Und hat Sie vor dem Ruin bewahrt", beendete der Major.

„Ja." Lydia sah ihn zum ersten Mal an, ihre Wangen waren hochrot, doch sie weigerte sich, den Blick abzuwenden. „Ich war so wütend, dass ich die ganze Woche vor den Weihnachtsferien nicht mit ihr sprach. Und als die Schule wieder begann, wurde mir das Ausmaß meiner Dummheit bewusst und ich bat Eleanor um Verzeihung. Sie hat mir sofort verziehen."

Anna warf Lydia einen Blick zu und fragte: „Konnte sie mit ihrer Unschuld entkommen?"

„Anna, ich war noch nie näher dran, dich zu erwürgen", sagte Stratford.

„Das ist eine berechtigte Frage", protestierte Anna. „Vielleicht ist an den Gerüchten etwas dran, ohne dass sie etwas dafür kann."

Stratfords Kiefer arbeitete heftig. Er drehte sich um und schritt zum Kamin. Als er sich wieder umdrehte, hörte er gerade noch rechtzeitig, wie Lydia mit knapper Stimme sagte: „Eleanor hat keinen Grund zu erröten."

„Woher weißt du das?" beharrte Anna.

„Niemand kann so gut schauspielern", erwiderte Lydia. „Sie hat versucht, mich gleich am nächsten Tag in gute Laune zu versetzen. Sie war ganz natürlich. Niemand hätte so sein können, nachdem ihm etwas Derartiges angetan wurde, am allerwenigsten Eleanor. Sie hat keinen einzigen hinterlistigen Knochen im Leibe."

„Genug." Stratford war auf und ab gegangen und schritt nun zur Tür. „Major, können Sie dafür sorgen, dass meine Schwestern nach Hause kommen? Ich will keine Minute mehr verlieren."

„Sie können sich auf mich verlassen", antwortete Fitz. „Doch ich kam zu Pferd. Darf ich Ihre Kutsche nehmen und Ihnen mein Pferd leihen?"

„Tun Sie, was nötig ist", erwiderte Stratford. „Wenn Sie eintreffen, werden Sie Ihr Pferd in meinen Ställen finden. Ich werde von dort aus meine Braunen nehmen. Gute Nacht." Er nickte allumfassend und ging.

Phoebe war die Erste, die sprach. „Bitte, Herr, lass ihn sie noch rechtzeitig erreichen." Lydia nickte energisch und Anna sagte nichts. „Anna", fuhr Phoebe fort, „sollen wir unsere Tücher holen? Lydia, wenn du mir deine Karte gibst, kann ich deins auch holen."

„Ich muss meine Mutter suchen", erwiderte Lydia vage, ihre Augen immer noch auf die von Major Fitzwilliam gerichtet. „Sie wird meine haben." Anna schien durchaus bereit zu sein, dort zu bleiben, wo sie war, doch Phoebe hakte sich bei ihrer Schwester unter und zog sie fort.

Fitz machte einen Schritt auf Lydia zu. „Wir dürfen hier allein nicht bleiben", warnte er. „Wenn uns jemand entdecken würde..." Er ergriff ihren Ellbogen, schaute aus der Tür, die noch nicht geschlossen war, und sah, dass niemand auf dem Korridor war. Er zog Lydia hinter sich her und trat hinter eine Säule am Rande des Ballsaals. „Kommen Sie mit mir hierher, wo wir unter vier Augen reden können, ohne einen Skandal zu riskieren." Lydia stand mit dem Rücken zur Säule, unfähig, seinem Blick zu begegnen.

„Miss Ingram", sagte er, doch sie blickte nicht zu ihm auf. Der Major fuhr fort. „Ich stehe tief in der Schuld von Miss Daventry."

Als Lydia ihren Blick hob, sah sie ein schwaches Lächeln auf seinem Gesicht. „Wie können Sie mich so ansehen, Major Fitzwilliam? Wie können Sie nicht die größte Abneigung gegen mich empfinden, nachdem Sie von meiner Torheit erfahren haben?"

„Sie waren ein Schulmädchen; Sie haben um Ihren Vater getrauert..."

Lydia schüttelte den Kopf. „Ich verstehe nicht, wieso Sie sich nicht von mir abgewandt haben, nachdem Sie mein Verhalten in dieser Saison gesehen haben. Ich war nichts als willensschwach, töricht und schockierend oberflächlich. Ich kann nicht begreifen, wie Sie immer noch als Freund zu mir stehen können, nachdem Sie all das über mich wissen."

Fitz trat einen Schritt näher, ergriff ihre Hand und legte sie auf seine Brust, um sie mit seiner eigenen zu bedecken. „Sie sehen sich selbst als ängstlich und ich sehe jemanden, der seinen Bruder verzweifelt liebt. Sie sehen sich selbst als unbeständig und ich sehe jemanden, der lebendig ist. Sie sehen sich selbst als oberflächlich. Ich sehe das Herz dahinter. Natürlich bin ich Ihr Freund. Ich hoffe, dass ich Ihnen noch weitaus mehr ans Herz wachsen kann."

Als ihr Blick zu ihm wanderte, sagte er: „Lydia, darf ich mit Ihrem Bruder sprechen, um ihn um die Erlaubnis zu bitten, um Ihre Hand anzuhalten zu dürfen?" Lydia war nicht in der Lage zu antworten und ließ ihren Blick auf die Medaille an seiner Brust sinken, also fuhr Fitz fort. „Ich kann Ihnen nicht mehr als die einfachsten Annehmlichkeiten des Lebens bieten und es wird Zeiten geben, in denen Sie sich entscheiden müssen, ob Sie dem Regiment folgen oder sich in London niederlassen, ohne mich an Ihrer Seite zu haben."

Als sie noch immer nicht antwortete oder ihn auch nur ansah, ließ er sich nicht beirren. „Doch mein Liebes, ich verspreche Ihnen, dass niemand Sie so lieben wird wie ich, und wenn ich für den Rest meines Lebens nur ein Ziel habe, dann wird es sein, Ihr Glück sicherzustellen."

„Warum haben Sie sich für mich entschieden?" fragte Lydia und blickte endlich auf. „Haben Sie vermutet, dass ich mit den Strapazen eines Soldatenlebens besser zurechtkomme, als ich mir anmerken ließ? Denn ich weiß, dass ich niemanden sonst auf diese Idee gebracht habe." Sie zeigte den Anflug eines Lächelns.

„Das *glaube* ich", antwortete Fitz. „Ich glaube, Sie haben viel mehr Courage, als Sie zugeben. Doch ich habe mich für Sie entschieden, meine süße Lydia, weil ich, nachdem ich Sie das erste Mal sah, ich meine Augen nicht mehr von Ihnen abwenden konnte. Ich habe die Waffen gestreckt – und völlig kapituliert. Glauben Sie, dass Sie meine Liebe erwidern können?" Er wartete stoisch und als sie den Blick senkte, hob er mit den Fingern ihr Kinn an und weigerte sich, den Blickkontakt zu unterbrechen.

„Sie können mit meinem Bruder sprechen", flüsterte Lydia. Mehr Zeit hatte sie nicht, ehe Lady Ingram mit wütendem Gesichtsausdruck auf sie zustürmte. Sie weigerte sich, Major Fitzwilliam zu begrüßen. Lydia warf ihm noch einen Blick zu, ehe sie ihrer Mutter zu den Eingangstüren folgte. Als der Major sich umdrehte, waren Anna und Phoebe fast bei ihm.

„Wir haben unsere Mäntel und sind bereit zum Aufbruch", sagte Phoebe. Major Fitzwilliam nickte, seinen Blick auf Lydias sich entfernende Gestalt gerichtet.

Später, als sie und Anna auf Stratfords Rückkehr warteten, bemerkte Phoebe, wie strahlend die Augen des Majors an diesem Abend ausgesehen hatten.

KAPITEL SIEBENUNDDREISSIG

Die Kutsche rumpelte weiter und die schaukelnde Bewegung trug wenig dazu bei, Eleanors fast überwältigende Verzweiflung zu lindern. Lord Delacroix verzichtete dankenswerterweise auf eine Konversation, so dass Eleanor ihren eigenen Gedanken nachgehen konnte. Nach zwei Stunden Fahrt kam die Kutsche ruckartig zum Stehen und ihre Gedanken brachten wenig Trost. Angst stieg in ihr auf, als sie darüber nachdachte, was er wohl zu tun gewillt wäre.

Das Verhalten von Lord Delacroix war harmlos. Er stieg aus und sprach ein paar Worte mit dem Kutscher, dann hielt er seine Hand hoch, um ihr beim Aussteigen zu helfen. Sie ignorierte sie und sie betraten den Hof, der noch von Menschen bevölkert war, da es noch nicht spät war. Auf der Bank vor der Tür standen Laternen und in den Wandleuchtern, die in einzelnen Ecken hingen, brannte Licht. Eleanor folgte ihm in das Gasthaus, ihre Augen suchten nach möglichen Fluchtmöglichkeiten – doch bislang sah sie nichts, niemanden, an den sie sich wenden konnte.

„Ein privater Salon für meine Schwester und mich", sagte Lord Delacroix zum Gastwirt, der sie durch den vollen Schankraum nach hinten führte.

„Sie haben Glück, Mylord", sagte der Gastwirt und verbeugte sich ehrerbietig. „Der Herr, der dieses Zimmer reserviert hatte, kam nicht. Meine Frau ist gerade dabei, das Geflügel zu braten und wir haben noch ein Spanferkel vom Mittagessen übrig, wenn Ihnen das recht ist. Soll ich Ihnen eine Mahlzeit und etwas zu trinken bringen?"

„Das wäre ausgezeichnet", antwortete Lord Delacroix, „und ein Glas Limonade für meine Schwester." Der Wirt sah Eleanor von der Seite an, verbeugte sich und schloss die Tür hinter sich.

„Setzen Sie sich", sagte Lord Delacroix. „Es hat keinen Sinn, sich in der Nähe der Tür aufzuhalten. Zunächst einmal werden Sie den Verdacht zerstreuen, wenn Sie sich natürlich verhalten. Ich habe Ihnen einen Dienst erwiesen, als ich sagte, Sie seien meine Schwester. Sie werden erst dann kompromittiert, wenn wir weit von England entfernt sind und wenn ich Sie nach Frankreich bringe, wird mein Gastgeber Ihnen eine andere Art von Konsequenzen auferlegen. In jedem Fall wäre Ihr Ruf auch ohne mein Zutun ruiniert gewesen."

„Mein Ruf wird *nicht* ruiniert werden, denn ich habe nichts getan, um das zu verdienen. Ich werde einen Weg finden, meinen Namen reinzuwaschen", erwiderte Eleanor majestätisch. Doch sie setzte sich, wie er es ihr angewiesen hatte, denn sie wusste, dass ihre Worte keinen Wert mehr haben würden, sobald er ihr seine Aufmerksamkeit aufzwang.

Nach seiner Anweisung schien Lord Delacroix sich ihrer Existenz nicht mehr bewusst zu sein und sie war sich nicht sicher, ob sie das beruhigend oder besorgniserregend finden sollte. Der Wirt kam mit dem versprochenen Essen und als er mit einer Verbeugung das Zimmer wieder verließ, bemerkte Eleanor das Messer, das neben ihrem Teller lag, als Lord Delacroix ihr Salzkartoffeln und ein Stück Fleisch servierte.

Eleanor saß kerzengerade und als Lord Delacroix sich vorbeugte, um einen Bissen zu nehmen, schob sie das Messer in den Ärmel ihres Kleides und trank ihre Limonade mit der anderen Hand. Er leerte den Inhalt seines Glases und stellte es mit einem Klirren ab. „Nehmen Sie das Messer aus dem Ärmel und legen Sie es zurück auf den Tisch. Es wird Ihnen nichts nützen und mich nur wütend machen."

Mit zusammengekniffenen Lippen legte sie das Messer würdevoll auf den Tisch.

MAJOR FITZWILLIAMS PFERD wartete vor der Tür, sobald Stratford das Skeffington-Anwesen verließ. Er schwang sich in den Sattel und machte sich auf den Weg zu Ingrams Haus, in der Hoffnung, Eleanor dort anzutreffen. Ehe er losreiten konnte, schlich sich ein Mann, gekleidet in dumpfe Farben und mit einem niedrigkrempigen Hut an ihn heran und nahm die Zügel des Pferdes in die Hand. Erschrocken hob Stratford seine Peitsche, um zuzuschlagen.

„Ruhig, Chef. Ich hab' Se mit'm Pferd des Majors geseh'n und ich muss mit ihm reden." Der Mann hob den Blick und Stratford konnte ihn im Schein der Lampe deutlich erkennen.

„Woher kennen Sie den Major?" fragte Stratford und ließ seine Peitsche sinken. Von dem Mann schien keine Gefahr auszugehen.

„Er wollt', dass ich Dela-kro folge. 'S stimmt, Mylord. Wie ich seh', sind Se 'n schlaues Kerlchen, dem nichts entgeht. 'S geht um diesen Fremden und der Major hat mich gebeten, Sie zu finden, falls er nicht da ist."

„Was ist denn?" verlangte Stratford, der dringend loswollte, zu wissen. „Was hat es mit Delacroix auf sich?"

„Kro nahm 'ne Kutsche nach Dover mit 'nem Koffer drauf, wenn ich mich nicht täusche. Ich folgte ihm nach Haymarket, und er nahm 'n adliges Mädl mit, das unzufrieden aussah."

„Eine Frau", rief Stratford aus. „Wie sah sie aus?"

„Grünes Kleid, gelber Mantel..." *Eleanor.*

„Ich muss hinterher", sagte Stratford. „Major Fitzwilliam wird bald in Begleitung zweier Frauen kommen. Bitte erschrecken Sie sie nicht, sondern versuchen Sie, ihm mitzuteilen, wohin ich gegangen bin."

„Das werd' ich tun, Käp'tn." Ehe der Mann noch etwas sagen konnte, war Stratford verschwunden.

Stratford trieb das Pferd des Majors in Richtung Cavendish Square und in kurzer Zeit waren seine Braunen vor den Phaeton geschirrt. *Delacroix ist bankrott*, dachte er, während er seine Pferde so schnell vorwärtstrieb, wie es der Londoner Verkehr zuließ. Der Mann hatte also nichts zu verlieren. Sie mussten mehr als eine Stunde Vorsprung haben und obgleich er mit seinen Braunen beruhigend gute Chancen hatte, konnte er nicht sicher sein, sie einzuholen, ohne unterwegs an jeder Poststation anzuhalten und er durfte sie nicht verpassen. Das Schiff würde bei Flut auslaufen und wenn er sie nicht mehr einholen konnte, ehe Delacroix nach Frankreich abreiste, wäre alles verloren.

Stratfords Phaeton war viel leichter als jede Kutsche, in der Delacroix nun rumpeln könnte, was ihm Hoffnung gab. Nach einer Stunde anstrengender Fahrt kam er zur ersten Poststation und hielt nur lange genug an, um sicherzugehen, dass keine Kutsche dort versteckt war. Es war keine dort und ein Blick hinein genügte, um zu sehen, dass sich niemand von Rang darin befand.

Stratford hatte nicht geglaubt, dass sie so schnell unterwegs anhalten würden. Delacroix war sicher ebenso erpicht darauf, die Küste zu erreichen, wie Stratford darauf, ihn zu finden. Doch er konnte nicht riskieren, sie zu verpassen und er wusste, dass Miss Daventry eine einfallsreiche junge Frau war. Nein, er musste an jeder Poststation auf dem Weg Halt machen.

Als er weiterfuhr, dämmerte ihm, dass seine Gedanken nur bei Eleanor waren. Warum wollte Delacroix *jetzt* abreisen? Die Quelle von Fitz hatte sie gewarnt, dass etwas im Gange war und dass es heute Abend oder am nächsten Tag geschehen würde. Und nun war Delacroix auf dem Weg nach Frankreich, unter dem Deckmantel der Dunkelheit. Er musste es sein. Doch welche Rolle spielte Eleanor bei all dem? Stratford entdeckte eine weitere Poststation und obwohl er sie fast übersehen hätte, zog er die Zügel an und stieg ab.

Seine Vorsicht war durchaus angebracht. An der Seite stand eine Kutsche mit dem Wappen von Delacroix, die Pferde waren abgeschirrt und tauchten ihre Köpfe in einen Eimer mit Futter. Er hatte nicht einmal versucht, sie zu verstecken. Der Schurke hatte wohl nicht damit gerechnet, dass jemand Eleanor suchen würde.

Der Stallknecht eilte sofort herbei, als er anhielt, und Stratford warf ihm die Zügel zu, wobei er dem Mann eine Münze in die ausgestreckte Hand drückte. „Gib ihnen Wasser und reib sie ab, aber schirre sie nicht ab. Ich werde nicht bleiben."

Als er den vollen Schankraum betrat, entdeckte er die Tür zum Privatsalon und ging darauf zu. Der Wirt eilte an seine Seite, um ihn aufzuhalten. „Mylord, das Zimmer ist im Moment besetzt. Sie waren nicht zu der Zeit hier, die Sie in Ihrem Brief schrieben."

Stratford schob ihn zur Seite und stieß die Tür auf. Sie klapperte gegen die Wand und enthüllte Miss Daventry, die Lord Delacroix gegenübersaß. Sie stand auf und er hatte nur Zeit, einen Blick auf ihr blasses Gesicht und ihre erschrockenen Augen zu werfen, ehe er seine Augen auf Delacroix richtete.

„Zum Teufel", rief er wütend aus.

Miss Daventry trat an den Rand des Raumes und er konnte die Angst und Unsicherheit in ihrer Stimme hören. „Ich bin froh, dass Sie gekommen sind, Mylord. Ich wurde gegen meinen Willen entführt." *Warum hat sie Angst? Ich bin jetzt hier.*

Er warf ihr nur einen kurzen Blick zu, denn er wollte seine Aufmerksamkeit nicht von dem Schurken abwenden, der noch immer am Tisch saß. Er traute ihm nicht.

Lord Delacroix stand auf und begann in die Hände zu klatschen: „Bravo", sagte er. „Sie sind den ganzen Weg hierhergekommen, nur um dieses nette kleine *Tête-à-Tête* zu unterbrechen. Nun, da Sie sehen, wie die Dinge stehen, warum kehren Sie nicht nach London zurück?"

„O-*ho*!" Stratford konnte weder seine Wut noch seine Worte zügeln. „Ich kann mir vorstellen, dass Ihnen das sehr gelegen käme, doch Sie werden für die schlechte Behandlung von Miss Daventry bezahlen. Und während ich Ihnen eine Lektion erteile, *Sir*, werden Sie Rede und Antwort für das Päckchen mit den Informationen stehen müssen, das Sie aus dem Kriegsbüro gestohlen haben und das Sie den Feinden in die Hände spielen wollen. Machen Sie sich nicht die Mühe, es zu leugnen."

„Das soll mir also untergeschoben werden?" Delacroix verdrehte die Augen und setzte sich. „Großer Gott."

Stratford hielt inne. Die Gewissheit, dass Delacroix der Spion war, hatte er erst erlangt, nachdem der Mann Eleanor entführt hatte. Bis dahin war er nicht völlig von der Schuld von Delacroix überzeugt gewesen, trotz der ziemlich eindeutigen Beweise für das Gegenteil. Vielleicht hatte seine Verbundenheit mit Eleanor seine Unvoreingenommenheit in diesem Fall vernebelt und Zweifel machte sich in ihm breit. Dennoch musste er die Angelegenheit zu Ende bringen.

„Alle Beweise deuten auf Sie hin", argumentierte Stratford. „Ihr Weggang aus London fällt mit der Übergabe der Informationen an den Feind zusammen. Sie waren in der Nacht, als das Dokument aus dem Hauptquartier gestohlen wurde, nicht im Almack's. Und unser Informant sagt uns, dass der fragliche Spion wahrscheinlich französischer Abstammung ist." Er deutete mit dem Finger auf Delacroix. „Sie waren auch anwesend, als Lord Ingram stürzte und ich bin sicher, dass Sie zurückkamen, um die Sache zu Ende zu bringen. Doch Sie kamen zu spät!"

Lord Delacroix warf die Hände in die Luft. „Was werden Sie mir als Nächstes vorwerfen? Haben Sie daran gedacht, dass ich an diesem Morgen *nicht* aufgetaucht wäre, wenn ich dessen schuldig wäre, was Sie mir vorwerfen? Dass ich nicht so dumm gewesen wäre, mich in der Nähe erwischen zu lassen?"

„Ihr Erscheinen sollte den Verdacht von Ihnen ablenken. Sie trieben ein doppeltes Spiel. Sie tauchen wieder auf, geben sich als Retter in der Not aus und schon weicht jeder Verdacht von Ihnen." Stratford löste seinen Umhang und warf ihn ab, dann zog er an seinem Halstuch. „Sagen mir. Wenn Sie unschuldig sind, warum fliehen Sie dann mit Miss Daventry aus dem Land? Warum sind Sie nicht geblieben, wo Sie waren?"

„Es wurde zu heiß und nein..." Delacroix hob die Hand. „Ich fürchtete nicht, für einen Spion gehalten zu werden, obwohl ich einen Verdacht hatte, als Ingram begann, sich für meine Angelegenheiten zu interessieren. Ja, natürlich wusste ich, dass er mich beschatten ließ. Auch ich habe meine Quellen. Es wurde zu heiß, weil ich mich zu tief hineingeritten hatte. Ich habe kein Geld mehr, Worthing. Und da die unbarmherzigen Augen der adligen Gesellschaft bereits auf mich gerichtet waren, weil ich französischer Abstammung bin, wie Sie so liebenswürdig betonten – ganz gleich, dass ich mit Ihnen allen zur Schule gegangen bin und mein ganzes Leben hier verbracht habe, alles für dieses Land getan habe, außer dafür zu bluten –, waren die Schulden mehr als ich ertragen konnte. Ich musste fliehen."

„Wenn Sie nicht der Spion sind ... das ist zu schwer zu glauben." Stratford schüttelte den Kopf und betrachtete die Ledertasche neben Delacroix' Teller. „Die Beschreibung, die Motive."

„Motive!" schoss Delacroix zurück. „Wann haben meine Handlungen jemals meine Liebe zu England in Frage gestellt? Es ist nur mein Blut, das sie in Frage stellt. Doch ich bin auf englischem Boden aufgewachsen, habe englische Schulen besucht, habe in englischen Clubs einen Adelstitel erhalten. Es gibt kein Motiv. Wann war diese Nacht, von der Sie sprechen, in der jemand ein Papier aus dem Hauptquartier gestohlen hat, zu dem ich keinen Zugang habe, wenn ich Sie daran erinnern darf?"

„Es war der dreizehnte Mai, als der Rest der adligen Gesellschaft im Almack's war. Alle waren da, nur Sie nicht. Alle Indizien passen zusammen."

„Ha. Almack's", erwiderte Delacroix verbittert. „Meine Karte für diese illustre Zusammenkunft wurde widerrufen. Ich bin stattdessen Kartenspielen gegangen und Sie können jeden im Boodle's fragen, ob ich dort war."

Stratford war immer noch nicht überzeugt, doch er hatte genug Zweifel, um erneut innezuhalten. „Alles deutet auf Sie hin. Wer sonst passt so gut auf die Beschreibung?"

Lord Delacroix seufzte. „Ich mische mich nicht gerne in die Angelegenheiten anderer ein, es sei denn, um meine eigene Haut zu retten. Aber haben Sie an Mr. Braxsen gedacht?"

„Braxsen", meinte Stratford verwirrt, „aber er hätte keinen Grund dazu."

„Nein? Geboren als Sohn einer französischen Revolutionärin, die mit Napoleon sympathisiert? Natürlich ist das nicht gemeinhin bekannt. Die Eltern seiner Mutter suchten ihr einen englischen Royalisten zum Mann und Braxsens Vater versuchte, die Gedanken des Jungen in angemessenere englische Bahnen zu lenken. Doch die

Einflüsterungen einer Mutter können die Ideologie eines Jungen sehr stark prägen."

„Aber er hat im Krieg gekämpft", hielt Stratford entgegen. „Er hat für uns gekämpft..." Er hielt inne und erinnerte sich an die Einzelheiten seines Gesprächs mit Braxsen. Er war nicht erpicht darauf, auf die Halbinsel zurückzukehren; er stellte den Tod seines Bruders in Frage und deutete sogar an, dass er unter verdächtigen Umständen zustande gekommen war. „Braxsen ist von Ihrer Größe und Ihrem Teint", sagte er langsam. „Und er erschien im Almack's, kurz bevor die Türen geschlossen wurden." Plötzlich wurde alles klar.

KAPITEL ACHTUNDDREISSIG

S tratford war nun davon überzeugt, dass Braxsen sein Mann war und er konnte nicht glauben, dass es ihm entgangen war. Braxsen, der stets negativ von seiner militärischen Laufbahn sprach, hatte sogar versucht, Stratford Sand in die Augen zu streuen, indem er andeutete, Delacroix sei verabscheuungswürdig, nur weil er Franzose war. Er war gründlich hereingelegt worden. Er musste Ingram und Fitz so schnell wie möglich informieren und zu Braxsen gelangen, ehe dieser die Informationen weitergeben oder verschwinden konnte.

Im Moment hatte er dringendere Angelegenheiten zu erledigen. Stratford machte einen Schritt auf Delacroix zu. „Warum Miss Daventry? Warum ihr Leben in den Ruin treiben?" Er blickte in Eleanors Richtung, von Schmerzen erfüllt, wegen dem was sie hatte erleiden müssen. „Nach diesem Abend hatte sie vielleicht nicht die einfachste Zukunft vor sich, doch sie ist keine Konkubine."

Hinter ihm stieß Eleanor einen halb schluchzenden Laut aus und Delacroix lachte schroff. „Das sagen Sie. Aber wie Sie sehen, Worthing, hat sie in aller Ruhe ihr Abendessen zu sich genommen, ehe Sie hier hereinkamen. Ich würde also sagen, Sie sind *de trop*, Sir."

Stratford warf den Tisch um, so dass er auf Lord Delacroix stürzte.

Er packte den *Vicomte* am Hals, zog ihn hoch und schlug ihm auf das Auge. Delacroix fiel mit einem lauten Krachen nach hinten.

Während Delacroix am Boden lag, eilte Stratford zu Eleanor. „Ist Ihnen etwas zugestoßen?" Er ergriff ihre Arme mit beiden Händen und drängte sie: „Lassen Sie mich Sie von hier wegbringen."

Zitternd fiel sie ihm in die Arme und das Gefühl, ihren ganzen Körper an seinem zu spüren, überrumpelte ihn beinahe. „Ich habe keinen bleibenden Schaden erlitten. *Oh...*", kreischte sie. „Hinter Ihnen!"

Stratford wirbelte herum und sah Delacroix mit einem Degen in der Hand dastehen. Der *Vicomte* verschwendete keine Zeit und stürzte auf Stratford zu, der seinen eigenen Degen in Sekundenschnelle aus der Scheide zog. Es klirrte heftig, als die Klingen aufeinandertrafen und Eleanor schlich zur Tür. Mit aufgerissenen Augen starrte sie auf die Szene vor ihr.

„Jetzt werden wir es ausfechten", rief Stratford und stieß seinen Degen vor, wurde aber pariert. Er wich zurück, ehe Delacroix einen Gegenangriff starten konnte. *Denk nach*, schimpfte er wütend mit sich selbst. *Reagiere nicht, denke nach. Plane deine Züge voraus.* Er sah seinen Gegner nun klarer und suchte den Raum nach Dingen ab, die ihm im Kampf helfen oder ihn behindern könnten. Da war der zerbrochene Behälter mit der Soße auf dem Boden neben dem Tisch. Da war sein Getränk, das verschüttet worden war und eine Pfütze gebildet hatte. Ein Stuhl war umgekippt, ein Stuhl stand noch aufrecht. Eine Anrichte, die gekippt werden konnte...

Stratford begann ernsthaft zu kämpfen. Immer wieder prallten die Degen aufeinander, ohne dass einer der beiden Gegner Schwäche zeigte. Er blockte einen Hieb ab, doch ohne Erfolg und spürte einen Stich in seinem linken Arm. Eleanor bedeckte keuchend ihren Mund.

Da er wusste, dass er wegen der Wunde rasch ermüden würde, musste Stratford dem Kampf ein schnelles Ende setzen. Mit kurzen, unerbittlichen Stößen der Klinge trieb er seinen Gegner zurück, bis Delacroix am Rand der verschütteten Soße neben dem Tisch stand. Wie er gehofft hatte, machte Delacroix einen Schritt nach hinten und rutschte aus, wodurch sein Degenarm herunterfiel, anstatt den Stoß

zu blockieren. Stratford wirbelte mit seiner Klinge um Delacroix'
Degen, so dass dieser auf den Boden krachte und setzte die Spitze
seines eigenen Degens an Lord Delacroix' Hals.

„Sie sind besiegt", sagte Stratford, wobei sich sein Brustkorb hob
und senkte, während er Atem holte. Lord Delacroix hatte die Hände
halb erhoben, um sich zu ergeben, und bestätigte dies mit einem
Nicken.

Stratford ließ seine Klinge sinken. Er ging zum Tisch hinüber, den
Blick auf Delacroix gerichtet, und schaute in die Ledertasche. Außer
ein paar Scheinen und etwas Schmuck befand sich nichts darin. „Ich
schlage vor, Sie gehen. Ob nach Frankreich oder zurück nach
London, ist mir gleich. Solange Sie Miss Daventrys Namen nicht
schlechtmachen, werde ich mich aus Ihren Angelegenheiten
heraushalten."

Als er aufstand, griff Delacroix nach seinem heruntergefallenen
Degen, hob ihn auf und schob ihn zurück in die Scheide. Er blickte
nach unten und schnalzte verärgert. „Die Bratensoße hat meine
Strümpfe befleckt und ich werde mich vor dem Hafen nicht mehr
umziehen können. Ich gebe ein schockierendes Bild ab." Stratford
maß ihn weiterhin mit festem Blick, während der Mann vor Miss
Daventry trat.

„*Je vous souhaite une bonne soirée, Mademoiselle.*" Delacroix verbeugte
sich ironisch, und mit einem Nicken in Richtung Stratford
verschwand er.

Als sich die Tür vom Privatsalon zum Schankraum öffnete und
Lord Delacroix den Raum verließ, setzten die Trink- und Gesprächs-
geräusche wieder ein und der Wirt stürzte herein. „Mylord. Oh! ...
und zerbrochenes Geschirr. Unser Haus ist ein anständiges Etablisse-
ment, Sir, und Sie haben es mit Ihrem Streit auf den Kopf gestellt. Wer
wird meinen Ruf wiederherstellen?"

Stratford war nicht in der Stimmung für Theatralik. „Ich werde
Ihnen den Schaden ersetzen. Und nun gehen Sie", sagte er und schob
den Wirt zur Tür. Als er sie hinter sich geschlossen hatte, schritt er zu
Eleanor und nahm ihre Hände in die seinen.

Sie ließ ihn sie nur einen Moment lang halten, ehe sie das Blut bemerkte. „Ihr Arm", sagte sie, wandte sich zur Anrichte und fand eine saubere Serviette, mit der sie einen Verband anlegte. „Das wird reichen, bis es untersucht werden kann." Dann hob sie ihre Hand zu seinem Gesicht und ihre Finger strichen leicht über seine Wange.

Betäubt von der Sanftheit ihrer Berührung, war Stratford wie gelähmt von dem Zauber, mit dem sie ihn belegt hatte. Er wollte sprechen – es war ihm zuwider, sie im Zweifel über seine Gefühle für sie lassen –, doch sie mussten gehen. Er wollte nicht, dass sein Antrag zu einem Zeitpunkt kam, an dem sie sich in einer so verletzlichen Lage befand. Sie könnte eines Tages zweifeln, ob er nicht nur aus Nächstenliebe gehandelt hatte. Und je länger sie allein und unverheiratet blieben, desto größer wurde das Risiko eines Skandals, der mit ihrem Namen verbunden war.

„Ich muss Sie nach London zurückbringen", sagte er. „Ich weiß nicht, wie ich das schaffen kann, ohne Sie unnötiger Kritik auszusetzen, doch am sichersten ist es, wenn ich Sie in mein Haus bringe, wo meine Schwestern sich um Sie kümmern können. Und morgen früh werde ich mit Lady Ingram sprechen."

Eleanor zitterte von Kopf bis Fuß und hoffte, dass man es ihr nicht anmerken konnte. Das Wechselbad der Gefühle, das sie durchlebt hatte – Freude und Erleichterung, als Lord Worthing den Raum betrat, der Schreck, so knapp zu entkommen –, war zu viel für ihre Fassung. Der Graf hatte zwar reagiert, als sie sein Gesicht berührte, er lehnte sich in ihre Hand und schloss die Augen, doch nun waren seine Emotionen verborgen und sie fragte sich, ob sie sich alles eingebildet hatte.

Er half Eleanor in den Phaeton, ihre Hand zitterte in seiner, dann stieg er auf der anderen Seite ein und warf dem wartenden Stallknecht eine Münze zu. Er nahm die Zügel in die Hand und sie fuhren los. Die Kutsche war so gut gefedert, dass sie sich langsam entspannen und ihre Gedanken beruhigen konnte, während sie über die Landstraße eilten.

Beide sprachen eine Zeit lang nicht miteinander, und Eleanor fragte sich, ob sie auf ihrer gesamten Reise nach London kein einziges Wort miteinander wechseln würden. War er wegen des Skandals

wütend auf sie? Kaum hatte sie diese unglückliche Überlegung angestellt, fand er seine Stimme.

„Ich weiß, dass Sie wegen der Ereignisse des heutigen Abends
einen gewissen Schock verspüren, doch diese Gefühle werden verge-
hen." Lord Worthing sah sie in der Dunkelheit an, und sie begegnete
seinem Blick.

Er wandte sich wieder nach vorne. „Für den Rest meiner Tage
werde ich mich an diesen Abend erinnern. Ich werde mich daran
erinnern..." Lord Worthing hielt kurz inne. Er schluckte und als er
fortfuhr, versagte ihm beinahe die Stimme, „dass ich rechtzeitig da
war, um Sie zu retten. Ich werde mich daran erinnern, dass Gott mir
die Antwort auf mein Gebet gewährt hat." Er verstummte und trieb
seine Pferde an, ihr Tempo zu erhöhen.

Auch Eleanor wandte sich wieder nach vorn und eine Last fiel
von ihr ab. Niemals hätte sie sich vorstellen können, dass der Abend
auf diese Weise enden würde, dass Lord Worthing ihr den Skandal
nicht verübeln, sondern ihr stattdessen zu Hilfe eilen würde. Sie
spürte die Wärme, die von seiner Seite ausging und lehnte sich
hinein.

So fuhren sie weiter, die Gefühle schienen zu gewichtig zu sein,
um sie in Worte fassen zu können, und nach scheinbar kurzer Zeit
erreichten sie London und dann sein Haus am Cavendish Square. Im
Wohnzimmer brannte eine Lampe, deren Licht durch die Fensterläden zu sehen war. Er zog an den Zügeln und die erschöpften Pferde
kamen gehorsam zum Stehen.

„Eleanor", sagte er und ergriff ihre Hand. „Ich werde für Sie alles
mit Lady Ingram in Ordnung bringen und ... mit allen."

Eleanor stiegen die Tränen in die Augen. Sie hatte nicht erwartet,
dass sie so lange nach der Beseitigung der Gefahr kommen würden.
Es musste der Schock sein, doch sie dachte, dass sie auch von diesem
Funken Hoffnung kommen könnten, der sich nicht unterkriegen ließ.
Warum Hoffnung jemanden zum Weinen bringen sollte, wusste sie
nicht.

„Falls Lady Ingram mich empfängt", sagte sie, „muss ich ihr für
ihre Gastfreundschaft danken und sie bitten, über die Ereignisse des

heutigen Abends hinwegzusehen. Das heißt, falls sie Ihnen glaubt, dass ich keine Schuld trage.“

„Sie wird mir glauben“, versicherte Lord Worthing grimmig.

Als sie den Vordereingang erreichten, war der Butler schon da. Anna und Phoebe öffneten die Tür zum Korridor und sprangen aus dem Salon. Phoebe kam sofort nach vorne. „Eleanor“, rief sie und nahm sie in die Arme. Eleanor drohten erneut die Tränen zu kommen.

„Kommen Sie“, sagte Phoebe, „ich lasse Ihnen von Cook ein Glas warme Milch bringen. Ich habe das Zimmer neben meinem für Sie herrichten lassen und das Bad wartet nur darauf, dass der Rest des heißen Wassers gebracht wird.“

Anna stand wie angewurzelt da, doch als Phoebe und Eleanor vorbeigingen, sagte sie: „Ich bin froh, dass Stratford rechtzeitig da war.“

Eleanor wandte ihr das Gesicht zu. „Danke.“

Stratford entkleidete sich langsam, sich dessen bewusst, dass sich Eleanor am Ende des Flurs befand. Er war todmüde und so waren seine Gedanken verworren. *Ich habe sie rechtzeitig erreicht. Ich habe sie rechtzeitig erreicht.* Doch er hatte sich geirrt, was Delacroix‘ Beteiligung betraf. Es sah ihm nicht ähnlich, sich zu irren.

Dennoch war Delacroix nicht unschuldig. Stratford erinnerte sich daran, wie Eleanor vom Stuhl aufgesprungen war, die Erleichterung war ihr ins Gesicht geschrieben gestanden. Und Delacroix, der Schurke, hatte ihn überrumpeln und ihm ein Ende bereiten wollen. Er musste in der Tat verzweifelt gewesen sein. Hatte Delacroix angenommen, Stratford würde nur wegen seiner Schulden versuchen, seine Flucht zu verhindern? Oder war es ihm in erster Linie darum gegangen, sein Opfer zu verschleppen?

Er verdrängte Delacroix aus seinen Gedanken. Es war zu spät, um über all das nachzudenken und er musste morgen früh erst einmal zu Ingram gehen, ehe er Braxsen überführte. Wenn er es recht bedachte, sollte er Major Fitzwilliam mitnehmen. Fitz wusste über alles Bescheid und was er vorhatte, obwohl auch er Braxsen nicht durchschaut hatte.

Stratford schlief ein und dachte nicht an Braxsen und Delacroix, sondern an die bernsteinfarbenen Augen, von denen er hoffte, dass sie – sobald er sich um die dringenden Angelegenheiten gekümmert hatte – zu den seinen aufblicken würden, wenn sie das einzige Wort sprach, das von Bedeutung war. *Ja.*

AM NÄCHSTEN MORGEN wachte Stratford zu früh auf, um seine Mission direkt ausführen zu können. Um diese Zeit würde er in Ingrams Haus niemals empfangen werden und er könnte genauso gut zuerst frühstücken. Er zog sich sorgfältig an und fragte sich, wann er Eleanor an diesem Tag sehen würde und wie es ihr nach der schrecklichen Tortur wohl ergehen würde.

Er hatte sich gerade zum Frühstück hingesetzt, als Anna hereinkam. Sie betrachtete ihn schweigend und wählte einen Platz ihm gegenüber, als der Lakai hereinkam und ihr eine Kanne Kaffee hinstellte. Sie griff nach einem Scone.

„Du warst erfolgreich“, bemerkte sie. Er nickte. Sie wartete darauf, dass er etwas sagte, und als er dies nicht tat, schnitt sie ihr Scone in zwei Hälften und bestrich es mit Sahne. „Hat sich deine Miss Daventry von dem Schock erholt, was meinst du?“

„Sie war unversehrt, als ich sie in der Gesellschaft von Delacroix fand, und ich ... überzeugte Lord Delacroix davon, ohne sie nach Dover zu fahren. Aber nein, ich bin mir nicht sicher, ob sie sich vollständig von dem Schock erholt hat.“

„Dann ist sie also respektabel?“ fragte Anna mit ungewöhnlich ernster Miene.

Er nickte und seine Kehle schnürte sich zu. „Sie war immer respektabel, Anna.“

Sie nahm die angedeutete Zurechtweisung gelassen hin. „Stratford, ich habe gestern Abend, ehe wir das Haus der Skeffingtons verließen, ein wenig nachgeforscht, und ich glaube, es war Lord Delacroix, der das Gerücht in die Welt gesetzt hat.“

Stratford nickte erneut. „Mit Judith.“

„Du weißt es also", sagte sie. „Er hat mit Judith gesprochen und danach ging sie von Gruppe zu Gruppe, bis der ganze Raum von der Neuigkeit durchdrungen war. Doch der Schaden war noch nicht angerichtet, ehe sie sich mit Harriet Price besprach, die *ihr* ein paar Informationen gab. Ich kann nur vermuten, dass Harriet – von der jeder weiß, dass sie den Beginn der Saison verpasste, weil sie *Pickel* bekam! – diese Nachricht für eine bestimmte Gelegenheit aufbewahrt hat, bei der sie, wie ich annehme, den größten Schaden anrichten könnte. Sie ist wirklich ein boshaftes Geschöpf."

Stratford betrachtete seine Schwester neugierig. „Anna, wenn ich es nicht besser wüsste, könnte ich denken, dass du Eleanor unterstützt, was höchst merkwürdig wäre, da du niemandem ohne einen heftigen Kampf deine Zuneigung schenkst."

Anna lächelte über seine Bemerkung, erwiderte aber: „Es ist einfach nicht gerecht, dass die Gesellschaft den Ruf einer vollkommen anständigen jungen Dame aufgrund der Laune von zwei oder drei Personen ruinieren kann, die außer ihrer eigenen Boshaftigkeit nichts vorzuweisen haben. Zufällig habe ich Beweise dafür, dass Harriet Price nicht das unschuldige Mädchen ist, das sie zu sein vorgibt, da sie töricht genug war, sich mit John Fortescue in den Vauxhall Gardens im Gebüsch zu vergnügen – und nein, lieber Bruder, ich war nicht dabei, und ich werde dir auch nicht sagen, von wem ich meine Informationen habe.

„Bislang hatte ich nie die Absicht, so grausam zu sein, sie bloßzustellen. Doch sie hat den Fehdehandschuh hingeworfen und ich werde meinen Hut verspeisen, wenn sie nach einem kleinen Gespräch mit mir nicht öffentlich ihren Irrtum über das, was sie in jener Nacht zu sehen geglaubt hat, eingesteht. Und wenn Harriet erst einmal kapituliert hat, muss Judith das auch tun oder sie wird dumm dastehen. Also ja, ich bin bereit, mich für deine Eleanor einzusetzen." Sie sah verschmitzt aus. „Wir wissen beide, dass es *deine* Eleanor ist, weißt du. Du musst sie nur davon überzeugen, über deine Unzulänglichkeiten hinwegzusehen."

„Gesprochen wie eine Schwester", sagte Stratford und stand auf. Er ging zu ihr und küsste sie auf die Wange. „Aber du hast vollkommen recht. Ich werde so oft um ihre Hand anhalten, wie es nötig ist.“

„Bitte erst um Nachsicht“, riet Anna.

Stratford lächelte müde. „Ich werde mein Glück bei Lady Ingram versuchen, um zu sehen, ob sie einlenkt, sobald sie die Fakten kennt.“

„Verrate Lydia nicht!“, unterbrach ihn seine Schwester.

„Wofür hältst du mich? Wenn ich sie dazu bringen kann, einzulenken, können wir den Skandal sicher aus der Welt schaffen.“ Stratford hatte die Hand auf dem Türknauf, als Anna sprach.

„So wie ich Lady Ingram kenne, wird sie nicht einlenken. Doch auch ich habe Einfluss. Lach du nur“, meinte Anna, „aber es ist wahr! Mal sehen, ob ich die Sache nicht zum Guten wenden kann. Phoebe kümmert sich hier gut um Eleanor. Überlass den Rest mir.“

KAPITEL NEUNUNDDREISSIG

Als Stratford den Grosvenor Square erreichte, verkündete er, er habe dringende Nachrichten für Lord Ingram und rannte die Treppe zu dessen Zimmer hinauf. Ingram, der auf einer Chaiselongue am Fenster lag, drehte den Kopf, als Stratford durch die Tür stürmte.

„Du bist zurück", sagte Ingram. „Fitz hat mich benachrichtigt. Hast du Miss Daventry zurückgeholt? Was hast du mit Delacroix gemacht? Ich hoffe, er ist in Gewahrsam."

„Delacroix ist nicht unser Mann." Stratford ging zum Fenster. „Sondern Braxsen."

„Was?" Ingram bewegte sich, als wolle er sich von seiner Chaiselongue erheben und machte eine ungeduldige Geste, als er sein Handicap bemerkte. Sein Blick wich nicht von Stratfords Gesicht. „Unmöglich. Ich kenne ihn schon fast mein ganzes Leben lang. Was hat er zu gewinnen?"

„Offenbar sympathisiert er mit dem Kaiser. Seine Mutter ist Französin, wusstest du das? Aber mehr als das werden wir nicht wissen, bis wir ihn festsetzen." Stratford zuckte mit den Schultern. „Die Absichten im Herzen eines Mannes gehen tief."

„Ich erinnere mich, etwas über seine Mutter gehört zu haben, aber das war nie von Bedeutung." Ingram runzelte die Stirn. „Das reicht ihm also, um zum Verräter zu werden? Wo ist Fitz? Wir dürfen keine Zeit verlieren."

Stratford schritt zum Fenster und sah hinaus. „Ich werde ihn aufsuchen. Es ist noch früh, und ich nehme an, er ist im Steven's. Doch vorher muss ich noch mit deiner Mutter sprechen."

Ingram stieß den Atem aus. „Es tut mir leid, Stratford. Ich glaube nicht, dass sie ihre Meinung über Miss Daventry ändern wird. Aber ich werde dem Mädchen beistehen, ganz gleich, was geschieht."

„Danke." Stratford ging auf die Tür zu und legte die Hand auf den Türknauf. „Ich werde dich benachrichtigen, sobald wir Braxsen haben."

Lady Ingram empfing Stratford allein im Morgenzimmer und kam allem, was er sagen wollte, mit den Worten zuvor: „Stratford, mein Lieber, ich weiß, warum Sie gekommen sind. Lydia hat alles gestanden, und ich sehe nun, dass ich Miss Daventry in höchstem Maße falsch eingeschätzt habe."

„Ich bin froh, dass Sie das sagen, Ma'am. Ich hatte gehofft, sie könnte hier bei Ihnen ein Zuhause finden, um ihre Saison zu beenden und den Klatsch zu beruhigen. Sie ist jetzt bei meinen Schwestern."

„Sie hierherbringen?" rief Lady Ingram aus. „Eleanor kann nicht hierherkommen. Sie ist in Ungnade gefallen – ungeachtet dessen, dass sie keine Schuld daran trägt – sie wird nirgendwo empfangen werden."

„Ich hatte gehofft, dass sie hier empfangen werden würde", betonte Stratford. „Sie wissen, dass Miss Daventry keine Schuld trifft. Wenn Sie sie aufnehmen, werden die anderen sicherlich keine andere Wahl haben, als sie wieder in die Gesellschaft aufzunehmen."

„Dann wissen Sie nichts über die Gesellschaft, Stratford. Sie vergisst nicht so leicht, das versichere ich Ihnen. Ich kann nichts dergleichen tun. Man könnte Mutmaßungen über meine Lydia…" Sie sah auf, als das betreffende Fräulein hereinkam und Stratford vor einer unpassenden Bemerkung bewahrte.

„Stratford!" Lydia sah verdächtig nach Tränen aus, doch alle offensichtlichen Spuren waren beseitigt. Sie blickte von Stratfords beherrschtem Gesicht in das unerbittliche ihrer Mutter. „Hast du Eleanor gefunden?“

„Ja, sie ist jetzt bei Anna und Phoebe, aber ich hatte gehofft, sie könnte hier bleiben...“

„O ja, bitte, Mama. Du weißt, dass sie ein Zuhause bei uns haben muss, um wieder in die Gesellschaft aufgenommen zu werden. Wir müssen zeigen, dass *wir* nicht jedem Gerücht Glauben schenken. Zumal wir wissen, dass es nicht wahr ist.“ Lydia durchquerte den Raum und setzte sich zu ihrer Mutter, sich mit flehenden Augen nach vorne beugend.

„Dafür ist es zu spät, meine Liebe, wie ich Stratford bereits sagte. Wenn wir sie aufnehmen, wird man auch uns schmähen. Ich werde dieses Risiko nicht eingehen, solange du unverheiratet bist.“

„Das ist nicht mehr wichtig, Mama. Du *weißt*, dass ich Major Fitzwilliam heiraten werde. Und wenn mein Bruder sein Einverständnis gegeben hat, gibt es keinen Grund anzunehmen, dass es nicht geschehen wird.“

„In einer sechsmonatigen Verlobungszeit kann alles Mögliche passieren. Es könnte sein, dass du deine Meinung änderst.“ Lady Ingram warf Stratford einen Blick zu, als hoffte sie, dass er derjenige wäre, der sie ändern würde.

Stratford wollte sich nicht tiefer in den absehbaren Streit zwischen Mutter und Tochter verwickeln lassen und unternahm einen letzten Versuch. „Sicherlich kann ich Sie dazu überreden, es noch einmal zu überdenken. Wir treten geschlossen auf und verbreiten, dass sie für ein oder zwei Wochen zu ihrer Tante gefahren ist, bis sich die Lage beruhigt hat, bestehen aber darauf, dass die Anschuldigungen gegen sie unbegründet sind. Am besten beweisen wir das, indem Sie sie bei sich aufnehmen.“

„Das kann ich nicht tun.“ Lady Ingram kniff die Lippen zusammen. „Es tut mir leid. Das Mädchen wird ihren eigenen Weg im Leben finden müssen. Sie ist einfallsreich. Ich bin sicher, dass sie mit ihren eigenen Leuten sehr gut zurechtkommen wird. Sie war nie dazu bestimmt, mehr als eine Gefährtin für Lydia zu sein.“

„Ma*ma*!", rief Lydia und sprang auf. „Sie ist die Tochter eines Gentlemans."

Daraufhin erhob Stratford sich. „Wenn Sie mir nicht helfen wollen, werde ich Ihre Zeit nicht weiter verschwenden. Ich muss mich um eine dringende Angelegenheit kümmern und dann werde ich zu Eleanor gehen."

„Aber sie wird nicht hier unterkommen", rief Lady Ingram aus. „Wo wollen Sie sie unterbringen?"

„Ich werde mich ins Grillon's zurückziehen und meine Schwestern werden sie bis zur Hochzeit im Cavendish Square willkommen heißen. Wenn es mir gelingt, ihre Hand zu gewinnen, was ich hoffe, wird sie als meine zukünftige Ehefrau einen rechtmäßigen Platz in unserem Haushalt einnehmen!" Mit diesen Worten verabschiedete sich Stratford.

MAJOR FITZWILLIAM WAR GERADE DABEI, das Hotel zu verlassen, als Stratford mit seinem Phaeton vorfuhr. „Fitz", rief er. „Wenn Sie einen Augenblick Zeit haben..."

Der Major eilte zur Kutsche und legte seine Hand auf das Zaumzeug des Pferdes. „Waren Sie erfolgreich?"

„Ja", sagte Stratford knapp, noch immer verärgert über sein Gespräch mit Lady Ingram. „Bitte, steigen Sie ein. Wir haben Dringendes zu erledigen und ich benötige Ihre Hilfe."

Nachdem er Fitz über den Sachverhalt informiert hatten, vereinbarten sie, dass sie eine Mietkutsche und einen der angeheuerten Männer mitnehmen würden. Stratford sollte allein Braxsens Zimmer aufsuchen und Fitz sollte unten bleiben, falls Braxsen die Flucht ergreifen würde. Als sie bei Braxsen ankamen, versuchte sein Mann, Stratford aufzuhalten, doch der bahnte sich seinen Weg in den Speisesaal, wo er Braxsen am Frühstückstisch sitzend vorfand, einen Stapel verschnürter Koffer an der Wand.

Mr. Braxsen stand auf. „Was soll das, Worthing? Ich habe Griggs gesagt, dass ich niemanden empfange."

„Ich fürchte, das ist kein Freundschaftsbesuch, Braxsen." Stratford stand am Eingang und stützte sich mit beiden Händen auf den Gehstock, der seinen Degen enthielt. Mr. Braxsen spielte mit der Serviette herum und ließ sich dann auf seinen Stuhl fallen.

„Sie können sich gerne setzen", bot Mr. Braxsen, ohne seinen gewohnt weltmännischen Ton, an. „Griggs, bringen Sie bitte noch einen Krug für Lord Worthing." An den Earl gewandt, sagte er: „Es sei denn, Sie möchten lieber Kaffee."

„Ich komme aus Longfield", sagte Stratford.

Es gab eine Pause, ehe Mr. Braxsen versuchte, einen jovialen Ton anzuschlagen. „Warum, was haben Sie dort gemacht? Aus London fliehen? Ich habe Sie im Boodle‘s gesehen. Sind Sie abgebrannt?" Er trank einen Schluck und stellte den Krug mit einem kaum wahrnehmbaren Zittern der Hand ab.

„Ich habe Lord Delacroix verfolgt", antwortete Stratford. Er klopfte mit seinem Gehstock auf den Boden. Dies war der Teil, den er mit Bedacht angehen musste. Miss Daventry durfte nicht erwähnt werden.

Mr. Braxsen hob eine Augenbraue. „Lord Delacroix, tatsächlich! Longfield, sagten Sie? Was machte er denn auf dem Weg nach Dover?"

„Ich glaubte, er würde für Frankreich spionieren", gab Stratford zurück. Er beobachtete Braxsen unter halbgeschlossenen Augenlidern, um zu sehen, wie er reagieren würde.

„Das würde mich nicht im Geringsten überraschen." Mr. Braxsen lachte schwach. „Ich fand ihn immer verdächtig." Er betrachtete den Earl mit wachsamen Augen. „Aber was das alles mit mir zu tun hat, dass Sie hier zu dieser gottlosen Stunde hereinplatzen, übersteigt mein Vorstellungsvermögen."

„Ich habe mich in Delacroix geirrt." Stratford durchbohrte Mr. Braxsen mit seinem Blick. „Er spioniert nicht für Frankreich. Sie tun das."

Mr. Braxsen blieb bei dieser Anschuldigung regungslos. Nur das Herumfuchteln mit dem Salzstreuer verriet seine Erregung. Ohne Vorwarnung sprang er auf, griff nach dem Messer neben seinem Teller und stürzte sich auf die Brust des Earls. Stratford, der mit einer solchen Reaktion gerechnet hatte, wich zur Seite aus und Mr. Braxsen stürzte ins Leere. Stratford wirbelte herum, packte ihn am Unterarm und drückte Braxsens Arm, mit dem er das Messer hielt, nach unten. Er rammte den Arm mit dem Messer gegen den Tisch, bis Mr. Braxsen die Waffe losließ und sie zu Boden krachte.

„Fitz", stieß Stratford hervor. In Sekundenschnelle stürmte der Major in den Raum und fand Stratford vor, der Braxsen mit dem Gesicht nach unten auf dem Tisch festhielt, den Arm hinter dem Rücken.

„Warum haben Sie so lange gebraucht?" stieß Stratford durch zusammengebissene Zähne hervor.

„Sieht so aus, als hätten Sie alles unter Kontrolle", antwortete der Major mit grimmiger Miene, als er den Übeltäter musterte. Er packte Mr. Braxsens anderen Arm. „Lassen Sie uns gehen, Braxsen. Es tut mir unsagbar leid, dass Sie der Urheber dieser Angelegenheit sind. Die Kutsche wartet darauf, Sie nach Newgate zu bringen."

Als Mr. Braxsen auf die Beine gezogen wurde, sagte er: „Ich verlange, dass Sie mich loslassen und mir erlauben, wie ein Gentleman zur Kutsche zu gehen, ohne gefesselt zu sein."

Stratford entgegnete: „Dieses Privileg haben Sie verloren, als Sie anfingen zu spionieren. Ein Gentleman ist kein Verräter."

„Was ist das für eine Spionage, die ich betrieben haben soll? Welche Beweise haben Sie gegen mich? Sagen Sie mir wenigstens das." Mr. Braxsens Gesicht war wütend, ganz anders als seine übliche Miene der Trägheit.

„Die undichten Stellen während der Touren kamen immer von Ihrem Regiment. Und erst seit Sie nach London zurückgekehrt sind, gibt es eine Häufung von gestohlenen Informationen, die auf die Halbinsel zurückgehen. Am Morgen, als Ingram angegriffen wurde, kamen Sie zu spät zum Treffen mit den anderen Reitern und am Abend des Einbruchs im Hauptquartier kamen Sie zu spät ins Almack's."

Fitz hatte mit der Anklage begonnen, doch Stratford beendete sie für ihn. „Wir dachten, es sei Delacroix. Sie haben Ihre Spuren geschickt verwischt und die Fährte in seine Richtung gelenkt. Aber ich habe mit dem Mann gesprochen und kann für seine Unschuld bürgen. Sie hingegen können Ihre Unschuld nicht beweisen. Außerdem…" Stratford griff in die Vordertasche von Braxsens Mantel und zog einen Umschlag heraus, der die aus dem Hauptquartier gestohlene halbseitige Aufstellung enthielt. Er wedelte damit vor seinem Gesicht herum. „…ist *dies* der einzige Beweis, den wir brauchen, um Sie zu verhaften."

Mr. Braxsen sah verdrossen und etwas ängstlich aus. „Erlauben Sie mir…" Er riss einen Arm los und rückte sein Halstuch zurecht, so dass es gerade saß. Er zupfte an seinem Hemdkragen, um den Mantel wieder an Ort und Stelle zu ziehen und betrachtete sich selbst im Spiegel, um sich zu vergewissern, dass seine Frisur nicht allzu sehr in Unordnung geraten war. „Sie können fortfahren", sagte er, als alle diese Vorgänge abgeschlossen waren.

Sie gingen an dem verblüfften Diener vorbei die Treppe hinunter, wo die Mietkutsche wartete, wobei jeder Mann einen von Braxsens Armen hielt. Major Fitzwilliam stieg als Erster ein und Stratford schob Braxsen hinterher, ehe er selbst einstieg. Er klopfte auf das Dach der Kutsche, und sie begannen, die Straße entlangzurollen.

„Sagen Sie mir Eines", forderte Stratford. „Warum? Ihre und meine Situation war die gleiche, als wir in den Krieg zogen. Wir stammten beide aus adligen Familien und hatten die gleiche Ausbildung. Was hat Sie dazu gebracht, sich derart gegen Ihr Land zu wenden?"

Stratford dachte fast, er würde nicht antworten, bis Mr. Braxsen sprach: „Meine Mutter sprach von der Wiege an von dem edlen Bonaparte, und mein ausschweifender Vater tat nichts, um meine Ansichten zu ändern. Wir standen uns besonders nahe, meine Mutter und ich, und als ich nach Eton ging, war ich bereit, alle zu hassen, doch es gefiel mir, so sehr, dass ich mich ein Jahr nach meinem jüngeren Bruder dem Ruf zu den Waffen anschloss. *Er* war leidenschaftlich bei der Sache, da er nicht die gleiche Ausbildung genossen hatte, die meine Mutter mir zuteilwerden ließ. Ich folgte ihm in den Krieg, um ein Auge auf ihn zu haben, doch er war ein solch treuer Narr. Er gehorchte jeder Laune der Offiziere und ging dorthin, wo sie ihn hinschickten. Und, wissen Sie, das führte schließlich zu seinem Tod.

„Nachdem ich ihn weit weg vom Schlachtfeld gefunden hatte, suchte ich einen seiner Soldatenkameraden auf. Er sagte, Robert habe den Auftrag gehabt, einer der leichten Frauen, deren Haus auf der einen Seite an das Schlachtfeld grenzte, eine Nachricht des Offiziers zu überbringen. Das war es, wofür er gestorben war. Nicht für sein Land. Für die Geliebte eines Offiziers. Was ist das für ein Land?" Herr Braxsen spie auf den Boden des Wagens.

„Aber Sie werden für Ihren Verrat sterben", meinte Stratford und Fassungslosigkeit kämpfte mit Traurigkeit um die Vorherrschaft. „Sie müssen nur das, was Sie sehen, zum Guten wenden. Wir alle sind mit Dingen in der Gesellschaft konfrontiert, die wir unerträglich finden. Als Bürger müssen wir gegen Ungerechtigkeit vorgehen und eine bessere Ordnung hinterlassen. Das ist unser Erbe an die Welt."

Braxsen schaute aus dem Fenster. „Es ist mir gleich, ob ich sterbe. Ich gehöre nicht hierher. Ich gehöre nicht nach Frankreich. Es gibt keinen Platz für mich auf dieser Welt und ich sollte sie besser früher als später verlassen."

Stratford tauschte einen Blick mit Major Fitzwilliam, dann wandte er sich ab und beobachtete die dunklen Wolken, die ein mächtiges Sommergewitter versprachen. Es sah so düster aus, wie er sich fühlte.

KAPITEL VIERZIG

Eleanor erwachte in einem fremden Bett, weit nach der Frühstückszeit. Sie brauchte eine Minute, um sich zu erinnern, was passiert war und wo sie war. Sie war sauber von ihrem Bad am Abend zuvor und hungrig. Vom Bett aus konnte sie ein Kleid an der Rückseite der Tür hängen sehen, das nicht ihr gehörte. Vielleicht hatte Phoebe es für sie dort gelassen.

Trotz der freundlichen Geste und der Begrüßung gestern Abend war sich Eleanor ihrer prekären Stellung in diesem Haushalt bewusst. Als jemand, der keine Verwandte war und aus dem Haus geworfen worden war, in dem sie die ganze Saison über hatte bleiben sollen, und das alles wegen eines Skandals, war es das Beste, nur vorübergehend zu bleiben.

Solange Eleanor nicht wusste, was Lord Worthing vorhatte, konnte sie ihren Platz im Haus nicht akzeptieren und wagte es nicht einmal, das Kleid anzunehmen. Stattdessen streifte sie sich ihr Kleid vom Vorabend über und damit einen Schmutzfilm, der mehr mit den Gedanken an das Geschehene als mit echtem Schmutz zu tun hatte.

Es klopfte an der Tür und eine Zofe trat mit einer Tasse heißer Schokolade und zwei Scheiben Butterbrot ein. „Guten Tag, Miss. Die Köchin bat mich, Ihnen das zu bringen, da Sie sich möglicherweise nicht zu läuten wagen." Sie stellte die Servierplatte auf dem kleinen Tisch ab und eilte hinüber, um Eleanor zu helfen, ihr Kleid im Rücken zuzuknöpfen.

„Vielen Dank." Eleanor setzte sich auf den Stuhl neben dem kleinen Tisch und war dankbar für die Fürsorge der Köchin. „Wo ist Lord Worthing? Und seine Schwestern?"

„Mylord ist heute früh abgereist und nicht zurückgekehrt", meinte die Zofe. „Miss Anna ist auf Besuch und Miss Phoebe ist auf dem Markt." Die Zofe machte einen Knicks. „Wäre das alles, Miss?"

Eleanor nickte und ein Hauch von Sorge trübte die Freude, die sie sonst über das dringend benötigte Frühstück und die gemütliche Umgebung empfände. Alle führten ihr Leben fort und sie? Ihr Leben war nicht hier. Eleanor zwang sich, das Brot zu essen und die Schokolade zu trinken, doch es lag ihr nicht besonders gut im Magen.

Es vergingen zwei Stunden, in denen keine Geräusche von außerhalb ihres Schlafzimmers kamen und Eleanor begann daran zu zweifeln, dass sie willkommen war. Zu Beginn war es nur ein Keim – ein Keim, der durch die Stille und den fehlenden Kontakt zu der Außenwelt genährt wurde. Wenn sie für Lord Worthing wichtig gewesen wäre, wäre er heute Morgen hier gewesen, um sie willkommen zu heißen. Oder er hätte seine Schwestern geschickt, wenn er etwas Wichtiges zu erledigen hatte. Er musste sie nur aus dem Pflichtgefühl eines Gentlemans heraus gerettet haben – aufgrund ihrer Verbindung zu seinem Onkel – und nicht als Liebender.

Seufzend dachte Eleanor daran, dass sich das Zimmer bald wie ein Gefängnis anfühlen würde, da das Gefühl, keinen rechtmäßigen Platz dort zu haben immer größer wurde. Was konnte sie nur tun? Sie hatte keinen Koffer, wenig Geld ... sie dachte nicht lange nach.

Eleanor schnappte sich ihr Schultertuch und ihr Täschchen und öffnete die Tür zum Flur. Gewiss würde Lydia ihr helfen, wenn Eleanor sie nur benachrichtigen könnte. Als sie die Treppe hinunterging, war keine Menschenseele zu sehen und am Treppenabsatz blickte sie auf die Reihe von Holztüren, die sich den Flur entlang erstreckten. Wagte sie es, sie zu öffnen, ohne zu wissen, wohin sie führten oder ob sich jemand dahinter befand?

Zu ihrer Erleichterung trat der Butler aus einem der Zimmer und als er sie entdeckte, trat er schnell zu ihr. „Miss, was kann ich für Sie tun?"

Eleanor lächelte ihn an. „Wenn Sie mich ins Morgenzimmer geleiten und mir eine Feder und Tinte reichen würden, wäre ich dankbar, eine Nachricht in das Haus von Lord Ingram senden zu können."

„Natürlich, Miss. Wenn Sie mir bitte folgen würden." Das Morgenzimmer war in einem fröhlichen Gelbton gehalten und hatte ein großes Fenster mit Blick auf die nasse Straße. Sie nahm die warmen Farben wahr, doch der leere Raum wirkte durch den donnernden Regen, der scheinbar noch immer nicht nachlassen wollte, düster. Collins öffnete die Schublade des Sekretärs und zog Papier und Feder heraus. Das Tintenfass war voll. „Ich werde Ihren Brief abschicken lassen, sobald Sie fertig sind, Miss."

„Danke." Eleanor setzte sich an den Schreibtisch und tauchte die perfekt getrimmte Feder in das Tintenfass.

Lydia,

ich muss zu meiner Tante nach Bath gehen. Ich habe genug Geld, um mich von der Postkutsche dorthin bringen zu lassen, aber ich muss mir meinen Koffer schicken lassen. Würdest du die Güte haben, ihn in die Obhut von Mrs. Renly in die Abbey Street zu senden?

Ich verbleibe in herzlicher Verbundenheit mit dir,

Eleanor

Der nächste Brief war schwieriger und sie hielt inne, um nachzudenken, ehe sie ihn in Angriff nahm.

Lord Worthing,

Sie waren während meines gesamten Aufenthalts in London liebenswürdig und großzügig und ich bin Ihnen zutiefst dankbar für Ihre Freundschaft und für die Rettung, die Sie gestern Abend durchgeführt haben. Ich fürchte, ich kann Ihre Güte oder die Ihrer Schwestern nicht länger beanspruchen. Ich habe die Kutsche nach Bath genommen, um zu meiner Tante zu fahren.

Sie tauchte die Feder ein und tupfte die Tinte ab, ehe sie fortfuhr.

Bitte übermitteln Sie Ihren Schwestern meinen tiefsten Respekt und meine Dankbarkeit, und wissen Sie, dass ich die Ihre verbleibe,
Eleanor Daventry

Eleanor versiegelte beide Briefe, verließ den Salon und übergab sie dem Butler, der vor der Tür wartete. „Dieser ist für Miss Lydia Ingram und der andere ... würden Sie ihn freundlicherweise Lord Worthing übergeben?"

Sie band ihre Haube unter dem Kinn fest, fühlte sich in der Kleidung der letzten Nacht sowohl übertrieben gekleidet als auch schäbig, und hielt das Täschchen in ihrem Arm. Als sie die Tür erreichte, blieb Collins stehen, ehe er sie öffnete. „Soll ich nicht ein Transportmittel für Sie rufen, Miss? Ich glaube, Lord Worthing würde das vorziehen."

Eleanor wollte sich weigern, beschloss aber, dass es besser wäre, ihren Stolz herunterzuschlucken. Es würde ihrem Ruf nicht guttun, ohne Begleitung im Regen durch die Stadt zu laufen, insbesondere nach dem Skandal von gestern Abend. *War das erst gestern Abend?* „Ich wäre Ihnen sehr dankbar. Ich muss zur Postkutsche gelangen", erwiderte sie.

„Sehr wohl, Miss. Ich werde die Kutsche vorfahren lassen und eine Zofe bitten, Sie dorthin zu begleiten." Eleanor nickte zustimmend und wartete an der Tür, nicht wissend, ob sie wollte, dass ihre Flucht aufgehalten wurde oder nicht.

STRATFORD KAM AM SPÄTEN NACHMITTAG AN, als der schlimmste Teil des Regensturms in Nieselregen überging. Er dachte darüber nach, wie bald er Eleanor einen Heiratsantrag machen könnte, stellte sich verschiedene Szenarien vor, von denen das beste ein solches war, in dem sie sich ihm in die Arme warf. Er freute sich darauf, sie nach einem scheinbar endlosen Tag endlich in Fleisch und Blut zu sehen. Was könnte er sagen, um sie dazu zu bringen, seinen Antrag diesmal anzunehmen? Er war sich fast sicher, dass sie seine Gefühle erwiderte, doch er konnte es nicht sicher wissen, bis die Worte ausgesprochen waren und er seine Antwort hatte.

Es war ja nicht so, als wäre seine Bilanz makellos. Noch nie in der Geschichte der Heiratsanträge hatte jemand einen derart gründlich vermasselt wie er beim ersten Mal, dessen war er gewiss. Kaum war er durch die Tür getreten, stürzten sich Anna und Phoebe auf ihn.

„Endlich!"

„Stratford, du musst unverzüglich gehen. Collins sagt, Eleanor sei zur Postkutsche gegangen. Hier ist ihr Brief."

Mit einem Fluch nahm Stratford den Brief sofort in die Hand und las seinen Inhalt. „Vielleicht habe ich noch Zeit, bevor sie London verlässt", sagte er. „Collins, lassen Sie meine andere Kutsche herbringen. Nein, nicht nötig. Ich werde selbst gehen."

Seine Pferde waren im Handumdrehen angeschirrt und er schwang sich auf den Sitz, um sie zur Postkutsche zu lenken. Er fluchte leise über die Verspätung und bahnte sich einen Weg durch die Straßen, so schnell es die anderen Kutschen zuließen, bis er an der Station ankam, als die Leute gerade in die schwerfällige Kutsche stiegen. Er reichte einem Jungen die Zügel und sprang ab. *Ich komme gerade noch rechtzeitig!*

Als er im Inneren der Kutsche, dann auf dem Dach und sogar in der Schankwirtschaft nachsah, war Eleanor nirgends zu finden. „Wann ist die letzte Kutsche nach Bath gefahren?", fragte er den Mann am Zapfhahn.

„Vor einer Stunde, Sir."

Er zügelte seine Frustration, warf dem Mann eine Münze zu, ging zum Phaeton, stieg ein und schnalzte, um seine Pferde anzuspornen. Wenn er Glück hatte, würde er sie nicht weit vor London überholen.

Sobald Stratford die wimmelnden Londoner Straßen verlassen hatte, hörte der unablässige Regen auf und die frische Luft gab ihm Zeit zum Nachdenken. Was hatte sie dazu bewogen, wegzugehen, ohne auf ihn zu warten? Was immer er auch tat, er musste ihr Herz gewinnen. Er musste sie davon überzeugen, dass es noch nicht zu spät war, dass es noch Hoffnung für sie beide gab. Mit zusammengekniffenen Augen und zusammengebissenen Zähnen bahnte er sich seinen Weg durch den Schlamm und ging wieder und wieder durch, was er sagen musste.

Ein kurzes Stück weiter kam eine Kurve und als er sie nahm, stutzte er. Vor ihm stand die Postkutsche, alle Passagiere standen am Straßenrand und die stärksten Männer versuchten, die Kutsche aus der tiefen Wagenspur zu schieben, in der ein Rad stecken geblieben war.

Eleanor, die von Kopf bis Fuß durchnässt war, wandte den Kopf, als sie Stratfords Kutsche hörte, und ihre Augen weiteten sich. „Mylord", sagte sie, der Schock war ihr deutlich anzusehen, als er anhielt und er glaubte, einen Hoffnungsschimmer zu sehen.

„Bitte steigen Sie ein, Miss Daventry." Ohne eine Antwort abzuwarten, sprang Stratford vom Kutschbock und half ihr beim Einsteigen. Als er ihr half, in den Phaeton zu steigen, jagte die Berührung ihrer Hand einen Schock durch ihn hindurch. *Ich darf sie nicht verlieren.*

Er lenkte die Pferde zur Seite und wendete sein Gefährt im Gras, das die Straße säumte, dann fuhr er in zügigem Tempo los und ließ die Kutsche und die Menschenmenge hinter sich. Keiner von beiden sagte ein Wort, während er fuhr, doch als er die Kurve nahm und die leere Straße vor sich sah, zügelte er langsam die Pferde und lenkte den Phaeton auf eine Lichtung am Rande der Straße. Er stieg ab, wickelte die Zügel um den Ast des nächstgelegenen Baumes und ging mit erhobener Hand an die Seite des Wagens. „Miss Daventry, wir müssen reden."

Eleanor befand sich in einem Strudel der Gefühle. Sie hatte sich nur darauf konzentriert, stark zu bleiben, bis sie Bath erreichte, wo sie die nötige Zeit haben würde, ihre Gedanken zu ordnen. Das heißt, sobald sie einen Weg gefunden hatte, ihrer Tante zu erklären, wie sie in diese missliche Lage geraten war. Bei dem Gedanken daran wurde ihr übel.

Im Privaten musste sie sich die Hoffnungen, die sie auf ein Leben mit Lord Worthing gehabt hatte, eingestehen und deren Verlust betrauern. Sie musste sich damit abfinden, welchen Platz sie in der Gesellschaft einnehmen würde und sich den Folgen stellen, an die sie vielleicht noch nicht gedacht hatte. Sie würde entscheiden müssen, wie sie ihren Lebensunterhalt verdienen wollte und herausfinden müssen, was im Falle eines fehlenden Ehemanns mit dem Erbe geschehen könnte. Was sie nicht erwartet hatte, war, dass Lord Worthing ihr folgen würde. Er war *gekommen*.

Eleanor legte ihre Hand in seine und stieg ab, wobei ihr durchnässtes Kleid an ihren Beinen klebte. Die Knie waren ihr so weich, dass sie beinahe stolperte, doch Lord Worthing fing sie auf und hielt sie fest, löste seine Hand nur langsam von ihrer Taille. Schließlich ließ er sie los, legte ihre Hand auf seinen Arm und deutete nach vorn. „Lassen Sie uns dem Pfad zu diesen Bäumen folgen."

Sie gingen los und er räusperte sich. „Sie sind abgereist."

Sie warf ihm einen kurzen Blick zu, ehe sie antwortete. „Ich musste gehen, Mylord. Ich konnte Ihnen und Ihren Schwestern nicht länger zur Last fallen."

Er blieb stehen und wandte sich ihr zu, sein Gesichtsausdruck grenzte an Zorn. „Warum, um Himmels willen, glaubten Sie, Sie wären eine *Last* für uns, Eleanor?"

Sie wusste nicht, wie es sein konnte, dass sie angesichts seines Zorns ein Hochgefühl empfand. Doch die Freude und die Hoffnung, ihren Namen auf seinen Lippen zu hören, erstickten sie fast. Ihre Stimme klang schwach, als sie antwortete. „Sie kamen heute Morgen nicht. Ihre Schwestern kamen nicht."

Lord Worthing setzte seinen Weg fort und sie folgte ihm. „Ich war dabei, Jonathon Braxsen vor Gericht zu bringen, das Einzige, was mich von Ihrer Seite hätte fernhalten können. Meine Schwestern waren damit beschäftigt, alle Häuser in London aufzusuchen, um Ihren Namen reinzuwaschen. Wir waren nicht da, weil wir nicht da sein konnten."

Oh. Sie war also nicht vergessen worden. Doch vielleicht ... vielleicht war sein Sinn für Ritterlichkeit einfach übertrieben. Eleanor musste ihm versichern, dass es ihr gut ergehen würde, damit er sich nicht verpflichtet fühlte. „Sie brauchen sich nicht um mich zu sorgen", meinte sie. „Meine Tante wird mich bei sich aufnehmen. Und ich habe Lydia geschrieben und sie gebeten, mir meinen Koffer zu schicken."

Bei der Erwähnung von Lydia atmete Lord Worthing aus und

seine Stimme klang frustriert. „Lady Ingram wird Sie nicht wieder aufnehmen."

Es war genau so, wie sie es befürchtet hatte. „Das habe ich auch nicht erwartet", sagte Eleanor. Dann, ihr Herz starr vor Angst: „Und Lydia?"

„Lydia ist zum Glück nicht derselben Meinung, doch sie kann die Pläne ihrer Mutter nicht ignorieren, solange sie im Haus ihres Bruders lebt." Lord Worthing suchte ihren Blick. „Ich glaube, sie wird alles daransetzen, die Verbindung aufrechtzuerhalten. Das heißt", fügte er hinzu, „wenn Sie es wünschen."

„Oh, das tue ich selbstverständlich. Lydia ist meine beste Freundin." *Tatsächlich*, dachte Eleanor, *habe ich abgesehen von Ihnen keine weiteren Freunde.*

„Wie ich Lydia kenne", fuhr er fort, „hat sie mehr vor, als nur zu korrespondieren. Sie hat vor, Sie zu besuchen. Ihre Mutter mag bestimmen, wer in ihrem Haushalt wohnt, doch Lydia wird bestimmen, mit wem sie befreundet ist."

„Dessen bin ich gewiss." Eleanor seufzte. „Aber ich habe noch nicht entschieden, wohin ich als Nächstes gehen werde. Ich gestehe, dass ich hoffte, Lady Ingram würde mich aufnehmen, da es leichter wäre, eine Stelle zu finden, wenn sie mich fördern würde. Nun habe ich niemanden, der mich empfehlen..."

Lord Worthing ließ sie nicht ausreden. „Wollen Sie denn eine Ehe nicht in Betracht ziehen?"

Eleanor war erstaunt, dass sie bei diesem Zittern noch einen Fuß vor den anderen setzen konnte. *Wie soll ich auf eine solche Frage antworten, wenn er mir keinen angemessenen Antrag gemacht hat?* Mit einem zittrigen Atemzug antwortete sie: „Niemand hat mich gefragt, Sir."

Lord Worthing sah verwirrt aus und stieß ein ersticktes Lachen aus. „Nein? Ich weiß aus zuverlässiger Quelle, dass Sie *nicht weniger* als drei Anträge erhalten haben, Ma'am."

Schockiert spürte Eleanor, wie ihr die Hitze in die Wangen stieg. Dass er von den anderen Anträgen wissen würde ... dass er zu einem solchen Zeitpunkt auf seinen eigenen verweisen würde!

„Mylord..."

„Bitte. Lassen Sie uns das ‚Mylord‘ vergessen.“ Lord Worthing drehte sich plötzlich um, ihre Hand noch immer in seiner Armbeuge. „Wollen Sie mich nicht Stratford nennen?“

Sie blieb abrupt stehen, ihr Herz klopfte so laut, dass sie sicher war, er könne es hören.

„Eleanor.“ Als sie ihm in die Augen blickte, holte Stratford tief Luft. „Sie sagten einmal, Sie wollten aus Liebe heiraten. Ich … ich habe eine unglückliche Art, mich auszudrücken, aber ich verspreche Ihnen, dass ich Sie wirklich liebe.“ Dann schüttelte Stratford den Kopf und schenkte ihr ein entschuldigendes Lächeln. „Meine Worte mögen unzureichend sein – ich weiß, dass ich einen erbärmlichen Fehler begangen habe. Aber wenn Sie mich akzeptieren wollen, verspreche ich Ihnen, dass ich Ihnen den Rest meines Lebens *zeigen* werde, wie sehr ich Sie liebe.“

Als sie nicht reagierte, ergriff er mit flehender Stimme ihre Hände. „Miss Eleanor Daventry“, begann er förmlich, mit einem Blick, der nicht zuließ, dass sie ihre Augen abwandte, „ich, Stratford Joseph Tunstall, der fünfte Earl of Worthing, stelle mich hiermit – *nüchtern* – vor, um Sie um Ihre Hand zu bitten.“

Der ernste Ausdruck in seinem Gesicht war unerträglich und Eleanors Mund verzog sich nach oben, während sich Freude in ihrer Brust ausbreitete. Eine vage Ahnung streifte ihr Bewusstsein, dass ihre Verbindung zwar nicht umgehend und einfach entstanden war, sie deshalb jedoch nicht weniger stark war. Von Anfang an hatten diese unerklärlichen Bande sie zusammengeführt – obgleich sie sich dagegen gewehrt hatten. Dieselben Bande würden sie jeden Sturm überstehen lassen.

Außerstande, ihn noch länger auf die Folter spannen zu können – und nicht, dass sie Bedenkzeit benötigt hätte – hob sie ihren Blick zu ihm. Und mit Worten, die mehr geflüstert als gesprochen waren, antwortete sie: „Ja, Stratford.“

Der Graf stieß ein *Juchhu* aus! Er umfasste ihre Taille und schwang sie einmal lachend herum, ehe er sie absetzte und ihre nassen Röcke wieder an ihren Beinen klebten. Das einzige Geräusch um sie herum waren die Regentropfen, die fielen, während der Wind durch die

Birkenblätter flüsterte. Stratford nahm ihr Gesicht in beide Hände und hielt sie mit seinem Blick gefangen.

„Das, meine Liebste, ist eine der Arten, auf die ich es dir zeigen werde." Er beugte sich hinunter und küsste sie, während Eleanors Gedanken wirbelten und ihr die Knie weich wurden. Nur seine Hände an ihren Armen hielten sie aufrecht. *So!* dachte sie, *So fühlt sich Liebe an.*

Als Eleanor mit ihm verschmolz, schlang Stratford einen Arm um ihre Taille und den anderen um ihre Schultern, um sie so fest wie möglich in seine Umarmung zu ziehen. Gerade als er dabei war, sich in dem Kuss zu verlieren, riss er sich schwer atmend los. *Ich darf meine Umgebung nicht vergessen. Ich habe genug Zeit, um sie zu meiner Frau zu machen.* Er begnügte sich damit, ihre Haube zurückzuschieben, um seine Stirn an die ihre zu lehnen und mit den Fingern ihre Wangen zu streicheln.

Und weil das nicht ausreichte, um diese erhabenen Gefühle zu zähmen, die ihn umschwirrten und ihn dazu zu bringen drohten, etwas sehr Großes zu tun, flüsterte er: *„Ich liebe dich, ich liebe dich, ich liebe dich..."*

ÜBER DEN AUTOR

Jennie Goutet ist eine in Amerika geborene Anglophile, die mit ihrem französischen Mann und ihren drei Kindern in einer kleinen Stadt außerhalb von Paris lebt. Ihre Fantasie dreht sich um das England der Regency-Zeit, wo auch ihre authentischen Bestseller-Regency-Romane spielen. Mehr über Jennie und ihre Bücher erfährst Du auf der deutschen Seite ihrer Autoren-Website: jenniegoutet.com. Dort findest Du einen Link zu ihrem Newsletter und wenn Du Dich dafür anmeldest, erhältst Du eine kostenlose Novelle. Sie verschickt nur dann Newsletter, wenn es eine Neuerscheinung gibt oder ein deutsches Buch heruntergesetzt erhältlich ist.

* Photo: Caroline Aoustin

9 782958 712655